Elke S

Mord ohne

Elsass-

Bo

BOOKS on DE

Anmerkungen der Autorin:

Der Krimi spielt im Elsass. Diese Region in Frankreich ist zum Teil deutschsprachig geblieben, wobei sich ein interessanter Dialekt gebildet hat, nämlich Elsässisch oder Elsässerdeutsch.

Um die Menschen und die Region authentisch darzustellen, habe ich einige kurze Passagen in der wörtlichen Rede im Dialekt geschrieben. Zum besseren Verständnis habe ich am Schluss des Buches ein Wörterbuch angefügt, das Ihnen die Begriffe erklärt.

Mord ohne Grenzen

Elsass-Krimi

Elke Schwab

Bibliografische Information der Deutschen Nationalbibliothek
Die Deutsche Nationalbibliothek verzeichnet diese Publikation in
der Deutschen Nationalbibliografie; detaillierte bibliografische
Daten sind im Internet über www.dnb.de abrufbar.

Herstellung und Verlag: BoD – Books on Demand, Norderstedt

ISBN: 978-3-7412-8875-3

Sie wartete. Reglos. Ob er ihre Nähe spürte?

Ihre Atmung beschleunigte sich. Sie schlug ihre Hand vor den Mund. Verzweifelt versuchte sie, leiser zu sein. Dabei überkam sie große Angst zu ersticken. Hastig zog sie ihre Hand wieder weg und atmete tief und gierig ein. Die Luft war kalt und schmerzte in ihren Lungen. Außerdem roch sie eklig.

Sie drückte sich tiefer in die nasse, kalte Nische. Wieder verhielt sie sich ganz still und lauschte. Nichts. War er noch da? Sie stieß den angehaltenen Atem aus.

Sollte sie sich ein Stückchen nach vorn beugen, um zu sehen, ob er noch dort war? Was, wenn er nur darauf wartete? Sie zitterte.

Sie schaute sich um, sah nur Dunkelheit. Das einzige Licht kam von oben. Dort musste er sein. Todesmutig wagte sie sich einige Zentimeter vor.

Da erblickte sie ihn. Er trug eine schwarze Kapuze, die Gestalt breit, die Hände bereit, zuzupacken.

Hastig zog sie sich zurück. Ein Schluchzen entfuhr ihr.

Ganz fest schloss sie ihre Augen. Wenn sie ihn nicht sah, konnte er sie auch nicht sehen. Das Gefühl gab ihr Trost.

Lange verharrte sie so, bis die Neugier sie antrieb, die Augen wieder zu öffnen. Zitternd beugte sie sich nach vorn, um zu sehen, ob er immer noch dort stand.

Aber sie sah nur noch ein helles Rund hoch über ihrem Kopf.

Der Kapuzenmann war verschwunden.

1

Sabine Radek wähnte sich am Ende der Welt. Ihre Tochter saß im Fond des Wagens und nörgelte, was Sabines Nervosität noch steigerte. Was erwartete sie? Ihre Aufregung wuchs mit jedem Kilometer. Sie hatte eine Erbschaft gemacht, mit der sie niemals gerechnet hätte. Ein Onkel im Elsass, das klang wie der Titel einer Komödie aus dem Ohnsorg-Theater. Nach Lachen war ihr seitdem tatsächlich zumute.

Sabine Radek, die Erbin.

Wollen Sie das Erbe annehmen?

Wie sollte sie diese Frage beantworten, ohne ihr Erbe jemals gesehen zu haben?

Also fuhr sie ins Elsass – zusammen mit ihrer Tochter Annabel, die unbedingt hatte dabei sein wollen.

Die Entfernung betrug von Saarbrücken aus vierzig Kilometer. Dichte schwarze Wolken türmten sich am Himmel. Eine Windböe kam auf und rüttelte heftig an Sabines Kleinwagen. Krampfhaft umklammerte sie das Lenkrad, ihren Blick immer auf die Route National gerichtet. Sie verließ Lothringen und überquerte die unsichtbare Grenze zum Krummen Elsass.

Nur noch zwei Orte. Die würde sie auch noch schaffen.

Endlich das Ortsschild: Potterchen.

Sabine bestaunte die schmale Straße, eingerahmt von dicken Stämmen der Kastanien, deren Blätter sich teilweise wie ein bunter Baldachin über der Allee ausbreiteten. Der andere Teil des Laubs klebte auf der Straße. Vereinzelte Sonnenstrahlen kämpften sich durch die dichten Wolken und blitzten zwischen kleinen Lücken auf. Alles verschwamm in Licht und Schatten. Am Ende der Allee lag das Dorf, in dem ihr Onkel gelebt hatte, ohne jemals mit ihr in Kontakt getreten zu sein.

Wer wusste schon, warum es gut war, erst nach seinem Tod von ihm zu erfahren? Sabine grinste. So hatte sie wenigstens keine negativen Erinnerungen an ihn.

Bis jetzt. Es sei denn, das Haus war die reinste Bruchbude …
Dieser Gedanke kam Sabine, als sie das erste Gebäude erblickte. Es war ein Trümmerhaufen, dessen endgültiger Zerfall jede Sekunde bevorstand. Das nächste, ein leer stehendes Bauernhaus, war von einer Größe, die sie umgeworfen hätte, säße sie nicht in ihrem Auto.

Ihre anfängliche Begeisterung bekam erste Dämpfer. Sie fuhr langsam weiter. Doch was sie dann zu sehen bekam, entschädigte sie für alles. Der Kern des Dorfes war traumhaft – als sei die Zeit stehengeblieben. Alte, gut gepflegte Bauernhäuser, teils aus Sandstein, teils aus Fachwerk. Manche waren in Pastellfarben gestrichen, andere prangten in Naturstein. Scheunen, Ställe und Blumenkübel in allen Formen und Größen zierten die schmale Straße. Dorfbewohner saßen auf Bänken vor ihren Häusern. Die Blicke, die Sabine trafen, waren argwöhnisch bis freundlich – es war alles dabei.

„Welches davon wohl unser Haus ist?", fragte sie nach hinten, in Richtung ihrer Tochter.

Annabels Antwort fiel allerdings anders aus als erwartet. Laut schrie sie: „Pferde."

Sabine schaute in die Richtung, in die der kleine Kinderfinger zeigte. Pferde grasten auf einer Koppel nahe an Bahngleisen, die das Dorf abgrenzten. Auf der anderen Seite der Schienen lagen Felder, soweit das Auge reichte. Direkt vor ihr auf der rechten Seite verunzierten hässliche breite Rohre die Natur, als sollte dort Kanalisation verlegt werden. Neben diesen Rohren sah der Boden felsig aus. Ein gelbes Schild fiel ihr ins Auge. Sabine beherrschte kein Französisch, weshalb sich ihr der Wortlaut nicht erschloss. Aber anhand der dazu abgebildeten Symbole glaubte sie zu erkennen, dass eine Baustelle angezeigt wurde.

„Ich vermute, wir sind zu weit gefahren." Sie ließ ihren Blick nach links wandern. Dort wies ein Schild darauf hin, dass die Rue de la Gare weiterging. „Oder doch nicht." Sie bog ab.

Weiter reihte sich ein Bauernhaus an das nächste. Bis sie auf eines traf, dessen Schönheit sie den Wagen abbremsen ließ. Leicht gebogene Fenster mit angepassten Klappläden in einem kräftigen Rotbraun stachen von der pfirsichfarbenen Fassade des Hauses ab. Daneben befand sich ein geschwungenes Scheunentor, ebenfalls in rotbraunen Tönen, flankiert von einem Garagentor in den gleichen Farben. Sabine suchte die Hausnummer. Einundzwanzig. So ein Mist. Ihr Erbe hatte die Nummer zwölf. Oder hatte sich vielleicht jemand einen Scherz erlaubt und die Ziffern vertauscht? Leider musste Sabine diese Hoffnung schnell begraben, denn die Tür ging auf und ein kräftiger Mann trat heraus. Auf seinen fragenden Blick begann sie zögerlich auf Deutsch zu sprechen: „Ich heiße Sabine Radek …"

„Aah." Der Mann nickte. „Wen suchen Sie?"

„Die Hausnummer zwölf."

Er grinste verschmitzt, nickte wissend und fragte: „Sin Ihr der neue Propriétaire von dem Hüs?"

„Das weiß ich noch nicht so genau", gab Sabine zu, wobei sie annahm, dass Propriétaire Besitzer hieß. Die Neugier des Mannes amüsierte sie.

Da sie nichts weiter sagte, erklärte er ihr den Weg: „Einfach weiter die Chaussee entlang, an der Kreuzung à gauche, dann stoßet Ihr druff."

Sabines Augen folgten seinen schwieligen Händen, die in die entsprechende Richtung deuteten. Sie bedankte sich und fuhr weiter.

Die Nostalgie, die dieses Dorf umgab, lullte Sabine ein. Sie fuhr extra langsam, weil sie jedes Haus bewundern wollte. Manche wirkten alt, zerfallen und geheimnisumwittert, andere waren mit Liebe restauriert worden.

Plötzlich stach ihr ein schweinchenrosa Monolith ins Auge. Erst bei genauerem Hinsehen begriff Sabine, dass dieses hässliche Gebilde die Dorfkirche war. Dort bog sie links ab. Die Mairie lag unmittelbar neben der Kirche. Wie Sabine wusste, waren in diesen kommunalen Gebäuden auch Schulen und Kindergärten untergebracht. Im Schritttempo fuhr sie daran vorbei.

Dann sah sie es - Hausnummer zwölf.

Sie wusste nicht, ob sie sich freuen sollte oder nicht. Der Anblick ihres Erbes entfachte keine Liebe auf den ersten Blick. Vor ihr befand sich ein Bauernhaus mit Wohnung und Stall unter einem gemeinsamen Dach mit durchlaufendem First. Die Scheune war erkennbar durch ein großes Scheunentor zur Straße hin. Diese Bauweise war in der Grenzregion häufig zu beobachten. Da das Haus zweigeschossig war, gehörte es der lothringischen Bauweise an - mit den Unterschieden, dass die Scheunenhälfte nachträglich angebaut sowie zerfallen wirkte und die Fenster überproportional groß waren. Braune Klappläden bildeten den einzigen Farbtupfer auf der schmutziggrau verputzten Front.

Annabel drängelte: „Darf ich zu den Pferden gehen?"

„Nein. Wir wissen doch gar nicht, wo die sind."

„Doch. Ich habe den Stall gesehen."

„Du wirst zuerst mit mir ins Haus gehen."

Schmollen war die Antwort.

„Annabel", versuchte Sabine es in einem freundlicheren Tonfall. „In Saarbrücken kannst du jeden Tag auf deinem Pony reiten. Deshalb bitte ich dich, zuerst mit mir unser neues Haus anzusehen."

Annabel nickte, wie Sabine im Rückspiegel erkannte.

„Gut." Sie fühlte sich erleichtert. „Später gehen wir zu den Pferden, die du gesehen hast. Ist das ein guter Vorschlag?"

Annabels Augen leuchteten.

Sabine stellte ihren Daihatsu Cuore ab und stieg zusammen mit ihrer Tochter aus. Aus ihrer Tasche kramte sie den Haustürschlüssel hervor, dessen Form sie immer wieder in Staunen versetzte. So ein antikes Teil hatte sie noch nie in ihren Händen gehalten – groß, lang, von plumper Form, aus rostigem Eisen. Zum Glück sah die Haustür dazu besser aus. Massives Eichenholz mit Schnitzereien und einem Glaseinsatz mit eingeschliffenem Fischmuster. Unter Scharren und Schaben ließ sich die schwere Tür öffnen.

Kaum hatte Sabine sie hinter ihnen geschlossen, schien es ihr, als betrete sie eine andere Welt. Alles war geräumig, die Bauweise rustikal, die Decke hoch und aus massivem Eichenholz, der Boden mit Steinplatten belegt. Annabel schien es zu gefallen, denn sie stürmte neugierig durch die Räume, um alles zu erkunden.

Zu ihrer Rechten lag ein großes Wohnzimmer. Alte Möbel ließen den Raum dunkler wirken. Ein Kamin zog Sabine magisch an. Mit Holz heizen, das stellte sie sich romantisch vor. Sie öffnete sämtliche Schranktüren und sah hinein. Die Schränke quollen über: Bücher, Ordner, Porzellan, alles sammelte sich ohne die geringste Ordnung darin. Niemand hatte sich um diese Sachen gekümmert, nachdem der Onkel gestorben war.

Sie hörte Annabel im Nebenraum rumoren. Langsam folgte Sabine ihrer Tochter durch einen Rundbogen. Der Raum dahinter war lang und schmal, er beherbergte eine geräumige Küche und das Esszimmer und nahm die gesamte Rückfront des Hauses ein. Nicht nur eine gläserne Balkontür, sondern gleich zwei nebeneinander ließen viel Licht herein und gaben den Blick auf einen großen, ungepflegten Garten frei. Annabel war nicht zu sehen.

Eine der gläsernen Türen schlug gegen den Rahmen. Wieso stand sie offen? Sofort bekam Sabine eine Gänsehaut. Sollte das unbewohnte Haus die ganze Zeit über nicht abgeschlossen gewesen sein? Sie schaute sich um, als könnte jeden Augenblick ein Schatten auftauchen.

Ein Knarren ertönte. Sabine zuckte zusammen. Nachdem sie sich von ihrem Schrecken erholt hatte, fiel ihr Blick auf die Decke aus schweren Eichenbohlen. Sie erinnerte sich, dass Holz arbeitete. Die Geräusche waren ihr nicht vertraut. Würden sie es jemals werden?

Sie schaute sich um. Von ihrem Kind war nichts zu sehen oder zu hören. Sie durchquerte alle Räume im Erdgeschoss, die offen miteinander verbunden waren, konnte Annabel aber nirgends finden. Ein schmaler Flur ging vom Wohnzimmer ab und endete an einer alten Holztür. Sabine rüttelte daran. Sie war verschlossen. Erst jetzt sah sie zu ihrer Rechten eine steinerne Treppe, die im Rechtsbogen in den ersten Stock führte. Sabine folgte den Stufen und fand eine geräumige obere Etage vor. Sie stand in einem quadratischen Flur, von dem aus sich in allen vier Himmelsrichtungen jeweils ein Zimmer befand. Die Türen standen offen. Alle Räume waren möbliert. Die ganze Etage lag in Dunkelheit. Das Licht, das durch die kleinen Fenster hereinfiel, reichte nicht aus, um alles deutlich erkennen zu können.

„Annabel, wo steckst du?", rief Sabine. Sie rannte in jedes Zimmer, schaute sich überall genau um, aber sie fand ihre Tochter nicht. Stattdessen entdeckte sie viele antike Möbel, die ihr Herz höherschlagen und sie an jedem Stück etwas verweilen ließen. Ihr Onkel hatte zu leben verstanden; solche Antiquitäten konnte sich Sabine nicht leisten.

Wieder rief sie Annabels Namen. Wieder erhielt sie keine Antwort.

„Annabel, das ist kein lustiges Spiel mehr. Wo bist du?"

Nichts.

Sie entdeckte eine Dachluke, die nach oben zum Speicher führte. Neugier packte sie. Sie wusste, dass die Kleine nicht dort oben sein konnte. Aber sie kannte Annabel. Mit Sicherheit war sie auf den Speicher eines fremden Hauses genauso neugierig wie sie.

„Schau mal hier, Annabel", rief sie. „Hier ist ein uralter Speicher. Hier finden wir bestimmt was ganz Aufregendes."

Ein Rumpeln ertönte. Also war sie auf dem Weg nach oben, dachte Sabine schmunzelnd.

Mit Mühe zog sie die Leiter herunter und arretierte sie. Sie schaute sich um, konnte Annabel aber nirgends sehen.

„Annabel. Hast du gehört? Willst du, dass ich den Schatz vor dir finde?"

Vorsichtig stieg sie nach oben. Der Speicher war überwältigend groß und mit allem möglichen Krempel voll gestellt. Sie ließ ihren Blick über das Chaos wandern. In Gedanken sah sie sich und Annabel schon geheimnisvolle Entdeckungen machen, die verborgene Geheimnisse aus grauer Vorzeit über ihre eigene Familie preisgaben. Das Haus gefiel ihr immer besser.

„Annabel. Du glaubst nicht, was ich hier entdeckt habe."

Aber Annabel reagierte immer noch nicht.

Nun hörte sie nichts mehr, kein Rumpeln, keine Schritte, nichts.

Verunsichert kletterte Sabine die Leiter wieder hinunter. Ein sich wiederholenden Poltern ertönte. Erschrocken rief sie: „Annabel. Was machst du?"

Statt einer Antwort hörte sie wieder dieses Geräusch. Es drang aus dem Erdgeschoss zu ihr. Die geöffnete Terrassentür fiel Sabine wieder ein. Sollte das Mädchen nach draußen gelaufen sein?

Warum kam ihr der Gedanke jetzt erst?

Hastig eilte sie die Steinstufen hinunter ins Erdgeschoss, durchquerte den Flur und die Küche. Von Annabel keine Spur. Sie lief ins Freie. Vor ihren Augen bot sich eine großzügig geschnittene Terrasse, die direkt an den nicht enden wollenden Garten angrenzte. Alte, baufällige Mauern bildeten zu ihrer Linken eine schmale Gasse, an deren Ende Sabine auf ein Plumpsklo stieß. Sie öffnete die hölzerne Tür mit der obligatorischen Herzöffnung, konnte dort aber nur Teile von Sperrmüll entdecken. Ihre Tochter war nicht dort. Sie ging weiter an dem baufälligen Schuppen vorbei und stellte mit Schrecken fest, dass man von dort ungehindert auf die Dorfstraße gelangte.

Starker Wind schlug ihr entgegen. Ein Blick nach links, ein Blick nach rechts. Keine Annabel. Sie stellte sich mitten auf die Dorfstraße, suchte mit den Augen alle Richtungen ab, aber alles war menschenleer. Wo waren die vielen Menschen, die noch vor wenigen Minuten vor ihren Häusern gesessen hatten? Angst kroch in ihr hoch. Sie schrie den Namen ihrer Tochter. Nichts geschah. Ihr Herz setzte einen Schlag aus. Sie spürte ihren Puls rasen. Wie konnte die kleine Annabel mit ihren vier Jahren so schnell spurlos verschwinden? Sie hatte ihr Kind unterschätzt – hatte einen Fehler gemacht. Sie musste sofort nach Annabel suchen, musste zusehen, ihr Kind so schnell wie möglich wieder in ihrer Nähe zu wissen.

Ein älterer weißhaariger Herr stand in der offenen Scheune des Nachbarhauses. Neugierig schaute er zu ihr herüber. Dieser Mann musste Annabel gesehen haben. Sofort steuerte sie ihn an und fragte: „Haben Sie ein kleines Mädchen gesehen?"

„Sind Sie die neue Besitzerin?", kam es statt einer Antwort.

Sabine stöhnte innerlich. Sie wollte sich jetzt nicht mit Höflichkeiten aufhalten.

„Ja. Ich heiße Sabine Radek."

„Bernard Meyer." Sie gaben sich die Hände.

„Ich bin vorhin mit meiner Tochter hier angekommen", setzte Sabine von neuem an. „Sie ist weggelaufen. Erst dachte ich, sie hätte sich versteckt. Aber ich kann sie nirgendwo finden. Sie heißt Annabel, ist vier Jahre alt, hat blonde Haare, trägt einen Jeansoverall und einen Anorak mit rosa Elefanten darauf. Haben Sie sie gesehen?"

„Ey joo", sagte der Nachbar, was in Sabine sofort Hoffnung aufkeimen ließ. Doch dann fügte er hinzu: „Wenn Sie erst angekommen sind, kann sie noch nicht weit sein."

„Sie stehen doch bestimmt schon länger hier", fasste Sabine nach. „Ist Ihnen nichts aufgefallen?"

„Hier sind so viele Kinder", meinte der Alte mit einem entschuldigenden Lachen. „Wie soll ich da erkennen, welches Kind darunter fremd ist?"

Sabine ahnte, dass ihr dieses Gespräch nicht weiterhalf. Sie warf einen Blick auf die Straße, auf der zum Glück kein Verkehr herrschte.

„Gibt es hier einen Reitstall?", fragte sie, einer plötzlichen Eingebung folgend.

„Ja. Der befindet sich ein Stück weiter auf der rechten Seite."

Sabine folgte dem Hinweis des Alten, passierte mehrere Bauernhäuser und eine kleine Kirche, die ihr bei ihrer Rundfahrt durch das Dorf nicht aufgefallen war. Schön sah die Kapelle aus. Wie eine Entschädigung für das hässliche Pendant in Rosa. Ein schmaler Weg bog an der Kirche rechts ab. Ein Schild wies darauf hin, dass sie vor dem „Chemin de Hohenau" stand.

Der Weg führte Sabine an einigen Häusern vorbei, bis sich vor ihren Augen Koppeln erstreckten. Das sah immer besser aus. Sabine beschleunigte ihre Schritte. Doch schon bald bemerkte sie, dass sie sich immer weiter vom Dorf entfernte. Auch sah sie den Reitstall nirgends, von dem sie annahm, ihre Tochter sei dorthin gelaufen. Wie sollte es der Vierjährigen gelungen sein, diesen Stall zu finden, wenn sie es selbst nicht schaffte?

Der Chemin de Hohenau war stellenweise von riesigen Pfützen durchzogen. Aber Sabine lief unbeirrt weiter und ignorierte ihre nassen Füße. Es dauerte nicht lange, da endete der Weg im Nichts.

Eisern entschlossen stapfte sie über die regennasse Wiese, bis sie nach einigen Metern vor einem reißenden Fluss stand. Frustriert kehrte sie um. Sie musste zurück ins Dorf laufen und dort jemanden suchen, den sie nach dem Weg zum Reitstall fragen konnte.

Die Stille und Einsamkeit lasteten schwer auf ihr. Keine Menschenseele war zu sehen, kein Zeichen von Zivilisation – nur unendliche grüne Weite. Von Potterchen erkannte sie lediglich vereinzelte Hausdächer, die sich über die Bäume und Sträucher erhoben. Und den auffallend rosafarbenen Kirchturm. Ihre Angst wuchs mit jedem Schritt. Ihr Gefühl ließ sie befürchten, dass Annabel eine große Dummheit begehen könnte. Die Liebe der Kleinen zu Pferden grenzte schon an Besessenheit.

Das Geräusch eines Zuges donnerte durch die Stille.

Im gleichen Augenblick fielen ihr wieder die Gleise ein. In deren Nähe hatte Annabel ihren Schrei „Pferde" ausgestoßen. Warum hatte sie nicht gleich daran gedacht? Sie schaute sich um, sah den Zug und schlug die Richtung dorthin ein.

An den Gleisen angelangt, sah sie die Pferde, die Annabel auch bemerkt hatte. Endlich war sie auf dem richtigen Weg. Zu ihrer Rechten erstreckte sich ein Schotterweg. Die Pferdeäpfel wiesen zu ihrer Erleichterung darauf hin, dass dieser Weg zum Reitstall führte. Hinter einer Kurve wurde der Blick auf eine große Reithalle mit Stallungen und einem übergroßen, grellbunten Pferdetransporter frei. Zielstrebig steuerte sie den Hof an. Hinter der Halle konnte sie eine kleine Gruppe von Reitern auf Ponys zwischen zwei Koppeln ausmachen. Der einzige Steinbau inmitten der vielen Blechhallen und Schuppen beherbergte Pferdeboxen. Dort lag alles in Dunkelheit. Vorsichtig trat sie hinein.

Innen herrschte Totenstille, niemand zu sehen, weder Mensch noch Tier. Sie rief Annabels Namen. Als sie ein Geräusch vernahm, glaubte sie, sie sei erhört worden, wurde aber aufs Neue enttäuscht. Vor ihr tauchte ein Mann auf, der ihr gerade bis ans Kinn reichte. Seine dunklen Augen blitzten anzüglich, sein Mund kräuselte sich amüsiert, als er sie ansprach: „Was sucht eine schöne Frau wie Sie in einem verlassenen Stall?"

„Mein Kind." Sabine hatte Mühe, ihre Abscheu zu unterdrücken. Seine süffisante Bemerkung empfand sie als unpassend, besonders einer völlig Fremden gegenüber.

Die dunklen Haare des Mannes waren mit einigen grauen Strähnen durchzogen. Seinen Schnurrbart pflegte er offensichtlich; es schien, als sei ihm dieser Teil seines Äußeren besonders wichtig. Seine Augen hafteten unverhohlen auf ihren Brüsten, als er weitersprach:

„Es kommen immer sehr viele Kinder zum Stall. Mein Schwiegersohn lässt sie kostenlos auf seinen Ponys reiten."

Sabine traute ihren Ohren nicht. „Aber doch nicht meine Tochter. Sie ist hier völlig fremd."

„Ob Ihre Tochter dabei ist, weiß ich nicht. Ich kenne ja nicht jedes Kind. Dafür sind es zu viele."

Aufgeregt rief sie: „Hier sehe ich kein einziges Kind. Wo sind denn alle?"

„Mein Schwiegersohn ist vor wenigen Minuten mit ihnen ausgeritten. Er reitet immer eine kleine Runde über die Felder." Das Lächeln des Mannes wirkte aufgesetzt.

Sabine schrie fast vor Entsetzen. „Das einzige Pony, das meine Tochter reiten kann, ist unser eigenes."

„Dann kann ja gar nichts passieren." Der Mann strahlte sie zufrieden an. „Ponys sind alle gleich."

„Wie können Sie nur so verantwortungslos sein?".

„Jetzt machen Sie sich mal keine Sorgen. Mein Schwiegersohn reitet mit den Kindern immer ganz vorsichtig."

„Aber ..." Sabine verschlug es die Sprache. „Er kann doch nicht einfach ein fremdes Kind auf ein Pony setzen."

„Wie soll er sich jedes Gesicht merken? Es kommen immer viele Kinder, die ausreiten wollen. Die Eltern sind einverstanden, weil bisher noch nie etwas passiert ist. Außerdem wissen Sie doch gar nicht, ob Ihre Tochter wirklich dabei ist."

Sabine rang nach Luft.

„Ich überlege gerade", meinte der Mann, der nun doch leicht nachdenklich aussah. „Fünf Ponys sind gesattelt worden und fünf Kinder sind zu dem Ausritt gekommen."

In Sabine machte sich die Hoffnung breit. Doch der nächste Satz machte die sofort wieder zunichte: „Jetzt erinnere ich mich wieder ganz genau. Sechs Mädchen waren gekommen. Eines musste nach Hause gehen, weil es Bauchschmerzen hatte. Mein Schwiegersohn war bereits abgestiegen und wollte ein weiteres Pony satteln, aber das musste er dann doch nicht tun."

„Annabel trägt einen Jeansoverall. Sie hat lange blonde Haare. Ist dieses Kind dabei?"

Der Mann nickte und meinte: „Dem Kind habe ich noch gesagt, dass die Nähte der Jeans ihr an den Beinen wehtun könnten. Aber das war ihm egal."

Sabine rannte aus der dunklen Stallgasse. Das Wissen, dass ihre Tochter sich unter fremden Menschen befand und auf einem fremden Pony saß, trieb sie fast in den Wahnsinn.

Die Außenboxen im Hof waren vereinzelt mit Pferden besetzt, daneben befanden sich eine gähnend leere Reithalle und ein großer Heuschober. Sie suchte die dahinterliegenden Felder akribisch ab, bis sie tatsächlich eine Gruppe von Reitern sah.

Der Anblick versetzte ihr den nächsten Schock: von wegen langsam reiten. Die Truppe jagte in wildem Galopp über die Felder.

„Das nennen Sie langsam?"

Der Mann schaute in die gleiche Richtung. Nun war es an ihm, zu staunen. „Das verstehe ich nicht. Pascal, mein Schwiegersohn, reitet sonst immer nur im Schritt."

„Wer sind Sie überhaupt?"

„Mein Name ist Ernest Leibfried. Ich bin der Bürgermeister von Potterchen."

„Dann helfen Sie mir bitte, dass meine Tochter heil zurückkommt."

Ernest Leibfried lief zum Feldweg, der an den Bahngleisen entlang verlief, und ließ einen lauten Pfiff ertönen. Besorgt beobachtete Sabine, was nun geschah.

Es dauerte eine Weile, bis die Gruppe von Reitern ihre Ponys zügeln konnte, um sie zum Rückweg zu wenden. Kurzfristig herrschte dort heilloses Durcheinander. Die Tiere liefen in alle Richtungen, bis es dem Anführer der Gruppe gelang, sie alle auf den Weg zu lenken, der zum Stall zurückführte.

Bis auf eine Ausnahme.

Ein Pony setzte sich von der Gruppe ab, sprang über die Schienen und galoppierte auf der anderen Seite weiter. Der Anführer der Gruppe riss sein Pferd herum und jagte hinter dem ausbrechenden Tier her, während der Rest der Gruppe im ruhigen Schritt zum Stall zurück trottete.

Sabine suchte unter den Kindern Annabels Gesicht, doch ihre Tochter war nicht dabei. Ihr Albtraum wurde wahr: Ausgerechnet Annabels Pony hatte sich von der Gruppe getrennt und war über die Schienen davon galoppiert.

Endlich schüttelte sie die Lähmung ab, die sie vor Schreck erfasst hatte, und lief los. Gerade noch konnte sie verhindern, an den Gleisen zu stolpern und auf den Schotter zu fallen. Sie erreichte das Feld auf der gegenüberliegenden Seite und rannte noch schneller. Aber gegen die Vierbeiner hatte sie keine Chance. Der Abstand war schon viel zu groß. Sie konnte nicht einmal mehr sehen, ob eine Reiterin auf dem wild galoppierenden Pony saß. Es war zu weit weg und viel zu schnell. Schon hatte sie das Pony völlig aus den Augen verloren.

Kalter Wind schlug ihr entgegen. Sie bekam keine Luft mehr. Schwindelattacken zwangen sie, langsamer zu werden. Sie stolperte weiter und weiter. Alles um sie herum war grün, grün und wieder grün. Soviel Natur hatte sie noch nie in ihrem Leben auf einmal gesehen. Sie verlor die Orientierung.

Eine Reiterin kam ihr entgegen. In ihrer freien Hand hielt sie die Zügel eines reiterlosen Ponys. Das Tier war nassgeschwitzt, zerzaust und schnaufte.

„Was ist mit meinem Kind passiert?", fragte Sabine atemlos.

„Das Pony ist ausgebrochen. Das Mädchen, das darauf saß, ist runtergefallen", antwortete die junge Frau.

„Und wer sind Sie? Warum reiten Sie seelenruhig zum Stall zurück?"

„Ich habe lediglich das Pony eingefangen, damit Pascal weiter nach dem Kind suchen kann. Sobald das Pony im Stall ist, helfe ich bei der Suche."

Sabine ging weiter, begann erneut zu rennen, in der Hoffnung, Annabel so schneller zu finden. Das Einzige, was sie damit bewirkte, war ein schmerzhaftes Seitenstechen. Sie verlangsamte ihre Schritte und suchte alles ab, was nach einem Reitweg aussah, warf einen Blick in jeden Graben. Ohne Ergebnis. Ständig rief sie Annabels Namen. Keine Reaktion. Sie stolperte ziellos herum. Sie bemerkte nicht, wie die Zeit verging, fühlte nur eine große Hilflosigkeit und Sorge. Ihre Schuhe waren durchnässt, Kälte kroch durch ihren Körper. Sie durfte nicht schlappmachen. Hier irgendwo lag ihre Tochter und brauchte ihre Hilfe. Sie fiel auf den nassen Boden, erhob sich und stolperte weiter. Ihr Kopf dröhnte, sie konnte nur noch Schemen erkennen. Aus dem Nebel schälte sich eine Gestalt. Hoffnungsvoll riss sie die Augen auf, schrie den Namen ihrer Tochter und rannte darauf zu.

Doch es kam keine Antwort und niemand war mehr zu sehen. Ihre Sinne hatten sie getäuscht.

Sie blieb stehen, bückte sich und schloss die Augen, um ihre Atmung zu beruhigen. Dann setzte sie ihre Suche fort. Hastig sprintete sie los. Doch schon nach wenigen Metern stürzte sie erneut auf den nassen Boden. Gleichzeitig hörte sie etwas. Ein

Platschen. Ganz in ihrer Nähe. Das musste ihre Tochter sein. Sie riss die Augen auf und krächzte „Annabel". Suchend schaute sie sich um. Ein Schatten trat auf sie zu. Sie sprang auf vor Erwartung. Doch es war nur der Bürgermeister.

„Die Männer aus dem Dorf helfen bei der Suche nach Annabel", sagte er in beruhigendem Tonfall. „Leider hat mein Schwiegersohn nicht gesehen, wo Ihre Tochter heruntergefallen ist. Deshalb müssen wir den ganzen Weg abgehen. Pascal reitet sicherheitshalber das gesamte Feld ab. Keine Sorge. Wir sind so viele. Wir werden Ihr Kind finden."

Sabine nickte schwach. Sie rieb über ihre schmerzenden Augen, blickte hoch und fand bestätigt, was der Bürgermeister gesagt hatte. Bewaffnet mit Stöcken gingen Fremde über die Felder, schoben Gras zur Seite, klopften den Boden ab, riefen dabei immer wieder Annabels Namen.

Konnte sie dieser Anblick wirklich beruhigen? Wer waren diese Leute? Wollten sie wirklich das Beste für ihr Kind? Wie sollte Sabine diesen Menschen vertrauen, wo sie hier doch nur eine Fremde war?

Mit zitternden Knien erhob sie sich und setzte ihre eigene Suche fort.

Dämmerung brach herein und noch immer keine Spur von Annabel. Plötzlich ergriff ein naheliegender Gedanke von ihr Besitz: Was wäre, wenn Annabel zum Stall zurückgekehrt wäre und dort nach ihr suchte? Diese Vorstellung ließ einen Funken Hoffnung aufblitzen. Sofort wendete Sabine und stolperte den langen Weg zurück. Sie überquerte die Schienen und steuerte den Stall an. Aber ihre Hoffnung, dass Annabel dort auf sie wartete, löste sich schnell in Nichts auf. Keine Menschenseele hielt sich dort auf. Nur die Pferde, deren Kaugeräusche den Stall erfüllten.

Blieb noch die Hoffnung, dass sie in das Haus Nummer zwölf in der Rue de la Gare zurückgekehrt war. Sie passierte eine große Ruine. Der Anblick dieses baufälligen Gemäuers ließ sie innehalten. Die morsche Holztür war nur angelehnt, also kein Hindernis, um dort hineinzugelangen. Sie zog sie einen Spaltbreit auf und quetschte sich hindurch. Vor ihren Augen war nur ein brüchiger Boden übersät mit Unrat zu sehen. Links von ihr lehnte eine Leiter an der Wand, die auf eine Zwischenetage führte. Sabine stieg hoch und rief mehrmals Annabels Namen. Aber dort war sie nicht.

Sie verließ die Ruine und schlug den Weg zur Rue de la Gare ein, die zu ihrem Haus Nummer zwölf führte. Ein gut gepflegtes Eckhaus war direkt an die Ruine angebaut. Ein seltsamer Anblick. Darin befand sich das Restaurant mit dem Namen „Chez Ernest".

Ernest? Hieß so nicht der Bürgermeister dieses Dorfes?

Die halb zerfallene Mauer, die das Restaurant mit dem benachbarten Haus auf der anderen Seite verband, brachte sie zum Staunen. Die Unregelmäßigkeiten zwischen gepflegten und vernachlässigten Gemäuern irritierten sie. Diese Mauer endete mit einem Stacheldraht am oberen Rand, womit verhindert wurde, dass jemand drüber kletterte. Ein verrostetes Tor bezeugte, wo früher mal der Eingang gewesen war. Sabine rüttelte daran, aber es ließ sich keinen Millimeter verschieben.

Was verbarg sich dort? Das musste sie unbedingt wissen.

Durch die Gitter des Tores blickte sie auf die Äste einer Eiche, die bis auf wenige rostbraune Blätter vom Herbstwind kahlgefegt worden war. Mit ihrem dicken Stamm und den knorrigen Ästen hob sie sich bedrohlich vom dunklen, regenschweren Himmel ab. Runensteine ragten verstreut aus hohem, wild gewachsenem Gras und Efeu empor. Jahrhunderte von Wind und Regen hatten auf ihnen Spuren hinterlassen. Die Beschriftungen waren verwittert und kaum lesbar. Eingefasst wurden sie von niedrigen Steinmauern der Umfriedung.

Ein alter, vernachlässigter Friedhof lag dort vor ihr. Ein Schaudern überlief sie. Dort würde sich Annabel bestimmt nicht aufhalten. Die linke Seite des verwahrlosten Areals grenzte an den baufälligen Schuppen, den sie ergebnislos nach ihrer Tochter abgesucht hatte. Sie wollte sich wegdrehen, als ihr ein Mann in gebückter Haltung auffiel. Er legte Blumen auf eines der alten Gräber. Er bemerkte sie, erhob sich und drehte sich um. Dicke Brillengläser ließen seine Augen übergroß aussehen. Sabine erschrak. Seinen Mund verzog er abwechselnd zu einem Lachen und zu einer Kaubewegung. Kleine, vorstehende Zähne und dunkelrotes Zahnfleisch am Oberkiefer entblößten sich, Speichel lief ihm aus den Mundwinkeln.

Sabine wollte weitergehen. Doch sie hielt inne. Warum sollte sein Aussehen ein Grund sein, diesen möglichen Augenzeugen nicht zu befragen?

„Haben Sie ein kleines Mädchen gesehen? Es ist vier Jahre alt, hat lange blonde Haare, blaue Augen und trägt einen Jeansoverall."

„Pauvre fille." Das Gesicht verzog sich augenblicklich zu einer traurigen Fratze. „Fille riche." Er zog eine lachende Grimasse und wandte sich ab.

Sabine war völlig außer sich. Mit diesem Kerl hatte sie nur Zeit verschwendet. Wie eine Irre rannte sie los, steuerte die Mitte der Dorfstraße an. Dort hatte sie den besten Überblick. Alles, was sich ihr auf der Suche nach ihrem Kind in den Weg stellen wollte, beachtete sie nicht. Autofahrer mussten zusehen, wie sie Sabine passierten, ohne sie umzufahren. Dabei schleuderte sie jedem die Frage nach ihrem Kind entgegen. Kaum begegnete ihr ein Mensch vor einem der Häuser oder an geöffneten Fenstern, keuchte sie: „Haben Sie ein kleines Mädchen gesehen?" Doch immer nur erntete sie Kopfschütteln oder bedauernde Mienen. Also rannte sie weiter und weiter und weiter. Irgendwo musste ihr Kind doch sein. „Annabel.", schrie sie immer wieder den Namen ihrer Tochter. Doch es kam keine Antwort.

Dunkelheit brach herein. Und mit ihr der Schrecken, der in Sabine immer größer wurde. Wie fühlte sich ihr kleines Mädchen jetzt? Annabel hatte Angst im Dunkeln. Sie hatte Albträume. Sie kroch immer zu ihrer Mutter ins Bett, weil sie ihren Schutz suchte. Und jetzt? Jetzt lag sie irgendwo allein und ungeschützt da und hatte niemanden.

Sabine brach in Tränen aus, rannte aber unbeirrt weiter.

Jemand steuerte direkt auf sie zu. Erschrocken bremste sie ab, riss die Augen weit auf und schaute in das zerfurchte Gesicht eines alten Mannes. Seine Haltung war leicht gebückt. Er grinste. Sollte er etwas wissen?

„François kann Ihnen nicht helfen", sprach er hastig mit halb verschluckten Vokalen.

„Ich will nichts von François, ich will meine Tochter finden", knurrte Sabine und wollte ihren Weg fortsetzen. Aber der Alte war noch nicht fertig. Die eine Hand stützte er auf seinen Stock, als sei er zu schwach, ohne diese Hilfe stehen zu können, doch seine andere Hand hinderte sie mit erstaunlicher Kraft daran, weiterzugehen. Sein Gesicht kam ihrem immer näher. Sie erkannte, dass nur noch ein einziger Zahn seinen Mund zierte.

„Gehen Sie nach Hause. Der Bürgermeister hat die Gendarmerie aus Straßburg benachrichtigt. Von dort ist jemand auf dem Weg hierher."

„Nur ein Einziger kommt hierher, um meine Tochter zu finden?"

Der Alte nickte und fügte an: „Einer, der was davon versteht."

Er humpelte auf seinen Stock gestützt davon. Erst jetzt nahm sie den Golden Retriever wahr, den der Alte ausführte. Auch der hatte seine besten Jahre schon lange hinter sich. Struppig, mit weißer Schnauze und krummen Beinen wackelte er hinter seinem Herrchen her.

2

Kriminalkommissarin Tanja Gestier hielt den Blick auf das gerötete Gesicht ihrer Tochter gerichtet. Dabei versuchte sie, sich das Handy zu schnappen, ohne dass Lara wieder einen ihrer Wutanfälle bekam. War vier Jahre bereits ein schwieriges Alter? Tanja wusste es nicht. Sie wusste nur, dass Lara ganz schön unangenehm werden konnte, wenn etwas nicht nach ihrem Kopf ging. Sie konnte es kaum fassen, wie schnell die Zeit vergangen war, seit sie wusste, dass sie Mutter werden würde. Die Unsicherheit und die Angst, als klar war, dass dieses Kind niemals seinen Vater kennenlernen würde, hatten sie damals überwältigt. Ihre Befürchtungen, es niemals zu schaffen, hatten sie ihrer Vorfreude auf dieses Kind beraubt. Aber, wenn man musste, konnte man über sich hinauswachsen. Laras Vater Sebastian war im Einsatz von einer Kugel getroffen worden, die für Tanja bestimmt gewesen war. Sie waren nicht nur ein Ehepaar gewesen, sondern auch beruflich ein Team. Und dann hatte alles mit einem einzigen Knall geendet. Kaum hatte Tanja begriffen, dass Sebastian getötet worden war, erfuhr sie, dass sie ein Kind erwartete. Von der ersten Sekunde an hatte sie gewusst, dass sie das Kind behalten und über alles lieben würde. Es war ein Teil von Sebastian. Auch war ihr klar gewesen, dass es nicht leicht würde, beide Elternrollen zu übernehmen. Doch wie schwierig es schließlich wirklich war, darauf hätte sie sich nicht vorbereiten   können.

Gerade jetzt spürte sie, dass sie dieser Doppelrolle nicht immer gewachsen war.

Noch war Laras Lachen unbekümmert. Wer wusste, wie lange …

Das Handy dudelte unaufhaltsam „Riders on the Storm" von den Doors. Tanjas Beruf als Kriminalkommissarin ließ sich nicht so einfach mit ihrer Rolle als alleinerziehende Mutter unter einen Hut bringen. Trotzdem übte sie ihren Beruf weiterhin mit Leidenschaft aus, wobei sie sich selbst einredete, dass Sebastian es so gewollt hätte. Aber sie konnte nichts anderes. Sie liebte den Job, obwohl er sie schon viel gekostet hatte. Und immer noch kostete, denn im letzten Jahr war die leidige Tatsache hinzugekommen, dass ihr Stiefvater die Leitung der Abteilung übernommen hatte, in der sie arbeitete. Der Mann, der ihre Doppelrolle als Mutter und Polizistin nicht guthieß. Seine ständigen Seitenhiebe nervten gewaltig. Aber das spornte Tanja nur noch mehr an.

Doch in Augenblicken wie diesem wurden die Schattenseiten ihres Lebens übermächtig. Tanja ahnte, dass ihre Dienststelle auf dem Handy anrief. Die Kollegen wussten, dass sie es ständig mit sich herumtrug. Endlich gelang es ihr, danach zu greifen. Kaum hatte sie es in der Hand, stieß Lara einen lauten Schrei aus, sodass Tanja nicht verstand, wer am anderen Ende der Leitung war. „Moment bitte", rief sie und wandte sich zu ihrer Tochter mit der Bitte, sie möge leiser sein. Doch das half nichts. Im Gegenteil: Es wurde noch schlimmer.

„Gestier", startete sie einen neuen Versuch, das Telefonat entgegenzunehmen.

„Ich bin's", verstand Tanja endlich, nachdem Lara das Wohnzimmer verlassen hatte.

„Sabine?" Tanja war nicht wenig überrascht. Sie kannten sich schon seit vielen Jahren. Durch ihre gleichaltrigen Töchter war aus ihrer Bekanntschaft eine tiefe Freundschaft entstanden, weshalb dieser Anruf in Tanja sämtliche Alarmglocken schrillen ließ. Sabines hysterische Stimme brachte Tanjas Trommelfell fast zum Platzen. Sie wiederholte immer wieder: „Sie ist weg. Sie ist weg." Dann sprudelte eine Salve an Worten durch den Hörer an Tanjas Ohr, wie sie sie von ihrer Freundin noch nie gehört hatte. Nur mit Mühe konnte sie alles verstehen, was Sabine teils heulend teils schreiend ausstieß. Was sie verstand und was ihr die Nackenhaare aufstellte, war die Tatsache, dass Sabine sich im Krummen Elsass befand und dort auf unerklärliche Art und Weise ihre Tochter verschwunden war. Sie berichtete von ihrer Suche nach Annabel, von den Menschen vor Ort, die sie nicht verstand, und von einem davon stürmenden Pony. Tanja musste sich selbst zusammenreimen, welches grauenhafte Szenario sich in diesem kleinen Ort abgespielt haben musste.

Im Hintergrund hörte sie Lara rumoren. Den Geräuschen nach war sie noch immer wütend. Doch in diesem Augenblick empfand Tanja ihr Toben als wohltuend. Sie ahnte, dass dieser Anruf etwas Schlimmes einleitete. Sie wagte nicht nachzufragen, was passiert war. Aber das war auch nicht nötig, denn alles sprudelte aus Sabine von allein heraus.

Zum Abschluss ihres Berichts bat die Freundin: „Tanja. Ich bitte dich, du musst kommen. Du bist Polizistin. Nur du kannst mir helfen."

„Ich kann in Frankreich nichts ausrichten. Meine Befugnisse enden an der Grenze."

„Natürlich kannst du. Mehr als diese bornierten Gendarmen, die nicht mal ein Wort Deutsch reden. Du kannst perfekt Französisch."

„Die Gendarmerie ist aber in Frankreich zuständig. Nicht die Kriminalpolizei von Saarbrücken. Wenn ich dort auftauche, schicken die mich sofort wieder nach Hause."

„Bitte komm", flehte Sabine, als hätte sie Tanjas Erklärungen gar nicht gehört. Und wurde mit dem nächsten Satz ihrer Freundin endgültig in die Defensive gedrängt: „Stell dir mal vor, deine Lara verschwindet spurlos?"

„Nein. Lieber nicht."

„Also. Ich bitte dich."

Damit hatte sie gewonnen. Obwohl Tanja wusste, dass sie nicht einfach ins Elsass spazieren und dort eigenmächtig ermitteln konnte, sagte sie ihrer Freundin zu.

3

Sabine Radeks Erbe stellte sich als rustikales Sandsteinhaus heraus, dessen schmutziggrauer Verputz teilweise abbröckelte. Es befand sich in einer Linkskurve ein gutes Stück abseits der Straße, mit einem Vorgarten, den ein kleiner, baufällig wirkender Holzzaun einrahmte. Die Scheune auf der linken Seite verdarb den ersten nostalgischen Eindruck. Zerfallen lehnte sie sich an die starke Hauswand zur Ostseite. Breite Risse ließen einen baldigen Einsturz befürchten. Der mit Steinplatten ausgelegte Weg zur Haustür war vom Regen der vergangenen Tage spiegelglatt. Tanja musste aufpassen, nicht zu stürzen.

Kaum hatte sie geklingelt, stand Sabine schon in der Tür. Beim Anblick ihrer Freundin wusste Tanja, dass es richtig gewesen war, hierherzukommen. Sabine sah so schlecht aus, dass es Tanja einen schmerzhaften Stich versetzte. Die Freundin fiel ihr zur Begrüßung in die Arme. Außer Weinen brachte sie keinen Ton heraus.

Es dauerte eine Weile, bis Tanja endlich das Haus betreten konnte. In der Küche wartete eine Überraschung auf sie. In dem mit neuen glänzenden Küchenmöbeln in sanften Terrakottafarben eingerichtetem Raum wartete bereits ein ein Gendarm in dunkelblauer Uniform. Er umrundete den Tisch, der das Zentrum des großen Raums bildete, trat auf Tanja zu und begrüßte sie mit einem knappen Nicken.

„Warum ist der Gendarm hier im Haus?", fragte Tanja, nachdem Sabine sich endlich ein wenig beruhigt hatte. „Glauben die etwa, du hältst dein Kind hier versteckt?"

„Pssst. Der versteht jedes Wort."

„Am Telefon sagtest du, die sprechen kein Deutsch", murrte Tanja.

„Le Commandant ist unterwegs", mischte sich der Uniformierte mit dunkler Stimme in das Gespräch der beiden Frauen ein.

„Wird der Commandant den Fall übernehmen?"

„Oui, Madame."

„Komm, ich zeige dir, wo der Stall liegt", drängte Sabine.

„Das geht doch nicht", widersprach Tanja. „Der zuständige Beamte ist auf dem Weg hierher. Mit ihm musst du zum Stall gehen. Er ist es, der über alles informiert werden muss."

„Le Commandant wurde von uns über alles informiert", meldete sich der Gendarm erneut ohne Aufforderung zu Wort.

„Also. Sieh es dir bitte an."

„Aber Sabine. Wir müssen doch hier sein, wenn er eintrifft."

„Bis dahin sind wir längst wieder zurück."

„Okay. Danach erzählst du mir aber der Reihe nach alles, was passiert ist", verlangte Tanja und folgte ihrer Freundin.

Sie traten durch die große gläserne Terrassentür in einen verwilderten Garten. Vor Tanjas Augen erschien alles nur noch Grün - in einem wilden Durcheinander. Seitlich davon passierten sie den angebauten Stall, dessen Zustand von hinten genauso marode wirkte wie von vorne.

Die Dorfstraße war so wenig befahren, dass sie ohne Besorgnis auf ihrer Mitte gehen konnten. Tanja dachte, dass es hier sehr schön sein könnte, wenn da nur nicht diese Geschichte mit Annabel wäre.

Eine gefällte Birke säumte an einer Stelle den Bürgersteig. Einige Häuser weiter entdeckte Tanja abgesägte Äste einer Buche, die aufgetürmt am Straßenrand lagen. An der Weggabelung fiel ihr Blick auf das Eckhaus, ein Restaurant mit dem Namen „Chez Ernest". Teure Autos standen auf dem kleinen Parkplatz davor. Direkt neben dem Restaurant sah es jedoch ähnlich aus wie hinter Sabines Haus: ein halb zerfallenes Mauerwerk, das nur noch an vereinzelten Stellen mit dem Hauptgebäude verbunden war; das Dach hing schief, von unten zog Nässe in die Steine.

„Hier ist sie rechts reingelaufen." Sabines Stimme riss Tanja aus ihren Beobachtungen. „Ich weiß nicht, wie sie den Stall so schnell finden konnte."

Wie ein Wasserfall sprudelten die Worte aus Sabine heraus. Wieder schilderte sie in allen Einzelheiten die quälende Suche nach Annabel und ihre Hilflosigkeit, als sie das davon stürmende Pony gesehen hatte. Sie folgten der scharfen Rechtskurve, bis sie vor einer Reitanlage standen. Sie war klein, wirkte ungepflegt. Der strenge Geruch nach Pferdedung schwängerte die Luft. Schlammlöcher erschwerten ihnen den Weitermarsch.

„Ich glaube, ich habe genug gesehen", erklärte Tanja. „Wie Pferde in einem Stall aussehen, weiß ich."

Sabine schaute Tanja eine Weile zweifelnd an, bevor sie fragte: „Hilfst du mir bei der Suche nach Annabel?"

Tanja setzte an, ihrer Freundin zu erklären, warum das nicht möglich war, aber das wollte Sabine nicht hören.

Auf dem Rückweg fragte sich Tanja fieberhaft, wie sie es anstellen sollte, damit sie hier vor Ort ermitteln durfte. Sie wagte sich nicht, Sabine ins Gesicht zu schauen. Der Schmerz, der sich darauf abzeichnete, die Hoffnungen, die Sabine mit Tanjas Eintreffen verband, das alles konnte Tanja kaum ertragen.

Um sich erste Eindrücke der Umgebung zu verschaffen, schaute sie sich um. Sie musste vorbereitet sein, denn – egal wie sich ihr Chef in dieser Angelegenheit entscheiden würde – wusste sie jetzt schon, dass sie hier nach Annabel suchen wollte. Fachwerkhäuser standen Steinhäusern gegenüber. Scheuneneingänge waren zu Garagen umfunktioniert. Hier und dort parkten Traktoren, das Muhen von Kühen erfüllte die Dorfstraße. Doch zu Tanjas Erstaunen roch es nicht nach dem Dung von Kühen, sondern nach Verbranntem. Sie schaute sich suchend um und entdeckte zwischen zwei Häusern Flammen, die aus einer Tonne schlugen und hellen Rauch erzeugten. Dieser Rauch verbreitete sich immer mehr, wurde immer dichter, bis Tanja den Eindruck bekam, durch eine Nebelwand zu schauen. Sie beobachtete die wenigen Dorfbewohner auf der Straße und erkannte schnell, dass sich niemand daran störte. Im Gegenteil. In Gespräche vertieft standen sie grüppchenweise zusammen und starrten Tanja und Sabine neugierig hinterher.

4

Jean-Yves Vallaux legte behutsam den Hörer auf. Ein Lächeln umspielte seine Lippen, das auch seine Augen erreichte. Ein zufriedenes Lächeln, so zufrieden, wie schon lange nicht mehr. Obwohl der Anlass traurig war. Ein vierjähriges Mädchen war in Potterchen spurlos verschwunden. Ein deutsches Mädchen. Die Kriminalpolizei - La Direction Interregional de Police Judiciaire - in Strasbourg hatte bei der Vergabe der Ermittlungen sofort an ihn gedacht, weil er in Saverne lebte und dem Krummen Elsass am nächsten war.

Aber das war nicht der einzige Grund.

Seine Schritte hallten durch das fast leere Haus, das nach dem Tod seiner Frau viel zu groß für ihn geworden war. Seine Frau. Ein Seufzer kam ihm über die Lippen. Wie immer, wenn er an sie dachte. Wie immer, wenn seine Gedanken von ihr gefangen genommen wurden. Seine Freunde hatten versucht, ihn zu einem Umzug zu überreden. Das Haus sei viel zu groß für ihn allein. Aber das war das Letzte, was er wollte. Die Macht der Erinnerungen hielt ihn hier fest. Erinnerungen an eine Liebe, die nicht von Leidenschaft oder Temperament bestimmt wurde. Nein, eine Liebe, die tiefer ging. Ihre Zurückgezogenheit war zu seiner Obsession geworden. Das Unberechenbare an ihr zu seinem Fetisch. Diese Frau hatte sein Herz im Sturm erobert. Dabei wusste er bis heute nicht, ob sie seinem Verlangen aus Mitleid oder aus echter Zuneigung nachgegeben hatte. Doch damals hatte das für ihn keine Rolle gespielt. Seine Begierde nach ihr war nicht zu bändigen gewesen. Mit jeder Faser seines Körpers hatte er sich nach ihr verzehrt. Er hatte geglaubt, sein Verlangen würde für sie beide ausreichen. Sein Wunsch sie zu besitzen ging über die Vernunft hinaus, sie selbst entscheiden zu lassen.

Irgendwann hatte er sich eingestanden, dass es gerade ihre Unberechenbarkeit war, die ihn magisch angezogen hatte. Ihre Launenhaftigkeit, immer schwankend zwischen Leidenschaft und Schwermut. Indem er sich selbst in ihre Einsamkeit verbannte, wollte er ihre Mauer durchbrechen, ihr mit seiner Ruhe und Beständigkeit einen Rettungsring hinzuwerfen. Aber sie hatte ihn nicht ergriffen, sich nicht daran festgehalten. Ihre Rastlosigkeit hatte sie ihre ganze gemeinsame Zeit begleitet – eine viel zu kurze Zeit.

Sein Blick aus dem Fenster fing einen Teil der Landschaft ein. Vor den nördlichen Ausläufern der Vogesen zeigte sich trotz grauem Wetter der Hafen von Saverne in seiner schönsten Pracht. Eine Schönheit, die ihn schmerzlich an seine Frau denken ließ. Wie gern hatte sie in ihrem Vorgarten gesessen und den Menschen zugesehen. Immer Beobachterin sein, niemals aktiv am Leben teilnehmen. All seine Bemühungen, sie mitzunehmen, mit ihr gemeinsam in das Leben draußen einzutauchen, waren gescheitert. Niemals waren sie gemeinsam über den Quai geschlendert – ein Eis in der einen Hand, mit der anderen aneinander festhaltend, wie so viele verliebte Paare das taten. Mit ihr konnte er nur zusehen, wie andere das Leben in vollen Zügen genossen. Für sie war das passive Miterleben von Glück das Höchste der Gefühle. Deshalb hatte er diese Momente mit ihr geteilt. Es waren schöne Augenblicke gewesen - damals.

Sie war in Potterchen geboren und aufgewachsen. Ihre Schwester lebte immer noch dort. Vermutlich lag darin der eigentliche Grund, dass er für diesen Fall eingeteilt worden war.

Er warf einen letzten Blick in den Spiegel. Sein Dreitagebart ließ ihn verwegen aussehen. Das gefiel ihm besser als die Trauermiene, die er immer aufsetzte, wenn er an seine Frau dachte. Außerdem trieb ihn der Gedanke an, dass ein kleines Mädchen seine Hilfe brauchte.

Mit neuer Energie verließ er das Haus. In der angrenzenden Garage glänzte ein dunkelblauer Peugeot 607. Er stieg ein und ließ den V6-Motor leise surren. Mit seinen fast fünf Metern Länge war das rückwärts Manövrieren aus der Garage eine erste Herausforderung für Jean-Yves. Gegenüber seinem Haus grenzte der Canal de la Marne au Rhin unvermittelt an die schmale Straße, was für ihn bedeutete, die Geschwindigkeit seines Wagens zu drosseln, sonst würde er im Wasser landen.

Die schnittige Form des Fahrzeugs ließ ihn ruhig über die Straßen gleiten, der drei Liter Hubraum setzte eine Power frei, die Jean-Yves tief in den Sitz drückte. Er überquerte eine kleine Brücke, passierte das Rohan-Schloss, in dem heute die Museen der Stadt untergebracht waren, und geriet vor dem roten Backsteinbau des Bahnhofs, den kleine Springbrunnen zierten, in einen Stau. Leise surrte der starke Motor unter ihm, ein monotones Brummen, das ihn beruhigte.

Endlich ging es weiter. Jean-Yves steuerte die Zaberner Steige mit ihren vierhundert Metern Höhe an, ein Zeugnis einer ungeheuren Arbeit, wie ein berühmter Dichter einst seiner Bewunderung Ausdruck verliehen hatte. Während Goethe im achtzehnten Jahrhundert mit seinem Pferd über diesen Pass nach Phalsbourg geritten war, zog er es vor, dessen Spuren mit zweihundertzehn Pferdestärken zu folgen.

Der Ausläufer der Vogesen verlief in steilen Serpentinen über den Pass, wo er das Col de Saverne hinter sich ließ. Aus den malerischen Fachwerkhäusern, die Saverne beherrschten, wurden alte, charakteristische Steinhäuser, die die Hauptstraße säumten. Er verließ das Elsass mit seiner verträumten Route du Vin, durchquerte das lothringische Dorf Danne et Quatre Vents, dem die Bewohner mit viel Witz und Fantasie eine eigene Persönlichkeit zu verleihen suchten. Am meisten erfreute sich Jean-Yves am Anblick eines rosa Schweins aus Plastik in Lebensgröße in einem der Vorgärten der langen Häuserreihe.

Nun erreichte er Phalsbourg. Mitten in der Stadt befand sich das geschichtsträchtige Tor, das Goethe einst durchquert hatte. Doch heute blieb Jean-Yves keine Zeit für kulturgeschichtliche Betrachtungen. Ein vierjähriges Mädchen war verschwunden Ihm blieb keine Zeit, er musste auf direktem Weg weiter zu seinem Ziel.

Das große Internat Saint Antoine zu seiner Rechten prägte Phalsbourgs Stadtbild nachhaltig. Weitere Dörfer folgten, alte Bauernhöfe und Reste von dem, was einst Bauernhöfe gewesen waren, boten sich seinem Auge dar. Hinter einer kleinen Häuserreihe, die als Metting beschildert war, überquerte er die unsichtbare Grenze zum Krummen Elsass.

Die Landschaft veränderte sich, zeigte sich immer weitläufiger. Statt Weinreben beherrschten nun Maisfelder das Bild. Etliche Häuseransammlungen ohne Ortsbezeichnung wurden ihrer Bedeutung als Kuhdörfer gerecht. Weiden voller Kühe in den

Farben schwarz-weiß oder rot huschten an seinem immer schneller werdenden Auto vorbei. Gelegentlich nahm er auch Pferdekoppeln und Schafsweiden wahr. Die Sonne zeigte die letzte Kraft des Sommers, der sich seinem Ende zuneigte. Gelegentlich schaute sie hinter dunklen Wolken hervor und ließ alles in freundlichem Licht erstrahlen.

Plötzlich huschte ein großer, bedrohlicher Schatten über sein Auto. Jean-Yves richtete seinen Blick nach oben. Störche zogen am Himmel ihre Bahnen. Er schaute ihnen nach und wünschte sich, einer von ihnen zu sein. Diese Vögel waren schlau genug, zur Winterzeit in den Süden zu fliegen.

In Sarre-Union änderte sich das Bild von neuem. Keine Landwirtschaft, sondern Industriebetriebe stachen hier ins Auge. Eine Saftfabrik, daneben ein Hersteller von Elektrozubehör und im Zentrum der Stadt eine Plastikfabrik – allesamt Garanten für viele Arbeitsplätze im Elsass.

Hinter Sarre-Union bog er links ab. Hier wurde die Straße schmal. Kurz vor Potterchen sah er die Schienen, die das Dorf einrahmten. Rechts lagen Steinquader, die Reste alter Klostermauern. Der Bürgermeister hatte sich immer noch keine Mühe gemacht, dort etwas zu ändern. Jean-Yves schüttelte verständnislos den Kopf. Da erst fiel sein Blick auf die gegenüberliegende Seite. Große Rohre lagerten dort. Bagger parkten daneben. Einige Gräben und Löcher klafften bereits in der nassen Erde. Sollte hier doch noch etwas passieren?

Er überquerte die Schienen. Nur noch wenige Meter und er hatte sein Ziel erreicht.

5

Die Türklingel riss Tanja aus ihren Gedanken. Sabine stand wie erstarrt am Fenster. Tanja wartete, ob sie reagierte, doch das tat sie nicht. Also erhob sie sich und öffnete die alte, massive Eichentür.

Vor ihr stand ein Hüne von einem Mann. Schwarze Haare kräuselten sich über seiner breiten Stirn, ein Dreitagebart betonte ein starkes Kinn. Stahlgraue Augen blitzten unter dunklen Augenbrauen hervor. In der einen Hand hielt er lässig seine Anzugjacke, in der anderen seinen Dienstausweis. Sein Hemd war bis zur Hälfte geöffnet und gab die Sicht auf eine behaarte Brust frei.

So sieht also ein Hauptkommissar in Frankreich aus, überlegte Tanja. Dabei überlegte sie zu lang. Das merkte sie, als er sie mit einem leichten, französischen Akzent fragte: „Sind Sie Madame Sabine Radek?"

„Oh. Äh… Nein." Verdammt, warum stammelte sie? „Sabine Radek ist im Haus."

Um die Tür ohne peinliches Kopf Anstoßen zu passieren, musste er sich bücken. Tanja schaute ihm dabei interessiert zu. Er ging ihr voraus in die geräumige Küche, die durch sein Eintreten plötzlich klein wirkte.

Sabine stand an einen der Schränke gelehnt, bleich und zitternd.

„Commandant Jean-Yves Vallaux. Ich bin von der Direction Interregional de Police Judiciaire Strasbourg hierher beordert worden", stellte er sich vor. „Und wer sind Sie?"

„Das ist Sabine Radek", erklärte Tanja, „die Mutter des vermissten Mädchens."

„Das habe ich mir gedacht", erwiderte der große Mann mit einem amüsierten Grinsen. Bevor er noch etwas anfügen konnte, sprach Tanja hastig weiter: „Es stört Sie doch hoffentlich nicht, wenn ich an Frau Radecks Stelle Ihre Fragen beantworte?" Auf das Schweigen des Commandants fügte sie erklärend an: „Sie fühlt sich nicht gut."

„Sind Sie, wie sagt man bei Ihnen, l'infirmière?"

„Nein, das bin ich nicht", stellte Tanja klar und warf trotzig ihre langen, dunklen Haare zurück. „Ich bin nicht Sabines Pflegerin, ich bin Tanja Gestier, Kriminalkommissarin der Landespolizeidirektion Saarbrücken." Sie trug extra dick auf, in der Hoffnung, dass es gut klang. Aber schon der nächste Satz machte ihr klar, dass der Commandant durch diese Äußerung nicht zu beeindrucken war.

„Von meiner Dienststelle in Strasbourg ist mir nichts über eine Verbindungsbeamtin aus Saarbrücken mitgeteilt worden."

„Verbindungsbeamtin?" Tanja ahnte, dass sie mit dieser Frage ihre Unwissenheit verraten hatte. Aber jetzt war sie heraus.

„Die Stimme aus Deutschland?"

„Die Stimme aus Deutschland", wiederholte Tanja begriffsstutzig.

„Wir haben es hier mit einem Verbrechen in Frankreich zu tun, dessen Opfer aus Deutschland stammt", erklärte er endlich genauer.

Jetzt verstand Tanja. Wenn sie sich weiter so anstellte, konnte sie ihren Einsatz in Frankreich schnell wieder vergessen.

„Ihre Kollegen haben wohl noch nichts über meine Rolle in diesen Ermittlungen erfahren", bluffte Tanja in ihrer Not.

„Oh. Le Juge d'Instruction hat sich bereits über den Fall informiert. Ich werde ihn wohl über sein Versäumnis aufklären müssen."

„Wer ist der Juge d'Instruction?" Tanja ahnte Schlimmes.

„Der Untersuchungsrichter, der das Verfahren überwacht."

Der große Mann grinste immer noch. Dabei zogen sich seine vollen Lippen auf der linken Seite nach oben, was anzüglich wirkte. Tanja bemühte sich, diesen Ausdruck zu übersehen. Besser war es, sich jetzt darum zu kümmern, dass ihr der Fall nicht aus den Händen glitt. Und das konnte ihr nur gelingen, indem sie umgehend nach Saarbrücken fuhr. Dort musste sie alle Hebel in Bewegung setzen, um als Verbindungsbeamtin eingesetzt zu werden. Nur welche Hebel waren dafür nötig? Sie fühlte sich so hilflos, kannte sich mit den Regelungen der deutsch-französischen Zusammenarbeit der Polizei nicht aus.

„Ich muss zuerst nach Hause fahren, bevor ich hier mit meiner Arbeit beginnen kann", erklärte sie so lässig, wie es ihr gerade möglich war.

„Wirklich?" Wieder dieses Grinsen.

„Ja. Warum?"

„Als Verbindungsbeamtin sind Sie hier unentbehrlich."

Jetzt nahm er sie auch noch auf die Schippe. Tanja kochte innerlich. „Keine Sorge. Ich werde zurückkommen."

„Lassen Sie mich nicht zu lange warten."

„Was wird hier gespielt?", fragte Sabine dazwischen. „Ich kann es nicht fassen. Annabels Leben ist in Gefahr und Sie haben nichts Besseres zu tun, als meine Freundin anzubaggern."

Erschrocken wich Jean-Yves Vallaux zurück. Das Lächeln verschwand aus seinem Gesicht. Er hob beide Hände als Entschuldigung, doch diese Geste sah Sabine nicht mehr. Sie brach in Tränen aus, ging zu Boden und schüttelte sich vor Weinkrämpfen.

„Am besten fahre ich sofort los und kümmere mich um alles." Tanja beugte sich erschrocken zu ihrer Freundin herunter und meinte: „Du musst zu einem Arzt gehen. Du brauchst etwas zur Beruhigung." An den Commandant gewandt fragte sie: „Gibt es in Potterchen einen Arzt?"

„Nein. Der Nächste ist in Sarre-Union. Und ich bezweifle, dass der noch erreichbar ist."

„Dann komm mit mir nach Saarbrücken", schlug Tanja vor.

„Nein. Ich bleibe hier", stellte Sabine klar.

6

Im Büro der Kriminalpolizeiinspektion in Saarbrücken herrschte eine Betriebsamkeit, die Tanja sofort das Schlimmste ahnen ließ. Sollte dort die Hölle los sein, würde sie niemals die Möglichkeit bekommen, im Elsass nach der Tochter ihrer Freundin zu suchen.

Milan Görgen, ihr Teampartner, sah sie als Erster. Sofort sprang der Kollege von seinem Platz auf und eilte ihr entgegen. „Unser Dienststellenleiter fühlt sich auf den Schlips getreten, weil du eine ausländische Behörde auf ihn losgelassen hast, ohne ihn vorzuwarnen."

„Ich habe was?" Tanja verstand gar nichts.

„Die Kripo in Strasbourg hat sich bei ihm gemeldet und nach der Entsendung einer Verbindungsbeamtin namens Tanja Gestier gefragt." Milan grinste, wodurch seine lange Nase noch länger wirkte und sein ganzes Gesicht mehr an einen Lausbuben, denn an einen erwachsenen, fast fünfzigjährigen Kriminalkommissar denken ließ.

Tanja stieß die angehaltene Luft aus. Dieser Mistkerl von Commandant. Er hatte sie ins offene Messer rennen lassen.

Sie steuerte ihr Büro an.

„Deine Kaffeemaschine muss zurzeit für den Abteilungskaffee herhalten", rief Milan und folgte ihr. „Der Automat ist kaputt."

„Das heißt also, dass ich mir jetzt einen Kaffee holen kann. Das ist alles, was mich gerade interessiert."

„Was ist im Elsass passiert?"

Tanja schenkte sich in. Sie fühlte sich aufgewühlt. Leider schaffte es der Kaffee nicht, diesen Zustand zu mildern. Im Gegenteil. Sie verhaspelte sich ständig, während sie versuchte, Milan die wenigen Einzelheiten mitzuteilen, die sie bisher in Erfahrung gebracht hatte.

„Es geht dir also nur um einen Freundschaftsdienst?"

„Für mich ist es mehr", murrte Tanja. „Die Tochter meiner Freundin ist im gleichen Alter wie Lara. Sie ist in einem fremden Land spurlos verschwunden. Da kann ich nicht einfach stillsitzen und hoffen, dass alles gut ausgeht."

„Aber in Frankreich gibt es doch auch Polizei."

„Klar. Aber Sabine vertraut mir mehr als denen."

„Dazu kann ich dir nichts sagen. Mit der Arbeit der französischen Polizei kenne ich mich nicht aus", gestand Milan.

„Ich auch nicht."

„Das merkt man." Milan lachte. „Wie es aussieht, hast du bereits einen Fehlstart hingelegt. Übergangen zu werden, findet unser Vorgesetzter nämlich nicht so toll."

Kaum hatte er ausgesprochen, wurde die Tür schwungvoll aufgestoßen. Dieter Portz trat mit einer Miene ein, die nichts Gutes verhieß.

„Warum stellst du mich vor vollendete Tatsachen?", fragte er anstelle einer Begrüßung. Er lehnte sich an den Türrahmen, verschränkte die Arme vor der Brust und wippte mit seinem rechten Fuß, eine Angewohnheit, die immer dann zutage trat, wenn er nervös war. Mit seinen stechend blauen Augen fixierte er Tanja, zeigte mit dem Zeigefinger auf sie und antwortete selbst: „Weil ich dann zustimmen muss, wenn ich mein Gesicht nicht verlieren will."

Tanja wurde ganz heiß. Mit brüchiger Stimme fragte sie: „Was heißt Gesicht verlieren?"

„Was glaubst du, wer mich über die eigenmächtigen Handlungen meiner Mitarbeiterin in Frankreich aufgeklärt hat?", stellte Portz in schneidendem Ton eine Gegenfrage. „Nicht Tanja Gestier, wie es der vorgeschriebene Dienstweg wäre. Nein. Der Commissaire Divisionaire von Strasbourg. Und weißt du, was der Commissaire Divisionaire für einen Dienstgrad besitzt? Kriminaldirektor."

Tanja staunte darüber, in welchen Ebenen der Fall von Annabel Radek in Frankreich gelandet war. Eigentlich ein gutes Zeichen, wäre ihr Chef nicht so stinksauer.

„Ich habe am Telefon so getan, als sei mir der Fall bekannt. Ich konnte schlecht zugeben, dass ich keine Ahnung davon habe, was meine eigenen Leute so treiben."

Mit nervösen Schritten ging er in dem engen Raum auf und ab, bis er anfügte: „Und mit der nächsten Quizfrage kannst du den Jackpot knacken: Was glaubst du, wer der zuständige Mann dafür ist, deine Genehmigung zur Verbindungsbeamtin beim Leitenden Polizeidirektor unserer hiesigen Landespolizeidirektion zu beantragen?"

„Heinrich Behrend", antwortete Tanja und wäre am liebsten im Boden versunken, weil Kriminalrat Behrend nicht nur für seine Unerbittlichkeit bekannt war. Er war auch ihr Stiefvater.

„Bingo. Die Kandidatin hat tausend Punkte."

Tanja spürte, wie ihr Portz' Vorwürfe zu viel wurden.

„Und wie stehen deine Chancen, wenn er mit vollenden Tatsachen überrascht wird?"

Tanja kochte innerlich.

Portz' Handy klingelte. Für diese Ablenkung war Tanja gerade sehr dankbar. Nach einem kurzen Wortwechsel legte er auf, warf einen grimmigen Blick auf Tanja und sagte: „Leider halten die Verbrecher im Saarland nicht still, während du in Frankreich ermittelst."

Laut fiel die Tür hinter ihm ins Schloss.

7

Lara schaukelte mit großem Schwung hin und her. Tanja blieb fast das Herz stehen vor Schreck. Klein und zart wirkte sie, aber ihr Gesicht drückte Mut und Entschlossenheit aus. Als sie ihre Mutter sah, ging der Übermut mit ihr durch.

„Mama. Schau mal, wie weit ich schon springen kann", rief sie.

Tanja wollte sie aufhalten, aber da flog ihre Tochter schon durch die Luft, landete genau in Hilde Behrendts kleinem Kartoffelacker und schlug der Länge nach in den Dreck.

Das hatte Tanja kommen sehen. Erschrocken steuerte sie Lara an. Schon geschah das Unvermeidliche. Herzzerreißend begann die Kleine zu weinen.

Tanja zog sie auf die Beine, überprüfte besorgt, ob irgendwelche Knochen gebrochen waren und klopfte ihr den Sand von der Hose. Alles wirkte heil. Bis auf Laras Seelenleben, weil ihre Glanzvorführung danebengegangen war.

Tanjas Mutter kam durch die Terrassentür gelaufen und rief: „Was ist passiert?"

„Lara hat Kunststücke gemacht", erklärte Tanja, während sie versuchte, ihre Tochter aufzumuntern, damit sie aufhörte, so laut zu weinen.

„Kunststücke?"

„Ja. Sie wollte mir zeigen, wie toll sie schon fliegen kann. Dabei hat sie die Landung vergessen." Tanja lachte. Lara wimmerte unvermindert weiter. „Ich gehe mit meiner Bruchpilotin mal nach oben. Wer weiß, wie viele Schrammen ich unter ihren Kleidern finde."

„Du wirst jetzt erst einmal hier hereinkommen." Dieser Befehl kam von Heinrich Behrendt. Hinter seiner Frau war er in der Tür aufgetaucht. In seiner grauen Weste und dem karierten Hemd sah er eigentlich friedlich aus. Aber sein Kommando-Tonfall warnte Tanja.

Heinrich Behrendt, Kriminalrat des Landeskriminalamtes Saarbrücken, hatte vor einigen Jahren Tanjas Mutter geheiratet, als sie sich im Rahmen von polizeilichen Ermittlungen kennengelernt hatten. So war aus dem gefürchteten Oberhäuptling, wie ihn Tanjas Kollegen gerne nannten, ihr Stiefvater geworden. Das Verhältnis hatte angespannt begonnen und war es auch bis jetzt geblieben. Umso mehr ärgerte sie sich, dass er überhaupt zu Hause war. Gehörte ein Kriminalrat nicht rund um die Uhr ins Kriminalamt?

Sie fühlte sich wie auf dem „Gang nach Canossa", während sie dem kräftigen Herrn in seine Wohnung ins Erdgeschoss folgte. Sie selbst wohnte im ersten Stock und wäre liebend gerne die Treppe hinauf geflüchtet. Aber das verkniff sie sich. Es war wichtig, den Familienfrieden zu erhalten, denn sie brauchte ihre Mutter Hilde unbedingt. Als alleinerziehende Mutter, die ihrer Arbeit als Kriminalbeamtin nachgehen wollte, war Kinderbetreuung unumgänglich. Und bis jetzt hatte ihre Mutter Lara noch immer ohne ein Wort der Beschwerde zu sich genommen – egal zu welcher Tages- oder Nachtzeit.

Sie ließ sich im Wohnzimmer nieder, dem Ort, an dem sie immer ihre dienstlichen Gespräche zu Hause führten. Hilde vertrieb sich die Zeit solange mit Lara in der Küche.

„Was glaubst du eigentlich, dort in Frankreich ausrichten zu können?", stieß Behrendt hervor.

Tanja ahnte, dass diese Frage rhetorisch war. Also schwieg sie.

„Trotz unserer deutsch-französischen Beziehungen hat jedes Land seine eigenen Gesetze und Prioritäten. Die Polizei in Frankreich legt deine Bemühungen, dem Kind zu helfen, als Einmischung aus. Also können wir uns ausmalen, was dir bevorsteht."

Tanja schluckte.

„Du bist dort auf dich allein gestellt."

Tanja atmete tief durch, bevor sie eine Reaktion auf den Vortrag zeigte: „Man wird mich dort bestimmt nicht foltern und vierteilen. Ich gehe offiziell als Polizeibeamtin hin und nicht heimlich als Spionin."

„Was du willst und was du bekommst, ist noch nicht geklärt."

Tanja sackte tiefer in den Sessel.

Doch Behrendt war noch nicht fertig: „Und täusche dich mal nicht in den Franzosen. Sie waren eine der vier Besatzungsmächte nach dem Krieg. Du weißt, welches Gebiet zu den französischen Besatzungszonen gehörte."

„Das war 1945 - nach dem Zweiten Weltkrieg." Tanja stöhnte. „Seitdem ist viel Wasser die Saar runtergelaufen."

„Eine solche Vergangenheit schüttelt kein Mensch einfach ab. Unsere gemeinsame Geschichte mit Frankreich wirkt sich auch auf die Mentalitäten der Menschen im Grenzgebiet aus. Nicht überall in Frankreich sind wir Deutschen willkommen. Und umgekehrt genauso."

„Ich will dort nicht leben, sondern arbeiten", beharrte Tanja. Es war das erste Mal, dass sie sich gegen Behrendt durchsetzen musste. Bisher hatte sie der Einfachheit halber immer nachgegeben. Doch das war ihr jetzt nicht möglich. Zu viel lag ihr daran, ihr Versprachen Sabine gegenüber zu halten. „Es ist doch nur für diesen einen Fall."

„Der dich innerlich viel mehr mitnimmt, als gut für objektive Ermittlungen sein kann."

Behrendt durchschaute aber auch alles.

„Das spielt hier keine Rolle. Es geht um ein vierjähriges deutsches Mädchen. Sabine ist meine Freundin und sie vertraut mir – mehr als der französischen Polizei."

„Ich bin mir sicher, dass die französischen Kollegen den Vermisstenfall eines vierjährigen Kindes genauso verantwortungsbewusst bearbeiten wie wir", hielt Behrendt dagegen, was Tanja aber nicht aufhielt. „Trotzdem. Dieter Portz hat alles veranlasst, damit ich als Verbindungsbeamtin rüberfahren kann."

„Du wirst es nicht glauben, aber dieser Antrag ist auf meinem Tisch gelandet."

Tanjas Gesicht wurde heiß.

„Ich überlege noch, ob ich den Antrag weiterleite. Und außerdem sei auch dann noch dahingestellt, ob ihm stattgegeben wird." Behrendts Widerworte wollten nicht enden. „Die Bürokratie ist nicht immer nur hinderlich. In deinem Fall ist sie sogar nützlich. Denn dabei werden alle Aspekte genau durchleuchtet."

Durch die Tür zur Küche hörte Tanja ihre Tochter drängeln. Sie wollte eine Etage höher, genau das, was Tanja jetzt auch wollte. Sie stand auf, doch Behrendt war noch nicht fertig. „Wie stellst du dir das vor? Es wird dir nicht gelingen, dort pünktlich Feierabend zu machen und nach Hause zu kommen. Du wirst Überstunden machen müssen und dabei dein eigenes Kind kaum noch sehen."

„Darüber werde ich wohl mit Mama sprechen", trotzte sie.

„Deine Mutter ist immer für dich und deine Tochter da. Das weißt du. Aber Lara wird es nicht gefallen, wenn du oft und lange weg bist."

8

Das Dorf Potterchen erweckte Eindrücke in einer Heftigkeit, dass Jean-Yves fast annehmen könnte, seine Frau würde vor ihm stehen. Hier war ihr Geburtsort, hier war ihr Zufluchtsort. Nicht das Haus in Saverne, das sie gemeinsam angeschafft, restauriert und verschönert hatten. Das Haus, in dem Jean-Yves mit ihr an seiner Seite den Rest seines Lebens verbringen wollte. Hier in Potterchen. Er war dem Irrglauben erlegen, seiner Frau eine Basis der Beständigkeit, der Sicherheit angeboten zu haben, als er sie geheiratet hatte. Ihr Ja-Wort klang noch immer in seinen Ohren wie die schönste Musik. Doch schon wenige Stunden später war die Ernüchterung gefolgt. Sie hatte ihn nicht in das Haus in Saverne begleiten wollen, sondern vorgezogen, bei ihrer Schwester Christelle Servais in Potterchen bleiben. Als sie schließlich seinem Drängen nachgegeben hatte, glaubte Jean-Yves am Zenit seiner Glückseligkeit angekommen zu sein. Dabei waren es seine eigenen Gefühle gewesen, die ihn überwältigt hatten. Ihre Unruhe, die sie schon immer geplagt hatte, wollte sie nicht loslassen.

Inzwischen dachte Jean-Yves, hätte er die Anzeichen früher erkennen müssen. Doch die Veränderungen hatten sich allmählich, ganz unmerklich vollzogen. Er verdankte es seiner Selbstüberschätzung, nicht genügend auf sie geachtet, die subtilen Anzeichen und Andeutungen einfach übersehen zu haben.

Jean-Yves stand an der Rue de la Gare. Sein Blick fiel auf Christelles Haus. Nur wenige Häuser trennten es von dem alten Bauernhaus, das der unglücklichen Mutter gehörte, deren Kind er finden musste. Nur mit notärztlicher Betreuung war es ihm gelungen, die junge Frau nach ihrem Zusammenbruch wieder auf die Beine zu bekommen. Es kam ihm so vor, als zöge er verzweifelte Frauen an. Inzwischen befand sich Sabine Radek auf dem Krankentransport in ihre Heimatstadt Saarbrücken, den er für sie organisiert hatte. Er wähnte diese arme Frau in ihrem

Zuhause besser aufgehoben als im Elsass, wo sie niemanden kannte.

Er spürte seinen Schmerz unvermindert stark, den Schmerz des Verlustes. War es wirklich sinnvoll, dass ausgerechnet er in Potterchen ermittelte? Ja, rief er sich ins Gedächtnis. Eine wichtige Aufgabe hatte ihn hierher geführt. Ein Kind brauchte ihn.

Selbst war es ihm nicht gegönnt, eigene Kinder zu haben. Seinem Wunsch, ein Kind zu adoptieren, war seine Frau mit Argwohn begegnet, sodass er sofort wieder von dem Gedanken abgelassen hatte. Aber nichtsdestotrotz liebte er Kinder. Er wollte alles tun, um der kleinen Annabel Radek zu helfen. Die Verzweiflung der Mutter hatte ihn noch entschlossener gemacht.

Einige Gendarmen zogen von Haus und Haus, um Befragungen nach Annabel durchzuführen. Immer, wenn sie Jean-Yves sahen, gaben sie ihm ein Zeichen, dass sich nichts Neues ergeben hatte.

Er überquerte die Dorfstraße, betrat das Haus Nummer Zwölf, dessen Haustür er nur angelehnt hatte, und folgte dem Flur bis zur Küche. Dabei erinnerte er sich an die Polizistin Tanja Gestier. Ihre ungeschickten Versuche, ihre illegitime Einmischung hier vor Ort zu kaschieren, amüsierten ihn. Sollte es ihr gelingen, offiziell an dem Fall zu arbeiten, wäre Jean-Yves zufrieden. Tanja Gestier hatte nicht die geringste Ähnlichkeit mit seiner Frau. Weder im Aussehen noch in ihrem Verhalten. So konnte er auf eine unbefangene Zusammenarbeit hoffen und vielleicht sogar angenehme Ablenkung erfahren.

Die Türklingel lenkte ihn von seinen Gedanken ab.

Sollte die Polizistin schon zurückgekehrt sein?

Erwartungsvoll öffnete er.

Aber es kam anders. Die Mannschaft der CRS (Companie Republicains de Sécurité) stand vor ihm. Die Suche nach Annabel Radek konnte mit Verstärkung fortgesetzt werden.

9

„Der vorgeschriebene Amtsweg muss eingehalten werden", verkündete Portz. „Für den Fall deines Einsatzes als Verbindungsbeamtin werden zuerst die Haftungsfragen geklärt. Außerdem wird die finanzielle Belastung der Notwendigkeit deiner Präsenz im Elsass gegenübergestellt. Egal, ob du nun die Stieftochter des Kriminalrates bist oder nicht. Das dauert."

Diese Spitze hatte kommen müssen. Tanja atmete tief durch, um nicht darauf zu reagieren, weil sie genau wusste, dass sie damit Öl ins Feuer gießen würde. Und Portz wartete nur auf eine solche Gelegenheit. Also stieß sie aus: „Bedenken die hohen Herrschaften auch, dass es sich um das Leben eines vierjährigen Kindes handelt?" Sie kam gerade aus dem Krankenhaus. Sabine hatte einen totalen Nervenzusammenbruch erlitten. Der Anblick ihrer Freundin haftete immer noch schwer an Tanjas Gemüt.

„Oh ja. Die Polizei in Frankreich ist auch noch da. Die sitzen nicht nur bei ihrem Café au Lait, sondern haben bereits mit der Suche nach dem Kind begonnen", gab Portz zurück. „Auch über Untätigkeit von unserer Seite brauchst du dich nicht zu beklagen. Denn wir haben inzwischen herausgefunden, dass der Vater des verschwundenen Kindes Winzer in Perl-Sehndorf ist." Portz grinste böse, als er anfügte: „Du siehst, auch wir arbeiten unermüdlich." Tanja hätte ihren Chef erwürgen können, so ärgerte sie sich. „Du wirst jetzt mit Milan in das Winzerdorf fahren und mit ihm sprechen. Wer sagt uns, dass der Vater keine Rolle bei dem Verschwinden seines Kindes spielt? Da es in dem Scheidungsfall einen Sorgerechtsstreit gegeben hat, dürfen wir nichts ausschließen."

Tanjas schlechte Laune bekam neue Nahrung. Wenn das so weiterging, konnte sie es kaum noch erwarten, für eine Weile ins angrenzende Frankreich abzutauchen.

*

44

Auf dem Parkplatz steuerte Milan Görgen einen Dienstwagen an, der durch seine sportliche Form ins Auge stach. In seinem Silbergrau blitzte der Audi A6 herausfordernd, als warte er nur darauf, seine Stärke zu beweisen. Er wollte auch das Steuer übernehmen, doch die Gelegenheit gab ihm Tanja nicht. Dieses Geschoss wollte sie selbst fahren. Da sie an der Reihe war, blieb Milan nichts anderes übrig, als ihr den Schlüssel zu überreichen. Sein langes Gesicht, das er dabei zog, sprach Bände.

In rasantem Tempo bretterte sie auf die Mainzerstraße und über die vielen Ampeln, die alle im richtigen Augenblick auf Grün umsprangen. Sie steuerte die Autobahn A620 an, auf der sie zum Überholen ausscherte. Rechts von ihnen dümpelte die Saar, dunkelgrau und dreckig. Dahinter lag das Gebäude des Staatstheaters, gelb und prachtvoll. Links hoben sich hoch über der Autobahn die alten Mauern des Saarbrücker Schlosses ab. Unter dem Kreisverkehr der Wilhelm-Heinrich-Brücke wand sich die Autobahn in engen Kurven, was Tanja zwang, das Tempo zu drosseln. Sie ließ die Stadt hinter sich, die Autobahn wurde breiter und lud zum Beschleunigen ein.

Milans Schweigsamkeit kam ihr gerade recht. Sie fühlte sich innerlich sehr angespannt und befürchtete, seine Späße nicht zu vertragen. Der Kollege mit den grünen Augen und den roten Haaren war der Sonnenschein in ihrer Abteilung. Er schaffte es, auch den mürrischsten Kollegen wieder aufzuheitern. Nur würde er sich an ihr heute die Zähne ausbeißen. Und eine Eskalation wollte sie auf keinen Fall riskieren, weil jedes Fehlverhalten ihrem Einsatz in Frankreich hinderlich sein könnte.

Doch Milan bewies ein Timing, das sie ihm nicht zugetraut hätte. Konnte es sein, dass er spürte, wie es in ihr aussah?

Das neue Gebäude der HTW huschte wie ein grauer Baustein links an ihnen vorbei. Der Schanzenberg erhob sich hoch und mächtig vor ihnen, als würden sie geradewegs und ungebremst darauf zurasen. Auf der rechten Seite flogen die blauen Hallen der neuen Saarstahl-Werke vorbei. Tanja beschleunigte hinter der Gersweiler Brücke noch mehr. Ihre Wahrnehmung am Rand ihres Gesichtsfeldes wurde unscharf. Die Straße verschmolz zu einem grauen Asphaltstreifen. In dem Tempo dauerte es nicht lange, bis sie Saarlouis passierte. Danach ging es weiter gerade-aus. Wallerfangen mit seinem Limberg, Rehlingen mit seiner

Hessmühle, beide bewaldeten Berge säumten die Autobahn auf der linken Seite. Rechts begannen die Saar-Hunsrück-Ausläufer. Dann erreichten sie Merzig. Hinter Schwemlingen verengte sich die Straße. Die endlose Natur zu beiden Seiten verschmolz zu einem grünen Band, bis der Pellinger Berg rasend schnell auf sie zukam. Der kleine Tunneleingang war erst nach einer langgezogenen Kurve zu erkennen. Sie tauchte in die Dunkelheit ein, fuhr sechshundert Meter durch den Berg. Die Helligkeit, die ihr anschließend entgegenschlug, blendete sie. Windmühlen dominierten die Landschaft. Riesengroß erhoben sie sich in den Himmel. Tanja setzte den Blinker und verließ an der Abfahrt Perl-Borg die Autobahn. Aus Wiesen und Wäldern wurden Weinberge. Ein Dorf reihte sich an das nächste, bis sie auf das Schild „Sehndorf" stießen. Dort bog Tanja rechts ab. Schon nach wenigen Metern waren sie am Ziel. Enge Gässchen gesäumt von Bauernhäusern im lothringischen Baustil taten sich vor Tanjas Augen auf, die gleiche Bauweise, die sie auch im Krummen Elsass zu sehen bekommen hatte. Dieser Teil des Saarlandes lag ebenfalls dicht an der Grenze – um genau zu sein, sogar an zwei Grenzen, die Grenze zu Lothringen und zu Luxemburg.

Milan räusperte sich und meinte: „Sieht hier irgendwie französisch aus."

„Das habe ich auch gerade gedacht."

An der Kreuzung mitten in Sehndorf stach ein Haus in aufdringlichem Blau hervor. Daneben stand ein alter Waschbrunnen, der stetig mit fließendem Wasser aus der sprudelnden Marienquelle versorgt wurde. Nach nur wenigen Metern machte Milan sie auf das Weingut von Wilhelm Radek aufmerksam. Es befand sich etwas abseits auf einer Anhöhe. Sein Gegenüber bildete ein zerfallener Holzschuppen. Sie stellten den Wagen direkt davor ab, stiegen aus und klingelten an der Haustür. Ein gebräuntes Gesicht lugte zuerst durch einen Spalt in der Tür, bevor ganz geöffnet wurde. Blassblaue Augen glänzten glasig, ein Bauch wölbte sich unter einem viel zu engen Hemd. Der Mann musterte die beiden eindringlich.

Schnell zückten sie ihre Ausweise. Milan fragte: „Sind Sie Wilhelm Radek?"

„Oh ja", schnaufte er. „Sie sind an der richtigen Adresse." Hastig rieb er sich über seinen fast kahlen Kopf, als wollte er seine Frisur in Ordnung bringen. Das Hemd steckte er schnell in den Hosenbund, aus dem es gleich wieder herausrutschte. „Meine Straußwirtschaft mit so reizender Gesellschaft zu öffnen, das übersteigt meine kühnsten Erwartungen." Dabei haftete sein Blick an Tanja, deren dunklen Haare vom Wind zerzaust wurden.

„Die reizende Gesellschaft kommt von der Polizei", stellte Tanja klar.

„Welch eine Verschwendung", kam es von dem Mann. „Trotzdem dürfen Sie reinkommen und meinen Wein kosten. Sie werden es nicht bereuen."

Sie betraten ein Gewölbe, dessen Wände durch groben Strukturputz in einem dunklen Beige hervorstachen. Tische und Stühle aus massivem Nussbaumholz bildeten den Mittelpunkt des Raums. Weinflaschen in verschiedenen Größen und Farben dekorierten die kleine Theke direkt neben dem Eingang. Wilhelm Radek wählte eine Flasche Wein aus dem großen Sortiment und stellte Gläser dazu.

„Federweißer", verkündete er stolz. „Gerade fertiggestellt. Ein Muss."

Tanja ließ ihn nicht einschenken. „Ich bin im Dienst."

„Wenn der ganz frisch ist, ist noch kein Alkohol drin", meinte Milan mit einem Leuchten in den Augen.

„Stimmt. Er hat gerade erst angefangen zu gären", bestätigte Radek und zwinkerte dem Kriminalbeamten zu.

Tanja ließ sich überzeugen.

„Sehr vernünftig", flötete Radek. „Auf Brünette stehe ich besonders. Mit Ihrem Pferdeschwanz sehen Sie zum Vernaschen süß aus."

„Unterlassen Sie Ihre Annäherungsversuche!", entgegnete Tanja unfreundlich. „Ich bin nicht zum Vergnügen hier, sondern wegen Ihrer Tochter."

„Bleib locker, Tanja", murmelte Milan. „Der Mann hat Geschmack."

Der Blick, den Tanja ihrem Kollegen zuwarf, ließ Milan sofort verstummen.

Grinsend hatte Wilhelm Radek die beiden beobachtet. Dann schenkte er ein helles, trübes Gebräu in die Gläser. Sie stießen an und kosteten davon. Es schmeckte erfrischend und süß - wie Traubensaft. Blitzschnell schoss Tanja Hitze ins Gesicht. Soviel zu dem Versprechen, in Federweißer sei kein Alkohol. Als von Wilhelm Radek immer noch keine Reaktion auf ihre letzte Bemerkung kam, fügte sie an: „Ihre Tochter Annabel. Klingelt da was bei Ihnen?"

„Nein. Sabine nahm das Kind nach der Scheidung mit. Wir hatten uns geeinigt. Deshalb klingelt da nichts bei mir. Na, wie schmeckt mein Federweißer?"

„Ihre Tochter wird vermisst.", lautete Tanjas Antwort.

Endlich reagierte Radek. Mit offenem Mund starrte er Tanja und Milan an.

„Warum weiß ich davon nichts?"

„Das würde uns auch interessieren", gab Tanja zurück.

„Sabine hat mich nicht angerufen. Und in der Zeitung stand auch nichts von einem vermissten Kind."

„Annabel ist in Frankreich verschwunden. Vermutlich deshalb."

„In Frankreich?"

„Ihre Ex-Frau hat dort ein Haus geerbt. Wissen Sie nichts davon?"

„Das ist ja die Höhe. Warum meldet sich Sabine nicht bei mir?"

„Haben Sie Besuchsrecht bei Ihrer Tochter?" Tanja spürte Unbehagen. Wilhelm Radeks Verhalten gab ihr Rätsel auf. Milan verhielt sich ganz still neben ihr. An seinen Reaktionen erkannte sie, dass ihn dieser Fall wenig interessierte. Seine Aufmerksamkeit galt vielmehr dem Inhalt seines Glases.

„Natürlich. Aber nicht regelmäßig, weil ich das von Berufs wegen nicht einhalten kann."

„Wann haben Sie Ihre Tochter das letzte Mal gesehen?"

"Das ist leider schon viel zu lange her."

10

Der Stamm des Kastanienbaums maß einen Durchmesser von einem Meter. Es war nur ein Baum unter vielen, die die Straße säumten. Doch Jean-Yves fühlte sich wie magisch angezogen. Er ging darauf zu, umrundete den Stamm und sah nichts, keine Einkerbung, keine Risse in der Rinde, nichts.

Ihr Tod hatte keine sichtbaren Spuren hinterlassen.

Er spürte den Schmerz unerwartet heftig. Vielleicht war es doch ein Fehler gewesen, in dieses Dorf zurückzukehren.

Damals hatte er endlich Hoffnung gefasst, gemeinsam einen Weg gefunden zu haben, um miteinander glücklich zu sein. Seine Frau wollte ihr Leben verändern, hatte sie ihm mitgeteilt. Anstatt Verdacht zu schöpfen, hatte er sich gefreut. Was war er nur für ein Idiot gewesen? Wie hatte er nur so blind vertrauen können?

Er schüttelte seinen Kopf.

Über Vertrauen hatte er damals keine Sekunde nachgedacht. Nur an ihre wiederkehrende Lebensfreude. Irrtümlicherweise hatte er sie auf sich selbst bezogen.

Und was war dabei herausgekommen? Ihre Leiche in den Blechteilen eines fremden Autos, das sie so fest umschlossen hatte, dass die Feuerwehr ihre Überreste heraus schweißen musste.

Innerlich aufgewühlt wandte er sich ab. Er sah in bedauernde Gesichter. Das fehlte noch. Mitleid war das Letzte, was er jetzt brauchte. Alle Kollegen hatten um den Zustand seiner Ehe gewusst, aber niemand hätte sich je gewagt, ihn darauf anzusprechen. Und das war auch besser so. Sogar jetzt noch – Jahre später – spürte er wieder das gleiche kollektive Mitleid. Brummig wies er sie an, weiter nach Annabel zu suchen.

Emsig drehte sich jeder in eine andere Richtung und ging seiner Arbeit nach. Die Felder wurden systematisch in breiten Reihen abgegangen. Sie durchstreiften Wälder, durchsuchten Ruinen, leerstehende Häuser, Wassergräben, Hundehütten und sogar den Kindergarten, der abends menschenleer war.

Hundestaffeln rückten an.

Winseln und Bellen der deutschen und belgischen Schäferhunde erfüllten die Felder. Von Annabel keine Spur.

Die Sonne ging unter. In der Dunkelheit mussten sie ihre Arbeit abbrechen. Ein Blick zum Himmel gab Jean-Yves das ungute Gefühl, dass sich ein Unwetter zusammenbraute. Das fehlte noch. Wie lange konnte es ein vierjähriges Mädchen bei stürmischem Herbstwetter draußen aushalten?

11

Behrendt saß in Tanjas Büro - auf Tanjas Platz. Das war kein gutes Zeichen. Solange Heinrich Behrendt nur Kriminalhauptkommissar und ihr Vorgesetzter gewesen war, hatte ihre Zusammenarbeit reibungslos funktioniert. Doch seit er ihre Mutter geheiratet hatte, traten ständig Spannungen auf – sei es zwischen ihnen beiden oder von Seiten der Kollegen, die diese Verbindung argwöhnisch beobachteten. Vermutlich befürchtete jeder, Tanja könnte aus dieser familiären Verflechtung Vorteile für ihre Karriere ziehen. Dabei lagen die Dinge genau umgekehrt. Behrendt würde einen Teufel tun und seine Stieftochter bevormunden. Umso trauriger war es für Tanja, dass ihr niemand von den Kollegen glauben wollte. Es wurde Zeit, dass sich ihre Arbeitsbedingungen wieder verbesserten. Denn sie liebte diese Arbeit und wollte auf keinen Fall damit aufhören. Also hoffte sie weiterhin darauf, fernab der Kollegen in Frankreich ermitteln zu dürfen, wo der Abstand ihr Gelegenheit geben würde, über alles nachzudenken. Doch so, wie Behrendt gerade aussah, ahnte sie, dass sie ihre Hoffnungen schnell begraben konnte. Sein schütteres Haar stand wie elektrisiert vom Kopf ab, während er ein Stück Papier in seinen Händen drehte. Seine Brille saß auf seiner Nasespitze, damit er Tanja über den Rand hinweg besser sehen konnte. So verfolgte er jede ihrer Bewegungen, bis sie sich endlich auf dem Besucherstuhl vor ihrem eigenen Schreibtisch niederließ.

„Sagt dir der Name Daniela Morsch etwas?", fragte er anstelle eines Grußes.

„Nein. Sollte er?"

„Allerdings. Wenn du eine gute Kriminalkommissarin sein willst, musst du mehr darüber wissen." Diese Spitze saß. „Daniela Morsch verschwand vor zwei Jahren in Potterchen."

Tanja erschrak.

„Das Kind war damals zwei Jahre alt. Es wurde nie gefunden."

Tanja spürte, wie ihr schummrig wurde. Sie starrte ihren Chef und Stiefvater fassungslos an.

„Ich bin mit dem Vater des Kindes verabredet", sprach Behrendt weiter. „Er ist alleinerziehend. Leider geht es ihm seit dem Verschwinden seiner Tochter nicht so gut, wie ich erfahren habe. Er kann seiner Arbeit nicht mehr nachgehen, ist Hartz IV-Empfänger."

„Warum du?", fragte Tanja misstrauisch. „Ist das nicht die Aufgabe von Dieter Portz?"

„Weil ich nicht an meinem Stuhl festgewachsen bin", antwortete Behrendt pikiert. Er lehnte sich in dem Schreibtischstuhl zurück, nahm seine Brille ab und rieb sich über die Nasenwurzel, während er weitersprach: „Ich mache das nicht, um dich zu ärgern. Ich mache mir Sorgen um dich, weil ich befürchte, dass du dich aus einem Gefühl der Loyalität heraus in einen Fall stürzt, der dich überfordern könnte."

„Du behandelst mich wie ein kleines Kind, seit ich den Fall der verschwundenen Annabel übernehmen will. Warum?", fragte Tanja in einem patzigen Tonfall.

„Weil es mir nicht egal ist, was mit dir passiert."

Tanja schluckte. Diese Worte trafen sie unvermittelt. Damit brachte er etwas zum Ausdruck, was sie bei ihren hitzigen Diskussionen um ihren Auslandseinsatz nicht bedacht hatte: Gefühle. Sie war ihm nicht egal. Diese Information brachte sie aus dem Konzept. Hatte sie bisher überreagiert und seine Reaktionen falsch interpretiert? Hatte sie ihm seit seiner Heirat ihrer Mutter Unrecht getan? Sie entschuldigte sich für ihre Schroffheit.

„Die Franzosen wenden andere Arbeitsmethoden an als wir", sprach Behrendt nach der kurzen Unterbrechung weiter. „Du kennst dich damit nicht aus. Ich auch nicht. Deshalb wissen wir nicht, was auf dich zukommt."

„Heißt das, mein Antrag auf den Einsatz als Verbindungsbeamtin wurde genehmigt?"

Behrendt nickte.

Tanjas Augen leuchteten auf.

Wo war der Kapuzenmann? Sie fror ganz fürchterlich.

Sie schlang ihre dünnen Arme um ihren Körper. Damit versuchte sie, sich selbst zu wärmen. Aber es gelang ihr nicht. Sie wollte einen Schritt nach vorne wagen, um zu sehen, ob er wieder am hellen Rund über ihr stand und lauerte. Aber ihre Beine fühlten sich steif an. Sie konnte sich kaum bewegen. Sie versuchte es trotzdem, fiel dabei hin. Der Schmerz war schrecklich. Sie weinte leise, wollte auf keinen Fall, dass der Kapuzenmann sie hörte. Dann könnte er sie finden und schnappen. Sie schaute nach oben.

Das Rund, an welchem er eben noch gestanden hatte, war gar nicht mehr hell. Im Gegenteil. Jetzt war es dunkel. Es gab kein Licht mehr. Hastig atmete sie ein und aus. Die Luft brannte in ihrer Lunge. Es war noch genug davon da. Das beruhigte sie.

Sie stellte sich auf ihre zitternden Beine und streckte ihre Hände nach oben. Der Ausgang lag viel zu hoch. Da kam sie nicht dran. Sollte sie laut um Hilfe rufen? Bei dem Gedanken spürte sie schon wieder diese schreckliche Angst, der Kapuzenmann könnte sie hören.

Er war überall. Er wartete auf sie.

Und wenn er wusste, wo sie steckte, kam er sie holen. Nein. Sie durfte nicht rufen. Sie durfte keinen Laut von sich geben. Sie musste ganz still bleiben, damit der Kapuzenmann sie nicht fand.

In der Stille hörte sie ein ganz leises Rieseln unter ihren Füßen. Was war das?

12

Nach erfolgloser Suche mittels Hundestaffel, DRS und Hubschrauber gab Jean-Yves Vallaux Großalarm. Die Police National stellte eine zentrale Einheit zur Verfügung. Als Büro diente vorübergehend das Gebäude der Gendarmerie in Sarre-Union. Sie sandten Kollegen in die benachbarten Gemeinden Sarreguemines in Lothringen und Drulingen im Krummen Elsass aus, um dort ebenfalls nach dem Kind zu suchen. Die einzige Mitarbeit, die Jean-Yves bisher noch nicht hatte mobilisieren können, war die der Einwohner von Potterchen. Es wollte ihm einfach nicht gelingen, sie von der Dringlichkeit der Suchaktion zu überzeugen. Einerseits hatten einige von ihnen bereits ihre Schuldigkeit getan. Aber das konnte nicht alles gewesen sein. Es ging um ein kleines Mädchen, das immer noch spurlos verschwunden war. So etwas konnte eine kleine Gemeinde wie Potterchen nicht einfach kalt lassen.

Er ahnte, woran es lag. Sie kannten ihn. Deshalb sahen sie es nicht ein, sich seinen Anweisungen zu fügen. Auch seine Versuche, Pascal Battiston zu den Ereignissen während des Ausrittes zu befragen, waren an den ständigen Spannungen zwischen den beiden Männern gescheitert. Ein Zustand, der Jean-Yves grämte. Das Leben eines Kindes durfte nicht an den Launen dieses unfähigen Reitlehrers, der gleichzeitig der Schwiegersohn des Bürgermeisters und der Sekretär der Mairie war, scheitern. Aber gegen diesen Mann war Jean-Yves machtlos – auch wenn er es sich selbst nicht eingestehen wollte. Sein ganzes Leben, sein Handeln und sein Fühlen in Potterchen waren bisher von Pascal Battiston beherrscht worden. Wie es aussah, hatte sich daran nichts geändert, kaum dass er zurückgekehrt war.

Sein letzter Ausweg war der verzweifelte Versuch einer Gemeindebesprechung, zu der er sämtliche Dorfbewohner in die Mairie von Potterchen eingeladen hatte.

Diese Hürde wäre überwunden. Nun stand er vor der Nächsten.

Enorme Wut stieg ihn ihm hoch, als er im Büro der Mairie ausgerechnet Pascal Battiston begegnete. Er ahnte, dass dieser Mann mit seiner ungebetenen Anwesenheit seine Autorität untergraben wollte. Das durfte Jean-Yves nicht zulassen. Nun galt es, keine Emotionen zu zeigen, denn damit spielte er diesem Gernegroß nur in die Hände.

Sie standen sich gegenüber, ihre Gesichter auf gleicher Höhe.

Jean-Yves sprach so ruhig wie möglich: „Ich habe die Mairie für eine polizeiliche Besprechung reservieren lassen."

„Ich weiß." Die Hochnäsigkeit des Gemeindesekretärs provozierte ihn.

„Deshalb bitte ich Sie, mir diesen Platz zu überlassen."

„Das ist mein Platz. Also habe ich jedes Recht, hierzubleiben."

Jean-Yves spürte, wie sein Geduldsfaden riss. „Sie sind hier nur die Sekretärin", rutschte es ihm heraus. „Also gehen Sie bitte zu den anderen Dorfbewohnern."

„Wir können es ja darauf ankommen lassen und herausfinden, wer hier mehr Mann ist: Sie oder ich", kam es scharf zurück. Die wenigen anwesenden Dorfleute lauschten dem Streitgespräch gespannt. Jean-Yves ärgerte sich über seinen Lapsus. Pascal Battiston hatte genau unter die Gürtellinie getroffen. In Boshaftigkeit war dieser Mann nicht zu schlagen. Aus Angst, es könnte zu viel enthüllt werden, reagierte Jean-Yves darauf mit Schweigen.

Der Raum füllte sich, bis er fast aus den Nähten platzte.

Dem Commandant blieb keine andere Wahl, als sich wieder an den Gemeindesekretär zu wenden: „Können wir in einen Schulraum ausweichen?"

„Davon haben Sie nichts gesagt."

Jean-Yves spürte den starken Wunsch, diesem Mistkerl ins Gesicht zu schlagen und mit einem einzigen Schlag die Hochnäsigkeit auslöschen. Aber er befand sich hier in seiner Funktion als Commandant. Also reagierte er höflich: „Ja, sehen Sie nicht, dass der Platz für die vielen Menschen nicht reicht?"

Gemurmel setzte ein. Jean-Yves konnte den Auslöser dafür lange nicht erkennen, bis ein kleiner Mann mit dunklen Haaren und Schnauzer vor ihm stand: der Bürgermeister.

„Wir gehen in eines der Klassenzimmer", schlug Le Maire vor und wedelte mit einem Schlüssel. Jean-Yves nickte zustimmend. Es war das erste Mal, dass er mit diesem Mann einer Meinung war.

Gemeinsam überquerten sie den kleinen Schulhof und betraten das Schulgebäude durch eine schmale Tür. Das Klassenzimmer war für Grundschüler eingerichtet. Die fest montierten Tische und Bänke waren gerade einmal für Sechs- bis Zehnjährige geeignet. Den Erwachsenen blieb nichts anderes übrig, als stehen zu bleiben.

Langsam kehrte Ruhe ein.

Jean-Yves wollte gerade mit der Besprechung beginnen, als die Tür nochmals aufgerissen wurde. Verärgert richtete er seinen Blick auf den Störenfried und traf auf Tanja Gestier. Sofort schlug sein Herz schneller. Also würde sie mit ihm gemeinsam an dem Fall arbeiten. Der Gedanke gefiel ihm. Mit einem Lächeln bat er sie, den Platz neben ihm einzunehmen. Er stellte den Neuzugang als Verbindungsbeamtin aus Deutschland vor, womit das neugierige Getuschel, das seit ihrer Ankunft den Raum beherrschte, noch weiter anschwoll. Immer wieder glaubte er, den Namen seiner Frau zu hören. Er warf einen Blick auf Tanja und ahnte, was in den Köpfen der Dorfbewohner vor sich ging. Ihr ebenmäßiges Gesicht, eingerahmt von langen dunklen Haaren, konnte auf den ersten Blick den Eindruck erwecken, er habe sie in anderer Absicht hierher bestellt. Wie borniert und kleingeistig diese Menschen doch waren. Zum Glück wurde es wieder ruhiger. Gleichzeitig beruhigte auch er sich.

Endlich konnte die Besprechung beginnen.

„Wir haben den Umkreis des Dorfes weiträumig abgeriegelt – und zwar die Nachbardörfer Harskirchen, Willer, Keskastel, Hinsingen, Bissert und Altwiller", begann Jean-Yves zu sprechen. Die Leute murmelten. „An sämtlichen Ortsausgängen stehen Posten der Police Nationale und führen Kontrollen durch. Die ersten Suchtrupps haben nichts gefunden. Sollte jemand aus dem Dorf bereit sein, nach dem Kind zu suchen, soll er sich bitte bei den Brigadiers melden und sich einer Gruppe von Fachleuten anschließen, um keine zusätzlichen Spuren zu hinterlassen, die später ausgewertet werden müssen."

„Wir wären ja schön blöd", murrte eine alte Frau mit langen grauen Haaren. „Und du erntest hinterher die Lorbeeren für die Arbeit, die wir gemacht haben?"

Das nahm Tanja zum Anlass, sich zu äußern: „Hier habe ich ein Foto von Annabel Radek." Sie ging durch die Reihen und verteilte die Kopien. „Das Mädchen ist vier Jahre alt. Es hat blonde, lockige Haare, ist einen Meter und zehn Zentimeter groß. Es ist schlank und trug zuletzt, bevor es verschwand, einen blauen Jeansoverall und einen Anorak mit rosa Elefanten darauf. Sie ist ein lebenslustiges und liebenswertes Mädchen. Sie liebt Pferde, weshalb sie zu dem Reitstall in Potterchen gelaufen ist. Das war am Freitag, dem 12. Oktober. Dort hat man sie auf ein Pony aufsteigen sehen, von dem sie runterfiel und nicht mehr gefunden wurde. Das ist das Letzte, was wir von ihr wissen. Die Mutter von Annabel ist jedem für seine Hilfe dankbar. Sie kann leider nicht hierbleiben. Sie ist vor Kummer krank geworden. Aber es gibt noch einen anderen Grund, warum sie zu Hause bleiben muss. Falls sich jemand bei ihr meldet und etwas über das Kind aussagen will, muss sie erreichbar sein." Damit gelang es Tanja, den Unwillen der Dorfbewohner zu brechen. „Wenn Sie dieses Kind gesehen haben - egal wie banal Ihnen die Situation auch erscheinen mag – sagen Sie uns bitte Bescheid. Wir sind für jeden Hinweis dankbar."

Jean-Yves war froh für diese Geste. Ihm wäre so etwas nicht eingefallen. „Das war gut", flüsterte er.

Schon begannen die Fragen aus dem Publikum.

„Welches Auto hat Frau Radek gefahren?", meldete sich ein Mann, der ganz in Schwarz gekleidet war. Sogar sein großer Hut schimmerte in dieser düsteren Farbe, den er sich nicht bemüßigt fühlte, für diesen Anlass vom Kopf zu nehmen.

„Einen Daihatsu Cuore", antwortete Tanja.

„Können die Deutschen nicht mal ein Auto fahren, das wir kennen?", lautete die Reaktion darauf. „Renault oder Peugeot machen doch auch gute Autos."

„Monsieur Schweitzer", mischte sich Jean-Yves ein. „Wenn Sie ein Auto gesehen haben, das Sie nicht kennen, dann sagen Sie uns das bitte."

„Das ist es ja. Ich habe am 12. Oktober ein kleines rotes Auto durch das Dorf fahren sehen. Aber einen Fuore - oder wie auch immer das Auto heißt - kenne ich nicht."

Sabines Auto war rot, schoss es Tanja durch den Kopf.

„Den ganzen Aufwand hatten wir schon einmal", murrte wieder die alte Dame mit den langen grauen Haaren. „Zellemols ging es auch um ein düttsches Mädchen."

„Sie erinnern sich gut", merkte Jean-Yves an und bemühte sich um Gelassenheit. „Das war vor zwei Jahren. Das Mädchen hieß Daniela Morsch und wurde nie gefunden." Wieder entstand Gemurmel. „Damals hat die Gendarmerie von Sarre-Union die Untersuchung geleitet."

„Und unser Bürgermeister", fügte die Alte lautstark an. „Warum dürfen wir uns dieses Mal nicht an ihn wenden?"

„Das dürfen Sie, das erschwert aber nur die Arbeit, weil der Bürgermeister alle Informationen an uns weitergeben muss." Jean-Yves' Grinsen gefror in seinem Gesicht.

„Warum?"

„Damals wie heute ging es um ein deutsches Mädchen, das hier bei uns in Frankreich verschwunden ist. Da unsere beiden Staaten der EU nicht nur angehören, sondern bezeichnend durch den Elysée-Vertrag aus dem Jahre 1963 als Antriebsmotor für die Europäische Union angesehen werden und unser deutsch-französisches Verhältnis weiterhin freundschaftlich bleiben soll, ist es ratsam, die Problematik genauso ernst zu nehmen, als sei eines unserer eigenen Kinder vermisst." Jean-Yves holte tief Luft. „Und da eine bisherige Aufklärungsquote von null Prozent für die Deutschen nicht hinnehmbar sein dürfte, sieht der Untersuchungsrichter größeren Handlungsbedarf vor."

„Heißt das, Sie geben dem Bürgermeister die Schuld daran, dass das andere Mädchen nicht gefunden wurde?"

„Nein. Das heißt, dass der Bürgermeister nicht für Polizeiarbeiten qualifiziert ist. Deshalb werden jetzt die Police Nationale, meine Verbindungsbeamtin aus Deutschland und ich die Ermittlungen leiten."

Die Alte stellte ihre Fragen ein.

Jean-Yves atmete erleichtert aus und sprach weiter: „Das Haus von Sabine Radek – die Nummer Zwölf - ist ab sofort die Anlaufstation für alle Belange, Mitteilungen oder Fragen hier in Potterchen. Unsere Polizeizentrale besetzt für den Zeitraum, den wir für die Suche nach dem Kind benötigen, das Gebäude der Gendarmerie vor Ort in Sarre-Union. Unsere Ansprechpartner sind die beiden Brigadiers Fournier und Legrand aus Sarre-

Union." Jean-Yves drehte sich zu einem großen und einem kleinen Mann in Uniform, die sich verbeugten. Geraune ging durch die Menge.

„Die aufsichtführende Dienststelle ist La Direction Interregional de Police Judiciaire in Strasbourg unter der Leitung des Juge d'instruction, in dessen Auftrag ich hier bin. Und von Saarbrücken wurde Lieutenant de Police Tanja Gestier als Verbindungsbeamtin vor Ort eingesetzt."

*

Tanja Gestier und Jean-Yves standen vor dem Gebäude der Mairie und schauten den letzten Dorfbewohnern nach, wie sie in ihre Häuser zurückkehrten. Der Mann ganz in Schwarz steuerte das Nachbarhaus an. Tanjas Blick folgte ihm, während er das Gartentor schloss, die Haustür ansteuerte und verschwand. Es war ein gelbes Haus, durch eine Backsteinmauer mit schmiedeeisernem Ziergitter von der Straße abgetrennt.

„Ist das der Pfarrer?"

Jean-Yves brach in herzhaftes Lachen aus. „Deine Kombinationsgabe lässt zu wünschen übrig."

Verärgert brummte Tanja: „Du hast mich gerade geduzt."

Jean-Yves schaute sie an. Sein Blick war nicht provokant, auch nicht belustigt. Tanja befürchtete schon, er schaute ganz tief in sie hinein.

„Du mich auch."

Tanja überlief ein Schauer.

Jean-Yves räusperte sich und erklärte: „Er ist kein Pfarrer, er nennt sich Monsieur Schweitzer und gehört zu den Leuten hier im Dorf, die sich unbeliebt machen können."

Tanja schaute Jean-Yves fragend an, der daraufhin anfügte: „Schau dir mal das Bauwerk hinter seinem Haus an."

Tanjas Blick folgte seinem Finger. Die gelbe Farbe der Hauswand schimmerte durch die hereinbrechende Dunkelheit. Hinter dem Garten verfinsterte sich die Sicht. Eine hässliche Steinwand ragte in die Höhe. Hohlräume zwischen dicken Gitterstäben waren mit Steinen aufgefüllt. Ein Berg loser Steine lagerte davor und wartete darauf, die restlichen Lücken der grotesken Mauer zu füllen.

„Was ist das für ein monströses Gebilde?"

„Das ist eine Mauer. Damit will Monsieur Schweitzer den Lärm vom Schulhof und vom Kinderspielplatz abschirmen."

Tanja ging auf den Schulhof. Von dort erkannte sie, wie hoch die Mauer aufragte. Aber das war nicht alles, was sie erschütterte. Hinter den losen Steinen stapelte ein Holzhaufen in Monsieurs Schweitzers Garten, der auf den ersten Blick den Eindruck eines Scheiterhaufens machte.

„Hier leben die Menschen noch wie im Mittelalter: Steinhaufen, Scheiterhaufen." Sie stöhnte.

„So schlimm ist Monsieur Schweitzer nun auch wieder nicht. Er macht sich zwar Feinde mit seiner provokanten Mauer. Aber einen Scheiterhaufen hat er deshalb noch lange nicht gebaut. Das ist ein ganz normaler Holzvorrat. Hier wird mit Holz geheizt."

„Doch nicht mit Reisig", widersprach Tanja, als hätte sie Ahnung von Holz.

„Das nimmt man zum Anzünden."

Sie passierten die Kirche, deren rosa Turm in den dunklen Himmel ragte. Die Uhr schlug acht Uhr. Die Glocken setzten zu einem lärmenden Geläut an. Lautes Hundejaulen zog durch die hereinbrechende Nacht und übertönte die Glocken.

Die Geräuschkulisse ließ Tanja zusammenzucken. Sie hielt sich die Ohren zu und schaute sich um. Ihr Blick fiel auf einen Mann auf der gegenüberliegenden Straßenseite. Seine Gestalt war leicht gebückt, sein Gang schwankend. Schwarze fettige Haare klebten an seiner Stirn. Eine dicke Brille und der vorstehende Oberkiefer mit weit auseinander stehenden Zähnen verunzierten sein Gesicht. Kauende Bewegungen machte er, wobei ihm Speichel aus beiden Mundwinkeln tropfte. Dann zog er eine Grimasse, die Tanjas Adrenalinspiegel schlagartig ansteigen ließ.

„Das ist François. Keine Sorge, der ist geistig ein bisschen zurückgeblieben, aber harmlos", erklärte Jean-Yves auf Tanjas erschrockenen Gesichtsausdruck.

Tanja schüttelte sich. Jean-Yves' Worte konnten sie keineswegs beruhigen.

Wind frischte auf und heulte an verschiedenen Hausecken auf. Sie folgten der Straße, die an einem alten heruntergekommenen Bauernhof vorbeiführte. Tanja zog ihre Taschenlampe hervor und leuchtete die Trümmer ab.

„Falls du hier nach Annabel suchst, kann ich dir versichern, dass die CRS das schon getan hat", kam es von Jean-Yves. „Hier ist sie nicht."

„Die Kollegen können doch etwas übersehen haben."

„Vor allem die französischen Kollegen", hielt Jean-Yves dagegen.

Tanja drehte sich um. Sie sah Zorn in seinem Gesicht.

„So war das nicht gemeint", entschuldigte sie sich schnell. „Den deutschen Kollegen passiert so was auch."

„Okay." Jean-Yves gab nach. Seine Gesichtszüge blieben dabei undefinierbar. „Gehen wir doch einfach hinein."

Der Boden war voller Löcher, durch morsche Bretter halb verdeckt. Heimtückische Fallen. Tanja schauderte bei dem Gedanken, dass ein kleines Mädchen dort hineingefallen sein könnte. Sie hob die Bretter an und leuchtete darunter. Doch Annabel war nicht dort. Sie trat immer tiefer ins Innere des zerfallenen Bauernhauses. Außer Mäusekot, Vogeldreck und Vogelnestern fand sie nichts. Angeekelt stolperte sie wieder hinaus.

Sie setzten ihren Weg fort. Zwischen restaurierten Wohnhäusern tauchten immer wieder leerstehende Gebäude auf. Tanja staunte, wie nachlässig die Immobilien im angrenzenden Frankreich behandelt wurden. Gleichzeitig keimte an jedem dieser verlassenen Baracken die Hoffnung auf, Annabel dort zu finden. Sie stellte sich auf die Zehenspitzen, um mit ihrer Taschenlampe durch die Fenster zu leuchten.

„Auch hier waren meine Kollegen", hörte sie Jean-Yves' Bassstimme hinter sich. „Die CRS sind gleichbedeutend mit der Bereitschaftspolizei in Deutschland. Diese Leute sind dafür ausgebildet, eine Suche gründlich durchzuführen."

Tanja gab sich geschlagen. Sie steckte ihre Taschenlampe ein und folgte dem Commandant. Windböen bäumten sich orkanartig auf. Ihr schulterlanges Haar flatterte wild um ihr Gesicht. Mit beiden Händen versuchte sie, es zu bändigen, um etwas sehen zu können. Da fiel die Straßenlaterne aus. Alles versank in Schwärze.

Na toll. Sie spürte Unbehagen.

Die Straße machte eine langgezogene Rechtskurve. An der nächsten Straßenlampe gab es wieder Licht. Lothringische Bauernhäuser in den unterschiedlichsten Farben befanden sich zu beiden Seiten. Dazwischen offenbarten sich kleine Koppeln, auf denen Kühe lagen und wiederkäuten. An den Gleisen bogen sie rechts ab. Die Rue de la Gare führte sie zurück zu Sabines Haus. Hier wusste sie wieder, wo sie war, weil sie ihrer Freundin erst vor Tagen zu dem vermaledeiten Reitstall gefolgt war. Vor einigen Häusern standen die Bewohner, die nach der Aufregung der Besprechung noch keine Ruhe fanden. Sie sprachen über das Wetter. Der herbstliche Umschwung hatte die Bauern überrascht. Nicht jedem war es gelungen, in der kurzen Zeit die gesamte Frucht ihrer Ernte in Sicherheit zu bringen. Die Diskussionen erhitzten sich.

Bei Jean-Yves' und Tanjas Anblick riefen sie. „Bonjour. Ça va?"

Jean-Yves tippte zum Gruß mit der Hand an die Stirn.

„Jetzt noch am Arbeiten?"

„Oh oui, Madame", antwortete Jean-Yves. „Die Suche nach dem Kind ist rund um die Uhr im Gange."

„Man kennt dich?", bemerkte Tanja.

Jean-Yves grinste, blieb jedoch eine Antwort schuldig.

Sie steuerten auf ein Haus zu, das sofort Tanjas Aufmerksamkeit erregte. Ein flaches, langgezogenes Haus in zartem Terrakotta mit Giebelfenstern auf dem Dach prangte im hellen Schein der Straßenlaterne. Braunrote Schwalbenschwanzziegel, braun eingefasste Fenster mit ebenfalls braun eingefassten Türen ließen das Haus wie ein Schmuckstück aussehen. Ein Schornstein ragte in den Himmel.

Ein roter Volvo näherte sich, parkte direkt vor dem Haus und eine blonde Frau stieg aus. Diese Frau war nicht bei der Besprechung im Schulhaus gewesen. Das erkannte Tanja auf den ersten Blick. So eine Schönheit hätte sie wahrgenommen. Ihre langsamen Schritte wirkten graziös. In ihrem Gesicht spiegelte sich große Freude, als ihr Blick auf Jean-Yves fiel.

„Bonjour. Ça va?" Küsschen rechts, Küsschen links.

Tanja fühlte sich überflüssig.

„Sag nur, dich schickt Strasbourg, um das arme Mädchen zu finden?"

„Genau das."

„Wie gut für das Kind. Wenn einer sie findet, dann du."

„Das ist Tanja Gestier, meine Kollegin aus Deutschland", stellte er vor.

„Ich bin Christelle Servais." Sie trat auf Tanja zu und begrüßte sie mit distanzierter Herzlichkeit. Tanjas Augen hafteten an Christelles Gesicht. Ihre großen Augen strahlten Stolz aus, ihre Haltung war kerzengerade, ihre Bewegungen bedacht. Blondes langes Haar rahmte ihr schmales Gesicht ein, dessen Züge Tanja an die Schauspielerin Catherine Deneuve denken ließen.

„Ich bin Grundschullehrerin hier im Dorf", erklärte Christelle.

„Aus der Grundschule kommen wir gerade", erwiderte Tanja .

„Ich konnte an der Besprechung nicht teilnehmen. Ich musste heute zu einer Fortbildung nach Sarre-Union."

Regen setzte ein.

Ohne jede Vorankündigung begann es wie aus Eimern zu gießen. Damit war das Gespräch binnen Sekunden unterbrochen. Christelle eilte in das schöne Bauernhaus, Jean-Yves und Tanja liefen die letzten Meter zu Sabines Haus.

Dunkel hob sich die Fassade mit der alten Scheune im Dämmerlicht ab. Hohe Bäume bogen sich im Wind, als wollten sie sich auf dem Haus niederlegen. Tanja zog den Ersatzschlüssel hervor, den sie von Sabine bekommen hatte. Damit sperrte sie die Haustür auf.

Im Inneren war es klamm und kalt.

„Ich werde heizen", beschloss Jean-Yves sofort.

Verblüfft fragte Tanja: „Heißt das, dass du hier wohnen willst?"

„Klar. Hier gibt es Zimmer genug für uns beide", antwortete Jean-Yves. „Hier ist die Anlaufstelle für die Dorfbewohner und die Kollegen, die wir in Drulingen, Sarreguemines und Sarre-Union eingesetzt haben. Es muss also immer jemand hier sein."

„Heißt das, dass du auch einen Schlüssel zu diesem Haus bekommen hast?"

„Genau das." Jean-Yves ließ einen einzelnen Schlüssel an einem Lederetui vor ihren Augen hin und her baumeln.

Tanja fühlte sich überrumpelt.

„Außerdem will ich mir unnötige Wege ersparen. Bis Saverne sind es über dreißig Kilometer."

Genau aus dem Grund wollte Tanja hier übernachten. Ihre Gedanken überschlugen sich. Sie ließ ihren Blick schweifen, sah die großen Zimmer, die Dusche, die Treppe nach oben und gab sich innerlich einen Ruck. Der Commandant hatte recht mit seiner Behauptung, hier sei für beide genügend Platz. Also ließ sie ihn das Feuer schüren. In der Zwischenzeit schaute sie sich in dem Haus genauer um. Der Boden der unteren Zimmer bestand aus sandfarbenen Steinplatten, die Decke wurde mit starken, dunklen Holzbohlen gestützt. Es sah anheimelnd aus. Die Zimmer im ersten Stock waren klein, mit Teppichboden ausgelegt, die Decke ebenfalls mit Holzbohlen gestützt. Vier Zimmer, die zu einem quadratischen Flur in der Mitte führten. Alle waren komplett möbliert. Sabines Erbe war bezugsfertig.

Tanja entschied sich für ein Zimmer zur Dorfstraße, das mit einem großen Doppelbett ausgestattet war, bevor Jean-Yves Ansprüche darauf stellen konnte. Hier würde sie sofort mitbekommen, sollte sich jemand anschleichen.

Jean-Yves rief nach einer Weile: „Der Kamin ist an."

Tanja trat die schmale Steintreppe hinunter. Sie fand Jean-Yves im Wohnzimmer. Er saß dicht vor dem Kamin und rieb sich die Hände.

Tanja entschied sich für das zerschlissene Sofa und legte sich der Länge nach darauf. Die Wärme, die das Feuer spendete, tat wohl. Sie spürte, wie augenblicklich große Müdigkeit über sie kam.

„Was weißt du über den Vermisstenfall von vor zwei Jahren?" Mit dieser Frage unterbrach Jean-Yves' dunkle Stimme die Stille.

Sie überlegte eine Weile, bis sie eine Gegenfrage stellte: „Hängt der alte Fall mit unserem zusammen?"

„Ich glaube ja."

Tanja berichtete ihm das wenige, was sie von Behrendt erfahren hatte, worauf Jean-Yves nickte und meinte: „Finden wir heraus, was damals passiert ist."

„Und wo ist da der Zusammenhang – außer, dass beide Mädchen in Potterchen verschwunden sind?"

„Beide Mädchen wurden das letzte Mal an Pascal Battistons Stall gesehen", erklärte Jean-Yves.

„Wer ist Pascal Battiston?"

„Der Tochtermann vom Bürgermeister."

Tanja schaute Jean-Yves begriffsstutzig an, woraufhin der erklärte: „Tochtermann heißt bei uns Schwiegersohn."

„Das ist der Mann, der Annabel ohne zu fragen auf ein Pony gesetzt und zum Ausritt mitgenommen hat?", resümierte Tanja, die sich noch gut an Sabines Erzählung erinnerte.

Jean-Yves nickte.

„Und diesen Mann hast du noch nicht befragt?"

„Ich habe es versucht. Aber der sture Lothringer spricht nicht mit mir."

„Was hat das damit zu tun, dass er aus Lothringen kommt?"

Darauf blieb Jean-Yves ihr eine Antwort schuldig. Stattdessen murrte er: „Dir erzählt er vielleicht mehr als mir. Ich rede solange mit dem Bürgermeister."

„Moment mal", bremste Tanja. „Ich bin hier nur Verbindungsbeamtin. Ich darf nicht eigenmächtig ermitteln."

„Das weiß Pascal Battiston aber nicht."

Die Reaktion des Commandants verwunderte Tanja. Aber die grimmige Miene, die er zog, seit das Thema auf diesen Mann gefallen war, hielt sie davon ab, nachzuhaken.

13

Trübes Licht fiel in die Stallgasse. Pascal Battiston hatte die Pferde gefüttert und wollte gerade den Stall verlassen, da versperrte ihm sein Schwiegervater den Weg.

„Wir müssen reden", lautete sein Gruß am frühen Morgen.

Mürrisch folgte Pascal ihm. Sie betraten einen kleinen Raum, in dem ein großer Schreibtisch in der Mitte den meisten Platz einnahm. Die Wände zierten Pokale von Reitturnieren. Der Geruch der Pferde breitete sich in dem kleinen Büro aus. In einer Ecke brummte ein Kühlschrank.

Pascal Battiston musste die Deckenlampe einschalten, damit sie sich besser sehen konnten. Hinter dem Schreibtisch stand eine breite Couch. Ihr Bezug schimmerte fleckig. Hastig warf er eine Decke darüber.

„Du weißt, wie wichtig der Bau des Ponyhotels für uns ist", begann Ernest Leibfried, nachdem er sich auf den einzigen Stuhl gesetzt hatte.

Pascal blieb stehen und schaute auf seinen Schwiegervater herab.

„Setz dich, wenn ich mit dir rede", befahl der Bürgermeister und wies dabei auf die Lehne der Couch

„Ich setze mich, wann es mir passt."

„Du solltest zuerst nachdenken, bevor du redest", mahnte der Bürgermeister. „Nicht gerade deine Stärke, aber zum Dazulernen ist man nie zu alt."

Pascal erwiderte den Kommentar mit einem gleichgültigen Schulterzucken, setzte sich aber nicht.

„Es sollte in unserem Interesse sein, dass das deutsche Mädchen so schnell wie möglich gefunden wird. Solange befinden wir uns im Mittelpunkt polizeilicher Ermittlungen. Das ist nicht der geeignete Zeitpunkt, mit dem Bau eines Hotels zu beginnen."

„Warum nicht?", fragte Pascal aufgebracht.

„Weil du das Kind auf einen Ausritt mitgenommen hast. Wie konnte sie herunterfallen, ohne dass du etwas bemerkst?"

„Ich habe doch gesehen, wie sie gefallen ist. Aber sie war viel zu weit weg. Als ich an der Stelle ankam, konnte ich sie nirgends finden", wehrte sich Pascal.

„Ist das auch wirklich die ganze Wahrheit?"

„Was hältst du von mir?"

„Diese Frage stellst du besser nicht."

Böse Blicke wurden gewechselt.

„Welches Pony hat das Mädchen Annabel aus Deutschland geritten?", fragte der Bürgermeister nach einer Weile.

„Die Shetlandstute Peggy."

„Ist das Pony gefährlich?"

„Hier sind alle Ponys gefährlich", begehrte Pascal auf. „Ich habe dir schon oft gesagt, dass ich neue Ponys brauche. Aber du hörst nicht auf mich."

„Ich kann nicht jedes Jahr neue Ponys kaufen."

„Was heißt *ich kann nicht jedes Jahr neue Ponys kaufen*?" Pascal äffte seinen Schwiegervater ironisch nach. „Dann werde ich mich selbst darum kümmern."

„Das wirst du mal schön bleibenlassen. Gerade jetzt müssen wir unauffällig bleiben."

Pascal wollte an seinem Schwiegervater vorbei das Büro verlassen. Doch der Alte war noch nicht fertig: „Siehst du denn nicht, welcher Aufwand für das Mädchen betrieben wird? Der Commandant Jean-Yves Vallaux aus Strasbourg ist eine leichte Nummer für uns. Aber die deutsche Polizistin. Die dürfen wir nicht vergessen."

„Überlass die nur mir." Laut knallte die Tür hinter Pascal ins Schloss.

14

Der Vormittag verstrich ohne eine Spur von Annabel. Der Himmel zeigte sich in einem schönen Blau, die strahlende Herbstsonne vermittelte den Eindruck von heiler Welt. Tanja seufzte.

Sabine hatte aus dem Krankenhaus angerufen und wissen wollen, wie erfolgreich sie mit der Suche nach ihrem Kind waren. Es war Tanja noch nie in ihrem Leben so schwergefallen, bei der Wahrheit zu bleiben. Sabine zu trösten, wollte ihr auch nicht gelingen. Die Hysterie ihrer Freundin hatte dazu geführt, dass eine Krankenschwester das Telefonat beenden musste.

Nun begleitete Tanja den Commandant mit gemischten Gefühlen. Sie fuhren zu den Dienststellen, die die Gendarmerie den Kollegen der Police Nationale zur Verfügung gestellt hatte. Sarreguemines ließen sie gerade hinter sich. Ihr nächster Weg führte zum Büro in Drulingen. Ergebnisse gab es keine.

Auf dem Rückweg nach Sarre-Union ließ Tanja ihren Blick über die vielen Bauernhäuser schweifen, die dicht an der Hauptstraße standen und dem Dorf einen lebendigen Eindruck verliehen. Immer wieder traf sie im Elsass auf Gebäude aus längst vergangenen Zeiten.

„Wüsste ich Annabel in Sicherheit, könnte mir das Elsass gut gefallen."

„Wir sind hier im Krummen Elsass", klärte Jean-Yves sie auf.

„Wo ist da der Unterschied?"

„Das Krumme Elsass ist eine Landzunge, die sich über die Vogesen auf das Plateau Loraine erstreckt", drang Jean-Yves' Bassstimme an ihr Ohr. „Historisch ist nirgends belegt, warum das Gebiet zwischen dem nördlichen Bitcherland und den südlichen Pays de Sarrebourg zum Elsass gehört. Es wird vermutet, dass es aus religiösen Gründen ans Elsass angeschlossen wurde, obwohl es von der Geografie mehr Lothringen als Elsass entspricht."

Diese ausführliche Auskunft mutete schon fast wie Geschichtsunterricht an. Tanja staunte. Aber Jean-Yves war noch nicht fertig. Er vollführte eine Handbewegung, die sämtliche Häuser einschloss, die sie gerade passierten und sagte: „Schau dir die Häuser an. Nicht nur die Bauweise, auch die Aufteilung der Häuser entspricht der lothringischen Bauweise. Wir nennen das ‚Village de rue‘. Es bedeutet, dass alle Häuser direkt an der Straße stehen.“

Tanja sah das bestätigt. Viele Häuser lagen so dicht an der Straße, dass kaum noch Platz für Bordsteine blieb.

„Und trotzdem befinden wir uns hier im Krummen Elsass.“

„Warum ‚Krummes‘ Elsass?“

„Man sagt, dass nach der Reformation im 16. Jahrhundert um die Dörfer herum in kurioser Weise die Grenze je nach Religion gezogen wurde. Wir sind ein Grenzland zwischen dem Protestantismus und dem Katholizismus.“

„Und welcher Konfession gehört das Krumme Elsass an?“

„Im Krummen Elsass ist jedes Dorf protestantisch“, antwortete Jean-Yves. „Sobald wir die Departementgrenze verlassen, wird alles katholisch. Dadurch hat sich unter den Menschen im Krummen Elsass die Psychologie von Inselbewohnern entwickelt.“

„Von Inselbewohnern?“

„Ja. Diese Menschen blieben viele Jahre nur unter sich.“

„Das hat sich aber im Laufe der Jahre wieder geändert“, stellte Tanja bissig fest. „Ich denke da an Pascal Battiston.“

„Stimmt. Der ist aus Lothringen“, brummte Jean-Yves. Seine Kiefer mahlten. Tanja sah ihm an, dass sie einen wunden Punkt getroffen hatte, wollte ihn aber nicht darauf ansprechen. Soweit ging ihre Vertrautheit nicht.

Sie verließen Drulingen.

Die Gendarmerie Sarre-Union lag in einer Straße, die nach einem französischen Komponisten um die Jahrhundertwende benannt worden war. Das Haus mutete viel mehr nach einem gemütlichen Wohnhaus in ruhiger Lage denn nach einer Gendarmerie-Brigade an. Die Innenräume wirkten beengend und erdrückend. Gendarm Legrand empfing die beiden.

„Bonjour, Mademoiselle Gestier. Ça va?“, rief er.

„Ich bin Lieutenant Gestier und nicht Mademoiselle", stellte Tanja sofort klar.

„Excusez moi, Lieutenent Gestier." Der kleine Mann verbeugte sich.

Tanja nickte zufrieden.

„Gibt es Ergebnisse?", fragte Jean-Yves.

„Pardon. Mais non. Wir haben eine Ottleine eingerichtet", antwortete der kleine quirlige Mann.

„Eine was?" Tanja verstand ihr Gegenüber nicht.

„Hotline", klärte Jean-Yves auf.

„Wir haben viele Polizeibeamte, die die Telefone besetzen. Uns entgeht kein Anruf."

Damit waren sie auch schon am Ende ihrer guten Nachrichten angekommen und verließen das Gebäude. Tanja folgte Jean-Yves zu seinem Peugeot 607, der einsam auf dem großen Parkplatz stand. Sie durchquerten Sarre-Union, ließen die Stadt hinter sich und schlugen die schmale Landstraße ein, die nach Potterchen führte. Schon von weitem sahen sie schemenhaft das Dorf mit seinem charakteristischen rosa Kirchturm.

Am Rand eines Buchenwäldchens zu ihrer Linken erblickten sie einen großen Wagen. Der schwarze Lack glänzte in der Sonne. Abrupt bremste Jean-Yves ab. Er nahm ein Fernglas aus seinem Handschuhfach und schaute in die Richtung des verdächtigen Fahrzeugs.

„Da sitzt jemand drin", teilte er mit und reichte Tanja das Glas. Sie stellte dasselbe fest.

„Genau dort ist Annabel Radek das letzte Mal gesehen worden", flüsterte Jean-Yves. Tanja bekam eine Gänsehaut

Gleichzeitig zogen sie ihre Waffen aus den Holstern, entsicherten sie, stiegen aus und näherten sich geduckt dem verdächtigen Auto. Es war ein Porsche Cayenne Geländewagen.

Tanja auf der Fahrerseite und Jean-Yves auf der Beifahrerseite rissen auf sein Kommando gleichzeitig die Türen auf. Ein spitzer Schrei und ein dumpfes Brummen ertönten.

Tanja richtete ihre Waffe auf einen nackten Po.

Der dazugehörige Mann drehte sich um, verlor das Gleichgewicht, fiel aus dem Auto und landete mit heruntergelassener Hose vor ihren Füßen. Lange Haare rahmten ein braungebranntes Gesicht ein. Blaue, weit aufgerissene Augen starrten sie entgeistert an.

„Polizei! Wer sind Sie?", fragte Tanja den hilflos am Boden Liegenden. Er zitterte vor Kälte, seine Gesichtszüge wirkten gequält, während er versuchte, Tanjas Blicken auszuweichen. Von der anderen Seite konnte Tanja beobachten, dass Jean-Yves vor einem ähnlichen Problem stand. Vor ihm stand eine nackte Frau. Sie hauchte gerade den Namen Constance Pinolaire.

„Ich bin Lucien Laval", stammelte der hilflose Mann auf dem Boden vor ihr. Tanja gab ihm ein Zeichen, dass er seine Hose hochziehen durfte. Erleichtert kam Lucien Laval dieser Aufforderung nach. Er richtete sich auf und überragte Tanja um einen halben Kopf. Ihr Blick haftete an seinen blauen Augen, die frech aufblitzten, kaum dass er komplett angezogen vor ihr stand.

„Was ist los? Seit wann ist ein bisschen Amour im Auto verboten?"

„Machen Sie den Kofferraum auf!", befahl Tanja, ohne auf seine Anspielung einzugehen.

Verzweifelt drehte sich Lucien Laval um. Sein Blick fiel auf den Commandant. Mit Hoffnung in seiner Stimme rief er: „Jean-Yves, altes Haus! Seit wann darf eine deutsche Polizistin in Frankreich mit einer Waffe herumfuchteln?"

„Sie arbeitet mit mir zusammen als Verbindungsbeamtin."

„Dann sag deiner Verbindungsbeamtin doch bitte, wer ich bin."

Jean-Yves trat neben Tanja und erklärte: „Tanja, das ist Lucien Laval. Lucien, das ist Polizeikommissarin Tanja Gestier. Und jetzt öffne einfach den Kofferraum und beantworte unsere Fragen."

Lucien Laval folgte seiner Anweisung. Im Kofferraum seines Wagens befand sich ein Koffer. Ein großer Koffer.

Alle Blicke hafteten darauf.

Jean-Yves zog sich Latexhandschuhe an, öffnete die Verschlüsse, ließ sie aufspringen. Mühsam gelang es ihm, den schweren Deckel anzuheben.

Unter lautem Knarren fuhr die schwere Klappe Millimeter für Millimeter nach oben. Vor ihnen offenbarten sich Kleidungstücke in allen Farben.

„Was soll das?", fragte Lucien.

„Wir suchen ein vierjähriges Mädchen, das vermisst wird", erklärte Jean-Yves.

„Und das suchst du in meinem Kofferraum – zwischen meinen Klamotten?"

„Tut mir leid, aber dein Auftauchen mit einem fremden Wagen an einer Stelle, wo das Kind zuletzt gesehen wurde, hat dich verdächtig gemacht." Jean-Yves zuckte mit den Schultern. „Und dazu noch deine Begleitung..." Alle Blicke fielen auf Constance Pinolaire, die sich in den Wagen zurückgezogen und die Beifahrertür geschlossen hatte. „Wo hast du die wieder aufgetrieben, Lucien? Kannst du nicht einmal deinen Lümmel in der Hose behalten?", fügte er flüsternd an.

Tanja wunderte sich darüber, wie Jean-Yves mit diesem Mann sprach. Es fiel ihr nicht zum ersten Mal auf, dass der Umgangston der Polizei in Frankreich rauer ausfiel als in Deutschland. Aber jetzt wollte sie ihn nicht darauf ansprechen. Denn trotz allem war das Gespräch hochinteressant.

Lucien ordnete seine langen Haare, band sie zu einem Zopf. „Ein vierjähriges Mädchen – du lieber Himmel. Ich komme gerade aus Paris. Also kannst du mich nicht für etwas verantwortlich machen, was in dieser Zeit in Potterchen passiert ist."

„Hoffentlich hast du an Kondome gedacht", wandte Jean-Yves sauertöpfisch ein.

„Nur nicht neidisch werden. Irgendwann kommst du auch noch auf deine Kosten."

„Danke für deine Fürsorge. Ich will einfach nur verhindern, dass einer wie du sich vermehrt", konterte Jean-Yves. „Und was ist das überhaupt für ein Wagen?"

„Funkelnagelneu." Stolz brüstete sich Lucien Laval. „Hat mir meine Firma als Dienstwagen zur Verfügung gestellt. Cool, oder?"

„Wissen die auch, was du in dem Dienstwagen so treibst?"

Lucien stieg in den Geländewagen ein, ließ die Scheibe herunterfahren und rief, während er Gas gab: „Mach eine Meldung. Spätestens dann wissen sie's."

15

„Ich biete Ihnen etwas ganz Besonderes für Ihr Grundstück an den Gleisen." Der Bürgermeister grinste, während er sein Amuse Gueule bestehend aus Baguette mit scharfen Peperoni in den Mund schob. „Sie besitzen einen alten Friedhof. Was können Sie schon damit machen? Nichts."

Christian Schweitzer kaute nachdenklich auf seinem Tatar aus Räucherlachs, bevor er auf das Angebot reagierte: „Sie brauchen den Friedhof, um dort den geeigneten Reitpark für Ihr Ponyhotel zu errichten. Sehe ich das richtig?"

„Ganz richtig", bestätigte der Bürgermeister. „Und Sie können nichts damit anfangen, weil Sie keine Genehmigung bekommen, die alten Grabsteine zu entfernen."

„D'accord."

„Dann nehmen Sie mein Angebot an?"

Mit Ziegenkäse gratinierte Lammkoteletts mit Tagliatelle auf einem Gemüsebett wurden serviert.

„Ein Ponyhotel klingt für mich, als erwarteten Sie Kinder als Gäste." Monsieur Schweitzer probierte von seinem Lamm.

„Familien mit Kindern. C'est vrais."

„Ist das nicht gewagt, jetzt, nachdem schon das zweite Kind verschwunden ist?"

„Das Kind ist nicht verschwunden, es ist vom Pferd gefallen", korrigierte der Bürgermeister.

„Und warum hat die Gendarmerie Verstärkung aus Strasbourg angefordert? Bestimmt nicht, weil ein Kind vom Pferd gefallen ist." Monsieur Schweitzer kaute nachdenklich und fügte an: „Schmeckt vorzüglich."

„Danke. Ich werde das Kompliment an meinen Koch weitergeben."

„Ist das Mädchen von zellemols – Daniela hieß sie, glaub ich – nicht ebenfalls das letzte Mal in Ihrem Stall gesehen worden?"

„Wir wollen doch nicht vom Thema abkommen", murmelte der Bürgermeister. „Wollen Sie nicht wissen, was ich Ihnen für den alten Friedhof biete?"

Monsieur Schweitzer schaute interessiert auf.

„Ich biete Ihnen ein Haus im Lotissement, das nächstes Jahr auf der anderen Seite der Schienen gebaut wird ..."

„Das Lotissement", fiel Monsieur Schweitzer dem Bürgermeister ins Wort. „Wen haben Sie dafür bestechen müssen, um auf den Grundmauern eines ehemaligen Jesuitenklosters ein Neubaugebiet errichten zu dürfen? Die Sous-Préfecture in Saverne oder sogar die Préfecture aus Strasbourg? Von dem Ponyhotel will ich gar nicht reden."

„Lassen Sie diese Anspielungen! Hören Sie sich mein Angebot an. Sie bekommen alles auf dem neuesten Stand, das Grundstück, worauf es gebaut werden soll, können Sie sich selbst auswählen. Das ist doch ein Angebot, das Sie nicht ablehnen können."

„Ich werde doch nicht mein Heim aufgeben, das ich mit Mühe und Schweiß selbst aufgebaut habe, um in ein altes Kloster zu ziehen."

„Was reden Sie für einen Unsinn? Das Kloster steht schon seit sechzig Jahren nicht mehr. Sie werden keine Arbeit mit Ihrem neuen Haus haben. Ihnen wird der Schlüssel für ein bezugsfertiges Haus überreicht."

„Kommt nicht in Frage", brummte Monsieur Schweitzer stur.

„Ich glaube, ich sollte mal mit Ihrer schönen Frau darüber sprechen", konterte der Bürgermeister. Dabei dachte er an die rothaarige Frau mit ihren üppigen Rundungen an genau den richtigen Stellen. Nur mit Mühe gelang es ihm, ein Grinsen zu unterdrücken. „Wie heißt sie noch? Valerie?"

„Meine Frau steht voll und ganz hinter mir."

„Ach wirklich? Glauben Sie nicht, dass sie meinem Angebot zustimmen würde?"

„Vergessen Sie es. Den Friedhof verkaufe ich Ihnen nur unter einer Bedingung."

„Die da wäre?" Der Bürgermeister schnitt ein Stück vom zarten Fleisch ab.

„Ich will, dass Sie den Kindergarten schließen oder verlegen. Dann verkaufe ich – für bares Geld. Ich tausche nicht."

Der Bürgermeister lachte humorlos. „C'est impossible. Und das wissen Sie."

„Meine Frau und ich ertragen den Lärm nicht, den die Kinder veranstalten."

„Ein Grund mehr, das Haus im Lotissement zu nehmen." Der Bürgermeister strahlte wie ein Honigkuchenpferd.

„Mein Haus hat einen Wert, den ein neues Gebäude nicht ersetzen kann. Sie bekommen den Friedhof nur, wenn der Kindergarten verschwindet."

„Das Gebäude wurde für die École Maternelle und die École Élémentaire errichtet. Das können wir nicht an einen anderen Ort versetzen." Der Bürgermeister ahnte, dass die Verhandlungen schwieriger würden, als er angenommen hatte. Er sah sich gezwungen, seine Taktik zu ändern. „Wäre Ihnen gebratener Seeteufel auf iberischem Schinken lieber gewesen? Ich werde den Chefkoch sofort veranlassen, uns ein anderes Essen zuzubereiten."

„Nein danke. Das Essen ist vorzüglich. Trotzdem bleibe ich bei meinem Entschluss. Ich verkaufe Ihnen den alten Friedhof nur, wenn der Kindergarten geschlossen wird."

„Was war zuerst da?", fragte der Bürgermeister, dessen Tonfall inzwischen schärfer wurde. „Ihr Haus oder der Kindergarten?"

Die Nachspeise wurde serviert. Monsieur Schweitzer schob sich einen gehäuften Löffel Mousse au Chocolat in seinen Mund. Eine Antwort blieb er schuldig.

„Da haben wir es ja. Sie können nicht verlangen, dass wir den Kindergarten schließen. Irgendwo müssen die Kinder hin."

„Dann betrachte ich unser Gespräch als beendet." Monsieur Schweitzer nippte von seinem Petit Verdot, schwenkte den kraftvollen Bordeaux in seinem langstieligen Glas sanft hin und her und meinte: „Ein Genuss, diese Rebsorte. Sie wissen, wie man den Gaumen verwöhnt. Sie sind nicht nur ein fähiger Bürgermeister, sondern gleichzeitig auch ein Restaurantbetreiber très magnifique."

„Ich fühle mich geschmeichelt. Aber wir sind noch nicht fertig. Es gibt noch eine Käseplatte mit dazu passendem Sauvignon Blanc." Der Bürgermeister grinste selbstzufrieden. „Gute Geschäfte wickelt man nur bei einem guten Essen ab – wie wir Elsässer sagen."

„Genügt Ihnen das Restaurant nicht?", überging Monsieur Schweitzer das Angebot seines Verhandlungspartners und ließ den Blick provozierend durch das feudale Lokal wandern. „Sie besitzen das einzige Restaurant im gesamten Umkreis. Sie machen großen Umsatz, verdienen mehr als sämtliche Dorfbewohner zusammen. Wie viel Geld wollen Sie noch?"

„Als Bürgermeister will ich mich verbessern. Das schadet niemandem", erklärte Ernest Leibfried stolz. „Ich will aus Potterchen das Beverly Hills von Sarre-Union machen."

„Geben Sie es doch zu, Sie betreiben diesen Aufwand nur für Ihren Schwiegersohn", gab Monsieur Schweitzer böse zurück. „Sie können mit Pferden gar nichts anfangen."

„Halten Sie meine Familie raus!", warnte der Bürgermeister.

„Ach. So einfach ist das? Jedes Mal, wenn hier ein kleines Mädchen spurlos verschwindet, schmieden Sie neue Pläne, um Ihrem Schwiegersohn einen Gefallen zu tun." Monsieur Schweitzer grinste. „Vor zwei Jahren – als Daniela Morsch verschwand - entstand der Reitstall, in dem außer Ihrem Schwiegersohn und ab und zu ein paar Kinder aus dem Dorf niemand reitet. Heute ist die kleine Annabel Radek verschwunden. Schon wollen Sie ein Reithotel errichten. Warum tun Sie das? Was haben Sie getan, dass Ihr Schwiegersohn Sie zu solch großen Taten zwingen kann?"

„Was hat das eine mit dem anderen zu tun? Ich glaube, die Fantasie geht mit Ihnen durch."

„Obwohl", überlegte Monsieur Schweitzer, als habe der Bürgermeister nichts gesagt, „wenn es in Potterchen so weitergeht, wird der Kindergarten wegen des zu hohen Risikos für kleine Mädchen geschlossen."

„Halten Sie den Mund!"

„Spätestens dann werde ich Ihnen meinen alten Friedhof verkaufen. Das sind doch gute Aussichten für Sie."

16

Mit verkrampften Gesichtszügen stakste Pascal Battiston durch das hohe Gras am Rand der Koppel. Er ärgerte sich darüber, dem Drängen des deutschen Mädchens nachgegeben zu haben. Wie hatte er nur glauben können, dass sie reiten konnte? Die logen doch alle, um auf ein Pferd aufsteigen zu dürfen. Leider hat er seinen Fehler erst erkannt, nachdem das Pony an ihm vorbeigeschossen und im wilden Galopp davon gestürmt war.

Jetzt war es zu spät.

Er spürte, wie die Dorfleute ihn anstarrten, hörte bei jedem Schritt ihr Getuschel. Das Großaufgebot der Police Nationale und der Gendarmerie machte alle nervös. Ihn am meisten. Denn alle arbeiteten unter dem Mann, den er hier nie mehr sehen wollte: Jean-Yves Vallaux.

Gab es in Strasbourg keinen anderen zuständigen Beamten als ausgerechnet Jean-Yves Vallaux?

Seine Wut galt jedoch nicht dem Commandant, sie galt seinem Schwiegervater. Nach außen markierte er den großzügigen Bürgermeister, der den Leuten alles gab, was sie von ihm verlangten, sobald er seine gewünschte Gefälligkeit von ihnen erhielt. Dabei vergaß er, dass er damit den Verdacht erst recht auf seine eigene Familie lenkte. Wie konnte der alte Mann nur so gedankenlos handeln? Er wusste doch am besten, wie viel auf dem Spiel stand.

Das Gras hatte seine Schuhe und Strümpfe durchnässt. Schimpfend wich er auf den Trampelpfad neben den Gleisen aus. Vor ihm ragte die Ruine auf, die sein Schwiegervater in ein Ponyhotel umbauen wollte. Der Plan gefiel Pascal. Ein Ponyhotel übertraf seine kühnsten Erwartungen. Nur beschlichen ihn Zweifel, während er sich das baufällige Haus genauer ansah. Ob seinem Schwiegervater bewusst war, wie viel Arbeit und Geld in dieses Projekt gesteckt werden mussten? Mauerrisse zogen sich durch die gesamte Front. Ächzen und Knarren ertönten vom morschen Dachstuhl. Einzelne zerbrochene Ziegelsteine zierten den Trampelpfad. Die rostige Dachrinne hing herab und wippte mit einem permanenten Quietschen im Wind.

Plötzlich glaubte er, im Innern des Gebäudes eine Bewegung gesehen zu haben.

Mit großen Schritten steuerte er den Eingang an, dessen Tür halb verrottet in den Angeln hing. Wütend schob er das morsche Holzstück zu Seite und schaute hinein. Der Boden war mit Dreck, Mäusekot, alten, rostigen Eisenteilen und zerbrochenem Glas übersät. Zwischen dem Abfall schimmerten dunkle Flecken. Zögernd trat er ein. Ein Blick nach oben verriet ihm, dass das Obergeschoss ebenfalls nur noch teilweise erhalten war. Die Decke wies Einsturzstellen auf, durch die er bis zum Giebel sehen konnte, der schief hing und drohte, jeden Augenblick einzustürzen. Zwischen den noch verbliebenen Ziegeln schimmerten die Wolken hindurch, die über den Himmel jagten.

Seine Idee, hier einen Einbrecher zu vermuten, war lächerlich. Er wollte hinaus.

Da erblickte er etwas Schattenhaftes in seinem Augenwinkel.

Er drehte sich um.

Eine Gestalt stand auf der anderen Seite. Es war zu dunkel, um sie zu erkennen. Reglos verharrte sie.

Wie zwei Raubtiere auf der Lauer standen sie sich gegenüber.

Auf einmal drehte sich sein Gegenüber um und rannte davon. Die Person lief gebückt. Mehr konnte Pascal nicht erkennen. „Bleiben Sie stehen!", rief er, erreichte damit aber nichts. Hastig nahm er die Verfolgung auf. Er durfte nicht zulassen, dass sich hier jeder herumtrieb, wie es ihm beliebte. Das war Privatbesitz und das sollten die Dorfleute kapieren. Wenn es sein musste, auch auf die unfreundliche Art. Er war zu allem entschlossen, während er die geduckte Gestalt verfolgte. Er wählte den direkten Weg quer durch die Ruine. Schnell verkürzte er den Abstand zu dem Flüchtenden. Da knackte es verdächtig unter seinen Füßen. Erschrocken blieb er stehen, schaute nach unten. „Merde", entfuhr es ihm. Die dunklen Flecken waren Wasserflecken. Er stand genau auf einer dieser brüchigen Stellen. Der Boden gab nach. Beherzt sprang er zur Seite und verhinderte so, dass er eine Etage tiefer landete. Seine Beine brachen durch den morschen Boden. Es gelang ihm, sich mit den Ellenbogen am stabilen Rand abzufangen. Geräuschvoll rieselte und schepperte es unter ihm. Verzweifelt strampelte er. Aber er trat nur ins Nichts. Er blickte suchend umher, ob es etwas gab, woran er sich aus dem Loch herausziehen konnte. Nichts. Nur lose Eisenstangen. Was er außerdem sah, war sein eigener Hund, ein schwarzwei- ßer Mischling. Schwanzwedelnd lief er auf sein Herrchen im Boden zu und leckte ihm genussvoll über das Gesicht.

„Hau ab!", brüllte Pascal, was der Hund als Aufforderung ver- stand, noch wilder zu lecken.

*

Tanja passierte die letzten Häuser der Dorfstraße. Kalter West- wind fuhr ihr ins Gesicht. Kniehohes Gras bog sich vor ihren Augen wie dahin brandende Wellen. Links von ihr erstreckten sich die Gleise, rechts lag die Ruine mit rotem löchrigem Zie- geldach. Einzelne Eichenbohlen ragten aus dem First und war- fen lange Schatten über den Trampelpfad und die Gleise. Ver- trocknete Grasbüschel wirbelten vor dem Eingang auf und um- kreisten die rissigen Mauern. Das sollte mal ein Ponyhotel wer- den? Sie staunte über den waghalsigen Plan des Bürgermeisters. Schimmelpilze zogen sich über die Fassade, Wasserflecken weichten den Beton auf. Sträucher wucherten aus dem Inneren und ragten durch das Mauerwerk nach außen. Der heftige Wind heulte durch jede Ritze. Ein merkwürdiges Brummen mischte sich darunter. Außerdem Krachen und Poltern. Tanja steuerte neugierig den Eingang an. Die Tür - oder das, was noch davon übrig war - lag zersplittert auf dem Boden. Vorsichtig stieg sie über die Trümmer und schaute in das düstere Innere. Das merk- würdige Brummen entpuppte sich als Hundebellen. Wenn das alles war…

Sie drehte sich um, wollte weitergehen.

Da hörte sie noch etwas.

Ein deutliches „Merde."

Das kam von keinem Hund.

„Ist hier jemand?"

Zu ihrer Überraschung erhielt sie eine Antwort: „Oui, Mada- me. Ici."

Es dauerte eine Weile, bis sich ihre Augen an die Dunkelheit gewöhnt hatten. Dann sah sie ihn. Ein Mann steckte im Boden.

Halluzinierte sie?

Nein, da steckte wirklich jemand zwischen Dreck, Eisengittern und Beton. Seine Ellenbogen hielt er auf die Ränder des Einsturzloches gestützt. Das sah beängstigend aus. Er schimpfte etwas, was Tanja nicht verstand. Vermutlich wollte er den Hund loswerden, der immer wieder über sein Gesicht schleckte. Vorsichtig näherte sie sich dem Fremden, stieß den Hund mit der Ferse weg, griff nach einer rostigen Eisenstange, die sie ihm entgegenhielt. Hastig zog sich der fremde Mann daran hoch und eilte hinaus ins Freie.

Tanja folgte ihm.

Der Mann war groß und dünn und mit Dreck und Staub bedeckt. Er klopfte sich unter Schimpfen und Fluchen ab und griff mit verbissener Miene nach einem Stock, mit dem er den Hund vertrieb.

Tanja beobachtete ihn dabei und staunte über die Brutalität. Schnell ahnte sie, dass sie gerade Pascal Battiston gerettet hatte, den Mann, mit dem sie sprechen wollte.

„Merci beaucoup." Er entblößte lange weiße Zähne zu einem aufgesetzten Lächeln.

„Keine Ursache."

„Wer sind Sie?"

„Ich bin Tanja Gestier, eine Freundin von Sabine Radek. Und Sie?"

Er verzog sein schmales Gesicht zu einer Grimasse und presste ein undeutliches „Pascal Battiston" heraus. Er reichte Tanja seine langgliedrige Hand. Dabei ließ er seinen Blick über ihren Körper wandern. Während Tanjas Miene grimmiger wurde, wich seine Verärgerung einem anzüglichen Grinsen.

„Sie haben mir das Leben gerettet. Das ist ein Anlass zu feiern. Was halten Sie davon, auf dieses Ereignis mit mir anzustoßen?"

Auch wenn es eine Anmache war, hoffte Tanja, so mit diesem Mann ins Gespräch zu kommen. Also folgte sie ihm.

Er führte sie zum Reitstall, überquerte den Hof und steuerte einen kleinen Raum an, der außerhalb der langen Stallgasse lag. Der Raum entpuppte sich als kleine, enge Reiterstube. Siegerpokale standen auf dem einzigen Schrank. Urkunden über Turniererfolge zierten die Wände. Der Geruch nach Leder und Pferden hing in der Luft. Notdürftig wusch er sein verschmiertes Gesicht. Anschließend stellte er einen Crémant d'Alsace auf den Tisch, ließ den Korken knallen und schenkte in zwei langstielige Gläser ein. Tanja würde nichts davon trinken, sondern nur so tun als ob. Sie spürte, dass er etwas im Schilde führte. Also war ein klarer Kopf umso nötiger. Sie behielt jede seiner Bewegungen im Auge.

Schon geschah es.

Während sie anstießen, griff er nach hinten und drehte unauffällig den Schlüssel im Türschloss um.

17

Während Jean-Yves über die Dorfstraße zum Wohnsitz des Bürgermeisters ging, sah er vor seinem geistigen Auge Bilder von kleinen Mädchen, wie sie fröhlich auf Ponys ritten, lachten, ihre langen Haare im Wind flattern ließen.

Zwei dieser Mädchen waren jetzt wie vom Erdboden verschluckt. Was war mit ihnen geschehen? Welches Geheimnis lauerte in diesem Dorf?

Ausgerechnet zu dieser Zeit wollte der Bürgermeister ein Ponyhotel errichten, mit dem er Familien mit Kindern anlockte. Die Vorstellung, das Ponyhotel könnte als Köder für reitbegeisterte Mädchen dienen, ließ ihn innerlich erstarren. Er liebte Kinder viel zu sehr, um bei diesem Gedanken distanziert bleiben zu können.

„Salut, Jean-Yves. Ça va?"

Der Gruß riss ihn aus seinen Gedanken.

„Kommscht maije? S'isch dahemm immer noch am scheensde, gell?"

Erschrocken schaute Jean-Yves auf und direkt in das faltige Gesicht des Dorfältesten. Das fehlte noch. Wer in dessen Fänge geriet, kam so schnell nicht wieder weg. Der war stolz darauf, der älteste Mann im Dorf zu sein und brüstete sich mit stundenlangen Erlebnisberichten aus dem Zweiten Weltkrieg. Doch heute legte Jean-Yves keinen Wert darauf, sich das anzuhören. Er kannte schon alles und hatte keine Zeit zu verlieren.

Mit einem freundlichen Kopfnicken legte der Commandant einen Zahn zu. Hoffentlich spürte der Dorfälteste nicht, dass er vor ihm floh. Ihn sollte man sich trotz allem nicht zum Feind machen. Das würde zu Getratsche im ganzen Dorf führen.

„Häscht's awwer eilig? Muschde noo dem Maidle aus Dütschland suche?"

„Genau das", entgegnete Jean-Yves.

„Dann awwer g'schwind. V'lleisch isch ihm noch zu helfe."

Zum Glück gab sich der Alte damit zufrieden. Auf seinen Stock

gestützt trottete er weiter. Sein übergewichtiger Golden Retriever wackelte hinter ihm her.

Durch dichte Reihen hochgewachsener Bäume lag das Wohnhaus des Bürgermeisters so verborgen, dass Jean-Yves es erst
sah, nachdem er um die langgezogene Linkskurve aus tiefem
Schatten in grelles Sonnenlicht hinaustrat. Vor ihm spiegelte
sich die Villa aus Ziegelstein in einem dezenten Beige, eingefasst mit Rot und Anthrazit. In den gleichen Farben bestachen
die Rahmen der vielen gleichförmigen Fenster. Die brüchige
Fassade setzte sich gegen ausgedehnte, akribisch gepflegte Ra-
senflächen ab, durchzogen mit geschwungenen Kieswegen.
Nicht die Verwitterungsspuren gaben dem Haus seine traurige
Aura, sondern seine Geschichte. Seit Generationen befand es
sich im Besitz der Familie Leibfried. Mit dem Bürgermeister
hatte es das Schicksal weniger gut gemeint. Sein einziges Kind,
ein Mädchen, war krank zur Welt gekommen. Geistige Behinderung sagten die Leute im Dorf. Niemand bekam die Tochter jemals zu sehen. Dabei war es ein ungeschriebenes Gesetz, dass
der Schultheiß des Dorfes neben Reichtümern eine Vorzeigefamilie haben sollte. Also musste ein Schwiegersohn her, der die
Tradition der Fortpflanzung einhielt. Und genau der war eines
Tages wie aus dem Nichts aufgetaucht. Wo hatte die behinderte
Frau ihn kennengelernt? Diese Frage beschäftigte die Menschen
in Potterchen, da sie wussten, dass der Bürgermeister seine
Tochter vor der Welt versteckte. Wie hatte sie unter diesen Bedingungen einen Mann kennenlernen können? Seither fühlten
sich alle Dorfbewohner dazu angetrieben, die Familie des
Bürgermeisters genau im Auge zu behalten.

Vor allem den Schwiegersohn.

An einem Fenster im obersten Stock tauchte ein Gesicht auf.
Ein Kindergesicht umrahmt von goldenen Locken. Jean-Yves
riss die Augen weit auf.

Sah er dort Annabel?

Rasch schüttelte er den Gedanken ab. Das war natürlich Fleurette, Ernest Leibfrieds Enkeltochter. Sie galt als „das Wunder
von Potterchen", denn Fleurette war kerngesund und lebens-
froh, während ihre Mutter durch einen Gendefekt kaum lebens-
fähig war. Wann hatte er Ernest Leibfrieds Tochter mal gese-

hen? Er wusste es nicht. Er kannte nur die Gerüchte, die sich um sie rankten.

Schon Minuten später trat das kleine blonde Mädchen durch die große Haustür und hüpfte auf Jean-Yves zu. Auch ihre Fröhlichkeit verwunderte ihn, da dieses Haus nur Trübsinn umgab.

„Wer bist du?", rief sie schon von weitem. Ihre Neugier wirkte wohltuend.

„Ich heiße Jean-Yves und will mit deinem Opa sprechen."

„Worüber willst du denn mit meinem Opa sprechen?"

„Das werde ich ihm dann sagen." Jean-Yves amüsierte sich über die Neugier der Kleinen.

„Und was?"

„Du bist ganz schön naseweis", tadelte Jean-Yves mit einem Lachen.

„Ich weiß ja gar nicht, ob mein Opa zu Hause ist."

„Dann schau doch bitte mal nach."

„Ist gut. Mach ich."

Verschwunden war sie. Jean-Yves stand immer noch vor dem schmiedeeisernen Tor und konnte der Kleinen nur nachsehen. Nach einer Weile kehrte sie zurück. Dieses Mal in Begleitung eines schwarzweißen Hundes, der wild herumsprang und laut bellte.

„Opa will wissen, worüber du mit ihm sprechen willst."

Jean-Yves stöhnte innerlich, setzte trotzdem sein freundlichstes Lächeln auf und sagte: „Bitte deinen Opa, er soll mich hereinlassen, dann sage ich es ihm."

Mit ihrer neuen Anweisung eilte sie davon, der schwarzweiße Hund lief hinter ihr her.

Das konnte ja lustig werden. Jean-Yves fühlte sich von einem vierjährigen Kind genarrt.

Endlich trat der Bürgermeister vor die Tür. Er stieß eine heftige Schimpftirade in Richtung des kleinen Mädchens aus, das daraufhin rasch im Haus verschwand. Erst anschließend kam er an das Tor, öffnete es und ließ Jean-Yves auf sein Grundstück.

Ernest Leibfried führte Jean-Yves nicht in sein Haus. Auf dem Schotterweg vor dem Haus schlenderten sie nebeneinander her. Kalter Wind pfiff ihnen um die Ohren. Am Himmel zogen sich immer mehr Wolken zusammen. Das Tageslicht verdüsterte sich.

„Worüber möchten Sie mit mir sprechen?" Die Frage klang unterschwellig feindselig.

Jean-Yves beobachtete den Mann unauffällig. Dieser reichte ihm gerade bis an die Schultern. Sein dunkler Schnurrbart zuckte leicht, als wolle er seine Nervosität unterdrücken. Der schwarzweiße Hund sprang bellend um sie herum, ohne dass der Bürgermeister ihn zur Ruhe rief.

„Über das verschwundene Mädchen Annabel."

„Darüber kann ich Ihnen nichts sagen."

„Oh doch, das können Sie", parierte Jean-Yves. „Annabel kam zu Ihrem Stall und ritt eines Ihrer Ponys. Wie ist es möglich, dass ein fremdes Kind einfach auf einem Ihrer Ponys reiten darf?"

„Viele Kinder reiten auf unseren Ponys. Wie konnte mein Schwiegersohn ahnen, dass dieses Kind nicht aus dem Dorf kommt?"

„Es hat mit Sicherheit anders gesprochen. Hochdeutsch."

„Uns ist nichts aufgefallen."

„Aber dann fällt ausgerechnet dieses Kind vom Pony und verschwindet spurlos. Merkwürdiger Zufall, oder?"

„Da fragen Sie mich zu viel. Ich war nicht dabei. Mein Schwiegersohn ist hinter dem Pony her geritten, konnte es aber nicht einfangen."

"Zumindest konnte er sehen, wo sie runtergefallen ist."

„Natürlich. An der Stelle haben wir gesucht. Aber da war sie nicht mehr."

„Direkt nach dem Sturz?"

„Genau. Die Mutter des Kindes hat alles von den Gleisen aus beobachtet. Die können Sie ja auch fragen."

Jean-Yves erfuhr hier nichts Neues. Seine Zweifel an der Geschichte blieben, egal wie oft und von wie vielen Zeugen er sie zu hören bekam.

„Werden Sie trotz der Tragödie bei Ihren Plänen bleiben, ein Ponyhotel zu bauen?"

„Ja. Was hat der Sturz dieses Kindes damit zu tun?"

„Eine ganze Menge", antwortete Jean-Yves verstimmt über die Kaltschnäuzigkeit dieses Mannes. „Wenn sich herumspricht, dass hier von Zeit zu Zeit kleine Mädchen spurlos verschwinden, wird das die Gäste von Ihrem Hotel fernhalten."

„Das ist Unsinn und das wissen Sie. Hier verschwinden keine kleinen Mädchen. Wer weiß, was die betreffenden Mütter mit ihren Kindern angestellt haben? Man hört doch immer wieder, zu was manche Mütter fähig sind. Es ist fast nicht zu schaffen, eine mögliche Vorgeschichte aus dem Ausland zu hundert Prozent aufzuklären."

Jean-Yves spürte, dass sich der Bürgermeister seine eigene Erklärung zu den Fällen zurechtgebogen hatte. Trotzdem nagte ein Gedanke beharrlich an ihm: dass ausgerechnet dort, wo kleine Mädchen verschwanden, ein Ponyhotel gebaut werden sollte. Seine morbide Vorahnung wollte ihn einfach nicht loslassen.

„Das Mädchen, das vor zwei Jahren hier verschwunden ist, hatte keine Mutter mehr. Also kann in dem Fall nicht die Mutter dafür verantwortlich gemacht werden." Jean-Yves musste seine Stimme anheben, um den Wind zu übertönen. „Oder sind die Väter ebenfalls zu allem fähig, wenn es um ihre eigenen Kinder geht?"

„Ich weiß nicht, wovon Sie sprechen."

„Doch. Das wissen Sie", konterte Jean-Yves. „Das Mädchen hieß Daniela Morsch und ist ebenfalls verschwunden, als es - genau wie Annabel Radek – auf Ihr Gelände gelaufen ist, weil es zu den Ponys wollte."

„Was sollen die Unterstellungen? Ich habe nichts mit dem Verschwinden der Kinder zu tun."

„Wie kann ich das glauben? Beide Mädchen verschwanden, nachdem sie Ihren Stall betreten haben. Und ausgerechnet dieser Stall soll in ein Ponyhotel umgebaut werden. Was passiert mit den Mädchen?"

„Raus hier!"

18

In ihrer Wut schlug Tanja die falsche Richtung ein. Der Mistkerl von Battiston hatte doch tatsächlich geglaubt, sie verführen zu können. Und herausgekommen war dabei nichts, außer der Erkenntnis, dass dieser Mann äußerst unerträglich war und Tanja ihn besser in dem Loch in der Ruine hätte stecken lassen sollen. Anstatt den Weg einzuschlagen, der zurück ins Dorf führte, landete sie auf dem freien Feld.

Was sie dort sah, ließ sie ihre Wut sofort wieder vergessen. Etliche Polizeiwagen mit der Aufschrift „CRS" standen über die Felder verteilt. Es wimmelte von Männern in dunkelblauen Uniformen, die mit Stöcken, andere mit angeleinten Schäferhunden, das ganze Gelände abschritten. Rufen und Bellen erfüllten die Luft. Sogar das laute Rotorengeräusch eines Hubschraubers mischte sich dazu. Die Suche nach Annabel könnte nicht besser organisiert sein. Sie trat auf den Polizisten zu, der ihr am nächsten stand und fragte: „Gibt es Ergebnisse?"

„Wer sind Sie, dass Sie mir diese Frage stellen?", kam es unfreundlich zurück.

Tanja erschrak. Sie zog ihren Dienstausweis aus der Gesäßtasche und hielt ihn dem Beamten vor die Nase.

Der uniformierte Mann nickte und antwortete: „Bisher haben wir nichts. Weder ein Kleidungsstück noch sonst etwas, was man dem Kind zuordnen könnte."

„Das klingt nicht gut."

„Hoffentlich ist das Mädchen nicht in den Fluss gefallen."

„In welchen Fluss?" Tanja horchte auf.

„Dort unten", der Polizist zeigte auf die Bäume, die die Felder säumten, „fließt die Saar. Sollte sie dort hineingefallen sein, …"

Tanja erschauerte. Sie hatte nicht gewusst, wie nah die Saar war.

„Sie können bei der Suche helfen. Hier brauchen wir jeden Freiwilligen."

Tanja schaute ihr Gegenüber empört an und erklärte: „Ich bin dabei, nach dem Kind zu suchen. Nur an anderer Stelle."

„Ach? Und wo?"

Die Ironie in seiner Stimme missfiel ihr. „Ich habe Ihnen doch gerade gesagt, wer ich bin - nämlich als deutsche Verbindungsbeamtin eingesetzt, um die Ermittlungen zu begleiten."

„Ich habe Sie Pascal Battistons Büro verlassen sehen. Sehen so Ermittlungen aus?"

„Was wollen Sie damit sagen?"

„So zerzaust…" Der Uniformierte lachte. „Was tut Pascal Battiston, dass ihm alle Frauen zu Füßen liegen?"

Was ging hier vor? Tanja kochte vor Wut. Sie war gewarnt worden, dass unterschiedliche Mentalitäten aufeinanderprallen würden. Hier geschah genau das. Eine Situation, die ihr fast unwirklich vorkam.

Ihr Handy klingelte.

Für diese Unterbrechung war sie dankbar. Sie stolperte einige Schritte über das Feld, um sich von dem unverschämten Polizeibeamten zu entfernen und hob ab. Doch als sie hörte, wer sich am anderen Ende meldete, war sie sich nicht mehr sicher, ob ihr die Ablenkung gefiel. Sabine Radek rief aufgebracht ins Telefon: „Was soll das, mir die Bullen auf den Hals zu hetzen?"

„Sabine, wovon redest du?"

„Wie eine Elefantenherde sind sie durch meine Wohnung getrampelt und haben nach Annabel gesucht. Was hast du deinen tollen Kollegen über mich erzählt?"

„Seit wann bist du wieder zu Hause?" Diese Frage beschäftigte Tanja am meisten. Die Verfassung ihrer Freundin war bedenklich. Wie konnten die Ärzte sie in dem Zustand entlassen?

„Ich habe mich heute Morgen selbst entlassen."

„Ach so." Tanja ahnte nichts Gutes. „Meine Kollegen machen nur ihre Arbeit. Es gehört immer dazu, jeden Verwandten des Kindes zu überprüfen – auch die Mutter. Bei Annabels Vater war ich auch."

„Bei Willi?" Sabines Stimme überschlug sich. „Ich habe auf deine Hilfe gezählt. Aber anstatt in Frankreich nach Annabel zu suchen, kurvst du im Saarland herum. Wie soll Annabel im Elsass vom Pferd gefallen und in Perl gelandet sein?"

Tanja atmete tief durch. Sie spürte, dass die Bemerkung dieses Franzosen ihr mehr zusetzte, als sie gedacht hatte. Deshalb durfte sie nicht bei ihrer Freundin die Nerven verlieren. Sabine hatte jeden Trost der Welt nötig.

Mit langsamen Schritten war sie während des Telefonats weiter über die nassen Wiesen gegangen und am Ufer der Saar angekommen. Hier im Elsass schlängelte sie sich als schmaler Flusslauf zwischen Wiesen und Bäumen hindurch. An beiden Ufern sah Tanja, wie Männer den Boden abklopften. Hunde schnüffelten emsig alles ab. Ihr Winseln und Bellen wurde von Rufen übertönt, die die Suchenden von allen Seiten ausstießen. Sie fühlte sich bei dem Anblick der Regsamkeit ermutigt. Trotzdem ahnte sie, dass das ein geringer Trost für Sabine war. Ruhig sprach sie ins Handy: „Hier in Potterchen wird alles getan, um deine Tochter zu finden, glaub mir. Jeder Stein wird umgedreht. Hunderte von Polizisten laufen die Wiesen und Felder systematisch ab. Sie haben sogar Hunde dabei. Hubschrauber sind auch im Einsatz. Wir werden Annabel finden."

„Ich komme und schaue mir das selbst an."

„Tu das nicht!", rief Tanja, doch die Verbindung war bereits unterbrochen.

19

Inzwischen wurde es dunkel, aber Tanja ging immer weiter und weiter. Sie schaltete ihre Taschenlampe ein, leuchtete damit jeden Graben, jede Vertiefung im Boden und jede sonstige Unebenheit genau aus, in der Hoffnung, Annabel dort zu finden. Der Weg führte sie bis an die Route Nationale, die über Sarre-Union bis nach Saverne führte. Dort kehrte sie um, leuchtete die andere Straßenseite aus und kehrte so wieder zum Dorf Potterchen zurück. Von weitem konnte sie die spärlichen Lichter sehen. Ein kleiner Fleck in einer riesengroßen Landschaft. Die Menschen hatten fast alle ihre Läden fest verschlossen, als wollten sie alles von sich fernhalten. So blieben ihre Häuser dunkel. Lediglich die Straßenlaternen sorgten für das wenige Licht.

Sie überquerte die Schienen und marschierte durch die Rue de la Gare. Eine kleine Kirche befand sich zur ihrer Linken. Von dort ging ein Weg ab, der Chemin de Hohenau. Den schlug sie ein, um ihre Suche fortzusetzen. Das Einzige, was sie erreichte, war, dass sie im Kreis lief und wieder zum Stall von Pascal Battiston gelangte. Von Annabel keine Spur.

Frustriert und durchnässt von dem Dauerregen kehrte sie zurück zum Haus Nummer zwölf. Jean-Yves Vallaux saß in einem alten Ohrensessel im Wohnzimmer. Feuer brannte im Kamin und verbreitete anheimelnde Wärme. In den Händen hielt er eine Flasche Rotwein, deren Etikett er aufmerksam studierte.

„Ein Chateau Petrus Pomerol aus dem Jahr 2000 – das ist ein Bordeaux der Spitzenklasse, eine einzige Flasche kostet schon ab 2200, -- Euro aufwärts", sagte er zur Begrüßung. „Jahrgang 2000. Der ehemalige Besitzer dieses Hauses hatte Geschmack."

„Ist das dein einziges Problem?", murrte Tanja.

Sie zog ihre nassen Schuhe und Strümpfe aus und lief barfuß über die kalten Steinplatten auf das zerschlissene Sofa zu. Das Zimmer war groß, die Einrichtung alt und das Licht schummrig. Ein Blick aus dem Fenster zeigte die schmale Dorfstraße im gelblichen Schein der Straßenlaterne.

„Das ist kein Problem, das ist ein Geschenk", entgegnete er ungerührt. „Mit Barriquereifung und dazu tanninbetont. Was sagt uns das? Weich und sinnlich."

Seine stahlgrauen Augen hafteten an Tanja, als wolle er sie anstelle des Weines genießen.

„Ich bin nicht hier, um Wein zu trinken." Tanja bemühte sich, schroff zu klingen.

„Du bist ein sturer Preiß'." Jean-Yves lachte über Tanjas erschrockenes Gesicht. „Ich weiß, warum du hier bist. Aber jetzt kannst du ohnehin nichts ausrichten. Schau aus dem Fenster! Es ist dunkel. Außerdem regnet es. Die CRS sucht weiter, aber die haben dafür auch das richtige Equipment. Du kannst nur sinnlos über den Acker stolpern. Ob das dem Mädchen weiterhilft?"

„Und was sollen wir tun?" Sie verschwieg, dass sie genau das getan hatte. Die Ergebnislosigkeit ihrer Suche lastete auf ihren Nerven.

„Morgen werden wir mit unseren Befragungen fortfahren."

„Meine Befragung mit Pascal Battiston war eine Katastrophe", gab Tanja zu. „Hoffentlich hattest du beim Bürgermeister mehr Erfolg."

„Comme ci, comme ça."

„Soll heißen?"

„Seine Weigerung, mir zu antworten, hat mich stutzig gemacht."

„Inwiefern?"

„Daniela Morsch ist vor zwei Jahren das letzte Mal in Pascal Battistons Reitstall gesehen worden …", begann er.

„Das wussten wir doch schon."

„Lass mich ausreden. Dann wirst du schon hören. Vor zwei Jahren war der Stall noch unbedeutend, es gab nur einige Ponys und ein Reitpferd für Pascal Battiston. Nach Daniela Morschs Verschwinden baute der Bürgermeister den Stall zu einer großen Reitanlage aus."

Tanja wusste nicht, worauf Jean-Yves hinauswollte.

„Vor wenigen Tagen ist Annabel Radek das letzte Mal in Pascal Battistons Reitstall gesehen worden. Es heißt, sie sei von einem Pony gefallen", sprach er weiter. „Und jetzt will er aus seiner Reitanlage ein Ponyhotel machen."

Tanja blieb die Luft weg vor Schreck. „Du denkst an Kinder-handel?"

Hastig hob Jean-Yves beide Hände und rief: „Doucement, s'il te plaît! Zwei Kinder in zwei Jahren – das wäre ein bisschen wenig für Kinderhandel."

„So wie du die Zusammenhänge erläutert hast, bleibt doch nur dieser Verdacht."

„Ich glaube, dass etwas anderes dahinter steckt", bremste Jean-Yves Tanjas Eifer.

„Und zwar?"

„Ich denke an Pascal Battiston."

Tanja verstand nicht.

„Erkennst du die Zusammenhänge nicht?", fragte Jean-Yves. „Als das erste Mädchen verschwand, bekam Battiston einen größeren Stall. Jetzt ist das zweite Mädchen verschwunden, und er bekommt ein Ponyhotel."

„Du glaubst, der Bürgermeister hegt mit diesen Einrichtungen böse Absichten?"

Jean-Yves nickte.

„Wie das?"

„Wir wissen nicht, was mit diesen Kindern geschehen ist, nur, dass sie bei Pascal Battiston zum letzten Mal gesehen wurden", wich Jean-Yves der Frage aus. „Ihn sollten wir im Auge behal-ten. Sollte er pädophil sein, ist er zumindest schlau genug, kein Kind aus seinem eigenen Land zu missbrauchen."

Tanja konnte in diesem Mann keinen Kinderschänder sehen. Irgendetwas in ihr sagte, dass Jean-Yves mit dieser Verdächti-gung danebenlag. Und nicht nur das. Jean-Yves wirkte sehr überzeugend mit seiner Darstellung, als läge ihm viel daran, die Ermittlungen genau in diese Richtung zu lenken.

Vorsichtig fragte sie: „Wissen wir, wie viele Kinder aus Deutschland inzwischen hier verschwunden sind?"

Jean-Yves schüttelte den Kopf und antwortete: „Aber das finde ich heraus."

Gelassen schenkte er von dem Rotwein in ein weiteres Glas ein und reichte es ihr.

„Ich bin nicht hier, um Wein zu trinken, sondern, um ein vier-jähriges Mädchen zu finden", stellte Tanja nochmals klar, doch Jean-Yves hielt dagegen: „Ich auch. Nur mit dem Unterschied, dass ich mit der nötigen Distanz an den Fall herangehe, während dich persönliche Motive beeinflussen."

„Du hast gewusst, dass ich Annabel kenne?"

„Probier den Wein. Du wirst es nicht bereuen."

Tanja trank einen Schluck.

Sie wollte nicht glauben, was da mit ihr passierte. Der Wein war wie Samt, so weich rann er die Kehle hinunter. Sein intensiver Geschmack nach Beerenfrüchten gemischt mit süßer Vanille und rauchiger Würze brachte in Sekundenschnelle Ruhe in ihr Inneres. Jean-Yves ließ sie nicht aus den Augen. Sie wollte nicht zugeben, wie gut ihr der Wein schmeckte, doch er sah es ihr an.

„Warum hast du in Strasbourg kein Wort über meine Befangenheit gesagt?"

„Ich wollte, dass du meine Verbindungsbeamtin wirst."

Nach weiteren Schlucken spürte Tanja, wie sich angenehme Wärme in ihrem Körper ausbreitete. Der Wein zeigte Wirkung.

„Warum?"

„Weil du mir gefällst." Sein Grinsen wurde breiter. „Dein Gesicht rötet sich. So siehst du noch verführerischer aus."

Er verließ seinen Ohrensessel und ließ sich neben Tanja auf das alte Sofa sinken.

„Würdest du so schnell arbeiten, wie du anbaggerst, wäre Annabel schon gefunden."

Aber Jean-Yves war immer noch nicht aus der Ruhe zu bringen. Mit sanfter Stimme brummte er: „Ich baggere dich nicht an. Ich genieße deine Nähe. Und von schnell kann überhaupt keine Rede sein. Wir haben doch alle Zeit der Welt."

„Annabel aber nicht."

„Für ihre Suche wird alles getan, was wir können. Warum sollen wir unser eigenes Leben darüber vergessen?" Er fuhr ihr durchs Haar, öffnete ihre Haarspange. „Mit offenen Haaren wirkst du entfesselt, erotisch…" Seine Augen leuchteten. „… wild."

Tanja ging das zu schnell. Der Alkohol, die Wärme durch das knisternde Feuer im Kamin – das war wohl zu viel der Vertrautheit.

„Zuerst Pascal Battiston und dann du." Sie griff nach der Spange und steckte ihre Haare wieder zurück.

„Deshalb deine schlechte Laune." Jean-Yves' Grinsen verschwand. „Was wollte der Casanova?"

„Dasselbe wie du."

„Vergleiche meine Absichten niemals mit Pascal Battistons kranken Spielchen!"

Tanja schaute in Jean-Yves markantes Gesicht, das durch seine tiefen Falten eigenwillige Charakterzüge annahm. Seine Augen blitzten unter den dunklen Augenbrauen, seine vollen Lippen verzogen sich zu einem schmalen Strich.

„Jetzt weißt du auch, warum du mich mit deinem Verdacht nicht überzeugen kannst", sagte Tanja, ohne Jean-Yves aus den Augen zu lassen. Seine Reaktion bestand lediglich aus dem Anheben einer Augenbraue. „Wäre Pascal Battiston pädophil, würde er sich nicht an mich heranmachen wollen."

„Das könnte auch Tarnung sein, damit ihn niemand verdächtigt."

„Der Eindruck, den er hier in Potterchen hinterlassen hat, spricht gegen deinen Einwand." Tanja dachte dabei an die Reaktion dieses unfreundlichen Polizeibeamten auf dem Feld.

Ein Geräusch an der Haustür unterbrach das Gespräch. Laut schabte die schwere Haustür über den Boden. Erschrocken sprangen Tanja und Jean-Yves gleichzeitig auf, zogen ihre Waffen und liefen zur Tür.

Vor ihnen stand Sabine Radek.

Ihre Haare klebten fettig an ihrem Kopf, ihr Gesicht war gerötet und ihre Augen funkelten böse.

„Das ist mein Haus", stellte sie klar. „Was soll das, mich mit euren Schießeisen zu bedrohen?"

Mit betretenen Gesichtern steckten Jean-Yves und Tanja ihre Waffen weg. Sabine betrat das Wohnzimmer. Dort sah sie den brennenden Kamin, die angebrochene Weinflasche und die beiden Gläser.

„Gemütlich am Kaminfeuer sitzen." Wie eine Furie ging sie auf Tanja los. „Habe ich es mir doch gleich gedacht. Annabel ist ja nicht dein Kind."

Tanja erkannte selbst, dass sie einen Fehler gemacht hatte. Der Anblick ihrer Freundin öffnete ihr die Augen. Sabines einziges Kind war spurlos verschwunden – eine Tragödie, wie sie schlimmer nicht sein konnte. Und sie war auf der Suche nach

Annabel noch keinen Schritt weiter. Sie versuchte mit ihr zu reden, sie zu beruhigen. Der Zorn und der Hass, die Sabine gegen
sie richtete, schmerzte. Dabei war sie nur deshalb hier in diesem
kleinen Dorf, weil sie Annabel finden wollte. Nur wie sollte es
ihr gelingen, ihrer Freundin wieder ein wenig Vertrauen in sie
und ihre Arbeit einzuflößen?

Verzweifelt versuchte sie, Sabine in die Arme zu nehmen,
doch diese schlug nur rasend vor Wut auf Tanja ein.

20

Langsam fuhr Tanja mit ihrem silbernen Dacia Duster auf der wenig befahrenen Dorfstraße. Den letzten Abend hatte sie nicht wie geplant in Potterchen, sondern zu Hause bei ihrer Tochter in Saarbrücken verbracht.

Sabine Radeks Auftauchen in Potterchen hatte ihr Gespräch mit dem Commandant auf eine Art und Weise beendet, die unangenehm für alle gewesen war. Jean-Yves war gegen seine ursprüngliche Absicht nach Saverne gefahren. Tanja hatte Sabine mit Mühe und Not davon überzeugen können, nach Saarbrücken zurückzukehren. An die Heimfahrt zusammen mit Sabine Radek wollte Tanja lieber nicht denken. Annabels Verschwinden hatte Sabine verändert, was Tanja einerseits verstehen konnte. Andererseits wurde ihr Verständnis auf eine harte Probe gestellt. Sabines Vorwürfe, Tanja würde sich nicht wirklich für Annabels Schicksal interessieren, hatten sie bis ins Mark getroffen.

Doch kaum zu Hause, war Tanja von ihrer eigenen Tochter für alle Strapazen entschädigt worden. Lara in ihre Arme zu nehmen, wog alle Sorgen und Nöte auf. Ihre Tochter gab Tanja neuen Mut und neue Kraft, in dem nervenaufreibenden Fall weiterzumachen. So hatte sich ihre unplanmäßige Heimfahrt in einer windigen und regnerischen Nacht als angenehme Überraschung für sie und Lara herausgestellt.

Mit diesen wohltuenden Erinnerungen an ihre Tochter steuerte sie am nächsten Tag das Haus Nummer zwölf in der Rue de la Gare in Potterchen an. Ihr Blick fiel auf den riesigen Bau direkt daneben. Gelblich braun schimmerte die Fassade. Das Gebäude überragte die umliegenden Häuser. Auch die Länge wirkte beeindruckend, waren doch Wohnhaus, Scheune und Stall unter einem Dach untergebracht. Sofort erinnerte sich Tanja an Sabines Begegnung mit dem Nachbarn. Nach Sabines Schilderung wäre es für Annabel unmöglich gewesen, an diesem Mann vorbeizukommen, ohne gesehen zu werden. Und dazu noch dieses riesengroße Haus.

Sofort erwachte ihr Spürsinn.

Doch ihre Gedanken wurden schnell zerstreut, als sie sah, wie viele uniformierte Männer aus dem Kleinbus direkt vor Sabines Haus ausstiegen und sich dort sammelten. Sie parkte ihren Wagen direkt neben dem Gefährt der „Companie Républicains de Sécurité" vor der Scheune. Sie wollte gerade einen der Männer nach Jean-Yves' Verbleib fragen, als dieser durch das alte morsche Tor nach draußen trat.

„Was ist hier los?", fragte Tanja.

„Die Jungs warten auf das Tauchkommando."

„Du glaubst, sie liegt in der Saar?" Tanja gruselte es bei dem Gedanken. Erst vor einer Stunde hatte sie ihre eigene Tochter zum Kindergarten gefahren. Laras Umarmung war so innig gewesen, dass Tanja sie am liebsten nie mehr losgelassen hätte. Lara spürte wohl, dass etwas nicht stimmte. Die Tatsache, dass Annabel nicht mehr in der Kindergruppe war, machte ihre Tochter unsicher. Tanjas Herz wurde schwer bei der Vorstellung, das kleine Mädchen könnte ertrunken sein.

„Hast du eine bessere Idee?" Mit dieser Frage riss Jean-Yves sie aus ihren Gedanken.

Sie überlegte, als ihr Blick wieder auf das große gelblich-braune Haus von Sabines Nachbarn fiel. Einer plötzlichen Eingebung folgend antwortete sie: „Ja."

Damit entlockte sie dem großen Mann eine heftige Reaktion. Er riss die Augen weit auf und fragte: „Und die wäre?"

„Wir haben bisher nur das Wort des Bürgermeisters und das seines Schwiegersohnes, dass Annabel am Stall gewesen, auf ein Pony aufgestiegen und dann heruntergefallen sei. Dabei konnte keiner von beiden das Mädchen wirklich beschreiben, weil angeblich so viele Kinder dort gewesen seien." Jean-Yves nickte genervt, weil er die Darstellung der Ereignisse kannte. „Wer sagt uns, dass das Kind nicht an einer ganz anderen Stelle verschwunden ist?"

Jean-Yves war so erstaunt, dass er vergaß zu antworten.

„Derjenige, der dem Kind an diesem Tag am nächsten war und es nicht gesehen haben will, ist der Nachbar."

Tanja ging zum Nachbarhaus. Wohntrakt, Scheune und Stallungen zeigten direkt zur Straße. Das geöffnete Scheunentor machte den Blick auf einen Traktor, ein Auto und einen langen Anhänger frei, die bequem Platz darin fanden.

„Ich kenne Bernard Meyer schon sehr lange, weil ich selbst mal hier gelebt habe", gab Jean-Yves zu bedenken. „Ich halte ihn auf keinen Fall für verdächtig."

„Könnte man deine Einstellung auch als befangen auslegen?", schoss Tanja giftig zurück.

„Als Kindermörder ist er mir jedenfalls nicht bekannt", konterte Jean-Yves ebenfalls unfreundlich.

„Warum behauptet er, das Kind nicht gesehen zu haben?", bohrte Tanja weiter. „Annabel muss an ihm vorbeigegangen sein. Einen anderen Weg zum Reitstall gibt es nicht."

„Vielleicht war er im Haus, als Annabel dort vorbeiging."

„Okay! Ich gebe zu, es ist nur so ein Gefühl." Vermutlich griff Tanja nach jedem Strohhalm - in der verzweifelten Hoffnung, Annabel zu finden.

Zu ihrer Überraschung nickte Jean-Yves und wies die Kollegen der CRS an, das Nachbarhaus ins Visier zu nehmen. Sie stiegen die wenigen Stufen zur Haustür hoch und klingelten.

Bernard Meyer trat vor die Tür. „Bonjour. Ça va?", grüßte er, als ginge es um ein Kaffeekränzchen. Tanja hatte sich inzwischen an die Frage *wie geht's* gewöhnt, da sie rein rhetorischer Natur war. Was sie nicht begriff, war die Lässigkeit, mit der Bernard dem Überfall der CRS begegnete. Er trat auf Tanja und Jean-Yves zu und meinte: „Ey joo. Sie glauben also, dass das Kind bei mir isch?"

Die Ruhe und die Herzlichkeit, die er ausstrahlte, brachten Tanja aus dem Konzept. Blieb nur die Hoffnung, dass die Gelassenheit gespielt war. Auch die Tatsache, dass Bernard Meyer einer Hausdurchsuchung ohne Zögern zustimmte, passte nicht in Tanjas Bild von einem Kindermörder. Trotzdem blieb sie misstrauisch.

Jean-Yves schloss sich seinen Männern an, während sie bei dem alten Mann blieb. Seine dünnen weißen Haare wehten im Wind. Seine Augen leuchteten, seine Wangen waren gerötet. Nichts an ihm machte den Eindruck, dass er etwas verheimlichte oder schauspielerte. Er wirkte so zufrieden mit sich und der ganzen Welt, dass Tanja sich plötzlich schäbig fühlte. Auf ihre Erklärung hin, dass sein ganzes Haus durchsucht würde, meinte er: „Dann sollen sie mal suchen. Durcheinanderbringen können sie bei mir nichts. Da ist alles schon durcheinander."

„Haben Sie das Kind gesehen, als es zum Stall ging?", fragte Tanja.

„Nein." Bedauernd schüttelte er den Kopf. „Aber das habe ich der Polizei schon gesagt."

Auf seine letzte Bemerkung ging Tanja nicht ein, sondern stellte fest: „Hier ist so wenig los. Nur hier und da fährt mal ein Auto vorbei. Ab und zu gehen Kinder durch die Straße. Und ich sehe immer wieder Leute aus ihren Häusern kommen und sich an die Straße stellen, als wollten sie alles beobachten. Andere haben sogar Bänke vor ihren Häusern aufgestellt, um sich dort niederzulassen. Sie habe ich auch schon hier gesehen, als ich mit der Mutter des vermissten Kindes zum Stall gegangen bin. Also halten auch Sie sich oft hier draußen auf. Aus dem Grund muss ich Ihre Aussage überprüfen."

„Es tut mir so leid, dass ich dem armen Kind nicht helfen kann." Das Gesicht des alten Mannes wurde plötzlich von Traurigkeit überzogen. Tanja distanzierte sich von Bernard Meyer. Entweder war er ein guter Schauspieler oder wirklich so harmlos, wie er hier vorgab.

Jean-Yves trat auf die Dorfstraße. Sein Kopfschütteln ließ ihre Euphorie sich in Nichts auflösen. Betreten standen sie vor der geöffneten Scheune. Mit Mühe brachte Tanja eine Entschuldigung heraus. Das war sie dem Mann schuldig. Doch Bernhard Meyer winkte ab und sagte: „Wann erlebt man mal so etwas Spannendes? Normalerweise sehe ich das nur im Television."

Deutlicher konnte Tanja die unterschiedlichen Mentalitäten zwischen Deutschen und Franzosen nicht vor Augen geführt bekommen. Wäre ihr diese Fehlentscheidung in Deutschland passiert, würde jeder Deutsche vor Wut im Dreieck springen. Doch hier erlebte sie eine Gelassenheit, die wohl mit dem berühmten „C'est la vie" gleichzusetzen war. Schon fast beneidenswert – wäre sie durch die Erfolgslosigkeit bei der Suche nach Annabel nicht bis aufs Mark erschüttert.

Ein Fahrzeug der Police Nationale Plongeur fuhr vor, die Taucher der französischen Polizei. Jean-Yves erteilte ihnen Anweisungen. Dann stieg er zu der Mannschaft in den Kleinbus und fuhr zusammen mit der Tauchermannschaft auf der Dorfstraße davon.

21

Tanja fühlte sich so hilflos wie noch nie in ihrem Leben. Dabei hatte sie schon einige schwierige Fälle aufzuklären gehabt, bei denen sich auch lange kein Ermittlungserfolg einstellen wollte. Aber hier ging es um das Leben eines vierjährigen Kindes, um die Hoffnung, dieses Kind noch lebend zu finden. Doch mit jedem Misserfolg nahmen die Chancen ab – und Tanjas Mut ebenfalls. Hinzu kam, dass sie in einem fremden Land mit fremden Menschen, fremder Sprache, fremden Arbeitsgewohnheiten und fremden Prioritäten arbeitete. Sollte ihr Stiefvater recht behalten und Tanja konnte in Frankreich nicht das Geringste ausrichten?

Sie schüttelte sich bei der Vorstellung, dass alle ihre Bemühungen umsonst sein sollten. Auch grauste ihr vor dem Ergebnis, das die Taucher erzielen würden. Innerlich hoffte sie, dass sie Annabel nicht fanden, denn das würde bedeuten, dass weiterhin Hoffnung für das Kind bestand.

So viele Gedanken rotierten in ihrem Kopf, während sie das kurze Stück von der Mairie zu Sabines Haus zurücklegte. In ihrer Verzweiflung hatte sie die Ponystute Peggy untersucht, von der Annabel gestürzt war. Das Pony befand sich in einem ungepflegten und ungesunden Zustand. An vielen Stellen klafften offene Wunden, sogar auf der Sattellage. Sie konnte natürlich nicht erkennen, wie alt diese Verletzungen waren. Aber eines wusste Tanja: Ein Sattel auf einem schmerzenden Rücken brachte jedes Pferd dazu, auszubrechen. Damit wurde Sabines Bericht über die Ereignisse zwar bestätigt, wirklich weiterhelfen konnte diese Erkenntnis jedoch nicht. Da sie weder Pascal Battiston noch Ernest Leibfried am Stall antreffen konnte, um sie zu den Verletzungen des Ponys zu befragen, hatte Tanja sich auf den Weg zur Mairie gemacht. Das war der Ort, an dem man einen Bürgermeister und seinen Sekretär normalerweise vermutet. Aber auch dort gab es keine Spur von den beiden. Das war wieder so ein Aspekt, der Tanja verdeutlichte, dass sie sich in einem fremden Land aufhielt. Sie kannte es nicht, dass an einem Arbeitstag zu normaler Tageszeit eine Behörde einfach geschlossen blieb.

Eine kleine Frau mit einem zerschlissenen Mantel ging grußlos an Tanja vorbei. Neben ihr schlenderte ein Mann, dessen Anblick Tanja zusammenzucken ließ. Sein Kopf erschien unverhältnismäßig groß, seine Schultern schmal. Sein Gesicht glich einer gefährlichen Maske. Doch sein Verhalten hingegen wirkte verängstigt. Als er Tanjas Blick spürte, zog er seinen großen Kopf zwischen die schmalen Schultern, als wollte er sich vor ihr verstecken.

„Was glotzen Sie so?", kam es unfreundlich von der kleinen Frau. Schützend versuchte sie, ihren Arm um die Schultern des Mannes zu legen, doch er schüttelte ihn ab. Diese Geste schien ihm peinlich zu sein. Er beschleunigte seine Schritte, sodass es wie eine Flucht aussah.

Dieses kleine idyllische Dorf barg Geheimnisse, die Tanja Angst machten. Sie erinnerte sich an den Mann, den sie nach der Dorf-Besprechung gesehen hatte. Seine Gestalt war leicht gebückt, sein Gesicht hatte eine dicke Brille geziert, was den vorstehenden Oberkiefer mit weit auseinander stehenden Zähnen noch stärker betont hatte.

Wer waren diese Männer?

Schon von weitem sah sie den Kleinbus der Polizeitaucher. Sie setzten gerade Jean-Yves vor Sabines Haus ab, dann fuhren sie weiter. Bevor der Commandant das Haus betrat, schaute er Tanja entgegen. Seine Miene verriet alles. Zu sagen brauchte er nichts. Sie standen sich gegenüber, waren sich beide des Ausmaßes ihres Misserfolges bewusst. Niedergeschlagenheit machte sich zwischen ihnen breit. Das düstere nasskalte Wetter trug auch nicht dazu bei, die Stimmung aufzuhellen. Die Stille des Dorfes senkte sich wie eine unheilschwangere Aura auf sie herab.

Schritte schallten über die Dorfstraße – begleitet von einem Schnaufen.

Tanja drehte sich um. Eine alte Frau blieb direkt vor ihr stehen. Ihre Augen funkelten böse. Den Stock, den sie mit sich trug, hielt sie wie eine Waffe vor sich gerichtet. Dünne graue Haare hingen wirr um ihren Kopf. Tanja erkannte sie sofort. Sie

102

war bei der Besprechung in der Mairie die Unruhestifterin gewesen. So wie sie jetzt vor ihr stand, machte sie nicht den Eindruck, als wollte sie dieses Mal etwas anderes.

„Sie Hexe. Sie bringen nur Unheil in unser Dorf. Gehen Sie dahin zurück, wo sie hergekommen sind."

„Das Unheil hat mich ins Dorf gebracht", korrigierte Tanja, wobei sie sich bemühte, nicht ausfallend zu werden. „Und die ‚Hexe' will ich überhört haben."

„Was wollen Sie von uns?", geiferte die Alte weiter, als hätte Tanja nichts gesagt. „Glauben Sie ernsthaft, das Kind lebt noch?"

Tanja erschrak über so viel Kaltschnäuzigkeit.

Aber die Alte war noch nicht fertig: „Wenn Ihr Frauen aus Deutschland nicht in der Lage seid, auf eure Kinder aufzupassen, dann bleibt zu Hause. Uns mit euren Sorgen zu belästigen…"

„Sie belästigen uns, Madame Wolff", funkte Jean-Yves dazwischen.

„Du hast uns gerade noch gefehlt." Diese Frau war nicht kleinzukriegen. „Hier den großen Helden markieren. Dabei hast du schon eine Tote auf dem Gewissen. Reicht dir das nicht?"

„Das Thema gehört nicht hierher." Jean-Yves' Gesicht schimmerte bleich.

„Aber natürlich." Madame Wolff lachte. „Dort wo du bist, ist das Unglück."

Einige Dorfleute traten herbei. Mucksmäuschenstill versammelten sie sich um die beiden. Jean-Yves ließ seinen Blick über die Menschen wandern und fragte: „Was gibt es hier zu glotzen?"

Verlegen schaute jeder in eine andere Richtung.

Wieder beobachtete Tanja den Unterschied zwischen französischen und deutschen Polizeibeamten. Eine derartige Unhöflichkeit hätte es unter ihren Kollegen in Saarbrücken niemals gegeben. Aber hier schien das normal zu sein, denn niemand störte sich daran.

„Statt hier herumzustehen, solltet ihr lieber helfen, das Kind zu finden."

„Warum? Das ist deine Arbeit." Madame Wolffs Zanksucht bekam neues Futter.

„Ginge es um dein Kind oder um deine Enkelin, wärst du nicht so herzlos", schimpfte eine junge Frau mit einem Cockerspaniel an der Leine. Sie trug einen kurzen Mantel, darunter einen kurzen Rock, der lange schlanke Beine zeigte.

„Halt dich da raus, Jeannette Laval!", murrte die Alte, wobei sie den Namen regelrecht ausspie. Dabei schielte sie auf die Beine der jungen Frau. „So wie du herumläufst, muss man annehmen, dass du anschaffen gehst. Von deinem Bauerntrottel von Mann hast du das Geld für diese auffälligen Klamotten bestimmt nicht."

„Du sprichst wohl aus eigener Erfahrung", konterte Jeannette. „Du hast dich vom Bürgermeister schmieren lassen. So etwas kann man mir nicht vorwerfen."

Die beiden Frauen hatten den Rest der Schaulustigen vergessen.

„Ich habe nur etwas verkauft." Madame Wolffs Gesicht wurde rot.

„Klar. Wir alle hier wissen, welches Land du an den Bürgermeister verkauft hast."

Tanja wollte das Gespräch nicht weiterverfolgen. Doch Jean-Yves hielt sie am Ärmel ihrer Jacke fest.

„Ich habe mir nichts vorzuwerfen."

„Dass ich nicht lache", spottete Jeannette. „Du hast ihm das Land verkauft, auf dem jetzt der vermaledeite Reitstall steht."

Nun spürte Tanja, dass diese Unterhaltung aufschlussreich werden könnte.

„Und wem nützt dieser Reitstall?", sprach Jeannette weiter.

Die Luft war zum Zerreißen gespannt. Niemand wagte, einen Mucks von sich zu geben. „Den Bewohnern von Potterchen wohl kaum. Nur dem Bürgermeister und seinem Tochtermann."

Madame Wolffs Augen blitzten böse.

„Was macht man am besten mit Ponys?" Jeannettes Gesicht glühte. „Kinder anlocken."

Allen stockte der Atem.

„Hat ja schon zweimal geklappt. Vielleicht steckst du ja mit dem Bürgermeister und seinem Schwiegersohn unter einer Decke."

Jean-Yves pfiff leise durch die Zähne.

Tanja hielt die Luft an vor Staunen.

Madame Wolff verschluckte sich.

„Denn wer sagt uns, dass du nicht genau weißt, was mit dem deutschen Kind passiert ist?" Jeannette trat einen Schritt auf Madame Wolff zu, deren Blick immer stechender wurde. „Wenn du selbst behauptest, das Kind würde nicht mehr leben, weißt du mehr als wir."

Ein Raunen ging durch die Menge.

„Sei ruhig oder du bist hier deines Lebens nicht mehr sicher", fauchte Madame Wolff leise und drohend.

„Und wem wird das Ponyhotel nützen?", fuhr Jeannette unbeirrt fort, ohne sich von Madame Wolffs Worten beirren zu lassen. „Niemandem von uns. Denn Geschäfte, die vielleicht einen Vorteil dadurch haben könnten, gibt es hier keine – nur das Restaurant des Bürgermeisters. Also sind und bleiben die Einzigen, die davon profitieren – oh Wunder – Ernest Leibfried und sein Tochtermann Pascal Battiston. Der kann dann mit Kindern aus der ganzen Welt reiten, ohne dass jemand genauer hinsieht. Und auf wessen Land steht das kinderfreundliche Hotel? Oh, noch ein Wunder: auf dem ehemaligen Grundstück von Madame Wolff."

„Madame Laval", unterbrach Jean-Yves das Gespräch. „Ich glaube, es reicht jetzt."

„Ich dachte, Sie wären an der Wahrheit interessiert", fauchte Jeannette und stöckelte mit ihrem Cockerspaniel an der Leine davon.

*

Weiße Rauchschwaden zogen über das Dorf, senkten sich herab und schwängerten die Luft mit einem unangenehmen Geruch der Tanja das Atmen erschwerte. Sie schaute sich um und sah Flammen zwischen den beiden Häusern direkt neben der Mairie hochschlagen, die Ursache für den Qualm. Monsieur Schweitzer stand ganz in Schwarz gekleidet direkt daneben und warf Tannenzweige und sonstigen Unrat in das Feuer, was immer mehr unangenehmen Rauch produzierte.

Doch Tanja nahm dies nicht wirklich wahr. In ihr herrschte ein Orkan. Obwohl es nur ein Streit unter zänkischen Weibern gewesen war, so hatte das heftige Wortgefecht eine Menge ans Tageslicht befördert, was wohl im Verborgenen hätte bleiben sollen. Tanja begriff endlich, was hier gespielt wurde. Nur leider hatte sie das auf eine sehr untypische Weise herausfinden müssen. Jean-Yves hatte darüber bisher kein einziges Wort verloren. Dabei müsste er die Zustände in Potterchen bestens kennen. Dieses kleine Zweihundert-Seelen-Dorf wurde von einem äußerst korrupten Bürgermeister geführt, der keine Scheu hatte, für seine eigenen Ziele die Dorfbewohner einzuspannen. Nun galt es nur noch herauszufinden, inwieweit diese neue Erkenntnis weiterhalf, Annabel zu finden. Wie passte ein vierjähriges Mädchen in eine kommunalpolitische Machenschaft?

Tanja erkannte, dass ihr Stiefvater in vielem recht gehabt hatte, als er sie vor ihrem Einsatz in diesem Dorf gewarnt hatte. Auch fiel es ihr schwer, mit diesen neuen Erkenntnissen allein klarkommen zu müssen. Zu Hause hatte sie ihre Kollegen, mit denen sie sich austauschen konnte. Hier gab es nur Commandant Vallaux, dessen Rolle Tanja nicht einschätzen konnte.

„Was geht in dir vor?", hörte sie plötzlich Jean-Yves' dunkle Stimme ganz dicht an ihrem Ohr.

„Ich bin entsetzt. Je kleiner die Dörfer, desto größer die Korruption, oder wie soll ich das alles verstehen?"

„Ich weiß nicht, wie es in anderen Gemeinden ist", meinte Jean-Yves zögerlich. „Aber hier ist es wirklich so, dass Ernest Leibfried nichts auslässt, um seine Macht zu demonstrieren."

„Warum tut er das? Er ist doch schon Bürgermeister."

„Weil eine Amtszeit nicht für immer andauert. Bald finden neue Wahlen statt. Um die zu gewinnen, muss er sich etwas einfallen lassen. Die Konkurrenz schläft nicht."

Ein alter, übergewichtiger Mann überquerte mit schweren Schritten die Straße und stellte sich direkt vor die beiden, womit er das Gespräch unterbrach.

„Monsieur Krieger, ça va", begrüßte Jean-Yves den Mann und reichte ihm die Hand. „Was führt Sie zu uns?"

Schnaufend sagte der Angesprochene: „Ich habe den Streit mitbekommen und wollte Ihnen sagen, dass der Bürgermeister auch mein Land haben wollte. Das Land an den Gleisen. Es liegt direkt neben der Ruine, die er zum Hotel umbauen will. Aber ich habe es ihm nicht verkauft."

„Wer sind Sie?", fragte Tanja.

„Madame, mein Name ist Gilbert Krieger. Ich wohne vis-à-vis." Das Haus, auf das er zeigte, stand gegenüber von Tanjas derzeitigem Domizil. Die Wände bestanden aus Naturstein, das baufällige Dachgeschoss wurde durch Stahlträger gestützt und mit einem schweren Gerüst umrahmt. Fenster, Tür und Tor schimmerten farblich abgesetzt, ebenso die Klappläden. Es war ein altes Gebäude in einer Reihe von weiteren Häusern und Scheunen mit einem großzügigen Schotterplatz davor. „Der Bürgermeister wollte mir für mein Land die Scheune neben meinem Haus geben. Aber was soll ich damit? Ich halte kein Vieh mehr."

„Sie wohnen vis-á-vis?", wiederholte Tanja, die gerade ein anderer Gedanke beschäftigte. Da sie selbst nicht bei allen Nachbarschaftsbefragungen dabei gewesen war, fühlte sie sich von dieser Offenbarung regelrecht überrumpelt. Das war für sie die beste Gelegenheit, nachzuhaken. „Ist Ihnen am Freitag, dem 12. Oktober etwas aufgefallen?"

Gilbert Krieger überlegte eine Weile, bevor er fragte: „Ist das der Tag, an dem das deutsche Mädchen verschwunden ist."

Tanja nickte.

„Ich habe gesehen, dass eine Frau ein rotes Auto vor dem Haus abgestellt hat. Da ich wusste, dass sich dort bald die Erben umsehen wollten, habe ich aus dem Fenster geschaut."

„Und?"

„Ich habe nur gesehen, wie die Frau und ein kleines Mädchen ausgestiegen und in das Haus gegangen sind."

„Sonst nichts?" Enttäuschung schwang in Tanjas Tonfall mit.

„Tut mir leid. Aber es war windig und kalt. Deshalb konnte ich mich nicht auf meine Bank vor dem Haus setzen. Leider. Denn von dort sehe ich immer alles, was hier passiert. Aber das habe ich den Gendarmen schon gesagt, die mich an der Haustür befragt haben."

Tanjas nickte. Ihr Blick suchte die besagte Bank. Stattdessen sah sie einen jungen Mann, der eine Leiter an die Front des Hauses lehnte und hochkletterte. Er befestigte ein rotweißes Schild mit der Aufschrift „Kronenbourg" über der Eingangstür. Mit akrobatischer Kunstfertigkeit gelang ihm sein Vorhaben, ohne von der Leiter zu fallen.

„Wer ist das?"

„Das ist mein Sohn Sylvain", antwortete Gilbert Krieger stolz.

„Vielleicht hat Sylvain etwas gesehen."

Gilbert Krieger schüttelte bedauernd den Kopf und sagte: „Er war bei mir zu Hause und hat vor dem Television gesessen. Also hat er noch weniger gesehen als ich."

„Warum hängt er das Kronenbourg-Schild über Ihre Tür?"

„Bald öffne ich meine Kneipe. Das mache ich jährlich für vier Wochen, um meine Schanklizenz nicht zu verlieren. So kann mein Sohn die Kneipe später weiterführen", antwortete Gilbert Krieger und fügte an: „Dieses Jahr mussten wir warten, bis das Dach repariert war. Es hätte schon fast reingeregnet."

„Woher hast du so viel Geld, das Dach reparieren zu lassen?" Diese Frage kam von Madame Wolff. Unbemerkt hatte sich die Alte angeschlichen. Erschrocken blickten Tanja, Jean-Yves und Krieger die alte Schachtel an.

Neben ihr schob sich eine kleine rundliche Frau in einem zerschlissenen Mantel vor, um alles besser sehen und hören zu können. Ihr Gesicht war gerötet. Tanja erkannte sie sofort. Diese Frau hatte sie vor wenigen Minuten in Begleitung eines Mannes gesehen, dessen Aussehen ihr wunderlich vorgekommen war. Wortlos stand sie da und beobachtete.

„Was soll die Frage?", schimpfte Krieger, wobei er heftig ins Schnaufen geriet.

„Wenn wir hier jemanden der Bestechlichkeit beschuldigen, dann den Richtigen", keifte Madame Wolff. „Gib es zu. Philippe Laval, dieser Möchtegern-Bürgermeister, hat dich mit dem Geld bestochen."

„Ich habe mein Leben lang hart gearbeitet. Da werde ich mir wohl selbst ein neues Dach leisten können", konterte Gilbert Krieger ungehalten und überquerte die Straße, ohne auf eine Reaktion von Madame Wolff zu warten. Wieder drehte sich die Alte um und schlurfte auf ihren krummen Beinen davon. Dieses Mal schaute ihr Tanja genauer hinterher, um sich nicht wieder von ihr überraschen zu lassen. Dabei sah sie, wie sie das Haus neben Tanjas derzeitigem Domizil ansteuerte und darin verschwand. Sie wollte nicht glauben, dass diese Frau eine direkte Nachbarin war. Bei den Befragungen im Dorf hatte sie genau an diesem Haus geklingelt. Die Tochter der Alten hatte geöffnet und alle Fragen beantwortet. An dieses Gespräch erinnerte sich Tanja noch als sehr angenehm. Umso erschreckender war die Erkenntnis, dass sich deren Mutter als solche Furie herausstellte.

*

„Wer ist Philippe Laval?" Diese Frage beschäftigte Tanja, seit der Name gefallen war. Lebhaft konnte sie sich noch an ihre Begegnung mit Lucien Laval erinnern. Hinzu kam der Name Jeannette Laval, die Dame, die sich gegen Madame Wolff aufgelehnt hatte. Der Name Laval schien in Potterchen eine Dynastie darzustellen.

„Das ist der einzige Gegenkandidat für die Wahl zum Bürgermeister von Potterchen im nächsten Jahr", antwortete Jean-Yves.

Sie hatten das Haus betreten und frustriert feststellen müssen, dass es dort genauso kalt war wie draußen. Das Einzige, was sie vor der Tür lassen konnten, war der Qualmgeruch, der sich hartnäckig im Dorf ausgebreitet hatte. Jean-Yves ging durch die alte Holztür in die angebaute Scheune und kam mit einigen Holzscheiten zurück. Mit geschickten Händen entfachte er ein wärmendes Feuer im Wohnzimmerkamin.

„Und jetzt geht ein Wettrennen los, welcher von beiden Kandidaten besser bestechen kann?", fragte Tanja spitz.

„Das kann ich nicht bestätigen. Ich weiß nichts von Bestechungen. Ich sehe nur mit Staunen, dass Ernest Leibfried plötzlich etwas für die Gemeinde tut."

„Ach ja? Und was? Das Ponyhotel baut er ja wohl zu seinem eigenen Nutzen."

„Das meinte ich auch nicht."

„Sondern?"

„Die Ruinen des alten Klostergeländes werden endlich abgerissen, um dort ein Lotissement zu bauen. Jahrelang hat dort alles in hässlichen Trümmern gelegen. Es war ein regelrechter Schandfleck für das Dorf. Als ich am Freitag, als Annabel verschwunden ist, dort entlanggefahren bin, war ich erstaunt zu sehen, dass endlich mit den Arbeiten begonnen wird, die der

Bürgermeister schon vor vielen Jahren deklariert hat." Kleine Feuersäulen stiegen im Kamin hoch. Jean-Yves legte noch einige Holzstücke nach und sprach weiter: „Daran sieht man, dass bevorstehende Bürgermeisterwahlen die Infrastruktur eines Dorfes erheblich verbessern können."

„So kann man es auch sehen." Tanja lachte. „Aber diese Beschuldigungen, dass Philippe Laval die Dorfbewohner besticht, nur um die Wahl zu gewinnen, könnten gefährlich werden."

„Das glaube ich nicht."

„Madame Wolff hat diese Anschuldigungen vorgebracht. Dabei hatte ich den Eindruck, dass sie diese Behauptung vor jedem ausspricht, der sie hören will."

Jean-Yves zuckte mit den Schultern.

„Ich halte diese Frau für gefährlich." Tanja rieb sich über die Unterarme. Die Erinnerung an ihre Begegnung hatte sie innerlich aufgewühlt. „Als Hexe hat mich wirklich noch niemand beschimpft."

Endlich brannte das Holz lichterloh im Kamin und angenehme Wärme breitete sich in dem Zimmer aus. Tanja setzte sich auf den Boden und sah den Flammen zu, ein beruhigender Anblick.

„Wer ist Madame Wolff eigentlich, dass sie sich so viel herausnehmen kann?", fragte sie nach einer Weile, nachdem sie feststellen musste, dass Jean-Yves nicht auf ihre letzte Bemerkung reagiert hatte. „Ist es möglich, dass sie hinter dem Verschwinden der deutschen Mädchen steckt?"

„Du kennst dich wohl nicht mit der Gesellschaftsstruktur der alten, französischen Dörfer aus." Neugierig horchte Tanja auf. „Hier bei uns war es schon immer so, dass jedes Dorf eine Madame hat, die alles regelt, die alles weiß, die jeden kennt und die jeder fragt. In Potterchen hat Madame Wolff diese Rolle schon vor Jahren übernommen. Nie hat sich jemand darüber beschwert."

„Nie hat sich jemand gewagt, sich darüber zu beschweren", präzisierte Tanja ironisch.

„Stimmt. Madame Wolff genießt unter den Dorfbewohnern mehr Respekt als der Bürgermeister. Sie ist auch immer über alles informiert, was im Gemeinderat besprochen wird."

„Woher?"

„Ihr Tochtermann Marc Desmartin ist der Erste Adjoint."

Tanja wollte nicht glauben, was sie da zu hören bekam.

„Es kann kein Zufall sein, dass ausgerechnet der Schwiegersohn von Madame Wolff diesen Posten im Gemeinderat hat."

„Sehe ich auch so. Sie hat dem Bürgermeister vermutlich noch viel mehr Land verkauft, als wir wissen."

„Also hatte Jeannette Laval mit ihren Anschuldigungen recht?"

„Das weiß ich nicht. Ich weiß nur, dass Madame Wolff durch den Posten ihres Tochtermannes an fast allen Entscheidungen, die für die Gemeinde getroffen werden, einen großen Anteil hat. Vermutlich führt sie heimlich sogar das Amt selbst aus, weil Desmartin nicht dazu in der Lage ist."

22

Wie mechanisch rieb Sylvain Krieger über die stumpfe Glasscheibe, die den Boden des Regals bildete. Dort beabsichtigte er, die Biergläser und Rotweinkelche abzustellen. Das gesamte Ambiente war alt und verbraucht. Er fühlte sich hier deplatziert. Sein Gesicht spiegelte sich zwischen zwei Regalbrettern. Zerzaustes, welliges Haar, charakteristische Adlernase, dunkle Augenbrauen über leuchtend blauen Augen in einem jungen Gesicht schauten ihn an. Er zwinkerte seinem Spiegelbild zu. Was er sah, stimmte ihn zufrieden.

„Wenn du nichts anderes zu tun hast, als dich im Spiegel anzuglotzen, kannst du mir auch einen Kurzen einschenken."

Die krächzende Stimme, die seine Betrachtungen unterbrach, gehörte zu Madame Wolff. Sylvain Krieger stöhnte innerlich, wusste er doch, dass er es sich mit ihr nicht verscherzen durfte. Madame Wolff war nicht nur sein bester Gast; sie war auch das Stimmungsbarometer für das Dorf. Was ihr gegen den Strich ging, störte nur wenige Tage später den größten Teil der Dorfbewohner ebenfalls. Und mit dieser Moral – oder genauer gesagt mit dieser Frau – florierte oder floppte die Kneipe seines Vaters. Die Philosophie der Menschen in Potterchen kotzte ihn schon lange an. Aber solange er hier lebte, musste er sich fügen.

„Ich habe noch gar nicht geöffnet, Madame Wolff." Sylvain ahnte, dass Madame Wolff dieses Argument in den Wind schlagen würde, sobald er es ausgesprochen hatte.

„Papperlapapp. Gib mir einen Kurzen! Williams soll dieses Jahr gut sein. Einer Nachbarin wirst du doch noch einen Freundschaftsdienst erweisen."

Sylvain suchte die entsprechende Flasche, füllte ein Schnapsglas und stellte es der Alten vor die Nase. Das Blitzen in ihren Augen wich einem süffisanten Grinsen. „Geht doch." Sie hob an und trank in einem Schluck. Sylvain schenkte nach. Er ahnte, dass er im Monat November wieder viel Zeit mit Madame Wolff verbringen würde.

Die Tür ging auf. Marc Desmartin trat ein. Seine Hände hielt er so tief in den Hosentaschen, dass sein hagerer Oberkörper leicht nach vorne gebeugt war. Das sah nach Familientreffen aus, dachte Sylvain mürrisch, denn Marc Desmartin war Madame Wolffs über alles geliebter Tochtermann und der Erste Adjoint im Gemeinderat von Potterchen.

Die Alte kreischte verzückt. „Spielst du wieder Taschenbillard?"

Sylvain befürchtete, bei der Frage rot anzulaufen.

Der Angesprochene lachte nur laut und nahm seine Hände aus den Hosentaschen.

„Was gibt es Neues im unserem Staate Potterchen?", fragte Madame Wolff mit einem Blitzen in den Augen.

Desmartin bestellte sich ein Bier, schwang seine hagere Gestalt auf den Hocker neben Madame Wolff und antwortete: „Seit das deutsche Mädchen verschwunden ist, herrscht Unruhe. Ich verstehe nicht, warum man ausgerechnet Jean-Yves hierher geschickt hat, um das Kind zu finden."

„Vielleicht hat er sich um die Arbeit gerissen", mutmaßte Madame Wolff. „Unserem Maire war er noch nie gut gesinnt. Bestimmt legt er es auf Ärger an."

„Du bist ein altes Luder. Du siehst immer mehr als andere." Desmartin prostete seiner Schwiegermutter zu.

Zu Sylvains Überraschung lachte die Alte über die Beleidigung und trank ein weiteres Glas leer.

Wieder ging die Tür auf. Ein kleiner Mann mit grüner Schürze, die ihm bis fast zu den Knöcheln reichte, trat ein - der Zweite Adjoint René Pfaffenkopf.

„Hier ist zu", brüllte Sylvain.

„Genau so sieht es aus", antwortete der neue Gast. „Ich trinke nur ein Schnelles."

Sylvain knallte ihm die Bierflasche auf den Tresen, dass sie überschäumte.

„Du solltest dir überlegen, wie du der hiesigen Staatsgewalt das Bier vorsetzt", bemerkte Pfaffenkopf, ergriff die Flasche und trank sie in einem Zug leer.

Gerade mal zweihundert Seelen lebten in Potterchen. Sylvain überlegte, ob es bei dieser lächerlichen Einwohnerzahl erstrebenswert wäre, das Lokal weiterzuführen. Sicher nicht. Sobald sein alter Herr verschieden war, würde er seine eigenen Wege gehen. Jedoch ohne die Menschen aus dem Ort. Die nächste Flasche Bier stellte er vorsichtiger vor Pfaffenkopf ab.

„Du machst hier kein Verlustgeschäft. Ich bezahle, was ich trinke." Um seine Worte zu unterstreichen, ließ Pfaffenkopf ein paar Euromünzen geräuschvoll auf den Tresen fallen.

„Man könnte meinen, hier findet eine Gemeinderatssitzung statt." Madame Wolff kicherte. Sie spürte bereits den Alkohol. „Legt nur los. Es kann nicht schaden, wenn man weiß, was im Dorf los ist."

„Das weißt du besser als der Gemeinderat selbst", gab Desmartin zu. „Deshalb überlegen wir, dich auf die Liste für die Wahlen im nächsten Jahr zu setzen. Da könnten wir eine Frau wie dich gut gebrauchen."

Madame Wolff errötete wie ein junges Mädchen.

Wieder öffnete sich die Tür. Sylvain wollte etwas brüllen, doch als er die Eintretenden erblickte, überlegte er es sich anders.

„Welch Glanz in meiner Hütte?", rief er stattdessen. Vor ihm stand seine schöne Nachbarin mit ihrer trinkfreudigen Mutter. Er ging um die Theke herum und begrüßte die beiden Frauen mit Küsschen rechts und Küsschen links.

„Wir wollen Rotwein kaufen", hauchte die junge Schönheit. „Heute Abend steigt bei uns eine Party. Wenn du nichts Besseres vorhast, bist du eingeladen."

Sylvain schmolz unter ihrem Blick dahin.

„Nichts ist besser, als mit dir zu feiern, chère Celine", schnurrte er. „Welchen Rotwein möchtest du?"

„Am liebsten wäre mir Pinot noir."

„Nur den besten Geschmack. Wie viel?"

Die Mutter stellte sich neben ihre Tochter und antwortete lallend: „Am besten zwei Kisten. Du bekommst sie zurück, bevor du die Kneipe aufmachst."

Sylvain kehrte an seinen Platz hinter der Theke zurück, suchte das Gewünschte heraus und stellte es auf den Tresen.

„Zigaretten brauchen wir auch noch."

Er suchte die spezielle Marke heraus.

Es war wie an einem gewöhnlichen Tag, an dem Sylvain seine Kneipe geöffnet hatte und seine Gäste erwartete, als sei in der

Zwischenzeit nicht ein ganzes Jahr, sondern gerade mal ein Tag vergangen. Die Tatsache, dass Sylvain eigentlich nur dabei war, die Kneipe für den Monat November einzurichten, interessierte niemanden. Ganz nach alter Gewohnheit tauchten nach und nach die Dorfleute auf und tranken. Auch der Nachbar von gegenüber, Bernard Meyer, durfte nicht fehlen. Er stellte sich zwischen Marc Desmartin und René Pfaffenkopf an die Theke, grüßte die beiden mit Handschlag und meinte: „Ey joo. Eigentlich könnte die Kneipe das ganze Jahr geöffnet sein." Dabei lachte er über das ganze Gesicht und bestellte sich eine Cola. Er war der einzige Gast, der anstelle von Bier stets Cola trank und dabei den gesündesten Eindruck von allen machte.

Sylvain hatte bereits aufgegeben, den Leuten beibringen zu wollen, dass normalerweise noch geschlossen war. Also stellte er diesem alten Mann die Cola vor die Nase.

„Wann gibst du endlich deinen Sturkopf auf und verkaufst dem Bürgermeister den alten Schuppen, den er für das Hotel braucht?", fragte Pfaffenkopf.

Bernard lachte und antwortete: „Der Bürgermeister wird einen besseren Platz finden, wohin er das Hotel bauen kann. Dafür braucht er das alte Ding nicht."

„Bernard. Du weißt, dass das nicht stimmt."

„Ach was", wehrte der Angesprochene ab. „Der Bürgermeister kann sich doch überall etwas Neues kaufen."

„Wenn es so wäre, hätte er das schon längst getan", mischte sich Desmartin in das Gespräch ein.

„Ihr solltet lieber Sylvain fragen, wann sein Vater endlich das Stück Land verkauft, auf dem der Bürgermeister den Reitpark zu seinem Hotel bauen will." Damit lenkte Bernard von sich selbst ab. „Solange er noch gar kein Bauland hat, kann er keine Baupläne schmieden."

Alle Blicke fielen auf Sylvain hinter der Theke.

„Hey, was guckt ihr mich an? Das Land gehört meinem alten Herrn, nicht mir."

„Wo steckt Gilbert überhaupt?", fragte Desmartin.

„Keine Ahnung." Sylvain zuckte mit seinen knochigen Schultern. „Er sagt mir nicht immer, wo er hingeht."

Die Tür ging auf und ließ einen Schwall kalter Luft herein. Im Türrahmen stand Lucien Laval.

Schlagartig verstummten alle.

„Was für ein Empfang", grüßte der langhaarige Mann und ging zielstrebig auf die Theke zu. „Ich hätte gern ein Bier."

„Hier ist geschlossen", knurrte Sylvain unhöflich.

„So sieht es aber nicht aus."

„Nichts ist, wie es scheint", konterte Sylvain. „Genauso wie die Sache mit den tollen Autos. Ich habe nämlich gehört, dein Porsche Cayenne hält als Bumskiste für Pariser Maîtressen her. Muss mächtig gewackelt haben ..."

23

„Warum jagst du mich über diesen steinigen Acker?", fragte Gilbert Krieger schnaufend.

„Weil ich weiß, dass es dumm von mir war, dir die alte Scheune neben deinem Haus für dein Land anzubieten", antwortete Ernest Leibfried. „Jetzt mache ich dir ein Angebot, das kannst du gar nicht ausschlagen."

Sofort ahnte Gilbert, woher der Wind wehte. Erst am Vortag hatte er dem Commandant von diesem Tauschangebot berichtet. Madame Wolff hatte alles mitgehört. Nun zerrte ihn der Bürgermeister über die Reste des alten Jesuitenklosters, um ihm ein neues Angebot zu unterbreiten, nur damit er seine hochtrabenden Pläne für dieses kleine Dorf durchsetzen konnte.

„Was für ein Angebot?", knurrte er und unterdrückte seine Wut.

„Kannst du es nicht vor dir sehen, wie schön es einmal sein wird, hier zu wohnen?" Der Bürgermeister schwenkte seine Arme über den Platz, der steinig und schwer zu begehen war.

Gilbert Kriegers Luft wurde knapp. Ständig blieb er stehen.

„Was nützt dir dein altes, renovierungsbedürftiges und gleichzeitig kostenintensives Bauernhaus – dazu noch in einer ganzen Reihe von alten Häusern an der Dorfstraße, wo sämtliche Autos vorbeifahren und Gestank und Lärm verbreiten?", fragte der Bürgermeister weiter. „Hier entsteht ein Wohnviertel, das an Komfort und Wohnqualität nichts mangeln lässt. Alles auf dem neusten Stand, alle Häuser freistehend, kein Durchgangsverkehr. Ruhe und Natur, soweit das Auge reicht."

„Ich gebe dir mein Land nicht, und damit basta", trumpfte Gilbert Krieger auf. „Ich bleibe in meinem Haus."

„Und dein Sohn?" Der Bürgermeister blieb stehen, schaute den alten Mann fragend an. „Sylvain will später auch mal ein Haus haben. Dass er es sich selbst erarbeitet, ist ausgeschlossen. Das weißt du genau so gut wie ich."

„Sylvain wird später meine Kneipe übernehmen." Gilbert Krieger wollte nichts zugeben.

„Deine Kneipe? Dass ich nicht lache. Wie oft hat sie im Jahr geöffnet?"

„Du weißt genau, warum sie nur vier Wochen im Jahr geöffnet wird." Gilbert Kriegers Gesicht rötete sich. „Mit der Schanklizenz kann sich Sylvain später seinen Lebensunterhalt verdienen."

„Und das wird ihm nur gelingen, wenn wir Potterchen vergrößern." Die Augen des Bürgermeisters leuchteten. „Überleg doch mal: Je mehr Menschen hier leben, desto mehr Kunden werden die Kneipe deines Sohnes besuchen. Das steigert den Umsatz."

Der Acker wurde immer holpriger. Viele niedrige Steinmauern stellten Stolperfallen dar. Wind pfiff heftig über die freie Fläche und ließ die vereinzelten Bäume schwanken. Hoch gewachsenes, grünbraunes Gras raschelte leise.

„Du kannst dir den Bauplatz dafür selbst aussuchen. Oder dein Sohn Sylvain – je nachdem, wer von euch die Entscheidungen trifft."

Gilbert Kriegers Blick fiel auf die großen Betonrohre, die für die Kanalisation vorgesehen waren. Dahinter lag ein Buchenhain, dessen Bäume kahl und grau in den Himmel stachen. Rehe grasten auf einer kleinen Wiese direkt davor. Die schmale Straße zog sich wie ein graues Band zwischen den hügeligen Grünflächen hindurch. Kein einziges Auto fuhr dort entlang. Alles lag in verträumter Abgeschiedenheit.

Mühsam humpelte er hinter dem Bürgermeister her und schimpfte: „Vergiss es. Ich werde dir nicht dabei helfen, ein Hotel in Potterchen zu bauen."

„Warum nicht?"

„Weil dann die Ruhe in unserem Dorf vorbei ist. Wir wollen keine Touristen."

„Aber, ich habe dir doch gerade erklärt, welche Chance das für deinen Sohn bedeutet", konterte der Bürgermeister. „Eine Verbesserung schadet niemandem. Wir machen aus Potterchen den kultiviertesten Vorort von Sarre-Union."

„Damit gehen nur die Preise in die Höhe. Aber ich habe nichts davon." Gilbert Krieger blieb stur.

„Natürlich hast du was davon", rief der Bürgermeister und machte eine Geste der Verzweiflung. „Verstehst du nicht? Wenn alle Preise in die Höhe gehen, kannst du für dein altes Haus so viel Geld verlangen, wie du willst, sobald das neue Haus fertig ist."

„So ein Quatsch. Aus dem Haus trägt man mich nur mit der Bahre raus."

„Dummes Geschwätz. Reich sollt ihr sein. Vor allem dein Sohn fürs Nichtstun."

„Kritisier meinen Sohn nicht!" Gilbert Krieger wurde böse.

„Ich spreche hier nur von Tatsachen. Dein Sohn bringt dir kein Geld ins Haus. Höchstens mal ein uneheliches Kind." Der Bürgermeister grinste bissig. „Sylvain macht vor keinem Rock halt."

„Besser der eigene Sohn vernascht alle Mädchen im Dorf als der eigene Schwiegersohn." Gilbert Krieger lachte leise, was in Husten überging.

„Mein Schwiegersohn geht dich nichts an."

„Und mein Sohn geht dich nichts an." Gilbert Kriegers Gesicht wurde dunkelrot. „Aus einem alten Kuhdorf wie Potterchen kannst du nichts Feudales machen. Also lass die Menschen hier in Ruhe."

„Du irrst dich. Potterchen war die längste Zeit ein Dorf unter vielen. Wir machen daraus die *Banlieue Chic* zu Sarre-Union." Das Gesicht des Bürgermeisters glühte vor Eifer. „Das ganze Krumme Elsass wird davon sprechen."

„Das Krumme Elsass spricht heute schon von Potterchen", stellte Krieger klar. „Oder glaubst du, das Verschwinden der deutschen Mädchen interessiert die Leute hier nicht?"

Kopfschüttelnd humpelte der alte Mann davon, ließ den Bürgermeister allein mit seinen großen Plänen auf dem Acker stehen.

24

Mit schwungvollen Schritten betrat Lucien Laval die Küche seiner Schwägerin Jeannette. „Bonjour, ma belle amie. Ça va?"

Mit einer glimmenden Zigarette saß die brünette Frau vor dem Fenster und schaute dem ratternden Morgenzug nach. Die Wolken schoben sich auseinander und ließen alles in hellem Licht schimmern.

Lucien setzte sich neben seine Schwägerin und schnorrte eine Zigarette. Dabei fiel sein Blick auf Jeannettes schlanke Beine, die in schwarze Nylonstrümpfe gehüllt waren. „Immer wenn ich hierherkomme, fühle ich mich wie Adam im Paradies."

„Kommst du deshalb so oft?" Das war die raue Stimme seines Bruders Pierrot. Lucien hatte nicht bemerkt, dass er hereingekommen war. Enttäuscht drehte er sich um und schaute in das gerötete Gesicht eines Mannes, dessen Leben als Bauer deutliche Spuren an ihm hinterlassen hatte. Er trug einen Blaumann, seine Arbeitskleidung. Darunter ein kariertes Flanellhemd, sein Standard. Klobige Schuhe an den Füßen, die über die sauber geputzten Fliesen scharrten. Wie immer fragte sich Lucien bei dem Anblick, wie sein Bruder es geschafft hatte, eine Frau wie Jeannette zu finden.

Mit einem Lächeln überging er seine Enttäuschung und sagte: „Wie man so hört, hat unser werter Bürgermeister Ärger im Dorf."

„Du redest von dem vermissten Kind?" Jeannette horchte auf.

„Ja klar. Es kann nicht zu seinem guten Leumund beitragen, wenn hier alle Jahre wieder ein deutsches Mädchen verschwindet."

„Na ja. Alle Jahre wieder ist ein bisschen übertrieben. Bisher handelt es sich um zwei Mädchen innerhalb von zwei Jahren", korrigierte Jeannette und schaute sich suchend in der Küche um.

„Das ist eine ganze Menge, wenn man bedenkt, dass Potterchen gerade mal zweihundert Einwohner hat." Lucien band seine langen Haare zu einem Zopf.

„Stimmt." Pierrot nickte. „Das ist eine einmalige Chance, dass unser Vater endlich zum neuen Bürgermeister gewählt wird."

Die beiden Brüder schauten sich an und grinsten verschwörerisch.

„Ich werde dann zum Leiter des Schlachthofes ernannt", ließ der ältere der beiden die Katze aus dem Sack.

„Und das Material für den Bau des Schlachthofes liefert meine Firma aus Sarre-Union", verkündete Lucien. „Das verbessert meine Stellung erheblich."

„Wenn du es nur noch lassen könntest, ständig Maîtressen aus irgendwelchen Großstädten hier anzuschleppen", fiel der grobschlächtige Mann wieder in sein gewohntes Murren, „dann hätte der Leumund unseres Vaters nicht den geringsten Makel."

Lucien schaute auf Jeannette, deren ebenmäßiges Gesicht von dunklen Haaren eingerahmt wurde, und seufzte: „Wenn ich eine so schöne Frau hätte wie du, könnte ich auch so belehrend daherreden."

„Lass die Finger von Jeannette oder ich breche dir das Genick."

Diese Drohung saß. Lucien erwiderte nichts mehr. Stattdessen beobachtete er, wie Jeannette immer verzweifelter wurde und ganz hektisch zum Küchenfenster rannte.

„Was ist los?", fragte er.

„Ich suche meinen Hund."

Lucien stutzte. „Wo kann er schon sein?"

„Ich weiß es nicht", fuhr Jeannette auf. „Ich habe ihn vor zwei Stunden in den Garten gelassen. Er müsste längst zurück sein."

Sofort waren die Brüder auf den Beinen und halfen Jeannette bei der Suche. Eine Schiebetür führte von der Küche direkt auf die Terrasse, die an den Garten grenzte. Sie überquerten den mit Platten ausgelegten Platz voller Stühle, Tische und einer Grillstelle, erreichten den Garten, der akribisch in Blumen- und Gemüsebeete unterteilt war und erblickten die kleine Hundehütte.

Sie war leer.

Weiter gingen sie die Beete ab, suchten zwischen abgeernteten Tomatenstauden und Bohnenspalieren.

Vom Cockerspaniel keine Spur.

Zur linken Seite erstreckte sich eine Wiese mit kahlen Obstbäumen. Ein kleiner, hüfthoher Zaun grenzte das Grundstück der Familie Laval vom Acker des benachbarten Schafsbauern André Mattes ab. Dort konnten sie nur die wollweißen Rücken der Schafe sehen, die im Gras lagen. Gerne sprang der Cocker-spaniel über den niedrigen Zaun, um mit den Schafen zu spielen. Aber dort war er nicht. Alles wirkte still und friedlich. Behäbig kauten die Schafe wieder.

„Er läuft sonst nicht weg", schluchzte Jeannette. „Da stimmt was nicht."

Die Brüder beschleunigten ihre Suche. Systematisch gingen sie durch das hohe Gras, schoben jeden Ast und jeden Strauch zur Seite. Schritt für Schritt näherten sie sich der Vorderseite des Grundstücks, das an die Dorfstraße angrenzte.

Dort fanden sie ihn.

Lang ausgestreckt lag er auf dem Boden. Seine Augen waren geöffnet. Die Zunge hing heraus. Erbrochenes lag darunter.

25

„Anneliese – ach Anneliese, warum bist du böse auf mich ♫
♫?"

Tanja traute ihren Ohren nicht. Was war das?

„Anneliese – ach Anneliese, du weißt doch, ich liebe nur dich
♫ ♪ ♫."

Das war zu viel.

Sie sprang aus ihren Decken und Kissen, die sie zum Schlafen
mit nach Potterchen gebracht hatte, und stellte sich ans Fenster.
Die Dorfstraße wurde von Straßenlaternen angestrahlt. Auf der
gegenüberliegenden Seite leuchteten Lichter in allen Farben.
Gegröle, dazu diese Musik. Tanja verstand: Dort wurde gefeiert.
Sie schaute auf die Uhr: Zwei Uhr nachts. Die Lautstärke war
voll aufgedreht. Gab es hier keine Vorschriften gegen nächtliche
Ruhestörung?

Sie zog sich an und ging langsam die steinerne Treppe hinunter ins Erdgeschoss. Egal, welches Zimmer sie betrat, die Musik
verfolgte sie. Laut tönte es aus sämtlichen Lautsprechern und
Kehlen gleichzeitig. Das konnte ja heiter werden.

Die Zwischentür zur Scheune bestand lediglich aus zu-
sammengenagelten Brettern mit einem großen Riegel. Da an
Schlafen nicht zu denken war, ging Tanja darauf zu und schob
den Riegel zurück. Unter Schaben und Knarren zog sie die Tür
auf. Kalte feuchte Luft strömte ihr entgegen. Die Musik von
drüben schwoll an diesem Ort noch lauter an. Gerade brüllten
alle in schiefen und schrägen Tönen „Trink, trink, Brüderlein
trink. Lass doch die Sorgen zu Haus."

Tanja stand in rabenschwarzer Dunkelheit. Sie tastete auf der
rechten Seite nach einem Lichtschalter. Aber außer feuchten
Steinen bekam sie nichts zu greifen. Schnell holte sie ihre Taschenlampe aus dem Haus und schaltete sie ein. Graue, rissige
Steinwände zeigten sich im schwachen Lichtkegel. Dunkle Flecken zeugten von Feuchtigkeit. Der Dachstuhl sah wurmstichig
aus, die tragenden Balken hingen bedrohlich durch, die Ziegel

ließen große Lücken frei. Kalter Wind zog durch das Gemäuer. Hinter einem Stützpfeiler aus rotem Ziegelstein stand eine Bandsäge, deren Sägeband durchbrochen war und nach beiden Seiten herunterhing. Holzstapel türmten sich in wahllosem Durcheinander dahinter.

Ein lautes Poltern ganz nah an Tanjas Ohr ließ sie aufschrecken. Mit ihrer Taschenlampe leuchtete sie in die Richtung und sah, wie eine graue Katze aus der Scheune huschte.

Das vordere Scheunentor bekam sie nicht auf, so sehr klemmte es. Also trat sie notgedrungen durch eine Hintertür, die schief und morsch in den Angeln hing, gelangte von dort in einen Trakt, der früher wohl mal als Kuhstall gedient hatte. Doch auch dort fand sie keinen Ausgang nach draußen. Seltsam.

Sie kehrte ins Haus zurück. Laut tönte gerade das Lied: „Gehen wir mal rüber zum Schmidt seiner Frau."

Tanja öffnete nun die Haustür und trat hinaus. Es war eine kalte und feuchte Nacht. Die gute Stimmung der Nachbarn, die im Freien sangen und schunkelten, verwunderte sie. Doch die Tatsache, dass der Gesang immer lauter wurde, gab ihr den nötigen Ruck, die Straße zu überqueren und bei den Feierwütigen zu klingeln. Nichts tat sich. Sie klingelte wieder. Immer noch nichts. Dann versuchte sie es mit Sturmklingeln. Doch niemand reagierte.

Frustriert kehrte sie um und ließ sich auf dem abgewetzten Sofa im Wohnzimmer nieder. Mit den Partygeräuschen von gegenüber im Ohr versuchte sie nachzudenken. Inzwischen sangen sie „Anton aus Tirol" - auch nicht Tanjas bevorzugte Musik, weshalb ihr das Denken schwerfiel.

Im ständigen Wechsel zwischen Schlafen und Wachen verbrachte sie die Stunden auf dem Sofa. Die Musik von gegenüber wollte nicht enden. Ihre Gedanken vermischten sich mit wirren Träumen, in denen sie manchmal sogar Annabels Gesicht mit Laras Gesicht vertauschte, was sie erschrocken hochfahren ließ. Der Schreck saß jedes Mal so tief, dass Tanja es vorzog, nicht mehr einzuschlafen.

Inzwischen waren die Nachbarn zu Liebesliedern übergegangen. „Du du liegst mir im Herzen, du du liegst mir im Sinn ♫ ♪ ♫", sangen sie gerade mit so viel Andacht, wie bei großen Mengen Alkohol möglich war.

Tanja stellte sich ans Fenster und schaute hinaus. Hell erleuchtet lag das Haus da. Die Kälte, der Wind und die Feuchtigkeit schienen die Feierfreudigen nicht zu stören. Inzwischen war es vier Uhr. Gerade verließen die ersten Gäste das Haus durch das große Tor, das den Hof von der Straße trennte. Lachend und singend verabschiedeten sie sich, setzten sich volltrunken in ihre Autos und fuhren mit Vollgas davon.

Kurze Zeit später öffnete sich die Haustür. Eine junge hübsche Frau trat hinaus. Sie war trotz der Kälte sommerlich gekleidet. Ein junger Mann folgte ihr, nahm sie in seine Arme, berührte sie überall. Geschmeidig lehnte sich die Frau an ihn und erwiderte seine Berührungen. Nur mühsam trennten sich die beiden voneinander. Winkend kehrte sie ins Haus zurück. Der junge Mann schwankte frohgelaunt ins Nachbarhaus.

Tanja erinnerte sich, am vergangenen Nachmittag mit Gilbert Krieger gesprochen zu haben, der dieses Haus als sein Domizil ausgegeben hatte. Der junge Mann war also Gilbert Kriegers Sohn Sylvain.

Interessante Beobachtungen, die sie mitten in der Nacht – oder besser gesagt in den frühen Morgenstunden machte.

Sie grinste schief.

Die Musik in dem Partyhaus verstummte. Die Ruhe, die augenblicklich einkehrte, machte Tanja müde. Sie schlurfte die Treppe hinauf, fiel ins Bett und schlief augenblicklich ein.

Der Boden gab unter ihren Füßen nach.

Sie wollte sich an den Wänden festhalten, aber die waren zu glatt. Sie fand keinen Halt, stürzte in die Tiefe. Dabei gab sie keinen Laut von sich. Sie presste die Lippen zusammen, sie durfte nicht schreien.

Sie blieb liegen. Sie schaute sich um, ohne etwas zu sehen. Alles war stockfinster. Ein Blick nach oben, der helle Kreis war verschwunden. Jetzt konnte sie der Kapuzenmann bestimmt nicht mehr finden. So dunkel, wie das hier war.

Sie tastete mit ihren Händen die Umgebung ab. Alles fühlte sich feucht und kalt an. Sie richtete sich auf und konnte gerade stehen. Vorsichtig machte sie einen Schritt nach vorn, doch sie stolperte. Es ging nicht einfach geradeaus, es ging nur steil nach oben.

Sie fiel auf ihre Knie. Das tat weh. Der Schmerz trieb ihr Tränen in die Augen.

Bilder von den Ponys tauchten vor ihren Augen auf. Zottelige Ponys, die schnell über die Wiese galoppierten. Sie war die Schnellste, überholte die anderen Ponys. Das war lustig. Sie lachte, jauchzte, freute sich.

Doch jetzt nicht mehr. Warum?

Sie öffnete die Augen, alles schwarz. Sie spürte Hunger. Und Durst dazu. Wie lange sie schon hier im Dunkeln saß, wusste sie nicht. Sie wusste nur, dass sie wieder nach Hause wollte.

So schön war Ponyreiten nicht, wenn sie hinterher allein sein musste. Sie begann zu weinen.

26

Kalte Luft wehte Jean-Yves um die Nase. Er schlug seinen Mantelkragen hoch und fröstelte bei dem Gedanken an das kleine Mädchen. Die Suchtrupps waren die größte Hoffnung für das Kind, ging es ihm durch den Kopf. Doch leider hatten sie bisher nichts gefunden – noch nicht einmal eine Spur. Auch die Taucher waren ergebnislos von ihrer Suche zurückgekehrt. Das rief einerseits Erleichterung in Jean-Yves hervor, bedeutete es doch, dass sie nicht ertrunken war. Zwar nur ein kleiner Trost, aber immerhin ein Lichtblick.

Müde ging er auf der verlassenen Dorfstraße.

Das Schicksal des kleinen Mädchens lastete auf seinem Gemüt und hielt ihm sein eigenes vor Augen. Seine Frau war tot, er lebte noch. Seine Frau hatte sich nichts sehnlicher gewünscht als ein eigenes Kind. Den Wunsch hatte er ihr nicht erfüllen können. Lange hatte er sich mit Schuldgefühlen geplagt, nur in Zurückgezogenheit und Verzweiflung gelebt. Mit niemandem hatte er sprechen wollen, aus Angst, sich dem Falschen anzuvertrauen.

Und jetzt stand er hier, wieder mit Schuldgefühlen konfrontiert. Jeder Tag ohne eine Spur von dem hilflosen kleinen Mädchen mutete ihm wie eine Anklage an. Sein Vorsatz, dem Kind zu helfen, galt seinem ureigenen Zweck – nämlich sich selbst zu helfen. Er hatte darin einen Funken Hoffnung gesehen, seine Schuldgefühle endlich zu verbannen. Doch alles sah danach aus, als würde ihn diese Aufgabe noch tiefer in den Abgrund stürzen, einen Abgrund, an dem er gefährlich nahe balancierte, seit seine Frau nicht mehr lebte.

Seit ihrem tragischen Unfall war er zum ersten Mal wieder in Potterchen. Da ihn die Sorge um das vermisste Kind stark in Anspruch nahm, war ihm noch nicht aufgegangen, dass genau die Menschen, die dieses Dorf bewohnten, für ihn ebenso eine Bedrohung darstellten wie damals für seine Frau. Ihre Fähigkeit, schnelle Urteile zu fällen, hatte seine Frau zu Handlungen getrieben, die gegen ihre eigene Natur gewesen waren. Die stummen Blicke, die ihn in diesem Augenblick verfolgten, trieben ihn ebenfalls an, ihren Anforderungen gerecht werden. Dabei spürte er, dass er sich nicht wirklich im Klaren darüber war, was genau von ihm erwartet wurde. Gingen ihre Ziele konform oder ließ sich jeder von persönlichen Beweggründen leiten?

In dieser Gemeinschaft hatte seine Frau ihre eigenen Bedürfnisse aus den Augen verloren.

Die Straße war unbefestigt, viele tiefe Löcher, die ausgebessert werden müssten. Die Bordsteine schimmerten in unterschiedlichen Grautönen, sodass kein einheitliches Bild entstand. Die Laternenmasten stachen durch ihre Modernität hervor. Daneben prangten hässliche Strommasten. Über der Dorfstraße schwebten Stromkabel, die sich ihre Wege in die Häuser bahnten. Der Bürgermeister hatte sich noch keine Mühe gemacht, Leitungen unter der Erde verlegen zu lassen. Was waren seine Prioritäten? Ein Lotissement. Das brachte mehr Bürger in das Dorf und gleichzeitig mehr Verdienst für sein Amt als Bürgermeister. Und nebenbei auch für sein Restaurant. Das Ponyhotel nicht zu vergessen, das ebenfalls dem Zweck dienen sollte, seine Kasse aufzubessern. Aber den Kern des Dorfes zu sanieren, kam ihm nicht in den Sinn. Das brachte weder mehr Geld noch mehr Ansehen. Warum also dafür Geld verschwenden?

Jean-Yves erkannte, dass er gedanklich schon wieder bei Ernest Leibfried angelangt war. War es richtig gewesen, diesen Fall anzunehmen? Sein Urteilsvermögen litt, was der Sicherheit eines kleinen Mädchens abträglich sein könnte. Vermutlich wäre es das Beste für Annabel Radek, wenn er sich in Strasbourg meldete und den Fall wegen Befangenheit abgab.

„Was machst du für ein trauriges Gesicht?"

Die Stimme riss ihn aus seinen Gedanken. Er blickte auf. Vor ihm stand Christelle Servais und hinderte ihn daran, weiterzugehen. Sie küsste ihn rechts und links auf die Wange – dabei spürte Jean-Yves eine Zärtlichkeit, die einen angenehmen Schauer in ihm auslöste.

„Ich überlege, den Fall abzugeben."

Christelles große Augen wurden noch größer.

„Warum?" Sie streckte ihre Hand aus, fuhr sanft über sein Gesicht und bat ihn ins Haus.

*

Tanja fand eine leere Küche vor. Insgeheim ärgerte sie sich darüber, dass Jean-Yves allein losgezogen war. Offiziell durfte sie hier ohne seine Anwesenheit nichts tun. Inoffiziell wusste sie auch gar nicht, was sie hätte tun können. Würden ihr diese Menschen Auskunft geben, wenn sie den Mut besäße, allein an ihren Haustüren zu klingeln?

Eine Tasse Kaffee sollte erst einmal ihre Lebensgeister wecken. Anschließend zog sie sich Mantel und Schal an und trat vor das Haus. Hoffentlich ist Annabel irgendwo im Warmen, dachte sie verzweifelt, als ihr der feuchtkalte Wind um die Nase wehte.

Sie schaute sich um. Das Party-Haus lag still da. Alle Läden heruntergelassen. Erst jetzt fiel ihr auf, dass dieses Haus eines der wenigen mit Rollläden war. Da brummten wohl die Schädel. Ihr eigener fühlte sich auch nicht viel besser an.

Sie schaute sich um. Das normale Leben hielt in dem Dorf Einzug, als sei nichts gewesen. Ein Auto fuhr vorbei. Der Fahrer winkte Tanja zum Gruß. Ein zotteliger Hund machte einen dicken Haufen auf den Bürgersteig. Eine Frau mit einem Handtuch auf dem Kopf nahm ihre Tageszeitung aus dem Zeitungsrohr vor ihrer Haustür. Ein Hahn krähte. Die Kirchturmuhr läutete. Aus dem Nachbarhaus der streitsüchtigen Madame Wolff trat eine Frau heraus, die Tochter. Ein lautes „Bonjour", dann schlug sie den Weg in Richtung Schule ein. Eine helle Rauchsäule entstand hinter den Bauernhäusern neben der Kirche. Schon wenige Minuten später stand die Dorfstraße in dickem, schwerem Qualm, der bei der hohen Luftfeuchtigkeit nicht abziehen konnte. Ein Mofafahrer raste vorbei. Sein Auspuff knatterte so laut, dass es in Tanjas Ohren schmerzte. Auspuffgase mischten sich unter den Gestank des Rauchs. Der Alltag hatte Potterchen wieder. Sie drehte sich um und wollte ins Haus zurückgehen. Da erblickte sie Jean-Yves vor Christelle Servais' Haus.

Die blonde Frau stand dicht vor ihm. Sie gaben sich Küsschen rechts, Küsschen links, anschließend strich sie ihm zärtlich mit einer Hand über sein Gesicht. Die Geste drückte Intimität aus.

Tanja spürte Neugier aufflammen. Geradezu magisch angezogen steuerte sie das restaurierte Bauernhaus mit seinen pittoresken Giebelfenstern an. Die beiden sahen sie nicht. Bevor Tanja eine Gelegenheit bekam, auf sich aufmerksam zu machen, verschwanden sie im Haus. Unschlüssig blieb sie stehen. Im Fenster direkt neben der Haustür konnte Tanja Bewegungen wahrnehmen. Aber Zuschauen war das Letzte, was sie jetzt tun wollte. Dabei wusste sie nicht, was sie überhaupt hier wollte.

Das Geräusch von lauten Schritten unterbrach ihre Gedanken. Eine Frau in Stöckelschuhen kam ihr entgegen.

„Bonjour. Ça va?", grüßte die Fremde. Sie hatte lange, dunkelbraune Haare, die ein blasses hübsches Gesicht einrahmten. „Sie müssen Tanja Gestier sein, die Polizistin aus Deutschland."

„Und wer sind Sie?"

„Ich heiße Jeannette Laval", kam es als Antwort.

Tanja verstand sofort. Diese Frau hatte sich am Vortag beherzt mit Madame Wolff angelegt. Da hatte sie einen Hund an der Leine dabeigehabt. Tanja schaute sich suchend um, konnte den Hund aber nirgends erblicken.

„Wenn Sie meinen Hund suchen, werden Sie ihn nicht finden", reagierte die Frau sofort spitzfindig.

Tanja glaubte, Verbitterung aus der Stimme herauszuhören. Also fragte sie: „Wo ist Ihr Hund?"

Jeannette Laval schaute sich nach allen Seiten um, bevor sie endlich etwas sagte: „Wollen wir nicht in den ‚Chemin de Hohenau' gehen? Dort sieht uns nicht das ganze Dorf."

Diese Vorsichtsmaßnahme überraschte Tanja zwar, trotzdem willigte sie ein. Sie war neugierig, was Jeannette Laval zu berichten hatte. Die beiden Frauen bogen in die schmale Teerstraße zu ihrer Rechten ein und gingen noch einige Meter, bis sie den Hinterhof von Christelles Haus erreichten.

Dort herrschte buntes Treiben. Gänse und Hühner stritten sich gemeinsam um das Futter auf dem Boden. Schafe weideten, eine Ziege meckerte und drei Katzen schlichen um einen großen Holzstapel. Das Grunzen von Schweinen war zu hören, aber es war kein Schwein zu sehen, nur zu riechen. Immer noch besser als der erdrückende Rauch, dachte Tanja.

Kalter Wind pfiff ihnen um die Ohren. Tanja fror. Sie zog ihre Jacke enger um sich, was Jeannette Laval dazu veranlasste zu sagen: „Bei uns ist es im Herbst immer windig und kalt, weil hier alles aus offenen Feldern besteht."

Tanja nickte.

„Außerdem regnet es hier oft."

Tanja staunte. Für diese Informationen traf Jeannette solche Vorsichtsmaßnahmen?

„Ich hoffe, dass Sie das Kind finden, bevor alles unter Wasser steht", sprach die Frau unbeirrt weiter.

„Unter Wasser?"

„Oh ja." Sie zeigte auf die Kuhkoppeln, die direkt an die Gärten angrenzten. „Hinter den Gärten beginnt die Hohenau. Sobald die Regenzeit beginnt, steht sie unter Wasser. Deshalb ist sie zum Hochwassergebiet erklärt worden."

„Was wollen Sie mir damit sagen?", fragte Tanja, als sie merkte, dass Jeannette nicht von allein weitersprach.

„Ganz einfach. Den Weg, auf dem wir stehen, säumen alte Gemäuer, die früher als Lagerräume für Handwerker und Bauern gedient haben. Diese versteckten Winkel zu finden, ist nicht einfach. Es ist durchaus möglich, dass das Kind genau dort festgehalten wird."

Ein Hoffnungsschimmer keimte in Tanja auf. Hastig sagte sie: „Das muss ich der CRS sagen, damit sie nochmal alles durchsuchen."

„Wissen Sie, was das Problem ist?", fragte Jeannette Laval, ohne Tanjas Begeisterung zu teilen. „Die Polizisten sind selbst nicht von hier. Sie wissen nicht, wo sie suchen sollen. Am besten wäre es, Sie würden sich mit Jean-Yves Vallaux höchstpersönlich auf die Suche machen. Er kennt sich hier aus wie kein Zweiter."

„Wie kommt es, dass Jean-Yves sich hier so gut auskennt?" Tanja sah ihre Chance, endlich etwas über den Commandant zu erfahren.

„Seine Frau ist hier geboren und hier gestorben. Obwohl er sich in Saverne ein Haus gekauft hat, wollte seine Frau niemals dort hinziehen. Sie war fast immer hier."

„Deshalb kennt er sich hier aber noch lange nicht besser aus als Einheimische", widersprach Tanja enttäuscht.

„Oh doch. Sie wissen ja nicht, was für eine Frau sie war."

Tanja horchte auf.

„Immer wieder war sie spurlos verschwunden. So, als wollte sie unsichtbar sein. Niemand hat je herausgefunden, wo sie sich aufgehalten hat – bis auf Jean-Yves. Er fand sie und brachte sie jedes Mal nach Hause zurück."

„Warum hat sie so etwas getan?"

Jeannette Laval schaute Tanja eine Weile an, lachte verlegen und meinte: „Wissen wir immer, was in den Köpfen anderer Leute vorgeht?"

Tanja beließ es dabei.

„Jean-Yves hatte irgendwann eingesehen, dass er das Haus in Saverne nicht braucht. Kaum hatte er sich dazu entschlossen, es zu verkaufen und ganz in Potterchen zu leben, ist seine Frau tödlich verunglückt", berichtete Jeannette weiter. „Das hat ihn hart getroffen. Von da an haben wir ihn hier nicht mehr gesehen. Er kehrte erst wieder in seiner Rolle als Commandant zurück, um das deutsche Mädchen zu suchen."

„Warum erzählen Sie mir das alles?", fragte Tanja nach einer Weile bedrückten Schweigens.

Jeannette schaute Tanja an. Erst jetzt sah Tanja, dass sich Tränen in ihren Augen gebildet hatten. „Hier ist nichts wie es scheint", sprach sie leise. „Die Bauernhäuser sehen alt und verträumt aus. Aber hinter den Mauern herrschen Sodom und Gomorrha. Sie und Jean-Yves sind der einzige Hoffnungsschimmer für das verschwundene Mädchen, denn Sie beide gehören nicht zu denjenigen, die alles einfach nur unter den Teppich kehren."

Tanja erschrak und sagte: „Das sind harte Worte."

„Ich weiß, wovon ich spreche."

„Was ist passiert?" Tanja ahnte, dass mehr hinter diesen Worten steckte.

„Irgendjemand hat meinen Hund vergiftet."

Deshalb war der Hund nicht dabei. Tanja zuckte vor Schreck zusammen.

„Ich habe einen Verdacht, weiß aber nichts Genaues. Wer kleine Hunde tötet, der schreckt auch vor schlimmeren Verbrechen nicht zurück." Jeannettes Stimme schwankte von zornig bis weinerlich.

„Sie glauben doch nicht wirklich, dass es einen Zusammenhang zwischen Ihrem Hund und den Kindern gibt?"

„Die stecken hier alle unter einer Decke. Mein Verdacht ist, dass das ganze Dorf weiß, was mit den Kindern passiert ist. Genauso wie alle wissen, wer meinen Hund vergiftet hat. Aber alle schweigen."

„An wen denken Sie?"

Jeannette ging einige Schritte vor, sodass Tanja den Eindruck bekam, sie wollte sich ohne eine Antwort davonmachen. Doch dann drehte sie sich um und sagte: „Wenn Madame Wolff sich etwas in den Kopf gesetzt hat, geht sie dafür über Leichen."

„Ich kann mir nicht vorstellen, dass eine alte Frau sich an einem Hund vergreift."

„Ich habe gestern vor der Alten einfach mal Tacheles geredet. Dabei habe ich vergessen, mit wem ich mich anlege."

Das Streitgespräch war Tanja noch lebhaft in Erinnerung.

„Deshalb zieht Madame Wolff los und gibt Ihrem Hund Gift zu fressen?"

„Nein. Dafür hat sie ja den Gemeinderat."

„Den Gemeinderat?" Tanjas Stimme überschlug sich vor Erstaunen.

„Sie werden diese Männer noch kennenlernen. Und dann werden Sie verstehen, warum es für Potterchen nur das Beste sein kann, wenn ein neuer Bürgermeister und ein neuer Gemeinderat gewählt werden."

*

Beißender Geruch umfing Tanja, als sie in die Dorfstraße zurückkehrte. Der weiße Qualm drang ihr in die Atemwege, sodass sie plötzlich heftig husten musste. Schlecht gelaunt machte sie sich auf den Weg zu Sabines Haus. Genau in dem Augenblick öffnete sich die Tür zu Christelles Haus. Jean-Yves trat hinaus. Ihre Blicke trafen sich.

„Wo kommst du her?", fragte er erstaunt.

„Ich versuche, dem Tod durch Kohlenmonoxyd-Vergiftung zu entgehen", antwortete Tanja grimmig. „Dort auf dem freien Feld ist die Luft besser."

Jean-Yves zog lediglich eine Augenbraue hoch und nickte.

Wütend schnaubte Tanja: „Warum sagst du nichts dazu, dass hier jeder sein Feuerchen im Garten macht und die Luft verpestet? Ist das etwa erlaubt in Frankreich?"

„Ja, ist es. Man muss sich nur eine Brenngenehmigung bei der Marie geben lassen

„So läuft das hier also." Tanja schnäuzte in ein Taschentuch. „Dann lass uns auf die Hohenau gehen. Dort ist die Luft besser und außerdem will ich mit dir zusammen dort jede Scheune durchsuchen. Vielleicht hat die CRS Annabel übersehen."

„Niemals haben die Kollegen das Mädchen übersehen."

„Die Männer kennen sich hier nicht aus. Sie kommen von außerhalb."

„Wer hat dir diesen Floh ins Ohr gesetzt?"

„Das ist kein Floh, das ist ein vernünftiges Argument. Irgendwo muss das Kind sein."

„Aber nicht irgendwo auf der Hohenau", widersprach Jean-Yves. „Ich habe dort alles abgesucht, habe jeden Suchtrupp, der hier anmarschiert kam, aufs Neue begleitet, und absolut keine Spur von dem Kind gefunden. Dort ist sie nicht. Wenn du meinst, dort nochmal alles abzusuchen, weil deutsche Augen mehr sehen können, dann bitte schön. Aber ohne mich."

Verdutzt schaute Tanja den Commandant an, der sein Gesicht verärgert verzog.

„Ich will das Kind auch finden. Genauso wie du. Deshalb kannst du mir glauben, dass Annabel nicht dort ist. Sollte das Hochwasser kommen, wird es Annabel nichts anhaben können."

„Wie groß ist das Gebiet, das vom Hochwasser betroffen ist?", fragte Tanja nun etwas besänftigter.

Jean-Yves steuerte den Chemin de Hohenau an und hielt erst, als er zwischen Kuhkoppeln angekommen war und vor ihm unendliche grüne Weite lag.

„Dort zwischen den Bäumen liegt die Saar." Dabei zeigte er auf eine Stelle, an der hohe Bäumen standen. Tanja nickte. Das wusste sie bereits. „Das ist der tiefste Punkt. Wenn der Fluss über die Ufer tritt, stehen diese Felder hier unter Wasser."

„Und das Gebiet auf der anderen Seite der Schienen?"

„Das ist nicht betroffen."

„Können wir also nur hoffen, dass sie dort irgendwo ist."

„Dort haben wir auch gesucht", gab Jean-Yves zu bedenken.

Tanja spürte, wie der Hoffnungsschimmer, der bei dem Gespräch mit Jeannette Laval aufgekeimt war, wieder erlosch. Enttäuscht kehrte sie in die Dorfstraße zurück, wo sich der beißende Qualm langsam lichtete.

Als sie das Party-Haus passierte, stolperte eine Frau heraus und sang aus Leibeskräften: „Tausendmal berührt, tausendmal ist nichts passiert…"

Tanja zuckte erschrocken zusammen und beobachtete das Schauspiel. Das Gesicht der Frau wirkte verbraucht, als habe der Alkohol dort seine Spuren hinterlassen. Ihr Gang war schwankend, ihre Stimme klang kratzig.

„Diese Frau hat gar nicht bemerkt, dass die Party vorbei ist."
„Party?"
„Ja. Heute Nacht. In voller Lautstärke."

Jean-Yves lachte.

„Was ist daran so witzig?"

„Die Tatsache, dass sich hier nichts verändert hat." Jean-Yves schmunzelte. „In dem Haus sind schon immer die lautesten Partys gefeiert worden. Du solltest mal hören, welchen Lärm diese beiden Frauen im Sommer veranstalten. Fast sieht es so aus, als wollte die Mutter auf diese Weise einen Mann für ihre Tochter an Land ziehen."

„Gestern war ein aussichtsreicher Kandidat dabei", meinte Tanja und erinnerte sich an das junge Paar, das um vier Uhr morgens eine romantische Abschiedsszene vor der Tür hingelegt hatte.

„Glotzt nicht so. Helft mir beim Suchen", lallte die Frau plötzlich los. „Ich suche mein Auto." Dabei machte sie eine alles umfassende Bewegung mit dem Arm, die sie geradewegs auf den nassen Boden ihres Vorgartens beförderte. „Upps. So was aber auch."

Jean-Yves half der Betrunkenen auf die Beine. „Ihr Auto steht direkt vor dem Garagentor." Er zeigte auf einen blauen Peugeot.

„Gut, dass ich Sie habe." Die betrunkene Frau kicherte. „Wie würde ich sonst zur Arbeit kommen?" Sie stieg in das Fahrzeug ein, gab Vollgas und fuhr im Schneckentempo davon.

Der Commandant schaute ihr gelassen hinterher.

Wieder einmal stellte Tanja fest, wie recht ihr Stiefvater hatte. Die Menschen hier waren ihr fremd.

27

Der Anblick der Ruine, die der Bürgermeister in ein Ponyhotel umwandeln wollte, ließ Tanja auf ihrem Weg zum Stall abbremsen. Ihre Begegnung mit Pascal Battiston fiel ihr prompt ein. Auch die Verdachtsmomente, die gegen diesen Mann sprachen. Denn genau in Pascal Battistons Stall war nicht nur ein deutsches Mädchen verschwunden, sondern zwei. Und genau dort, wo diese Ruine stand, sollte ein Ponyhotel errichtet werden. Welche Gelegenheit wäre günstiger, etwas verschwinden zu lassen als ein altes Gebäude, das abgerissen werden sollte?

„Warum bleibst du stehen?", fragte Jean-Yves.

Tanja berichtete ihm, was ihr gerade durch den Kopf gegangen war.

„Die Kollegen haben diese Bruchbude ebenfalls durchsucht. Gleich am ersten Tag", lautete Jean-Yves Reaktion darauf.

Aber Tanja gab nicht auf. „Aber bestimmt nicht den Keller", widersprach sie.

„Das Gebäude ist nicht unterkellert."

„Falsch. Es ist", trumpfte Tanja auf. Sie berichtete, wie sie Pascal Battiston vorgefunden hatte.

Die Reste der hölzernen Eingangstür lagen zerstreut in der Aussparung im alten Mauerwerk. Jean-Yves schob sie zur Seite und ließ Tanja den Vortritt. Vorsichtig trat sie hinein. Ein löchriger Boden bot sich ihren Augen. Sie hielt sich an den Wänden fest, um nicht einzubrechen. Von der Decke hingen die Ziegel bedrohlich herunter. Grau schimmerte der Himmel durch. Im Mauerwerk zeigten sich viele Risse. Feuchtigkeit drang durch. Es stank penetrant. Mäuse huschten an den Wänden entlang. Eine dicke Ratte bahnte sich ihren Weg zwischen Tanjas Füßen hindurch. Zwielicht hüllte sie ein. Der stärker werdende Wind rüttelte am Dachstuhl. Quietschen und Ächzen schallte durch das marode Bauwerk. Unter das Knarren, Quietschen und Ächzen mischte sich ein Poltern.

„Was ist das?", fragte Tanja erschrocken. Sie warf einen Blick nach oben: Alles befand sich noch an seinem Platz.

„Pst", kam es von Jean-Yves. Seine Augen waren auf etwas am anderen Ende des langen Raumes gerichtet.

Da konnte Tanja es auch sehen: Eine Silhouette.

Jemand beobachtete sie. Der Schatten bewegte sich.

„Polizei. Stehenbleiben!" Jean-Yves setzte zum Sprint an.

Tanja wollte ihn warnen, da war es schon zu spät. Wie ein Pfeil schoss der Commandant aus seiner Ecke. Der Schatten auf der anderen Seite verschwand lautlos durch einen Spalt im Mauerwerk. Der Boden unter Jean-Yves' Füßen gab nach. Aus leisem Rieseln wurde lautes Krachen. Dann sah Tanja nur noch Staub.

Hustend und mit beiden Händen Luft fächernd ging sie vorsichtig zur Mitte des Raums. Ein Stöhnen war das Einzige, was sie hören konnte. Es kam aus Keller, den es laut Jean-Yves nicht gab. Daran erkannte sie, dass er noch lebte. Wenigstens etwas.

„Tanja. Wo bleibst du?"

„Ich hole eine Leiter", rief Tanja, als sie über den Rand des eingebrochenen Bodens nach unten blicken konnte. Jean-Yves lag halb im Wasser. Sonst sah Tanja nur Schwärze. Sie schaute sich suchend um. Tatsächlich fand sie am unteren Ende eine hohe, hölzerne Leiter, die auf eine Zwischenetage führte. Sie bewegte sich langsam, um rechtzeitig zu erkennen, wo der Boden einbrechen könnte. So gelang es ihr, die Leiter an eine sichere Stelle zu lehnen und in die Tiefe hinabzusteigen.

„Endlich. Warum hat das so lange gedauert?"

„Ich hatte es nicht so eilig wie du, im Keller zu landen, den es ja gar nicht gibt."

„Sehr witzig."

Mit ihren Taschenlampen suchten sie die düsteren Räume ab. Steinerne Stützpfeiler warfen Schatten, die sich in den Lichtkegeln bewegten. Jeder Pfosten löste in Tanja die Hoffnung aus, Annabel könnte dahinter versteckt sein. Doch bei jedem Misserfolg sank ihr Mut tiefer.

„Einen Versuch war es wert", sprach Jean-Yves in die Stille.

Tanja nickte frustriert.

„Haben wir die Leute, die nicht zu unserer Versammlung in der Mairie gekommen sind, schon befragt? Vielleicht hat jemand von ihnen etwas gesehen, das uns weiterhilft", meinte er leise. Seine Stimme klang weder ironisch noch frustriert; sie klang einfühlsam. Wollte er Tanja ermutigen? Sie schaute ihn an. In seinen Augen fand sie Bestätigung. Das gab ihr in diesem Augenblick genügend Energie, die Leiter wieder nach oben zu steigen und ins Freie hinauszugehen.

„Inzwischen haben wir alle befragt – und das müsstest du wissen, weil du dabei warst. So viele gibt es in diesem Dorf ja nicht. Keiner hat was gesehen", murmelte Tanja. „Wobei ich daran meine Zweifel habe."

„Du solltest noch mal mit ihnen sprechen - allein. Bei deinem Einfühlungsvermögen geben sie vielleicht mehr preis. Meine Rolle hier ist ohnehin mehr als schwierig, weil mich nicht jeder als Commandant akzeptieren will."

Die kalte Luft tat Tanja gut. Der Wind frischte auf, Regen mischte sich darunter. Tanja zog ihre Jacke enger um sich. Ein Blick auf Jean-Yves vertrieb fürs Erste ihre miserable Laune. Sein Gesicht war schwarz vor Dreck. Sein Hosenboden schimmerte nass. Der Anblick ließ sie laut auflachen, obwohl ihr nicht nach Lachen zumute war.

Im Eiltempo steuerte Jean-Yves ihre derzeitige Bleibe an.

Tanja behielt in gebührendem Abstand stets sein nasses Hinterteil im Auge. Der Anblick ließ sie ihre Sorgen vorübergehend vergessen.

28

Der Schankraum lag in schummrigem Licht; eine braune The-ke, Tische und Stühle aus Nussbaumholz, hölzerne Wandvertä-felung, nichts, was eine fröhliche Atmosphäre hätte schaffen können. Das spärlich gelbe Licht an der Theke bewirkte ledig-lich, dass die Gäste erkannten, wo sie ihre Getränke abstellten. Hinter dem Tresen konnte man den Glanz der gläsernen Regale nur vermuten. Und dafür hatte Sylvain darüber gewischt wie eine geübte Putzkraft. Wollte er dem Anschein von Ordnung und Sauberkeit gerecht werden oder sich nur die Zeit vertrei-ben?

In der Ecke saß François schon seit Stunden an seinem ersten Glas Limonade. In seinem Arm hielt er eine blonde Puppe. Ob-wohl sich Sylvain von dem Anblick abgestoßen fühlte, starrte er immer wieder dorthin. Was veranlasste François, eine Puppe mit sich herumzuschleppen?

Seine großen Augen hinter den starken Brillengläsern folgten jedem Passanten, jedem Auto, jedem Traktor, jedem Moped und jedem Fahrradfahrer, die das Gasthaus passierten. Es schien, als hätte er die Puppe auf seinem Arm vergessen.

„Willst du vielleicht eine frische Limonade?", fragte Sylvain. Aber der Blick, den François ihm zuwarf, ließ ihn zweifeln.

„Fleurette", stieß er aus. Gleichzeitig drückte er seine Puppe noch enger an sich. „Limonade. Fleurette."

„Okay. Ich bringe Limonade für Fleurette", antwortete Sylvain und hoffte, damit richtig reagiert zu haben. Er füllte ein neues Glas mit der gelben Flüssigkeit und stellte es vor ihn hin. Im Schein der Lampe über dem Tisch glitzerte die Limonade golden.

François starrte darauf, verzog seinen Mund, sodass seine obe-re Zahnreihe sichtbar wurde und schrie plötzlich los: „Du hast sie!"

„Was soll ich haben?" Sylvain bekam es mit der Angst zu tun.

„Du hast sie", wiederholte François.

„Und was, bitte schön?"

„Gold. Gold. Reiches Mädchen." François lief Speichel die Wange hinunter. Dann wurde sein Gesicht ausdruckslos und er fügte an: „Armes Mädchen."

Sylvain beschloss, diesem Mann keine weitere Limonade mehr zu bringen. Ab sofort nur noch Cola. Die glänzte schwarz.

Er verzog sich hinter die Theke und versuchte, diese Szene so schnell wie möglich zu vergessen. Zäh zog sich der restliche Nachmittag dahin. Regenwolken ballten sich zusammen, verdüsterten den Tag. Wind frischte auf. Reste von Laub wirbelten über den Parkplatz. Sylvain war regelrecht erleichtert, als die Uhr sieben Mal schlug. Er wusste, jetzt würde sein Feierabendbetrieb losgehen, das beste Mittel gegen Langeweile.

Die Runde um die Theke wuchs innerhalb kurzer Zeit. Bernard Meyer und Christian Schweitzer machten an diesem Tag den Anfang. Danach betrat Madame Wolff das Lokal und ließ sich an der Theke nieder, ein gewohnter Anblick. Kurze Zeit später schlenderte Marc Desmartin herein, die Hände tief in den Hosentaschen, den Oberkörper nach vorne gebeugt. Ihm folgten René Pfaffenkopf und André Mattes - damit war die „Staatsgewalt" von Potterchen komplett.

„Da kommt Mattes mit der Matte", rief Madame Wolff dem kleinen Mann zur Begrüßung entgegen. Alle lachten.

„Oui. Oui. Hier bin ich. Aber wo sind die schönen Frauen von Potterchen?", reagierte Mattes darauf. Würdevoll schob er seinen dicken Bauch vor sich her. Sein Haar wellte sich wie weiße Schafswolle auf seinem Kopf, ein Äußeres, das sich seiner Tätigkeit als größtem Schafsbauer im Dorf angepasst hatte. Sein Gesicht war gerötet. Seine Hand zitterte leicht, als er das erste Glas Bier zum Trinken ansetzte. Beim zweiten Bier wurde sie schon ruhiger.

„Seit Jean-Yves wieder im Dorf ist, haben alle Mütter ihre Töchter versteckt", belehrte Pfaffenkopf.

„Der bringt nur Unheil", bestätigte Madame Wolff.

„Unheil haben wir hier genug", stimmte Mattes zu und fügte fragend an: „Habt ihr schon gehört, was mit dem Hund der armen Jeanette Laval passiert ist?"

„Klar. Keiner redet mehr von was anderem", kam es von Pfaffenkopf.

„Ist doch eine Sauerei, einen Hund zu vergiften", schimpfte der Schafsbauer. „Wenn ich einen Hass auf jemand habe, dann lasse ich mich doch nicht an seinem Vieh aus."

„Ey joo. Wenn einer sich an deinem Vieh auslassen wollte, hätte er viel zu tun", erkannte Bernard Meyer. „Wie viel Schafe hast du? Zweihundert?"

Gelächter war die Antwort.

„Jeannette Laval hat den Mund einfach ein bisschen zu voll genommen", gab Desmartin zum Besten. „Sie sollte besser aufpassen, wen sie sich zum Feind macht."

„Was willst du von den Lavals erwarten?", funkte Mattes dazwischen. „Die wollen hoch hinaus, haben aber keine Ahnung, wie sie das anstellen sollen."

„Der Alte will selbst Bürgermeister werden, damit er seinen verdammten Schlachthof bauen kann", keifte Madame Wolff in die Runde.

„Der Schlachthof ist keine schlechte Idee", hielt Mattes dagegen und nickte zustimmend mit seinem Kopf, dass die Wolle darauf nur so wackelte.

„Auf wessen Seite stehst du überhaupt?" Madame Wolffs Gesicht rötete sich vor Wut.

„Doucement, doucement", bremste Mattes den Eifer der Madame. „Vergiss nicht, dass ich ebenfalls zum Gemeinderat gehöre – auch wenn ich es nicht bis zum Adjoint geschafft habe."

Damit gelang es ihm, Madame Wolff zu besänftigen.

Sylvain ging die Theke auf und ab und tauschte leere Bierflaschen gegen volle.

„Wo ist dein Vater?", fragte Desmartin. „Den habe ich schon lange nicht mehr gesehen."

„Bestimmt schon drei Stunden", präzisierte Pfaffenkopf.

Der Erste Adjoint schaute Pfaffenkopf prüfend an, bevor er fragte: „Woher weißt du das so genau?"

„Ich habe euch gesehen. Ihr habt gestritten – jedenfalls sah es so aus."

„Weißt du auch, worüber wir uns gestritten haben?"

„Leider nicht." Pfaffenkopf grinste. „Aber ich hoffe, du weißt es noch."

Ein Automotor brummte immer lauter, kam so nah, dass alle verstummten und auf die Fenster starrten, durch die das Licht der Scheinwerfer fiel.

„Hoffentlich findet der die Bremse noch", murrte Christian Schweitzer, zündete sich eine Zigarre an und stieß schweren Qualm aus.

Das Scheinwerferlicht erlosch, der Motor erstarb. Jetzt erkannten sie das Auto. Es war ein Porsche Cayenne.

„Was will Lucien Laval schon wieder hier?", fragte Desmartin erbost.

„Lass ihn reinkommen, dann wird er es dir schon sagen", parierte Sylvain.

Sie schauten dem neuen Gast entgegen. Mit seinen langen Haaren, seiner gebräunten Haut, der sportlichen Figur in enger Jeans und dem geöffnetem Hemd wirkte er in der dunklen Kaschemme wie ein Exot. Sein erster Blick galt Sylvain. Ohne ein Wort nahm Sylvain eine Flasche Cola aus der Kühltheke, öffnete sie und stellte sie auf den Tresen. Lucien setzte sich an den Platz in der Ecke, trank einen Schluck und erwiderte die neugierigen Blicke.

„Was glotzt du so?", schimpfte Madame Wolff. Ihre Augen glänzten glasig. Vor ihr stand inzwischen der vierte Kurze.

„Ich wollte nur mal schauen, wie Feiglinge aussehen."

„Aweil sschlääts drizehn"

„Mach, dass verschwindsch, oder ich känn mi nimm."

„Ich lang dir eini, dü Mollakopf", plärrte es gleichzeitig.

„Soi-Wackes", setzte Madame Wolff noch einen drauf.

„Du warst es, die Jeannette gedroht hat." Lucien zeigte mit dem Finger auf die Alte. „Du hast ihr gesagt, sie sei ihres Lebens nicht mehr sicher." Alle starrten stumm auf Lucien. „Aber, dass du ihr den Hund vergiftest, das ist ein starkes Stück."

„Seit wann verteidigst du Hunde?", stieß die Alte schnaufend hervor.

„Dem geht es doch gar nicht um den Hund, sondern um die schöne Besitzerin", stellte Pfaffenkopf klar und prostete Madame Wolff verschwörerisch zu.

„Dass du auf Jeannette scharf bist, weiß das ganze Dorf", platzte Desmartin heraus.

„Weil das ganze Dorf scharf auf Jeannette ist", konterte Lucien.

„Nur mit dem Unterschied, dass wir die Finger von ihr lassen."

„Weil Jeannette von tölpelhaften Bauerntrotteln nichts wissen will", konterte Lucien böse.

René Pfaffenkopf, Marc Desmartin und André Mattes standen blitzschnell wie eine breite Wand vor dem langhaarigen Mann. Die Luft war geladen, die Stimmung aggressiv. Die Düsterkeit in der Kneipe tat noch ihr Übriges dazu.

„Macht euch nicht die Finger schmutzig", rief Madame Wolff von ihrem Platz aus. „Wenn Jeannettes Alter das spitzkriegt, dann bricht der seinem nichtsnutzigen Bruder sämtliche Knochen im Leib."

„Ey joo. Madame Wolff hat recht", mischte sich Bernard Meyer ein. „So viel Ärger. Dabei hat die Kneipe gerade erst geöffnet. Da könnte mir die Lust auf meine Cola vergehen."

Tatsächlich kehrten die drei Bauern an ihre Plätze zurück und widmeten sich wieder ihren Bierflaschen.

„Es wird Zeit, dass hier mal ein anderer Wind weht", knurrte Lucien, dem die Erleichterung deutlich im Gesicht stand. „Bald sind Bürgermeisterwahlen."

„Mach dir keine falschen Hoffnungen: Deinen Alten wählt hier keiner", stellte Pfaffenkopf klar und rieb beide Hände an seiner grünen Schürze ab.

„Der will auch nur sein eigenes Säckel voll machen", murrte Christian Schweitzer.

„Dafür will der alte Laval einen Schlachthof bauen, den wir hier dringend brauchen", widersprach der Schafsbauer.

„Mattes, dass du ein Schafskopf bist, sieht ja jeder", setzte Desmartin wütend an, „aber dass du auch noch gegen uns arbeitest, das ist der Gipfel."

Lucien trank seine Cola aus und bezahlte. Kaum hatte er sich erhoben, sah er Jean-Yves Vallaux die Kneipe betreten. Neugierig geworden ließ er sich auf seinen Hocker zurücksinken und bestellte eine weitere Cola. Die Tür fiel ins Schloss. Begleitet von einem lauten Scheppern. Ein Stuhl ging zu Boden. Alle Blicke schwenkten von dem eintretenden Commandant auf

François, der mit weit aufgerissenen Augen fluchtartig aus dem Lokal rannte.

29

Dunkelheit legte sich über Potterchen. Ein Auto fuhr mit überhöhter Geschwindigkeit durch die Dorfstraße. Das Poltern an den Schlaglöchern hallte lange nach. Tanja verspürte nicht den Wunsch, im Warmen zu sitzen und abzuwarten. Ihre Unruhe trieb sie hinaus. Zwischen Christelle Servais' Haus und der kleinen Kapelle lag der Chemin de Hohenau. Dort bog sie ein. Hinter den letzten Häusern begann das freie Feld, die Hohenau. Genau an dieser Stelle hörten die Straßenlaternen auf und vor Tanjas Augen erstreckte sich nur noch Finsternis. Ein dicker Hund und ein alter Mann schälten sich aus dem nächtlichen Dunkel und steuerten sie an. Der Mann stützte sich auf seinen Stock und stellte sich als Dorfältester vor. Voller Stolz berichtete er: „Früher lebten die Menschen hier vom Fischfang. Noch heute höre ich unter mir das Wasser rauschen, aus dem wir vor über fünfhundert Jahren unsere Nahrung gezogen haben."

Tanja lauschte, hörte nichts.

„Wenn ich heute über all diese Felder blicke, erkenne ich den längst eingetrockneten See, auf dessen Grund wir hier stehen", sprach der Dorfälteste unbeirrt weiter. „Das Einzige, was von zellemols geblieben ist, ist der Name. Wissen Sie, was Potterchen bedeutet?"

Tanja schüttelte den Kopf.

„Früher mussten die Fischer ihre gefangenen Fische in Holzfässern aufbewahren, damit sie nicht verdarben. Diese Fässer nannten sie Pott. Nach und nach wurde die Gegend besiedelt. Um einen Namen kümmerte sich damals niemand. Wegen der geringen Einwohnerzahl übernahmen die Leute einfach den Begriff Pott und machten daraus Potterchen, weil das Dorf immer so klein geblieben ist. Jeder wusste, welcher Ort gemeint war."

Tanja lachte. Geschichtsunterricht auf Elsässisch. Das hatte sie nicht erwartet. Sie bedankte sich bei dem Alten.

„Immer eilig, ihr junge Litt", lachte er.

„Ich muss ein vierjähriges Mädchen finden", erklärte Tanja nachdrücklich.

„S'isch doch schrecklig, was do passiert isch. Ich hätt jo g'holfe, mais weisch, ich bin dodefier zu alt."

Tanja zeigte Verständnis. Eine Weile schaute sie dem alten Mann und seinem Hund hinterher, wie sie in aller Seelenruhe davon hinkten. Dabei konnte Tanja nicht ausmachen, wer von beiden mehr wackelte.

Wieder ging sie jeden Feldweg ab, leuchtete sämtliche Gräben mit der Taschenlampe aus, rief Annabels Namen, kletterte über Koppelzäune und ging kreuz und quer über die Wiesen. Doch von dem Kind gab es keine Spur. Mutlosigkeit beschlich sie, ein Gefühl, das sie nicht zulassen durfte. Bis sie das Kind gefunden hatten, durfte sie an gar nichts anderes denken, außer, dass Annabel noch lebte und wohlauf war. Also stakste sie weiter, stolperte über kleine Erdhügel und versank in Pfützen, die tiefer waren, als sie aussahen. Doch leider brachten ihr auch diese Bemühungen die Tochter ihrer Freundin nicht zurück.

Nach der vergeblichen Suche in der Dunkelheit kehrte sie auf die Dorfstraße zurück und steuerte Sabines Haus an. Es gab nichts, was sie hineinlockte. Es war ein dunkles, altes Haus, in dem das Unglück seinen Anfang genommen hatte. Tanja erschauerte bei der Erinnerung an das Telefonat, das sie heute mit Sabine geführt hatte. Nur mit Mühe war es ihr gelungen, Sabine davon zu überzeugen, dass sie zu Hause bleiben sollte.

Sie ging an dem Haus vorbei und weiter die Dorfstraße entlang. An Monsieur Schweitzers Haus bemerkte sie einen Schatten, der blitzschnell hinter dem Gartenzaun verschwand.

„Stehenbleiben! Polizei", rief sie, ohne weiter darüber nachzudenken und rannte der flüchtenden Gestalt hinterher. Weit kam sie nicht. Die Mauer aus losen Steinen zwischen Gitterstäben machte ihr jedes Weiterkommen unmöglich. Hier konnte ihr niemand entwischt sein.

Also war er noch da.

Sie schaute sich mit klopfendem Herzen in der Dunkelheit um. Der große Holzhaufen zeichnete sich vor dem nächtlichen Dunkel ab. Der Anblick ließ Tanja schaudern. Mit zitternden Händen zog sie die Taschenlampe aus der Jackentasche, schaltete sie ein. Direkt vor ihr stand eine Gestalt mit Kapuze. Der Lichtkegel traf in ein breites hässliches Gesicht. Mit einem Aufschrei sprang sie zurück.

Der Mann begann zu sprechen: „Nicht schreien. Nicht schreien. Fleurette hat immer geschrien. Das hat mich traurig gemacht."

Erst als er seine Kapuze vom Kopf zog, erkannte sie François in dem verstörten Mann. Er hielt in seinem Arm etwas, das wie ein Kind aussah. Sie riss die Augen auf, leuchtete hastig mit ihrer Taschenlampe darauf. Es war eine Mädchenpuppe mit langen blonden Haaren, selbst gestrickten Kleidern und Schuhen aus Kunststoff. Der Anblick versetzte ihr den nächsten Schrecken. Ein erwachsener Mann mit einer Puppe? Sämtliche Alarmglocken schrillten.

„Kennst du Annabel?", fragte sie.

Er schüttelte den Kopf, wiegte die Puppe wie ein Kind.

„Annabel sieht genauso aus wie deine Puppe."

„Das ist nicht Annabel." Spucke flog durch die Luft.

„Wer dann?"

„Fleurette. Jetzt gehört sie mir." Er wiegte die Puppe immer heftiger.

Tanja schnappte nach Luft.

„Alles von Fleurette gehört jetzt mir", sprach er weiter. „Alles. Alles."

„Wer ist Fleurette?"

„Nur nicht das Gold."

„Wer ist Fleurette?"

„Das Gold darf ich nicht haben. Das hat Fleurette. Für immer."

„Wer ist Fleurette?" Tanja übte sich in Geduld.

„Das darf ich nicht sagen", wimmerte er. „Fleurette war mal tot. Dann ist sie wieder aufgestanden. Jetzt darf ich sie nie mehr sehen."

„Warum darfst du sie nicht mehr sehen?" Das Gespräch verwirrte Tanja immer mehr.

„Reiches Mädchen." François verzog seinen Mund zu einem Lachen und gleich wieder zu einer Schnute. „Armes Mädchen."

„Warum ein armes Mädchen."

„Kein Gold."

„Kein Gold", wiederholte Tanja begriffsstutzig.

„Dafür habe ich viele schöne Sachen. Nur kein Gold."

„Welche Sachen?"

„Fleurettes Sachen."

„Warum hast du Fleurettes Sachen?" Tanja würde so gern etwas erfahren. Aber aus diesen Sätzen wurde sie nicht schlau. „Hast du ihr die Sachen weggenommen?"

Ein Grinsen stahl sich in das Gesicht, wobei François gelbe, weit auseinander stehende Zähne und blutrotes Zahnfleisch freilegte.

„Geheimnis."

„Vermutlich ist Fleurette mausetot. Ein totes Kind kann nämlich gar nicht aufstehen."

„Fleurette kann das. Sie ist jetzt ein Engel."

„Und wo ist Fleurette jetzt?"

„Weiß nicht."

„Du hast doch gesehen, wie sie aufgestanden ist", bohrte Tanja weiter. „Wo war das?"

„Weiß nicht."

„Aber, du warst doch dabei."

„Weiß nicht."

„Kannst du mir zeigen, wo deine Puppe wohnt?" Versuchte sie es eben anders.

„Weiß nicht."

Sie hatte es versiebt.

Dieser Kerl verschloss sich.

30

„Oha", brüllte Desmartin laut an der Theke. „Der starke Arm des Gesetzes."

„Jetzt können wir uns hier endlich sicher fühlen", stimmte Mattes ein.

„Und dazu noch die Staatsgewalt von Potterchen", trieb Jean-Yves die Ironie weiter. „Was kann da noch schiefgehen?"

„Vielleicht solltest du an anderer Stelle nach dem deutschen Mädchen suchen", kam es unfreundlich von Pfaffenkopf, dessen grüne Schürze sich zwischen seinen Beinen verhedderte. „Hier ist die Kleine bestimmt nicht."

„Vielleicht solltet ihr mich einfach meine Arbeit machen lassen, von der ihr nichts versteht", konterte Jean-Yves.

„Bis jetzt hast du nichts fertiggebracht, was uns davon überzeugen könnte, dass du etwas von deiner Arbeit verstehst." Diese Anspielung krächzte Madame Wolff hervor. Vor ihr standen fünf leere Schnapsgläser, daneben ein volles.

„Bei deinem Alkoholkonsum halte ich dich für nicht zurechnungsfähig und verzeihe dir deine böse Zunge." Jean-Yves bestellte sich bei Sylvain ein Bier. „Wo ist dein Vater?"

„Er ist oben. Soll ich ihn rufen?"

„Ja, tu das."

Wenige Minuten später betrat Gilbert Krieger sein eigenes Lokal. Die Begrüßung fiel lautstark aus. Alle Gäste johlten.

„Endlich, altes Haus. Wo versteckst du dich?"

„Wir sitzen hier schon tagelang und warten auf dich."

„Bist wohl schon im Ruhestand, lässt deinen Fils alles machen."

Gilbert Krieger winkte lachend ab. Er folgte Jean-Yves an einen Tisch am Fenster, wo sie ungestört miteinander reden konnten.

„Du schuldest uns eine Runde", rief Madame Wolff, die inzwischen sechs leere Schnapsgläser vor sich stehen hatte.

„Das lass ich mir nicht zweimal sagen", schnaufte Krieger. „Sylvain, eine Runde für alle."

„Wie gut, dass es einen Mann wie Gilbert hier in Potterchen gibt. Während Sylvain die jungen Frauen im Dorf vertröstet, kümmert sich Gilbert um die alten", rief Madame Wolff vor Begeisterung.

„Zum Glück hat Sylvain Unterstützung aus Strasbourg bekommen", fügte Desmartin an und warf Jean-Yves einen provozierenden Blick zu.

„Und Lucien nicht zu vergessen." Pfaffenkopf hob seine Bierflasche an.

„Der doch nicht. Der muss seine Frauen für Sex bezahlen, der arme Hund." Madame Wolff grinste böse.

„Alte Schlampe. Du hast auch keinen von der Bettkante gestoßen", konterte Lucien. „Oder glaubst du, die Leute hier vergessen so was, nur weil es ein paar Jahre zurückliegt."

Madame Wolffs Gesicht wurde dunkelrot.

„Bist du dir überhaupt sicher, dass dein glücklich verstorbener Monsieur Wolff der leibliche Vater deiner Tochter ist?"

„Das wird ja immer interessanter", rief Christian Schweitzer. „Ich habe gehört, unser Bürgermeister galt jahrelang als Tröster von vernachlässigten Frauen. Stellt euch nur vor, Ernest Leibfried wäre der Vater von Madame Wolffs Tochter?" Zur Unterstreichung seiner Worte hob er seinen schwarzen Hut und verneigte sich spöttisch.

„Wer weiß, wessen Vater er noch ist? Schließlich stehen die armen Frauen bei ihm Schlange." Mit einem schiefen Grinsen fügte André Mattes an: „Weißt du eigentlich immer, wo deine Frau ist, wenn sie mal nicht zu Hause ist?"

Schweitzer erhob sich von seinem Barhocker. In seinem schwarzen Anzug mit dem großen schwarzen Hut und seiner Größe von eins fünfundneunzig reichte die Geste, um den kleinen Schafsbauern sofort zum Schweigen zu bringen. Da wäre der stechend scharfe Blick gar nicht mehr nötig gewesen.

„Ich habe gehört, er habe Verstärkung bekommen." Mit dem Kommentar lenkte Sylvain ab.

Alle starrten ihn fragend an. Die Spannung zwischen Mattes und Schweitzer war vergessen.

„Wer ist es?"

„Sein eigener Tochtermann".

Die plötzliche Stille wirkte bedrohlich.

Sylvain sammelte hastig leere Flaschen ein, um die Blicke nicht so deutlich spüren zu müssen.

„Du hast eine spitze Zunge, Sylvain", schimpfte Madame Wolff.

Sylvain zuckte mit den Schultern und räumte geräuschvoll die Flaschen weg.

Die Tür ging auf. Tanja trat ein.

Man konnte Flöhe husten hören.

„Bonsoir", grüßte Tanja.

Allgemeines „Bonsoir" kam zurück. Dann lange nichts, bis Sylvains geflüsterte Stimme deutlich durch das ganze Lokal zischelte: „Mon Dieu. Warum müssen die deutschen Frauen immer die schönsten sein?"

31

Eine Kiste mit Lebensmitteln stand vor der Eingangstür. Darauf haftete ein Zettel, auf dem Christelle Servais alles genau aufgezählt und berechnet hatte. Tanja schaute Jean-Yves fragend an, der erklärte: „Ich habe bei Christelle Lebensmittel bestellt, damit wir nicht verhungern. Damit verdient sie sich ein bisschen Geld dazu." Er trug die Kiste in die Küche und zündete ein Feuer im Kamin im Wohnzimmer an. Es dauerte eine Weile, bis es brannte und Wärme abgab. Anschließend breiteten sie selbstgebackenes Brot, Butterschmalz, Ziegenkäse, Streichwurst und Merguez auf dem Küchentisch aus und begannen zu essen.

„Warum hast du mich aus der Kneipe geschleift wie eine Ehefrau nach hundert Ehejahren?", fragte Jean-Yves.

„Das habe ich nicht", widersprach Tanja.

„So sah es aber aus."

„Was hattest du mit Gilbert Krieger so Wichtiges zu besprechen?", überging Tanja Jean-Yves Bemerkung.

„Ich wollte wissen, wer ihm die Reparatur seines Daches bezahlt hat."

„Was hat dir Gilbert darauf geantwortet?"

„Dazu kam er nicht, weil du reingeplatzt bist", antwortete Jean-Yves. „War deine Sehnsucht nach mir so groß, dass du keine Sekunde länger warten konntest?"

„Blödsinn", murrte Tanja. „Ich habe François getroffen."

„Der ist aus dem Lokal gestürzt wie ein Verfolgter, als ich eintrat."

„Weil er was zu verbergen hat."

„Was soll ein geistig behinderter Junge zu verbergen haben?"

„Er hatte eine Puppe auf dem Arm, die aussieht wie Annabel. Dann erzählte er etwas von einem Mädchen, das von den Toten auferstanden ist und das er seitdem nicht mehr sehen darf. Was hat das zu bedeuten?"

Jean-Yves schenkte ihr ein Glas Wein ein. „Ein Riesling aus dem Elsass", fügte er erklärend an. „Passt hervorragend zu Ziegenkäse."

„Hast du nicht gehört, was ich gesagt habe?"

„Doch. François ist ein Kind geblieben. Der tut keinen Mädchen etwas."

„Und warum diese Puppe?"

„François trägt immer irgendetwas auf seinem Arm. Manchmal ist es ein Teddybär, heute ist es eine Puppe. Keiner stört sich daran. Warum tust du es?"

„Weil wir ein Mädchen suchen, das genauso aussieht wie die Puppe auf François' Arm: lange blonde Haare, blaue Augen."

„Sehen nicht viele Mädchen in dem Alter so aus?"

Tanja erschrak.

Jean-Yves vergaß, weiterzukauen. Tanjas Reaktion rüttelte ihn wach.

„Habe ich etwas Falsches gesagt?"

Es dauerte eine Weile, bis Tanja zugab, was sie beschäftigte: „Meine Tochter ist vier Jahre alt und sieht auch so aus."

Jetzt war es an Jean-Yves zu staunen. „Du hast eine Tochter?"

Tanja nickte.

„Anstatt bei deiner Tochter zu sein, sitzt du hier und suchst nach einem fremden Kind?"

„Annabel ist nicht fremd. Sie geht mit Lara in die gleiche Kindergartengruppe."

Jean-Yves kaute nachdenklich an seinem Brot, trank einen Schluck von dem Riesling, bevor er erwiderte: „Du bist emotional viel zu sehr in diesen Fall verstrickt. Warum tust du dir das an?"

„Als ich den Fall annahm, dachte ich, es wäre einfacher, das Kind zu finden. Ich wollte es allein schon für meine Tochter tun, die täglich nach Annabel fragt. Aber ich habe mich getäuscht. Hier ist mehr passiert. Und mit jedem Tag, der ohne Ergebnis verläuft, spüre ich deutlicher, dass ich weder meiner Tochter noch Annabel helfen kann." Mit Mühe unterdrückte Tanja ihre Tränen.

Sie aßen schweigend weiter, räumten wie mechanisch die Reste in den Kühlschrank, bevor sie sich mit dem Riesling vor dem

Kamin im Wohnzimmer niederließen. Das Feuer prasselte. Wohlige Wärme ging davon aus.

„François sprach von einem Mädchen namens Fleurette", nahm Tanja den Faden wieder auf. „Wer ist das?"

„Fleurette ist die Tochter von Pascal Battiston."

Tanja verschluckte sich vor Schreck. Es dauerte eine Weile, bis sie wieder zu Atem kam. Egal, was sie herausfand, sie landete immer wieder bei der Familie des Bürgermeisters.

„Sie war mal sehr krank. Doch sie hat sich wieder erholt."

War das die Auferstehung der Toten?

„Warum darf François nicht mehr zu dem Kind?"

„Das musst du den Bürgermeister schon selbst fragen."

„Jetzt verstehe ich gar nichts mehr", gestand Tanja. „Warum den Bürgermeister fragen? Nach meinen Berechnungen ist er der Großvater von Fleurette."

„Fleurette lebt zusammen mit ihrer Mutter im Haus des Bürgermeisters. Niemand bekommt jemals die Tochter des Bürgermeisters zu Gesicht. Mit seiner Enkelin hält er es genauso."

Tanja schauderte bei diesen Worten. „Warum versteckt er sein eigenes Kind?"

„Ernest Leibfrieds Tochter ist nicht gesund. Genaueres sagt er uns nicht. Im Dorf munkelt man, dass sie geistig behindert sei."

„Wie konnte sie Pascal kennenlernen?"

„Gute Frage", gab Jean-Yves zurück. „Die haben wir uns auch schon gestellt."

„Und? Gibt es eine Antwort darauf?

„Wie das in einem kleinen Dorf so ist, wird viel geredet. Über Pascal sagen die Leute, dass der Bürgermeister ihn sozusagen für seine Tochter engagiert habe. Er solle seine Rolle als Schwiegersohn spielen, um der Familie einen perfekten Anstrich zu verleihen."

Tanja holte tief Luft, um das Gesagte besser zu verdauen. Sie befand sie sich hier in einem anderen Land, diesen Aspekt durfte sie nicht aus den Augen verlieren.

„Du musst das verstehen", sprach Jean-Yves weiter. „Als Koch steht Ernest Leibfried in der Beweispflicht, des Bürgermeisteramtes würdig zu sein. Dabei hilft ihm das Restaurant Chez Ernest. Aber ein geistig behindertes Kind könnte einen

Makel bedeuten. Also hält er es versteckt. Der Schwiegersohn gibt nach außen den Schein des Normalen. Und das kerngesunde Enkelkind setzt der Vorzeigefamilie die Krone auf."

„Wie kann eine geistig behinderte Frau ein gesundes Kind bekommen?"

„Das soll es alles geben. Aber es hat wohl einen Grund, dass alle Bewohner Fleurette ‚Das Wunder von Potterchen' nennen."

„Wie alt ist Fleurette?"

Jean-Yves überlegte eine Weile und meinte dann: „Vier Jahre."

„So alt wie Annabel", reagierte Tanja sofort.

„Vergiss es", schoss Jean-Yves unvermittelt zurück. „Fleurette ist kerngesund. Ich hatte erst gestern mit ihr das Vergnügen."

„Sprach sie französisch oder deutsch?"

„Deutsch."

„Hast du dich nicht darüber gewundert, warum ein vierjähriges, französisches Mädchen deutsch spricht?", bohrte Tanja weiter.

„Nein. Hier sprechen viele Familien zwei Sprachen."

32

Wie immer war es spät, als Tanja in Saarbrücken eintraf. Von der Straßenseite aus konnte Tanja kein Anzeichen am Haus erkennen, ob noch jemand wach war. Nervös bog sie ins Heidenkopferdell, ließ das Auto in der verkehrsberuhigten Zone langsam auf die Linkskurve zurollen und stellte ihr Auto direkt vor dem Haus ab. Sie öffnete das Gartentor, ging seitlich daran vorbei und gelangte so auf die Terrasse. In der Küche im Erdgeschoss brannte Licht. Also waren ihre Mutter und Heinrich noch wach.

Behrendt saß am Küchentisch, rauchte Pfeife und las in der Zeitung. Als er Tanja an der Tür erblickte, wirkte sein Blick keineswegs erfreut. Mürrisch erhob er sich und öffnete ihr.

„Deine Arbeitszeiten haben sich verlängert", meinte er zur Begrüßung. „Jetzt schläft Lara vermutlich schon tief und fest."

Tanja ging die Treppe hinauf in Laras Zimmer. Eine Weile beobachtete sie ihre schlafende Tochter, strich ihr sanft mit dem Finger die Haare aus dem Gesicht und küsste sie auf die Wange, bevor sich sich wieder in die Küche begab. Sie berichtete ihrem Stiefvater den Stand ihrer Ermittlungen in Potterchen, wobei sie nicht auslieẞ, dass jeglicher Erfolg auf sich warten ließ.

„Du hältst es also für möglich, dass der Bürgermeister und sein Schwiegersohn mit dem Verschwinden der beiden Mädchen zu tun haben?" Behrendt wirkte ungläubig.

„Ja. Alles, was ich herausfinde, hängt mit dem Bürgermeister zusammen."

„Was hat François mit dem Bürgermeister zu tun?", fragte Behrendt.

„Wie soll ich das herausfinden? Ich suche verzweifelt nach einer Möglichkeit, etwas über die Familienverhältnisse des Bürgermeisters zu erfahren. Aber irgendwie hat er es geschafft, alles unter Verschluss zu halten."

„Warum bist du in Potterchen?", kam es pfeilspitz von Behrendt. „Wenn du es vor Ort nicht schaffst, etwas über die Dorfbewohner herauszufinden, dann schaffen wir es fernab des Krummen Elsass bestimmt nicht."

„Keine Sorge. Ich kriege das hin", gab Tanja klein bei. „Ich arbeite mit Commandant Vallaux aus Strasbourg zusammen, und er ist ein kompetenter Kollege. Vielleicht weiß er einen Weg über Datenbanken oder Verzeichnisse oder irgendwas, wodurch wir an Informationen rankommen."

„Und wie wäre es, mit dem Bürgermeister selbst zu sprechen? Hier in Deutschland macht man das so."

„Sehr witzig. Ich habe doch erst gestern Abend von diesem Zusammenhang erfahren. Sobald ich wieder in Potterchen bin, suche ich Ernest Leibfried auf und spreche mit ihm."

Behrendt kratzte sich am Kopf, nickte und sprach: „Durch deinen gewagten Schritt, im Elsass zu arbeiten, habe ich mich über das Land etwas genauer informiert. Das Elsass und das Saarland zeigen viele Gemeinsamkeiten auf."

Tanja horchte auf.

„Das Elsass gehörte fast achthundert Jahre zur deutschen Welt, bis es im 18. Jahrhundert französisch wurde", berichtete Behrendt. „Aber damit war der Streit um das Elsass noch lange nicht besiegelt. Im deutsch/französischen Krieg holten sich die Deutschen mehr als ein Jahrhundert später das Elsass wieder zurück. Doch auch damit ist die Geschichte noch nicht beendet. Der erste Weltkrieg endete damit, dass das Elsass französisch wurde. Im Zweiten Weltkrieg eroberte Hitler das Land zurück, was aber nur für die Zeit während des Krieges andauerte."

„Geschichtsunterricht zu dieser späten Stunde." Tanja gähnte. „Das nenne ich Folter."

Behrendt überhörte Tanjas Einwand. „Die Geschichte des Saarlandes verhält sich ähnlich. Durch den Versailler Vertrag 1920 wurde das Saargebiet von Deutschland getrennt und für französisch erklärt. In einer Volksabstimmung im Jahre 1933 entschieden sich die Saarländer für die Vereinigung mit Deutschland, die im Jahre 1935 in Kraft trat. Aber auch da hören die Verwicklungen nicht auf. Nach dem Zweiten Weltkrieg wurde das Saarland wirtschaftlich an Frankreich angeschlossen, da der Bergbau und die Stahlindustrie Gewinne versprachen. Politisch blieb das Saargebiet autonom, bekam sogar eine eigene Währung. 1955 erfolgte eine erneute Volksabstimmung, wieder stimmten die Saarländer für Deutschland, und das ist der heutige Stand der Dinge."

„Warum erzählst du mir das?"

„Ich führe Nachforschungen durch", antwortete Behrendt, „und dabei habe ich herausgefunden, dass sich durch die Gemeinsamkeiten von Frankreich und Deutschland viele der benachbarten Menschen zueinander hingezogen fühlen."

„Ich erinnere mich sehr gut daran, dass du mich vor den Franzosen gewarnt hast, weil unsere gemeinsame Vergangenheit zwischen uns steht", schlug Tanja ihren Stiefvater mit seinen eigenen Worten.

„Ich suche händeringend nach Erklärungen dafür, dass dein Einsatz in Frankreich nicht gefährlich ist", gab Behrendt zu.

Tanja konnte nicht glauben, was sie da hörte. Sollte Behrendt tatsächlich väterliche Gefühle für sie empfinden? Seit er ihre Mutter geheiratet hatte, war ihr Verhältnis – oder besser gesagt Arbeitsverhältnis – zu einer Farce geworden. Hier hatte sie das erste Mal wieder etwas Nettes aus seinem Mund gehört.

„Morgen früh in deinem Büro wirst du erkennen, worauf ich hinaus will", sprach Behrendt nach einer Weile weiter. „Dein Besuch in deiner Heimat soll nicht umsonst sein."

*

Neben Kaffeeduft schlug Tanja angenehme Wärme entgegen. Sie steuerte das Büro des Dienststellenleiters an, in dem die Besprechung stattfinden sollte. Der große ovale Tisch war für ein Frühstück gedeckt, ein Anblick, der Tanja gefiel. Sie hatte nämlich noch nichts gegessen.

„Heute wollen wir neben unseren Fakten auch die neusten Erkenntnisse aus Frankreich im Fall Annabel Radek durchgehen", begann Portz. An Tanja gerichtet fragte er: „Was hast du im Elsass bisher erreicht?"

„Nichts", gestand Tanja, womit sie Gemurmel auslöste. „Die CRS hat alles abgesucht, jeden Winkel, jede Scheune, jeden

Graben, jedes Plumpsklo, sogar die Saar. Keine Spur von Annabel."

„Konntest du Befragungen durchführen?", fragte Portz ungeduldig weiter. „Oder dient deine Anwesenheit in Frankreich nur der Bereicherung deines Erfahrungsschatzes?"

Tanja unterdrückte ihren Zorn, als sie antwortete: „Wir haben Zusammenhänge herausgefunden, die uns immer wieder zum Bürgermeister von Potterchen und zu seinem Schwiegersohn führen."

„Interessant. Und welche Zusammenhänge?"

Tanja berichtete, dass beide Mädchen im Reitstall des Schwiegersohns zuletzt gesehen worden waren. Abschließend fügte sie an: „Niemand kommt an die Familie des Bürgermeisters heran. Ich kann bis jetzt nur das weitergeben, was ich von anderen gehört habe. Wenn ich wieder in Potterchen bin, sehe ich zu, dass ich Ernest Leibfried selbst dazu befragen kann."

„Was erhoffst du dir beim Bürgermeister zu finden?"

„Ich würde mir gern über das Kind Fleurette Gewissheit verschaffen. Die Auferstehung von den Toten macht mich stutzig."

„Du glaubst, dass der Bürgermeister Annabel Radek entführt hat und so tut, als sei sie sein eigenes Enkelkind?", kombinierte Portz.

Tanja nickte.

„Würde sich ein vierjähriges Kind so etwas gefallen lassen? Soviel Erinnerungsvermögen dürfte dann doch schon vorhanden sein, um sich mit der neuen Situation nicht einfach abfinden zu wollen." Diese Frage stellte Staatsanwalt Richard Umbreit, der dieser Besprechung beiwohnte. Sein perfekt sitzender, dreiteiliger Anzug gab deutlich zu erkennen, dass er sich von den Polizeibeamten abheben wollte, die alle in Jeans und Hemd oder Pullover am Tisch saßen. Affektiert fuhr er sich durch seine gestylten, stahlgrauen Haare, dabei gab es dort keine einzige Strähne, die nicht richtig saß.

„Mit den richtigen Versprechungen – vielleicht."

„Die Vermutung klingt abenteuerlich", gab Umbreit zu bedenken. „Kann man einem Kind wirklich so viel versprechen?"

Tanja fühlte sich unbehaglich. Sie rutschte nervös auf dem Stuhl hin und her und druckste herum. „Wie ich bereits gesagt habe, weiß ich von diesem Zusammenhang erst seit gestern. Ich hatte bis jetzt noch keine Gelegenheit, den Bürgermeister zu dem Kind zu befragen."

Plötzlich meldete sich der Kollege Niklas Seidel zu Wort, der aufgrund seiner Bewerbung zum Kriminaldienst von der Personalabteilung auf den Durchlauf durch die verschiedenen Abteilungen geschickt worden war: „Vielleicht kann ich helfen."

Damit hatte der junge Kommissaranwärter alle Aufmerksamkeit auf sich gelenkt. Mit gerötetem Gesicht begann er zu sprechen: „Ich hatte mal das Vergnügen, eine Frau aus Potterchen kennenzulernen. Christelle Servais."

Tanja schnalzte mit der Zunge. Seidel schaute sie verunsichert an.

„Ich kann dir einen guten Geschmack bestätigen", erklärte Tanja hastig, damit er weitersprach.

Die Kollegen lachten. Sie zollten die Enthüllung des schüchternen Mannes mit Pfiffen. Nachdem wieder Ruhe eingekehrt war, sprach Niklas weiter: „Christelle ist Lehrerin für die Vorschule und die Grundschule. Tagsüber unterrichtet sie die Kinder in der Gemeindeschule, abends das Mädchen Fleurette im Haus des Bürgermeisters."

„Wie ist das möglich?", fragte Portz. „Haben die Kinder in Frankreich keine Schulpflicht?"

„Nein. In Frankreich kann jede Familie beantragen, dass das eigene Kind zuhause unterrichtet wird."

„Und das hat der Bürgermeister getan?"

„Fleurette ist erst vier Jahre alt. Der Antrag auf Unterricht zuhause ist erst ab dem ersten Schuljahr in der Grundschule vonnöten", erklärte der Kommissaranwärter.

„Christelle hat mir verheimlicht, dass sie Fleurette zuhause unterrichtet." Tanja spürte Wut aufkommen.

„Kann es sein, dass du in Frankreich nicht die richtigen Fragen stellst?", kam es von Portz. „Oder hast du da drüben vergessen, wie du deine Arbeit zu erledigen hast?"

Die Aversionen zwischen ihr und Portz nahmen immer weiter zu, seit Kriminalrat Heinrich Behrendt ihre Mutter geheiratet hatte. Sie ahnte, dass sie sich bald dagegen wehren musste. Denn so leicht konnte sie niemand in die Defensive treiben. Doch jetzt gab es eine andere Priorität in ihrem Leben, nämlich Sabine Radeks Tochter zu finden. Da wollte sie nicht riskieren, dass ihr Einsatz in Frankreich vorzeitig beendet wurde. Also schluckte sie die Bemerkung hinunter und fragte Seidel: „Hast du jemals Christelle in das Haus des Bürgermeisters begleiten dürfen?"

„Nein."

„Und warum erzählst du uns das?" Tanja spürte Enttäuschung aufkeimen.

„Weil ich euch versichern kann, dass Fleurette nicht erst kurz nach Annabel Radeks Verschwinden von den Toten auferstanden ist", antwortete Seidel mit nervöser Stimme. „Meine Freundschaft zu Christelle liegt inzwischen etwa anderthalb Jahre zurück. Damals war Fleurette zweieinhalb Jahre alt und kerngesund."

„Hast du Fleurette selbst sehen können?"

„Nur von weitem. Das Gelände habe ich als weitläufig in Erinnerung - und das Mädchen hielt sich streng bewacht in der Nähe des Hauses auf."

33

Pascal Battiston warf einen Blick auf die Uhr. Er hasste diese
Uhr mit ihren schwarzen Zeigern, die ihm ständig vor Augen
hielt, wie sinnlos die Zeit verstrich, wenn er hier herumsaß. Er
hasste das kleine Büro der Mairie, in dem diese Uhr an der
Wand direkt vor seinen Augen hing. Er hasste die protzigen Möbel, die viel zu groß für diese Kammer waren. Er hasste die
Leute aus dem Dorf, die ihn mit Anliegen belästigten, die ihn
weder interessierten noch dazu anspornten, zu helfen. Aber daraus bestand seine Arbeit. Hier sitzen und sich langweilen.
Nichts geschah, was seine Anwesenheit erträglicher machen
könnte. Vielleicht rührte seine Abneigung daher, dass er dieses
verdammte Spiel des perfekten Tochtermanns spielen musste.
Aber hatte er eine Wahl? Nein. Aber dafür große Ziele.

Wieder ein Blick auf die Uhr. Die Zeit schlich träge dahin.

Er fuhr seinen PC hoch, setzte sich direkt davor, wodurch er
den Eindruck des fleißigen Sekretärs vermittelte. Während verschiedene Bilder über dem Bildschirm flackerten, befasste er
sich gedanklich mit der deutschen Polizistin. Für ihn war es nur
noch eine Frage der Zeit, bis er sie soweit hatte. Ihre Zicken er-
höhten seinen Eroberungsdrang noch mehr. Dessen war sich
diese kleine Lieutenant de Police bestimmt bewusst. Ständig
drückte sie sich in seiner Nähe herum, kümmerte sich um Dinge, die nichts mit dem Verschwinden des deutschen Kindes zu
tun hatten. Er beobachtete sie, so oft er Gelegenheit dazu bekam. Er würde herausfinden, worauf sie wirklich abfuhr. Ein
böses Grinsen entblößte lange, unregelmäßige Zähne.

Die Tür wurde aufgestoßen.

Marc Desmartin, Erster Adjoint beziehungsweise Vertreter des
Bürgermeisters trat ohne anzuklopfen herein, warf die Tür hinter sich zu und steckte seine Hände tief in die Taschen seiner
viel zu weiten Hose. Pascal unterdrückte seinen Zorn, wie er
das immer tat, wenn dieser Rüpel ins Büro platzte. Es musste

ihm gelingen, seinen Schwiegervater davon zu überzeugen, Desmartin seines Amtes zu entheben.

„Wo ist der Maire?", fragte Desmartin ohne einen Gruß. Er richtete seine hagere Gestalt vor dem Schreibtisch auf, womit er eine Größe demonstrierten wollte, über die er nicht verfügte.

„Nicht hier, wie du siehst", brummte Pascal und stellte sich ebenfalls hin. Er maß mindestens zehn Zentimeter mehr.

„Verdammt! Gib mir eine vernünftige Auskunft. Wir haben Ärger im Dorf. Ich muss mit ihm sprechen."

„Welchen Ärger haben wir?"

„Wo ist der Maire?", wiederholte Desmartin seine Frage.

„Im Restaurant."

„Nein, ist er nicht", konterte Desmartin. „Dort war ich schon."

„Dann kann ich dir nicht weiterhelfen", gestand Pascal ehrlich.

„Doch, das kannst du." Desmartin brummte. „Oder zumindest hoffe ich, dass du das fertigbringst."

Pascal unterdrückte seinen Zorn. Viel zu neugierig war er.

„Gilbert Krieger erzählt überall im Dorf herum, was der Maire ihm dafür versprochen hat, wenn er ihm sein Land direkt an den Gleisen überlässt."

Pascal staunte. Davon hörte er zum ersten Mal. Sein Zorn schwoll an. In diesem Dorf war er immer der Letzte, der etwas erfuhr.

„Sag deinem Schwiegervater, dass er den alten Narren zum Schweigen bringen soll."

Ein Grinsen schlich sich auf Pascals Lippen. Plötzlich sprachen sie eine Sprache. Mit aller Freundlichkeit, die er aufbringen konnte, antwortete er: „Es wird mir ein Vergnügen sein."

34

Der Duft von ausgelassenem Schinkenspeck, vermischt mit Rotwein und anderen kräftigen Gewürzen, erleichterte Tanjas Entschluss, in Christelles Haus zu gehen und sie mit ihren Fragen zu bombardieren. Die blonde Frau stand gerade am Herd.

„Wenn Sie wollen, können Sie mit mir essen. Ich habe Choucroute gekocht. Es reicht für uns beide."

„Was ist Choucroute?", fragte Tanja.

„Das ist elsässischer Sauerkrauteintopf."

Tanja konnte nicht widerstehen. Sie half, den Tisch zu decken und ließ sich großzügig von dem wohlduftenden Eintopf auf den Teller geben. Während des Essens zog sie Schweigen vor. Ihr Thema könnte ihnen den Appetit verderben. Das Gericht war deftig und fettig, schmeckte aber gut. Tanja langte kräftig zu, ihr Appetit war groß. Erst als Christelle den Tisch abräumte, begann Tanja mit ihren Fragen: „Warum haben Sie mir nicht gesagt, dass Sie Fleurette im Haus des Bürgermeisters unterrichten?"

Christelle funkelte Tanja böse an, während sie antwortete: „Weil das nichts mit Ihrer Arbeit zu tun hat."

Tanja ärgerte sich über das Verhalten dieser Frau. Sie wollte Informationen. Wenn Christelle Servais diese trotzige Haltung nicht ablegte, würde ihr das Gespräch nicht viel nützen. Also bemühte sie sich um einen freundlicheren Ton: „Da ich hier nicht geboren und aufgewachsen bin, muss ich viele Fragen stellen, um die Zusammenhänge zu verstehen."

Christelle reagierte nicht.

Tanja sprach weiter: „Jemand erzählte mir, Fleurette sei von den Toten auferstanden."

Christelles Farbe wich aus ihrem Gesicht. Tanja schaute sie verwundert an. Christelle wirkte wie erstarrt.

„Was ist los? Habe ich etwas Falsches gesagt?"

„Sie haben eine Art, sich auszudrücken, die mich erschüttert", gab Christelle zu. „Wir sprechen hier vom ‚Wunder von Potterchen'. Aber von den Toten auferstanden, das hat bisher noch niemand gesagt."

„Zu mir schon", konterte Tanja. „Aber wir können uns gern auf das Wunder von Potterchen einigen, Hauptsache, ich bekomme Antworten auf meine Fragen."

„Und welche Fragen soll ich Ihnen beantworten?"

Tanja schaute in das ebenmäßige Gesicht ihres Gegenübers. Geschwungene Augenbrauen, dazu hohe Wangenknochen, eingerahmt von blonden, glänzenden Locken. Tanja musste diese Frau als Schönheit anerkennen. Jean-Yves bewies einen verdammt guten Geschmack. Aber jetzt durfte sie nicht über ihre privaten Gefühle nachdenken. Ihre Professionalität könnte darunter leiden. Also fragte sie: „Seit wann kennen Sie Fleurette?"

„Seit fast zwei Jahren."

„Seit Sie das Kind im Haus des Bürgermeisters unterrichten?"

„Ja."

„Hatten Sie auch vorher schon mal Kontakt zu Fleurette?" Tanja unterdrückte ihren Ärger über Christelles Einsilbigkeit.

„Nein."

„Sie wohnen vis-à-vis. Sind Sie sich nicht hier und da mal begegnet?"

Christelle schüttelte ihren Kopf und fragte: „Was haben Ihre Fragen mit dem Verschwinden des deutschen Mädchens zu tun?"

„Eine ganze Menge."

„Das überrascht mich. Ihre Fragen geben mir das Gefühl, dass Sie den Bürgermeister verdächtigen."

Tanja schluckte. Diese Frau war nicht nur schön, sie war auch clever. Von jetzt an war noch mehr Vorsicht geboten, wenn sie die ganze Wahrheit über Annabels Verschwinden herausfinden wollte.

Das Klingeln an der Haustür just in diesem Augenblick kam Tanja wie ihre Rettung vor. Als sie die dunkle Stimme des Commandants hörte, dachte sie an Fügung. Blitzschnell erhob sie sich und steuerte den Ausgang an. Der Commandant bekam keine Gelegenheit, das Haus zu betreten, geschweige denn, mit Christelle zu sprechen, schon bedeutete Tanja ihm, ihr zu folgen.

„Ich folge dir bis ans Ende der Welt", schwor er mit seinem schiefen Grinsen.

Tanja überging seinen Flirtversuch und fragte: „Woher wusstest du, wo ich bin?"

„Glaubst du ernsthaft, in einem Dorf wie Potterchen etwas geheimhalten zu können?", stellte Jean-Yves eine Gegenfrage.

„Wenn das so ist, dann wissen die Dorfbewohner ganz genau, was mit Annabel passiert ist – nur sagen sie es mir nicht", reagierte Tanja ungehalten darauf. „Ich werde hier nicht ernst genommen. Niemanden interessiert es, ob ein deutsches Mädchen gefunden wird. Und noch weniger wollen sie mir helfen. Ich komme aus Deutschland, warum also sollte sich jemand die Mühe machen und mit mir kooperieren." Wie Rumpelstilzchen sprang Tanja über den Bürgersteig. Die Erkenntnis traf sie ganz unvermittelt. Jeannette Laval hatte sie gewarnt, aber Tanja hatte ihre Worte als Frustration abtun wollen, weil diese Tragödie mit ihrem Hund passiert war. Doch jetzt sah sie ein, dass diese Frau die Leute hier bestens kannte. „Und du bist auch nicht besser. Versuchst aus dem Verschwinden eines vierjährigen Mädchens deine amourösen Vorteile zu ziehen."

„Ich glaube, jetzt gehst du zu weit."

„Das glaube ich nicht. Ich hätte auf meinen Chef hören und zu Hause bleiben sollen. Hier richte ich nichts aus."

„Natürlich richtest du hier etwas aus", beschwichtigte sie der große Mann. „Dein Feingefühl und deine Intuition sind für Annabel Radek unverzichtbar."

„Ich weiß, warum du mich hierbehalten willst."

„Weil ich genau wie du das Mädchen schnell finden will", konterte Jean-Yves schnell. „Die Leute hier in Potterchen wissen vielleicht, was der Nachbar tut, oder reden mehr als nötig, aber Verbrechen decken sie nicht."

„Du nimmst diese Leute in Schutz."

„Das tue nicht. Ich sehe die Dinge einfach nur aus einer anderen Perspektive." Auf Tanjas staunenden Blick fügte er an: „Ich war jahrelang einer von ihnen."

Jean-Yves schaute sich um. Tanja folgte seinem Blick. Sie sah, wie die Dorfleute Buschwerk vom Straßenrand auf Karren luden. Andere stemmten abgesägte Baumstämme hoch und sicherten sie zum Abtransport. Einige Frauen putzten ihre

Fenster, andere hängten Wäsche in ihren Vorgärten auf. Dabei behielten sie alles im Auge, was sich auf der Straße ereignete.

Ein Traktor knatterte heran. Der Anhänger war mit Ästen und dicken Baumstämmen beladen. Auf Jean-Yves' Winken bremste der Traktorfahrer und stellte sogar den Motor ab. Sein anzügliches Grinsen hielt er auf Tanja gerichtet, während er zu Jean-Yves sagte: „Ah, le Commandant et sa maîtresse."

Jean-Yves stimmte in das Lachen ein.

Tanja blieb die Luft weg vor Ärger.

„Von wegen maîtresse. Ich bin Kommissarin Gestier. Und wer sind Sie?" Tanja hatte Mühe, ihren Zorn zu unterdrücken.

„Je m'appelle Philippe Laval." Ehrfürchtig verbeugte sich der Mann, immer noch grinsend. Das also war der viel umstrittene Gegenkandidat zur Bürgermeisterwahl in Potterchen. Tanja musste zugeben, dass dieser Mann besser in ihre Vorstellung von einem wichtigen Amtsträger passte. „Und Sie muss ich wohl mit Lieutenant Gestier ansprechen", fügte er an.

In seiner Aussprache klang es richtig gut. *Lüetenoin Jästiee.* Tanja konnte nicht widersprechen.

„Wissen Sie etwas über die deutsche Frau und ihre Tochter Annabel Radek?", fragte Tanja schnell, bevor die nächste Anspielung folgte.

„Die düttsche Frau hat bei mir geklingelt und mich nach dem Haus Nummer zwölf in der Rue de la Gare gefragt. Ihre Tochter hat im Auto gesessen."

Tanja war überrascht. Hoffnung keimte auf.

„Wann war das?"

„Als sie hier angekommen sind."

„Haben Sie das Kind später noch mal gesehen?"

„Nein. Als der Maire alle Männer zusammengerufen hat, um nach dem Mädchen zu suchen, habe ich geholfen. Aber das Ergebnis kennen Sie."

Soviel zu neuen Hoffnungen.

„Wo fährst du die Äste hin?", fragte Commandant Vallaux.

„Auf den Platz vor der Kirche." Das Grinsen kehrte in Philippe Lavals Gesicht zurück. „Heute kommt der Buschhacker, den der Maire wie jedes Jahr um diese Zeit bestellt hat. Da bringe ich meinen Abfall hin. Günstiger bekomme ich das Zeug nicht los. Hoppla. Ich fahr dann mal los."

Der Mann startete mit Lärm und Rußwolken seinen großen Traktor und ratterte davon.

„Das also ist Philippe Laval", brummte Tanja, während sie sich die verqualmte Luft aus dem Gesicht wedelte. „Was hat er, dass er sich so viel erlauben darf?"

„Er ist der reichste Bauer im Dorf."

Tanja schaute Jean-Yves staunend an. „Ich dachte, das wäre der Bürgermeister."

„Wer sagt so etwas?"

„Der Begriff Maire bedeutet auf Deutsch auch Schultheiß, was früher eine andere Bezeichnung für Bürgermeister war. Das Amt des Schultheißen war in grauer Vorzeit mit Besitztümern verbunden."

Jean-Yves fügte schmunzelnd an: „Du sprichst wohl vom Erbschulze. Das war im neunzehnten Jahrhundert."

„Genau. Und wie ich sehe, ist hier die Zeit seitdem stehengeblieben", brummte Tanja.

„C'est vrais" Damit nahm Jean-Yves Tanja den Wind aus den Segeln. Sie wollte streiten, da gab er ihr recht. „Damals wurde derjenige zum Vorstand einer Landgemeinde mit dem Amt des Schultheißen betraut, wer durch Erbschaft im Besitz eines Bauerngutes war. Ernest Leibfrieds Familie lebt schon seit Generationen hier. Er hat viel Land geerbt."

„Und Philippe Laval?"

„Er behauptet, dass seine Familie noch weiter zurückzuverfolgen sei. Er verfügt über eigenes Land, während der Bürgermeister sein Land nur gepachtet oder durch Flurbereinigungen erworben hat."

„Das klingt nach Wettstreit", erkannte Tanja.

Jean-Yves überlegte eine Weile, bis er erklärte: „Philippe Laval hat große Pläne, der Bürgermeister ebenso. Leider ist der Einzige, der seine Pläne wirklich umsetzen kann, der Bürgermeister. Philippe Laval erhält keine Genehmigung für sein Projekt."

„Welches Projekt?"

„Er will einen zentralen Schlachthof bauen. Das wäre für die Bauern im Krummen Elsass eine Errungenschaft. Deshalb will sich Philippe Laval nächstes Jahr mit seiner eigenen Liste zur Wahl des Bürgermeisters aufstellen lassen."

„Was macht ihn so siegessicher?"

„Philippe Laval hat nicht nur viel Besitz, er ist auch Vater von zwei gesunden Söhnen."

Tanja dämmerte es: „Stimmt: Lucien Laval."

„Wenn Philippe Laval nächstes Jahr die Wahl zum Bürgermeister gewinnt, bekommt er seine Genehmigung für den Schlachthof, weil er sie sich dann selbst geben kann."

„Hier herrschen ja Zustände wie im alten Rom", murrte sie.

„Loben wir also den Fortschritt Deutschlands", spottete Jean-Yves.

„Zumindest werden die Frauen – und nebenbei auch die Polizistinnen – in Deutschland ernst genommen. Was ich gerade erlebt habe, gibt mir die Bestätigung dafür, dass man hier als Frau noch ganz am Anfang der Gleichberechtigung steht. Also ja: Loben wir den Fortschritt Deutschlands!"

„Okay! Ich entschuldige mich für mein Verhalten. In kleinen Dörfern kann so etwas schon mal passieren. Das hat aber nicht wirklich etwas damit zu tun, dass wir die Frauen nicht ernst nehmen. Im Gegenteil: Wo wären wir ohne sie? Männerspäße können manchmal ein bisschen derb sein."

Musik ertönte.

Es klang nach einer Blaskapelle.

35

Monströs prangte die orangefarbene Maschine vor dem Kirchenportal. Eine Blaskapelle setzte zu ihrem nächsten Stück an. Die Leute klatschten Beifall. Der Buschhacker wurde gebührend gefeiert. Der Bürgermeister stand auf den Stufen vor dem Eingang zur Kirche. Sein Gesicht drückte Zufriedenheit aus. Die Musik verstummte. Er sprach einige Worte über das jährliche Ritual, im Herbst für freie Straßen und saubere Gärten zu sorgen. Die Blaskapelle packte ihre Instrumente ein und brach auf. Die Leute verstreuten sich in alle Richtungen.

Tanja blieb stehen und wartete, bis alle gegangen waren und nur noch Ernest Leibfried, Jean-Yves und sie zurückblieben.

„Ich muss mit Ihnen sprechen." Mit diesen Worten ging sie auf den kleinen Mann zu.

Mürrisch wehrte der Mann ab: „Das geht jetzt nicht."

„Das muss es aber. Annabel Radek wurde immer noch nicht gefunden. Wir müssen unsere Suche vorantreiben."

„Aber Sie haben doch schon alles, was Sie für die Suche nach dem Kind brauchen. Wie sollte ich Ihnen da weiterhelfen können?"

„Ich muss wissen, welches Verhältnis zwischen François und Ihrer Enkeltochter Fleurette besteht. Sind die beiden miteinander verwand?"

Der Bürgermeister schnappte nach Luft, riss empört die Augen auf und meinte: „Was sollen diese Unterstellungen?" Sein Gesicht lief rot an. „Und was hat das mit dem Verschwinden des deutschen Mädchens zu tun?"

Tanja staunte über die Heftigkeit der Reaktion. „Ich kann Sie leider nicht über den Stand der Ermittlungen aufklären."

„Sie dürfen hier so viel ermitteln, wie Sie wollen. Aber ich rate Ihnen, meine Familie in Ruhe zu lassen. Sonst setze ich alles daran, dass Sie wieder nach Deutschland verschwinden." Mit schnellen Schritten rauschte er davon.

Verdutzt schaute Tanja ihm hinterher. Als ihr Blick auf Jean-Yves fiel, fragte sie: „Was war das?"

„Das war die Begegnung mit dem Bürgermeister von Potterchen. Ich vermute mal, du bist ihm irgendwie auf den Schlips getreten."

„Und wie, bitte schön?"

„Wenn es um seine Familie geht, wird er abweisend. Wir hatten erst vorhin das Thema ‚Schultheiß' und die Beweispflicht des Bürgermeisters, seines Amtes würdig zu sein. Wenn er das Amt nach den nächsten Wahlen weiterführen will, muss er seinen perfekten Familienstatus noch eine Weile aufrechterhalten. Da kam ihm deine Frage wohl wie ein Angriff vor."

„Trotzdem mache ich weiter. Wie will er erreichen, dass ich wieder nach Deutschland zurückkehren muss?"

„Ich warne dich. Die Bürgermeister haben in ihren Gemeinden – egal wie klein sie sein mögen – eine ungeheure Macht. Ich kann mir das selbst nicht erklären. Ich kann dir nur raten, vorsichtig zu sein."

Tanja und Jean-Yves kehrten wortlos zu Sabines Haus zurück, öffneten die schwere Eichentür und traten ein.

„Ich fahre nach Hause", erklärte der Commandant in die bedrückende Stille. „Ich muss mir ein paar neue Klamotten besorgen. Bei der Gelegenheit suche ich meine Dienststelle in Strasbourg auf und gebe meinen Bericht ab." Er ging in die obere Etage und kehrte mit einer prall gefüllten Reisetasche zurück. Zum Abschied winkte er, verließ das Haus und fuhr in zügigem Tempo davon.

Was sollte Tanja jetzt tun? Allein wollte sie hier nicht bleiben. Also beschloss sie, ebenfalls nach Hause zu fahren. Lara würde sich bestimmt freuen. Kurzentschlossen betrat sie das große Schlafzimmer und zog sich für die Heimreise um.

Es klingelte an der Tür.

In der Hoffnung, es könnte jemand mit einem Hinweis auf Annabels Verbleib sein, rannte sie die Treppe hinunter und öffnete. Ihr Nachbar Bernard Meyer stand mit seinem strahlenden Lachen vor ihr. Er trug einen Anzug, der ihn verändert wirken ließ. Auf Tanjas Blick richtete er verunsichert seine Krawatte gerade und erklärte: „Heute feiern wir das ‚Fête de Buschhacker'. Wollen Sie ein bisschen mit uns feiern?"

Tanja hörte Musik im Hintergrund. Auf der Straße sah sie Dorfleute in ihrer besten Garderobe in die Richtung gehen, aus der die Musik kam. Das jährliche Ritual wurde also mit einem Buschhackerfest gewürdigt. Tanja schmunzelte. Obwohl sie andere Pläne hatte, stimmte sie zu. Sie schaute an sich herunter. Eine schwarze Jeans mit bunter Bluse konnte einem „Fête de Buschhacker" bestimmt gerecht werden. Auf ihr Nicken strahlte Bernard Meyer über das ganze Gesicht. Seine Freude steckte an. Tanja zog sich eine Jacke über, griff nach dem schweren Haustürschlüssel und folgte dem alten Mann an der Kirche und dem mächtig großen Buschhacker vorbei zu einer Straße, die schnurstracks in den Wald hineinführte. Nach wenigen Metern stießen sie auf eine Lichtung, auf der ein großes Zelt stand. Viele Menschen sammelten sich dort. Ausgelassene Stimmung herrschte.

Ein Winken lockte Bernard Meyer in die Menschenmenge. Zielstrebig bahnte er sich seinen Weg und landete bei Gilbert Krieger. Neben ihm saß ein großer, kräftiger Mann, der seinen schwarzen Hut nur kurz lupfte und sich als Christian Schweitzer zu erkennen gab. Zwischen den alten Herren saß Sylvain, den Gilbert Krieger mit stolzgeschwellter Brust als seinen Sohn vorstellte. Tanja reichte ihm die Hand. Sylvain gab vor, ihre Hand galant zu küssen, eine Geste, die Tanja belustigte.

Als die Musik an ihr Ohr drang, fühlte sich Tanja deplatziert. Die Band trällerte ‚Hoch auf dem gelben Wagen'. Diejenigen, die nicht auf der Tanzfläche wirbelten, sangen aus Leibeskräften mit. Das nächste Lied ‚Oh du lieber Augustin' ließ Tanja ernsthaft darüber nachdenken, das Fest zu verlassen. Ein Blick auf den jungen Sylvain, der höchstens dreißig Jahre zählte, ließ ihre Hoffnung schrumpfen, einen Verbündeten in Sachen Musik gefunden zu haben. Er versuchte mit ihr zu flirten, als seien Volkslieder genau dafür gemacht.

Dann änderte sich die Musikrichtung. Begleitet von den schiefen und schrägen Stimmen der Dorfbewohner Potterchens erklang ‚Ein Stern, der deinen Namen trägt', der bekannte Schlager von DJ Ötzi. Sylvain verließ seinen Platz, kämpfte sich durch die Menschenmenge, bis er den Tisch umrundet hatte und neben Tanja stand. Er forderte sie zum Tanz auf. Verdutzt schaute sich Tanja um. Als Reaktion bekam sie nur strahlende

Gesichter der alten Männer zu sehen. Also folgte sie Sylvain auf die Tanzfläche. Er erwies sich als guter Tänzer. Schwungvoll wirbelten sie im Foxtrott über die Tanzfläche, wobei sie mit fast jedem anderen Tanzpaar zusammenstießen. Die nächste Gruppe spielte Musik der „Kastelruther Spatzen", ein Grund für Tanja, die Tanzfläche fluchtartig zu verlassen.

Die alten Männer redeten und lachten. Sylvain gab sich voll und ganz seinen Bemühungen hin, vor Tanjas Augen als Lebemann zu glänzen. Seine Annäherungsversuche wechselten von charmant über lustig bis aufdringlich. Tanja erinnerte sich, wie sie ihn nachts aus dem lärmenden Party-Haus hatte schleichen sehen. Die junge Frau konnte er zu seinen Eroberungen zählen. Aber an Tanja würde er sich die Zähne ausbeißen.

Die nächste Runde Bier kam an den Tisch. Wieder bezahlte Gilbert Krieger für alle. Tanja kam nicht dazu, auch einmal etwas zu spendieren, die alten Herren waren jedes Mal schneller. Zur späteren Stunde lud Bernard Meyer alle zum Essen ein. Serviert wurde der berühmte Eintopf Sürkrütt mit Schweinebauch, Rippchen und Merguez, die richtige Mahlzeit zu übermäßigem Alkoholgenuss.

Tanjas Blick fiel auf den Mann in Schwarz. Er war der Einzige am Tisch, der sich von der alkoholgeschwängerten, guten Laune nicht anstecken ließ. Seine Übellaunigkeit zeigte Ausdauer. Seine Zigarre verströmte einen unangenehmen Geruch. Aber das interessierte ihn nicht. Es dauerte eine Weile, bis seine Stimme durch den Lärmpegel von Hansi Hinterseer und den mitsingenden Dorfbewohnern zu ihr durchdrang. Er beschwerte sich permanent über die Lautstärke der Kinder im benachbarten Kindergarten. Mit seiner Schimpftirade erreichte er aber nicht das, was er sich erhoffte. Der Alkoholspiegel der anderen Gäste am Tisch war inzwischen so hoch, dass sie alles mit lautem Gelächter zollten. Tanja fühlte sich trotz ihrer drei Biere am nüchternsten.

„Haben Sie deshalb diese hohe Mauer gebaut? Als Schallschutz?"

„Sie sind ein kluges Köpfchen", kam als Antwort. „Solche Frauen bei der Polizei, welche Verschwendung."

„Sollen bei der Polizei Ihrer Meinung nach nur dumme Frauen arbeiten?"

Nun lachte der Mann. Es war das erste Mal an diesem Abend, doch war es ein abfälliges, ja sogar gehässiges Lachen. „Nein. Sie sollen heiraten, Kinder kriegen und ihren Männern eine gute Ehefrau sein."

„Also doch Mittelalter."

„Ach was. Einfach nur pragmatisch."

Seine Herablassung ärgerte Tanja. Also konnte sie auch ihre Frage loswerden, die sie beschäftigte, seit sie hier in Potterchen war: „Warum bauen Sie so ein hässliches Monstrum in Ihren Garten? Hätte es eine normale Mauer nicht getan?"

„Eine normale Mauer bekam ich nicht genehmigt." Schweitzer prostete Tanja zu.

„Aber dieses Monstrum schon?" Tanja staunte.

„Dieses Monstrum nennt man loses Mauerwerk. Dafür braucht man keine Genehmigung. Dagegen kann der Bürgermeister nichts ausrichten – obwohl er das gerne täte."

Inzwischen unterhielt die Band mit Liedern von „Fernando Express", gesungen von einer Frau mit kräftiger Stimme. ‚Das Meer der Zärtlichkeit' brachte alle Paare zum Schmelzen. Gilbert Krieger fragte Tanja mit leuchtenden Augen: „Schön die Musik? Gell?" Tanja stimmte ohne große Überzeugung zu, was den alten Mann so glücklich machte, dass er sie in den Arm nahm und mit ihr hin- und herschunkelte. Die Hoffnung auf bessere Musik hatte Tanja inzwischen aufgegeben. Nach ihren Beobachtungen traf die Band haargenau den Geschmack der Dorfbewohner.

Weitere Schunkellieder ertönten. Tanja sah keine Chance, den Fängen ihres temporären Nachbarn zu entkommen. Immer fester drückte er sie an sich.

Als das Lied ‚Weine nicht, kleine Eva' der Flippers ertönte, fiel ein Satz, der Tanja innerlich aufwühlte: „Da kommt der Commandant." Es war Bernard Meyer, der mit dem Gesicht zum Zelteingang saß. Wie immer lachte er. Seine Entdeckung brachte ihm die Eingebung: „Ey joo. Bei so viel Polizei am Tisch müssen wir uns nicht mehr fürchten."

Laut stimmten alle in sein Gelächter ein. Tanja hoffte, dass ihr niemand zu genau ins Gesicht sah. Sie ahnte, dass sie rot angelaufen war. Ihr Herz schlug bis zum Hals. Sie drehte sich um, konnte den Commandant aber nirgends sehen. Das war gut so.

Der Alkohol machte sie sentimental. Das würde ein Mann wie Jean-Yves viel zu schnell durchschauen. Notgedrungen schunkelte sie weiter in Gilbert Kriegers fester Umklammerung, bis die Walzerrunde endete. Es folgte die Schmuseballade ‚Sierra Madre' der Zillertaler Schürzenjäger.

Tanja war wie elektrisiert, als sie jemanden ganz dicht hinter sich spürte. Sie drehte sich um und schaute in zwei amüsiert funkelnde, stahlgraue Augen. Ohne ein Wort stand sie auf und folgte Jean-Yves auf die Tanzfläche. Sie bewegten sich, als hätten sie den Tanz einstudiert. Jean-Yves überragte Tanja. Sie kam sich in seinem Arm winzig vor. Seine mächtige Brust rahmte sie ein, seine starken Arme hielten sie fest. Sie fühlte sich geborgen und eingeengt zugleich. Seine Miene drückte Selbstgefälligkeit aus, genau das, was Tanja nicht an ihm mochte. Und doch tat sie nichts, diese Situation zu beenden. Wie in Trance schwebte sie in seinen Armen über die Tanzfläche.

Als die schwungvollen Klänge des ‚Zillertaler Hochzeitsmarsches' ertönten, fühlte sich Tanja schon fast erleichtert. Das war für sie die geeignete Gelegenheit, die Tanzfläche und gleichzeitig das Fest überstürzt zu verlassen. Der Gedanke, zusammen mit Jean-Yves zwischen den Dorfbewohnern zu sitzen, weiter Alkohol zu trinken und diese Musik zu ertragen, ließ sie nur an Flucht denken. Auf keinen Fall wollte sie sich zu etwas hinreißen lassen, was sie hinterher bereute. Mit Alkohol im Blut konnte sie sich selbst nicht trauen. Sie rannte aus dem Zelt und durch den Wald auf die Dorfstraße zu.

Die Musik klang immer leiser in ihren Ohren, dafür die Schritte hinter ihr immer lauter. Empört drehte sie sich um. Jean-Yves folgte ihr dicht auf den Fersen. „Was soll das, mich zu verfolgen?"

„Ich lasse dich bestimmt nicht allein durch die Dunkelheit nach Hause gehen", antwortete Jean-Yves. „Wer weiß, auf welche Gedanken du die armen Bauern von Potterchen gebracht hast."

„Unterlass deine Anspielungen."

„Das sollte ein Kompliment sein."

„Erzähl mir lieber, was du in Straßburg erfahren hast."

„Meine Vorgesetzten machen Druck. Wenn hier nicht bald etwas passiert, rufen sie mich zurück und überlassen den Fall der örtlich zuständigen Dienststelle."

„Scheiße", rutschte es Tanja heraus. Sie ahnte, dass in Saarbrücken die Wellen ihretwegen ebenfalls hochschlugen. Sie wäre besser dorthin gefahren, anstatt sich bei Volksmusik und in Gesellschaft alter Bauern mit Bier abzufüllen.

36

Laute Stimmen rumorten in Tanjas Ohren. Kreischen, Schreien, Brüllen.

Widerwillig kletterte sie aus dem Bett. Sie fühlte sich elend. Ein gewaltiger Kater machte sich in ihrem Kopf breit. Ein Blick auf die Uhr verriet, dass die wenigen Stunden nicht ausreichen würden, um einen Brummschädel in den Griff zu bekommen. Mürrisch trat sie ans Fenster. Trotz nächtlicher Dunkelheit lag die Dorfstraße im gelben Licht der Straßenlampen. Hinzu kamen die vielen Menschen, die alle in Richtung Mairie pilgerten. Sie staunte. Es schien, als sei das ganze Dorf auf den Beinen.

Schon klopfte es an ihrer Tür. Gleichzeitig platzte Jean-Yves in das Zimmer.

„Es ist was passiert", verkündete er. Sein Gesicht war gerötet, seine Augen weit aufgerissen. Tanja erschrak bei seinem Anblick.

„Wurde Annabel gefunden?"

„Ich weiß es nicht."

Wie ein aufgescheuchtes Huhn folgte Tanja dem Commandant hinaus auf die Dorfstraße. Dort schlugen sie dieselbe Richtung ein wie die anderen Dorfleute. Es mutete wie eine Prozession an, dachte Tanja, während sie dem Strom der Menschen folgte. Als sie am Buschhacker ankamen, erkannte Tanja den Grund für die maßlose Aufregung. In dem großen Schredder steckten die Überreste eines menschlichen Körpers.

„Grand malheur", schrie Madame Wolff, die bei so einem Ereignis nicht fehlen durfte. Ihre Augen schauten verschreckt hin und her, ihre grauen Strähnen flatterten um ihren Kopf, ihr Gesicht leuchtete rot.

Tanja spürte, wie sie bei dem Anblick des Schredders zu würgen begann. Verkatert vertrug sie solche Bilder nicht. Hastig rannte sie in die Sackgasse der Rue Garenne hinein, bis die Häuser endeten. Dort brach es aus ihr heraus. Zerknirscht kehrte sie zur Unglücksstelle zurück.

Ein junger Beamter der Gendarmerie sperrte das große landwirtschaftliche Gerät mit Flatterband ab. Begleitet wurde er von einem Adjutanten. Der Commandant besprach sich mit den beiden. Tanja nutzte die Gelegenheit, das Opfer näher zu betrachten. Der Einzugstrichter war dunkelrot verfärbt. Zwischen den rotierenden Messern hingen blutdurchtränkte Fetzen und Knochensplitter, die von weißen Strängen durchzogen waren; Tanja vermutete, dass dies die Sehnen waren. Die Unterschenkel und die Füße schauten unversehrt hervor. Tanja konnte daran nicht erkennen, wer der Tote war. Nur, dass es ein erwachsener Mann sein musste. Also kam Annabel für diese Tragödie nicht in Frage. Am Ausgang der Hydraulikpumpe klebten rote, weiße und grüne Klumpen. Der Motor des Buschhackers qualmte. Ein Zeichen für Überlastung vermutete Tanja. Sie schaltete das Gerät ab, drehte sich angewidert weg und beobachtete die Menschen, die gaffend um dieses Horrorszenario herumstanden.

Die Dorfbewohner murmelten aufgeregt. Ihre größte Herausforderung bestand darin, herauszufinden, wer dort in der Maschine steckte. Plötzlich ertönte ein hysterischer Klagelaut, gefolgt von Schreien, Rufen und Getrampel der Menschenmenge. Erschrocken drehte sich Tanja um. Sylvain Krieger war die Ursache. Verzweifelt versuchte er sich aus dem Griff von Philippe Laval zu befreien.

Tanja ahnte, warum er so außer sich war. Sein Vater.

Betroffen richtete sie ihren Blick wieder auf den Buschhacker. Bei dem Gedanken, dass der Mann dort lag, der vor wenigen Stunden noch neben ihr gesessen, geschunkelt, gelacht und getrunken hatte, überkam sie der nächste Würgereiz. Hastig sah sie sich um. Es gab keinen Ausweg, außer…

In ihrer Not rannte sie die breiten Stufen hinauf und erbrach sich direkt vor das Kirchenportal. Peinlich berührt schaute sie sich um. Niemand hatte sie beobachtet. Jeder war mit sich selbst beschäftigt. Langsam stieg sie die Treppe wieder hinunter.

„Du hast hier überhaupt nichts verloren", schrie laut und deutlich Madame Wolff. Tanja erkannte in Philippe Laval den Angeschrieenen.

„Früher hat man Hexen auf dem Scheiterhaufen verbrannt", brüllte der massige Mann genauso laut. Niemand konnte ihn überhören. „Schade, dass das verboten wurde. Für dich müsste diese Strafe wieder eingeführt werden."

„Du hast nur Zwietracht in unser Dorf gebracht. Deinen verdammten Schlachthof will hier niemand haben."

„Rede nicht über Dinge, von denen du nichts verstehst!"

„Ich verstehe sehr gut, woher Gilbert Krieger plötzlich so viel Geld hatte, um sich das Dach reparieren zu lassen."

Plötzlich schrien alle durcheinander. Die Menschenmenge verwandelte sich in einen wütenden Mob. Es dauerte nicht lange, da kam ein Van der Gendarmerie mit blinkendem Blaulicht und Sirene vorgefahren. Die Verstärkung stieg aus und trieb die tobenden Menschen auseinander.

Tanja hatte alles von der Kirchentreppe aus beobachtet. Sie konnte kaum glauben, was sie gerade gesehen hatte. Der Einzige, der in dem ganzen Durcheinander fehlte, war der Bürgermeister. Egal wie sehr sie ihre Augen anstrengte. Der Vertreter der Gemeinde war nicht zugegen.

Jean-Yves stellte sich neben sie. Er sah zerzaust und erschöpft aus. Murrend bemerkte er: „Ich sollte froh sein, dass Potterchen nicht mehr meine Heimat ist. Die Menschen hier haben nichts dazugelernt."

„Ging es hier immer schon darum, wer am besten bestechen kann?"

Zu Tanjas Überraschung nickte Jean-Yves.

„Und was tun wir jetzt?"

„Wir warten, bis der Buschhacker mitsamt der Leiche nach Strasbourg gebracht worden ist."

„Was wird mit Gilbert Krieger geschehen?"

„Er wird vermutlich aus dem Buschhacker gekratzt und seine Überreste beerdigt."

„Soll das heißen, dass sein Tod natürlich war?" Tanja verschluckte sich fast vor Schreck.

Jean-Yves antwortete gereizt. „Erstens konnte jeder ein solches Gerät bedienen. Denn falls du es vergessen hast: Hier wohnen überwiegend Bauern, die ihre Finger nicht von solchen Maschinen lassen können. Ein Unfall ist also nicht auszuschließen. Und zweitens wäre es nicht dein Fall, sollte es sich tatsächlich um Mord handeln."

"Warum sollte ein betrunkener Mann nach einem Dorffest noch häckseln wollen?"

„Fragen können wir ihn nicht mehr."

„Du hast recht. Ich bin hier, um ein vierjähriges Mädchen zu finden. Trotzdem gibt mir das Fernbleiben des Bürgermeisters zu denken."

„Ebenso das Fernbleiben seines treuen Tochtermannes", fügte Jean-Yves an.

Sie schauten sich an und spürten, dass sie das erste Mal seit Tanjas Anwesenheit in Potterchen einer Meinung waren.

„Wenn Gilbert Krieger tatsächlich von der Gegenseite geschmiert worden und deshalb im Buschhacker gelandet ist, heißt das, dass der Maire zu allem bereit ist, um das Hotel bauen zu dürfen", teilte Jean-Yves seinen Gedankengang mit.

„Und wie passt Annabel in diese Theorie hinein?" Tanja stand einige Stufen höher. Ihr Blick fiel von oben auf den Kopf des Commandants. Dort sah sie nur einen Wust schwarzer Locken, die sich in der Feuchtigkeit des frühen Morgens kräuselten. Vereinzelt graue Haare glitzerten dazwischen hervor. Seine breite Stirn legte er in Falten. Aber eine Antwort konnte er auf ihre Frage nicht geben.

„Ich hätte da eine Vermutung." Der Geistesblitz ließ Tanja die Augen aufreißen.

„Du überraschst mich heute pausenlos", gestand Jean-Yves ironisch.

„Ich habe den bösen Verdacht, dass Annabel von dem Pony heruntergefallen ist …" begann Tanja. Doch dann spürte sie, dass sie nicht weitersprechen konnte. Tränen erstickten ihre Stimme.

„…und an ihren Verletzungen starb", beendete Jean-Yves Tanjas Überlegungen. „Der Bürgermeister ist zu allem bereit, seine Pläne umzusetzen. Ein Reitunfall mit einem toten Kind passt da nicht hinein. Also vertuscht er dieses Unglück, damit dem Bau seines Ponyhotels nichts im Wege steht."

Tanja nickte.

„Wir suchen also nach einem toten Mädchen."

„Das irgendwo vergraben wurde?", fügte Tanja an. Ihre Augen wurden feucht.

„Das sind doch alles nur Vermutungen." Jean-Yves stieg die wenigen Stufen hinauf und nahm Tanja tröstend in den Arm. Zu seiner Überraschung wehrte sie sich nicht. Im Gegenteil. Sie lehnte sich an ihn, ließ ihre Tränen fließen. Hemmungslos schluchzte sie in seine Jacke.

„Das ist doch nur eine Theorie", brummte er leise in ihr Ohr. „Wir wissen nicht, was wirklich passiert ist."

Das tröstete Tanja gerade wenig. Trotzdem nickte sie zaghaft.

„Kein Wunder, dass ihr nichts zustande bringt. Liebe machen, das ist das Einzige, was du kannst, Jean-Yves Vallaux. Hoffentlich ist die düttsche Frau schlauer, als deine es war. Denn sonst können wir diese matuche auch vom Baum…"

„Halt' die Klappe, altes Weib!" Jean-Yves hatte sich von Tanja gelöst und funkelte Madame Wolff böse an. Seine Geste zeigte Wirkung. Die Alte schwieg tatsächlich. Unter Murren drehte sie sich um und marschierte davon. Nach einigen Metern kehrte ihr Mut zurück und sie rief: „Auf dem Haus Nummer zwölf lastet ein Fluch. Jede Frau hat dort ihr Kind verloren. Wenn ihr glaubt, ihr seid darüber erhaben, dann seid ihr im Irrtum."

„Was redet die da?" Tanjas gerötete Gesichtsfarbe wich einer erschrockenen Blässe.

„Keine Ahnung. Sollte in diesem Haus schon einmal ein Unglück mit einem Kind passiert sein, werde ich das herausfinden", versprach Jean-Yves.

37

Der Parkplatz vor Kriegers Kneipe verwandelte sich in einen Kriegsschauplatz. Johlende Menschen bildeten direkt vor dem Eingang einen Kreis. Wellen von enthusiastischen Schreien wogten auf. Die Körper bewegten sich im gleichen Rhythmus, erhoben sich, gingen in die Knie. Nach und nach bildete sich aus der Kakofonie ein Rufchor: „Mach ihn all', den Pascal!"

Tanja konnte den Grund für die aggressive Stimmung nicht erkennen. Aber sie befürchtete, dass der gewaltsame Tod des Kneipenbesitzers im Dorf eine Maschinerie der Gewalt in Gang gebracht hatte, die nur schwer zu stoppen sein würde.

Immer wieder ertönte: „Mach ihn all', den Pascal!"

Ihre Eingebung bekam neue Nahrung.

„Mach ihn all', den Pascal!"

Obwohl sie nicht sehen konnte, was dort los war, ahnte sie das Schlimmste. Ohne nachzudenken, drängte sie sich in die wütende Menschenmenge.

„Mach ihn all', den Pascal!" „Mach ihn all', den Pascal!"

Sie sah sich umringt von Dorfleuten. Das Gedränge wurde immer wilder und unkontrollierter. Hastig versuchte Tanja, sich durch die Wand von breiten Rücken zu kämpfen, um erkennen zu können, was dort geschah. Aber gegen die kräftigen Männer richtete sie nichts aus. Auch ihr Rufen, dass sie als Lieutenant de Police tätig war, interessierte keinen. Also musste sie Gewalt anwenden, was ihr angesichts der massigen Körper große Mühe bereitete. Es gelang ihr, sich eine kleine Lücke freizukämpfen. Was sie dadurch erspähen konnte, machte ihre Laune nicht besser.

„Sag noch einmal, dass ich schuld an Kriegers Tod bin?", brüllte Philippe Laval. Gleichzeitig schlug er Pascal Battiston ins Gesicht. Das war nicht der erste Schlag, wie Tanja unschwer erkennen konnte. Der dünne Mann sah ramponiert aus. Ein Auge war angeschwollen, die Unterlippe aufgeplatzt; die Nase blutete.

„Du hast ihn bestochen", röchelte der Schwiegersohn trotz seiner misslichen Lage provozierend. „Du meinst, du kannst hier jeden kaufen. Jetzt siehst du, was dabei rauskommt."

„Damit sagst du mir klar und deutlich, wer Krieger in den Häcksler gesteckt hat." Der nächste Schlag traf Pascal Battistons Gesicht. „Du warst es und bist noch zu dumm, den Mund zu halten."

„Hören Sie auf, Philippe Laval!", rief Tanja laut, nachdem sie endlich die menschliche Mauer durchbrochen hatte.

„Halten Sie sich aus Dingen raus, die Sie nichts angehen", kam es von dem kräftigen Bauern zurück. Sein Gesicht war gerötet, seine Augen funkelten zornig. Wild standen seine grauen Haare vom Kopf ab.

„Ich spreche hier als Lieutenent de Police. Also hören Sie sofort auf oder ich nehme Sie fest."

„Richtig. Festnehmen muss man den Verbrecher", stieß Pascal Battiston aus. Dabei gelang es ihm, trotz sämtlicher Blessuren in seinem Gesicht, einen überheblichen Gesichtsausdruck aufzusetzen.

Der nächste Schlag kam so schnell, dass auch Tanja ihn nicht verhindern konnte. Pascal taumelte rückwärts. Die Menschenmenge wich ihm aus und sah zu, wie er hart mit dem Rücken auf dem Boden aufschlug.

Tanja nutzte diesen Augenblick, packte beide Hände von Philippe Laval und ließ ihre Handschellen zuschnappen.

„Die Show ist beendet", rief sie. Dabei überschlug sich ihre Stimme, weil sie sich vor der aufbrausenden Menschenmenge fürchtete. Ihr Herz schlug ihr bis zum Hals. Aber zugeben wollte sie das auf keinen Fall.

Ihr selbstbewusstes Auftreten zeigte Wirkung. Alle rückten von ihr ab, drehten sich um und steuerten die Dorfstraße an.

„Blödes Weib. Gönnt uns keinen Spaß", hörte Tanja jemanden murren.

„Sie ist die Maîtresse vom Commandant. Was willst du da erwarten?", kam es von anderer Stelle.

„Ich glaube, ich muss hier was klarstellen", schrie Tanja. „Ich bin hier als Verbindungsbeamtin der deutschen Polizei tätig. Solche bösen Unterstellungen will ich hier nicht mehr hören."

Niemand reagierte darauf.

Plötzlich stand Tanja allein mit Philippe Laval vor der Kneipe. Was sollte sie jetzt mit ihm anfangen? Sie hatte eindeutig ihre Kompetenzen überschritten – sie durfte im Elsass niemanden festnehmen, egal, bei welcher Straftat sie ihn gerade erwischte. Ein prüfender Blick in die Augen des Bauern Philippe Laval gab ihr allerdings das Gefühl, dass sich niemand im Dorf mit ihren Befugnissen auskannte. Sonst hätte es eine Welle des Aufbegehrens gegeben. Die Freude an dieser Schlägerei war so groß, dass sich niemand ein so schnelles Ende herbei gewünscht hätte.

Sie öffnete die Handschellen.

Auf den erstaunten Blick des Bauern improvisierte sie: „Irgendwie musste ich Sie daran hindern, dass Sie den Schwiegersohn totschlagen."

Sofort bildete sich ein verschmitztes Grinsen auf dem Gesicht des Mannes. „Dann haben Sie mich sozusagen vor einer Dummheit gerettet?"

Tanja nickte erleichtert.

Laval sah die Dinge zu seinem eigenen Vorteil.

„Merci, Lieutenant Gestier."

Sie fühlte sich schrecklich. Was sie auch tat, es wurde nicht besser. Sie hatte Hunger, quälenden Durst und Schmerzen. Warum tat ihr alles so weh? Sie fasste sich an die Hose. War sie feucht? Oder einfach nur kalt? Sie ahnte, dass sie in die Hose gemacht hatte. Das war so schrecklich, dass sie weinen musste. Aber es kamen keine Tränen. Die Schluchzer taten weh. Ihre Brust schmerzte, wenn sie zu hastig atmen wollte. Sie versuchte an den Platz zu gelangen, von dem aus sie das Rund sehen konnte, in dem der Kapuzenmann gestanden hatte. Jede Bewegung bereitete ihr Mühe. Sollte sie sich wirklich so anstrengen? Sie fühlte sich müde, ängstlich, unruhig.

Wieder rutschte sie ein Stück tiefer. Da sah sie das Rund. Es leuchtete wieder hell. Aber es war kleiner geworden.

Viel kleiner.

Sie hörte Geräusche. Ob das ihre Mutter war, die nach ihr suchte? Oder der Kapuzenmann? Schon wieder fürchtete sie sich. Sie zitterte am ganzen Leib, sammelte alle Energie und rief so laut sie konnte. Das Echo, das von den Wänden um sie herum zurückschallte, war schrecklich laut. Erschrocken zuckte sie zusammen. Dreck rieselte herunter. Alles wackelte plötzlich. Erschrocken wich sie zurück, wobei sie noch tiefer rutschte. War sie schuld daran, dass die Erde bebte?

Das helle Rund über ihr war schon wieder kleiner geworden.

Jetzt konnte sie der Kapuzenmann bestimmt nicht mehr sehen. Jetzt konnte sie niemand mehr sehen. Auch ihre Mutter nicht.

Sie weinte – ohne Tränen.

38

Das Dorf Potterchen zeichnete sich schemenhaft hinter dem Hügel ab. Die Gleise glitzerten in den vereinzelten Sonnenstrahlen, die sich durch die schnell am Himmel ziehenden Wolken hindurch kämpften. Wind frischte auf. Die Tannen hinter den Klosterruinen bogen sich. Genau dort – zwischen den Nadelbäumen - erwartete Lucien Laval etwas ganz Besonderes. Hitze schoss in seine Lenden, wenn er nur an Jeannette Laval dachte.

Er fuhr auf den Acker zu, wo bald das Lotissement entstehen sollte. Das erste, was ihm in die Augen stach, waren große Tieflader, die zu seiner Linken Stahlbetonrohre abluden.

Lucien verlangsamte sein Tempo. Er traute seinen Augen nicht. Das waren Kanalrohre. Warum wurden sie schon jetzt geliefert?

Aber damit endeten die bösen Überraschungen noch lange nicht. Nachdem er den Buchenhain passiert hatte, wurde die Sicht zu seiner Rechten frei. Das gesamte Klostergelände stand voller Baumaschinen. Mehrere Raupenbagger mit Hydraulikhämmern setzten an den Mauervorsprüngen an, um den alten Beton zu zerstören. Sortiergreifer sammelten die Trümmer vom Boden auf und verfrachteten sie in LKWs, die zum Abtransport bereitstanden. Radlader trugen an anderen Stellen mit ihren Schaufeln lockeres Erdreich ab. Die Erde bebte. Der Lärm übertönte Lucien Lavals Musik im Autoradio. Bauarbeiter mit gelben Helmen standen um die Maschinen herum und riefen sich Anweisungen zu. Ein Mann in Anzug und Krawatte mit Schutzhelm stand am Rand, trug etwas in sein Notizbuch ein, während er das ganze Geschehen überwachte.

Lucien bremste vor Staunen seinen Porsche Cayenne ab.

Was hatte das zu bedeuten? Die Bauarbeiten für das Lotissement sollten erst im nächsten Jahr beginnen. Ernest Leibfried hatte es aber verdammt eilig. Lucien schnaubte verächtlich. Er ahnte, wieso. Das Verschwinden eines deutschen Mädchens warf kein gutes Licht auf den Bürgermeister von Potterchen. Dabei war herausgekommen, dass Annabel Radek nicht das erste deutsche Mädchen war, das in Potterchen vermisst wurde. Solche Ereignisse schmälerten Ernest Leibfrieds Erfolgsaussichten, bei den nächsten Wahlen erneut zum Bürgermeister gewählt zu werden. Aber, änderte der vorgezogene Bau des Neubaugebietes etwas daran?

Luciens Blick fiel auf einen braunen Haarschopf, der sich langsam zwischen den Bäumen hinter dem regen Treiben herausschälte.

Jeannette.

Sie wartete an ihrem vereinbarten Ort, obwohl es nur so von Bauarbeitern wimmelte.

Lucien grinste. Das musste Liebe sein.

Er stieg aus dem Wagen und eilte ihr entgegen. Sein Vorhaben, dicht an den Gleisen entlangzulaufen, wurde durch die vielen Baugeräte vereitelt, die dort abgestellt waren. Also rannte er querfeldein.

Jeannette sah ihn. Aber sie kam ihm nicht entgegen.

Was hatte das zu bedeuten?

Lucien lief weiter.

Jeannette gab ihm Winkzeichen, die er nicht verstand. Aber das war ihm jetzt nicht wichtig. Für Lucien gab es jetzt nur ein Ziel, nämlich zu ihr zu gelangen, bevor jemand aus dem Dorf etwas davon erfuhr. Nur für einen kurzen Augenblick wollte er ihre Nähe spüren, bevor ihr eintöniges Leben im gewohnten Trott weiterging.

Plötzlich hörte er laute Schreie.

Ohne sein Tempo zu verringern, drehte Lucien seinen Kopf in Richtung der Bauarbeiter.

Es war der Chef in Anzug und Krawatte, der etwas rief und wild mit den Armen herumfuchtelte.

So viel zu unauffällig, dachte Lucien grimmig, ohne sein Tempo zu verringern.

Schon gab die Erde unter seinen Füßen nach.

39

Tanja zitterten die Knie. Sie war heilfroh, als sie die schwere Eichentür hinter sich schließen konnte. Erschöpft ließ sie sich auf das Sofa im Wohnzimmer sinken. Nur kurz neue Kraft schöpfen, sagte sie sich. Dann wollte sie nach Saarbrücken fahren. Behrendt hatte sie angerufen und gebeten, nach Hause zu kommen. Seine Bitte war eigentlich keine Bitte, sondern ein Befehl. Tanja hatte gegen jede Vernunft gehandelt, als sie auf das Buschhackerfest gegangen war. Und jetzt hatte diese dämliche Schlägerei sie davon abgehalten, zu ihrer Tochter zu fahren. Außerdem musste sie in Saarbrücken Ergebnisse abliefern, was sie bis jetzt bestens vermieden hatte. Ab sofort musste sie sich mehr zusammenreißen. Und wenn der Bürgermeister höchstpersönlich in Gefahr schweben sollte, Tanja würde nur noch in ihren Wagen steigen und losfahren.

Sie kochte sich einen Kaffee, der für ihre innere Unruhe allerdings noch mehr Zündstoff bedeutete. Aber Kaffee brauchte sie jetzt. Die Ereignisse in diesem Dorf erschütterten sie. Sie musste sich aufputschen. Nach einer Tasse fühlte sie sich gestärkt. Sie schnappte sich den Autoschlüssel und verließ das Haus. Das Tageslicht wechselte zwischen sonnig und grau. Wolken zogen über den Himmel, ließen gelegentlich blaue Flecken am Himmel frei. Der Wind kam von Westen und wirbelte in immer heftigeren Stößen Laub und Sand über die Dorfstraße. Tanja sperrte die Eichentür mit dem übergroßen eisernen Schlüssel zu und steuerte ihr Auto an.

Da sah sie es: platte Reifen.

Sie traute ihren Augen nicht, ging um das Auto herum. Alle vier Reifen waren zerstochen. Die Einstiche konnte sie deutlich erkennen. Was sollte sie jetzt tun?

Sie schaute sich um. Niemand stand auf der Straße und rief: Ich war's.

Wäre auch viel zu einfach.

Frustriert sperrte sie die schwere Eichentür wieder auf und betrat das Haus von neuem. Jean-Yves hielt sich in Strasbourg auf. Auf ihn konnte sie in den nächsten Stunden bestimmt nicht hoffen. Tanja fühlte sich ratlos. Wie eine Löwin im Käfig ging sie von Zimmer zu Zimmer. Wenn sie Behrendt anrief, käme er sie sofort abholen. Aber wollte sie das wirklich? Seine Vorwürfe klangen ihr noch zu deutlich in den Ohren. Mit diesem neuerlichen Angriff würde es nicht besser – eher noch schlimmer.

Sie überlegte weiter.

Da wurde die Haustür unter Rumpeln und Krachen geöffnet.

Tanja zog ihre Waffe aus dem Holster und richtete sie auf die Tür. Zu ihrem Entsetzen entpuppte sich der Eindringling als Jean-Yves Vallaux. Der reagierte so überrascht, dass er wortlos alles fallen ließ und die Hände hob.

Zitternd vor Schreck ließ Tanja die Waffe sinken.

„Du?", stieß sie aus.

„Was für eine stürmische Begrüßung?" Jean-Yves atmete tief durch. „Du bist wirklich eine temperamentvolle Braut."

„Verdammt noch mal", fluchte Tanja. „Was sollen ständig diese Herabwürdigungen meiner Person? Maîtresse, Matuche, Braut. Welche Boshaftigkeit kommt als Nächstes?"

„Das hast du dir schön selbst eingebrockt", konterte Jean-Yves.

„Wie bitte?" Tanjas Stimme überschlug sich.

„Du hättest mich nicht von der Kneipe abholen dürfen."

„Was war daran falsch?"

„Es hätte noch gefehlt, dass du mich als alten Trunkenbold beschimpfst. Dein Auftritt hat den Eindruck hinterlassen, wir beide wären ein Paar."

„Scheiße." Mehr fiel Tanja dazu nicht ein. „Aber deshalb wurden mir die Reifen bestimmt nicht zerstochen."

Langsam schlich sich wieder Jean-Yves' schiefes Grinsen ins Gesicht. „Nein. Das hat wohl damit zu tun, dass du Pascal Battiston verteidigt hast. Das kam hier bei manchen nicht so gut an."

„Du bist ja schnell über alles informiert", staunte Tanja.

Jean-Yves' Grinsen wurde breiter, als er sagte: „Der Informationsfluss ist das Einzige, was in diesem Dorf zuverlässig funktioniert. Auch ohne Kabel."

Tanja schmollte: „Dass ich hier alles falsch mache, habe ich selbst erkannt. Dafür muss mir niemand die Reifen zerstechen. Ich sehe zu, dass ich nach Hause komme." Sie fühlte sich so missverstanden wie selten in ihrem Leben.

„Von wegen, verdrücken", stellte Jean-Yves klar. „Normalerweise hätte ich dich angerufen, um dich darauf vorzubereiten, dass du Arbeit bekommst. Aber dein Handy ist aus."

Tanja zog das kleine Mobiltelefon aus ihrer Tasche. Tatsächlich. Der Akku war leer.

„Die Bauarbeiten für das Lotissement haben begonnen", enthüllte Jean-Yves.

„Jetzt schon? Ich dachte, der Bau geht erst nächstes Jahr los."

„Da es mit dem Ponyhotel nicht so läuft, wie der Bürgermeister sich das vorgestellt hat, will er noch schnell ein paar Pluspunkte mit dem Lotissement sammeln, um bei den nächsten Wahlen nicht unterzugehen", erklärte Jean-Yves. „Allerdings ist sein Schuss nach hinten losgegangen."

„Aber deshalb hältst du mich nicht hier fest. Worum geht es wirklich?"

„Du wirst es nicht glauben. Lucien Laval lief nichts ahnend über den Acker, der durch die Baumaschinen schon teilweise aufgerissen worden war, und stürzte ein."

„Tot?", fragte Tanja und dachte, dass es um diesen schönen Mann schade wäre.

„Nein. Schlimmer. Er ist in den Kellergewölben des alten Klosters gelandet."

„Was ist daran so schlimm, wenn er überlebt hat?"

„Dieser Schacht war wohl das Grab eines kleinen Kindes, von dem es nur noch Knochen gibt."

40

Kalter Nordwestwind brauste über das freie Land, stieß ein Heulen aus, das Tanjas düsterste Vorahnungen unterstrich. Sie raffte ihre wild im Wind flatternden Haare zusammen und band sie zu einem Pferdeschwanz zurück.

Viele Menschen standen auf dem Acker, den Tanja sonst nur menschenleer und verlassen kannte. Überall herrschten Hektik, Bewegung, Aufregung. Jean-Yves führte sie zu einer Stelle dicht an den Gleisen. Dahinter stand Lucien Laval, dessen lange Haare ungeachtet um sein Gesicht wehten. Der Grund dafür waren die Handschellen, die er trug. Ein Polizeibeamter hielt sich direkt neben ihm auf. Flatterbänder sollten ein tiefes Loch absperren. Aber der Wind riss so stark an dem dünnen Nylonmaterial, dass sich die Police Nationale dazu entschloss, stattdessen eine Bretterwand aufzubauen.

Tanjas Blick suchte mit den Augen die Gegend ab. Sie konnte nur Betonvorsprünge sehen, die aus dem Boden herausragten, Baumaschinen, die diese Steine vernichten und Bauarbeiter, die diese Maschinen bedienen sollten. Sie standen ohne erkennbares System an verschiedenen Stellen. Sämtliche Grüppchen wurden von Polizisten flankiert, die mit ähnlichen Brettern und Flatterbändern hantierten wie die Männer in Tanjas Nähe. Ein Hubschrauber mit der Aufschrift „Police Nationale" setzte zur Landung auf dem freien Feld hinter den Kanalisationsrohren an.

„Wer ist das?", fragte Tanja.

Jean-Yves antwortete: „Da wir keine Experten für Knochen sind, haben wir einen forensischen Anthropologen herbestellt. Er ist in dem Hélicoptère."

Tanja nahm allen Mut zusammen und blickte in das Loch. Leere Augenhöhlen starrten sie an. Der Schädel wirkte auseinandergerissen. Der Unterkiefer fehlte. Tanja erschrak.

„Wir haben es hier mit dem Schädel eines Kleinkindes zu tun." Mit diesen bedeutungsschweren Worten stellte sich ein großer massiger Mann neben Tanja. Seine Kleidung schützte er durch einen weißen Kittel, der an seinen Schultern spannte. „Der Schädel besteht nur noch aus seinen Einzelteilen. Das muss nicht unbedingt Gewalteinwirkung bedeuten. Es ist eher anzunehmen, dass zwischen den Scheitelbeinen, dem Stirnbein und der Schädelrückseite die Fontanellen noch nicht geschlossen waren, weshalb sich nach der Verwesung die einzelnen Knochen von alleine abgelöst haben."

Tanjas Mund fühlte sich trocken an. Mit rauer Stimme fragte sie: „Wie alt war das Kind?"

„Zwischen einem und vier Jahren."

Endlich schaute Tanja in das Gesicht des Fachmannes. Es war ein freundliches Gesicht, dessen Röte sich über den kahlen Schädel zog.

„Ich bin der Médecin légiste – der Gerichtsmediziner. Ihre Kollegen haben mich herbestellt." Mit diesen Worten stellte er sich vor.

Tanjas Blick wanderte zu den anderen Gruppen, die ähnliche Löcher umstellten. Jean-Yves erklärte: „An all diesen Stellen ist die Erde durchgebrochen, wodurch weitere Knochenfunde freigelegt wurden."

„Noch mehr Kinderskelette?" Tanja schüttelte sich.

„Bisher wissen wir nicht, ob es sich um mehrere Kinderskelette handelt oder um ein Skelett, das weit verstreut liegt."

Gemeinsam stolperten sie über den Acker und begutachteten den nächsten Fund. Dort lagen nur vereinzelte Knochen, winzig und klein.

„Ich erkenne hier ein Schulterblatt an dem das Schlüsselbein fehlt. Das bedeutet, dass das Schlüsselbein noch nicht verknöchert war, was allerdings eine Zeitspanne von über fünfzehn Jahren zulässt. Allerdings kann ich schon jetzt anhand der Wachstumsfugen am Oberarmknochen sagen, dass es sich auch hier um einen Menschen handelt, der noch sehr jung war."

„Könnten diese Knochen zu dem Schädel gehören?", fragte Tanja und zeigte auf die Fundstelle, die sie gerade verlassen hatten.

„Das wäre möglich. Um mich genauer festlegen zu können, muss ich die Knochen in mein Labor nach Saverne bringen lassen und untersuchen."

Das war das Stichwort. Alle Fundstücke wurden von Fachleuten in Schutzanzügen mit akribischer Sorgfalt eingesammelt und zum Transport vorbereitet.

Tanja wandte sich ab und fragte, was sie beschäftigte: „Können das die Knochen von Annabel Radek sein?"

Jean-Yves schüttelte den Kopf und meinte: „Bis zur vollständigen Verwesung kann es in der kurzen Zeit nicht gekommen sein."

„Aber Daniela Morsch könnte…" Tanja schluckte. Der Gedanke, dass dort ein Kind jahrelang achtlos vergraben gelegen hatte, setzte ihr zu.

„Nach den Angaben des Gerichtsmediziners könnte sie es sein."

Um sich abzulenken, richtete Tanja ihren Blick auf Lucien Laval. In diesem grauen Tageslicht, umgeben von uniformierten Männern und mit Handschellen sah er nicht mehr so gut aus wie bei ihrer ersten Begegnung. Langsam trat sie auf ihn zu. „Warum trägt er Handschellen?", fragte sie den Mann, der wachsam direkt neben ihm stand.

„Er ist vor den Bauarbeitern geflohen."

„Vor den Bauarbeitern geflohen." Tanja musste über diese Darstellung schmunzeln. „So gefährlich sehen die Männer gar nicht aus."

„Das ist es ja", bestätigte Jean-Yves. „Sie wollten ihn davon abhalten, auf den Acker zu laufen, weil sie bemerkt haben, dass der Boden durch ihre Arbeit brüchig geworden ist. Je lauter sie nach ihm gerufen haben, umso schneller ist er gelaufen. Er sagt uns einfach nicht, warum."

„Und das rechtfertigt diese radikale Festnahme?"

„Falls du es vergessen hast: Du arbeitest hier nur als Verbindungsbeamtin. Es war deine freie Entscheidung, hier in Frankreich zu helfen. Wenn dir unsere Arbeitsmethoden nicht gefallen, dann tut es mir leid."

„Ich kann einfach nicht nicht glauben, dass Lucien Laval ein Kindermörder ist."

„Das sieht man solchen Typen auch nicht an", beharrte Jean-Yves.

„Und was geschieht jetzt mit ihm?"

„Die Brigadiers Fournier und Legrand bringen ihn zum Verhör ins Gebäude der Gendarmerie in Sarre-Union."

„Zur Gendarmerie in Sarre-Union?"

Genervt stellte Jean-Yves eine Gegenfrage: „Willst du ihn etwa in unser vorübergehendes Domizil in der Rue de la Gare mitnehmen?"

„Wenn das so einfach möglich wäre, warum nicht?" Tanja grinste frech.

Verdutzt schaute der Commandant Tanja an, wechselte seinen Blick zwischen Lucien Laval und Tanja, bevor er fragte: „Was hat dieser Kerl, dass ihm sämtliche Frauen verfallen?"

*

Kaum hatten Tanja und Jean-Yves das Gebäude der Gendarmerie in Sarre-Union betreten, wurden sie von lauten Stimmen eingehüllt. Lucien Laval probte einen Aufstand gegen die beiden Brigadiers, den er nur verlieren konnte.

Tanja folgte dem Lärm, bis sie vor dem langhaarigen Mann stand.

Augenblicklich verstummten alle. Tanja staunte. Wurde ihr endlich der Respekt entgegengebracht, den sie verdiente?

„Sie tun sich keinen Gefallen, wenn Sie streiten", sprach Tanja in die plötzlich eingetretene Stille. „Wenn Sie nichts zu verbergen haben, dann erzählen Sie uns einfach alles und Sie können wieder nach Hause."

Lucien fühlte sich regelrecht überrumpelt. Widerstandslos ließ er sich in den Stuhl drücken, der für ihn vorgesehen war. Sein Blick haftete an Tanja.

„Ich habe doch keine kleinen Kinder getötet", sprach er mit einem Flehen in der Stimme.

„Was hatten Sie dann auf dem Feld zu suchen?", fragte Tanja. Sie zog sich einen Stuhl heran und setzte sich Lucien Laval gegenüber. Seine Bräune wirkte farblos in diesem nüchternen Ambiente. Seine Augen blickten gehetzt.

„Ich habe in dem Wald direkt hinter der Friedhofsmauer jemand gesehen."

„Friedhofsmauer?" Tanja stutzte.

„Ja." Lucien nickte. „Unser neuer Friedhof liegt direkt hinter dem Bauplatz für das Lotissement."

„Und wen haben Sie dort an der Friedhofsmauer gesehen?"

„Ich dachte, die Person zu kennen. Aber ich kam nicht dazu, es zu überprüfen. Ich wurde gestoppt."

„Und welche Person glaubten Sie zu kennen?"

„Ist das jetzt wichtig?", stellte Lucien Laval gereizt eine Gegenfrage.

„Davon hängt ab, ob wir Ihnen glauben", gab Tanja zur Antwort.

Der Mann verstummte, starrte Tanja eine Weile an, bis er demonstrativ seine Arme vor seiner Brust verschränkte.

„Vielleicht können Sie uns Angaben darüber machen, was am Freitag, dem 12. Oktober mit dem deutschen Mädchen Annabel Radek passiert ist." Tanja schaute prüfend in das ebenmäßige Gesicht ihres Gegenübers.

„Ich stehe nicht auf vierjährige Mädchen."

„Dann haben Sie auf dem Acker also eine erwachsene Frau erwartet?" Das war mehr Feststellung als Frage. Trotzdem war Tanja über Lucien Lavals Reaktion überrascht. Er sah so durchschaut aus, dass sie Mühe hatte, nicht zu lachen.

„Wer ist sie?"

Schweigen.

„Nur der Name, den wir überprüfen, und Sie können gehen."

Weiter Schweigen.

Jean-Yves hatte ebenso wie die beiden Brigadiers dem Gespräch gelauscht. Er trat auf Lucien Laval zu und erklärte ihm: „Wenn Sie uns nicht antworten, kommen sie ins Gefängnis. Die Zeit können Sie zum Nachdenken nutzen, ob Sie mit uns kooperieren oder unsere Arbeit weiter behindern."

Lucien Laval schwieg immer noch.

An den Brigadier-Chef de Police gewandt fragte der Commandant: „Wurde Monsieur Laval über seine Rechte aufgeklärt?"

„Natürlich. Das war das Erste, was wir gemacht haben."

„Dann schafft ihn nach Oermingen." Jean-Yves eilte aus dem stickigen, engen Büro.

Tanja rannte hinter dem Commandant her und fragte: „Sag nur, es gibt in dieser gottverlassenen Gegend ein Gefängnis?"

Vor dem Haus der Gendarmerie pfiff ihnen kalter Wind um die Ohren, der Jean-Yves' Worte fast fortgeweht hätte: „Natürlich haben wir so etwas. In den fünfziger Jahren wurden in Oermingen die Kasernen der Maginot-Linie zu einem Gefängnis umgebaut."

„Und für welches Vergehen soll Lucien Lavalle in den Knast?"

„Behinderung der Ermittlungen."

41

Vom Fenster seines Wohnzimmers aus beobachtete der Bürgermeister, wie sich der Hubschrauber unter lautem Rattern in die Luft erhob. Das Vibrieren der Maschine übertrug sich auf seinen Körper. Seine innere Unruhe trieb ihn von Zimmer zu Zimmer. Er hatte den genialen Plan gefasst, aus dem unbedeutenden Potterchen ein „Beverly Hills" zu machen, wie es das Krumme Elsass noch nicht gesehen hatte. Nun stellte sich heraus, dass sein Bauprojekt auf zweifelhaftem Fundament stand. Seine Befürchtung hatte sich bewahrheitet. Aber was hätte er dagegen tun können? Nichts. Ihm stand nur dieses Stück Land für seine Pläne zur Verfügung. Teilweise gehörte es der Gemeinde - die umliegenden Grundstücke gehörten dem größten Schafsbauern im Dorf, André Mattes, dem Ersten Adjoint Marc Desmartin und dem Zweiten Adjoint René Pfaffenkopf. Sie hatten es ihm kostenlos zur Verfügung gestellt. Jedoch nicht aus Nächstenliebe, sondern aus purer Berechnung, weil jeder wusste, dass ein brachliegendes Land weniger wert war als Bauland. Ernest Leibfried hatte nichts unversucht gelassen, aus seiner Not eine Tugend zu machen, indem der das nutzlose Gebiet in ein modernes Wohngebiet verwandelte. Und was war dabei herausgekommen?

Eine leise Vorahnung beschlich ihn, was die Bauarbeiter dort gefunden hatten. Er hatte vor zwei Jahren einen Fehler gemacht – hatte sich auf François verlassen. Sollte sich sein Leichtsinn zwei Jahre später als verhängnisvoller Fehler herausstellen? Denn über eines war sich der Bürgermeister im Klaren: Es musste etwas Bedeutendes sein. Das bewies der Hubschrauber der Police Nationale.

Nervös ging er vor dem Fenster auf und ab. Das große Wohnzimmer wirkte kahl. Nur wenige, dunkle Möbel starrten ihn an, Möbel, die kaum Gebrauchsspuren aufwiesen, als würde hier nicht gelebt. Das Gefühl der Einsamkeit, das ihn bei dem Anblick überwältigte, ließ ihn hastig seinen Blick wieder auf das

Fenster richten, das hinaus auf die Dorfstraße zeigte, die zu den Gleisen führte. Aber auch diese Aussicht konnte ihn nicht aufheitern. Wohin er auch schaute, er sah die Vereitelungen seiner Pläne.

Er wusste, dass es nur noch eine Frage der Zeit war, bis dieser aufdringliche Commandant an seiner Tür stand und ihn mit Fragen belästigte. Jetzt musste er strategisch vorgehen, musste genau aufpassen, welche Auskünfte er gab und was er besser für sich behielt. Außerdem galt es, seinen Schwiegersohn zu instruieren. Dessen Unbedachtheit könnte Ärger verursachen.

Das Rotorengeräusch des Hubschraubers entfernte sich.

Der Bürgermeister verließ sein Haus, bevor der Commandant Gelegenheit hatte, aufzukreuzen. Er setzte sich in seinen Wagen und fuhr zügig in Richtung Stall. An den Bahngleisen erkannte er das Großaufgebot an Polizisten, die das gesamte Baugebiet absperrten. Das würde noch Ärger geben, schwor er sich. So einfach ließ sich Ernest Leibfried nicht von seinen Plänen abbringen.

Wütend gab er Gas und fuhr zügig über den steinigen Weg zur Reitanlage. Dort sah er Pascal Battiston. Die Hektik, mit der sich sein Schwiegersohn von einer jungen Frau trennte, verriet mehr, als sie verbarg. Ernest Leibfried unterdrückte ein Grinsen. Lange dunkle Haare ergossen sich über ihren schmalen Rücken bis zur Wespentaille. Darunter reichten schlanken Beine in engen Reithosen bis zum Boden. Guten Geschmack gestand er seinem Schwiegersohn zu. Das war aber auch alles. Denn kaum war er ausgestiegen, trafen ihn Pascals Worte wie Pfeilspitzen: „Was willst du hier? Solltest du nicht auf der Baustelle sein, wo die Polizei im Einsatz ist?"

Ernest staunte, als er in das Gesicht seines Schwiegersohnes blickte. Das linke Auge leuchtete blau, die Nase prangte angeschwollen über aufgeplatzten Lippen. Er hatte Mühe, ein Grinsen zu unterdrücken. Böse konterte er: „Du solltest deinen Mund lieber nicht zu voll nehmen. So wie du aussiehst, könnte ich glatt annehmen, dass du genau das beim Falschen getan hast."

„Was geht dich das an?" Pascal Battiston bleckte schiefe Zähne.

Als die junge Reiterin die Stimmung zwischen den beiden Männern bemerkte, stieg sie schnell in ihren Wagen und fuhr davon.

„Wie ich sehe, kannst du keinem Rock – oder besser gesagt keiner engen Reithose – widerstehen. Du solltest mal ausnahmsweise dein Hirn einschalten und nicht immer nur mit dem Schwanz denken", schimpfte der Bürgermeister.

„Das musst du gerade sagen", kam es unfreundlich zurück.

„Oder nennst du es edelmütigen Einsatz, Christian Schweitzers Ehefrau zu ficken, während er im Schweiße seines Angesichts diese grässliche Mauer hochzieht?"

„Woher weißt du davon?"

„Ich habe euch beide gesehen. Euer Liebesnest ist die leerstehende Wohnung über der Mairie." Pascal Battiston setzte ein gehässiges Lachen auf. „Bietet sich förmlich an. Keiner von euch muss einen weiten Weg zurücklegen. Die Treppenstufen werden euch bestimmt nicht außer Atem bringen."

„Du hältst jetzt besser die Klappe. Deine Beliebtheit in Potterchen beschränkt sich lediglich auf die wenigen Frauen, die dich noch nicht durchschaut haben."

„Ja und? Sieh du nur zu, dass du noch lange in deinem Amt als Bürgermeister bleibst."

„Damit ich dir alle deine Wünsche erfülle?"

„Deine Selbstlosigkeit treibt mir die Tränen ins Gesicht."

„Besser nicht." Ernest grinste. „Könnte schmerzen."

„Du hast mir immer noch nicht gesagt, warum du hier bist?"

„Was wurde auf der Baustelle gefunden, das einen so großen Einsatz unserer Polizei nötig macht?", fragte der Bürgermeister endlich.

„Ja, weißt du es noch nicht?", gab Pascal mit seinem unverschämten Grinsen zurück.

„Würde ich dich sonst fragen?"

„Kinderknochen." Pascal wollte in den Stall gehen, doch sein Schwiegervater hielt ihn auf. „Wie bitte? Was hast du gesagt?"

„Kinderknochen wurden gefunden", wiederholte Pascal gelangweilt.

„Merkst du nicht, wovon du da redest?" Panik mischte sich in die Stimme des Bürgermeisters.

Pascal war über den Tonfall seines Schwiegervaters so erstaunt, dass er stehen blieb und dem Mann ins Gesicht schaute.

„Kinderknochen. Schlimmer kann es für uns nicht kommen", sprach Ernest weiter, als er sich der Aufmerksamkeit seines Gegenübers sicher sein konnte. „Dieser Fund steht unseren Plänen im Weg."

„Deinen Plänen", korrigierte Pascal.

„Tu nicht so scheinheilig", parierte der Bürgermeister. „Das Geld, das ich verdiene, kommt dir auch nicht ungelegen. Schau dich doch mal um!" Seine Armbewegung umfasste die Reitanlage, die aus einem Pferdestall, einer Reithalle, einem Heuschober und einem Reitplatz bestand. „Wem verdankst du das alles? Bestimmt nicht den paar Stunden, die du als Schreiber auf der Mairie verbringst."

„Ich habe dich nicht darum gebeten."

„Nein. Dafür hast du andere Mittel und Wege", gab der Bürgermeister sauertöpfisch zurück. „Hatte ich eine Wahl?"

„Wenn du glaubst, dass ich vor Dankbarkeit auf den Acker laufe und auskundschafte, was dort los ist, bist du auf dem Holzweg."

„Es hat nichts mit Dankbarkeit zu tun, wenn man zu schätzen weiß, was man bekommt."

Pascal schluckte.

„Wie kommt das Kinderskelett an diesen Ort?"

„Keine Ahnung."

„Bist du dir ganz sicher, dass du in diesem Fall wirklich so ahnungslos bist, wie du hier gerade behauptest?" Das Gesicht des Bürgermeisters rötete sich.

„Lass die Unterstellungen!", drohte der Jüngere der beiden. „Wer im Glashaus sitzt…"

Sie hörten einen Automotor und verstummten.

Ein alter Citroen Berlingo kam mit überhöhter Geschwindigkeit um die Kurve. Direkt vor den beiden Männern bremste er ab, wobei das Fahrzeug ins Schlingern geriet. Marc Desmartin stieg aus und brüllte zur Begrüßung: „Gut, dass ich euch beide hier antreffe."

„Was gibt es, Marc?", fragte der Bürgermeister, wobei er seinen Ärger über die Störung unterdrückte.

„Hast du schon erfahren, was auf der Baustelle los ist?", stellte der große hagere Mann eine Gegenfrage und antwortete gleich selbst: „Es wurden Knochen von Kindern gefunden."

„So viel wissen wir auch schon."

„Aber ihr wisst nicht, dass der Commandant den Sohn von Philippe Laval als Verdächtigen mitgenommen hat."

Der Bürgermeister hatte Mühe, ein Grinsen zu unterdrücken.

„Sag es nur, alter Kumpel", krächzte Desmartin. „Damit hat Philippe Laval sämtliche Chancen auf das Amt des Bürgermeisters verspielt."

„Nicht so voreilig", bremste der Bürgermeister den Eifer seines Ersten Adjoint. „Gibt es schon Beweise, dass Lucien Laval der Kindermörder ist?"

„Nein. Wie auch? Sie haben die Knochen gerade erst gefunden."

„Wie kann eine Leiche innerhalb weniger Tage zu einem Skelett verwesen?" Der Bürgermeister konnte die Freude seines Informanten nicht teilen. Zweifel plagten ihn.

„Es geht hier nicht um Annabel Radek", klärte Desmartin auf. „Der Commandant vermutet, dass sie das Kind gefunden haben, welches vor zwei Jahren verschwunden ist."

Nachdem Marc Desmartin sämtliche Neuigkeiten losgeworden war, stieg er in seinen Citroen und fuhr davon.

Der Bürgermeister schaute dem Auto nach, wie es um die nächste Kurve aus seinem Sichtfeld verschwand, und stellte mit Entsetzen fest: „Schlimmer hätte es für uns nicht kommen können."

42

Tanja hörte das Handy schon, da hatte sie die schwere Eichentür noch nicht richtig geöffnet. Ihre Eile, schnell an das kleine Telefon zu gelangen, das sie dummerweise in dem Haus der Rue de la Gare hatte liegen lassen, machte das Öffnen der alten Tür nicht leichter. Unter Quietschen und Scharren legte sie einen schmalen Spalt frei, quetschte sich hindurch und sprang durch den Flur zum dudelnden Mobiltelefon. Sie hob mit der Befürchtung ab, es könnte Sabine sein, die sie wieder mit Vorwürfen überhäufen wollte.

Am Vortag hatten sie sich heftig am Handy gestritten, bis der Akku leer geworden war. Selten kam es vor, dass Tanja sich darüber freute, ein Gespräch wegen des Akkus abbrechen zu müssen.

Doch jetzt schlug ihr eine andere Stimme entgegen, die ebenfalls nicht gerade freundlich wirkte.

„Na endlich." Es war Behrendt. Er klang vorwurfsvoll. „Kann es sein, dass du uns in deinem verträumten Elsass vergessen hast?"

„Nein, habe ich nicht", wehrte sich Tanja. Sie überlegte, was sie alles zum Besten geben sollte, ohne Behrendt zu verstehen zu geben, dass nichts lief, wie es sollte. Doch da sprach er schon los: „Deine Kollegen in Saarbrücken haben Anhaltspunkte gefunden, die den Vater von Annabel Radek verdächtig machen."

„Was haben sie herausgefunden?"

„Wilhelm Radek hat gelogen, als er sagte, Sabine habe ihm Besuchsrecht bei seiner Tochter eingeräumt."

„Das macht ihn doch nicht verdächtig, an Annabels Verschwinden im Elsass beteiligt zu sein", murrte Tanja.

„Ich bin noch nicht fertig. Wilhelm Radek wurde vor kurzem mit seiner Tochter zusammen gesehen. Sabine Radek wähnte Annabel bei einer Freundin, die wiederum mit Wilhelm Radek so gut befreundet ist, dass sie mit dem Kind bei ihm vorbeigefahren ist."

„Wer ist die Freundin?"

„Die Kinderbetreuerin aus der Kita in Saarbrücken."

„Habt ihr sie überprüft?"

„Klar", entgegnete Behrendt. „Dieter Portz arbeitet nicht erst seit gestern als Polizeibeamter."

„Dann bin ich ja beruhigt", konterte Tanja bissig.

„Sie hat keine Vorstrafen, geht als Erzieherin einer regelmäßigen Arbeit nach und wohnt in einer kleinen Wohnung in Saarbrücken, in der sie kein Kind vor uns verstecken könnte."

„Und was geschieht jetzt mit Wilhelm Radek?"

„Wir haben mehrfach versucht, ihn zu befragen, aber wir erreichen ihn nicht. Immer nur der Anrufbeantworter. Deshalb hat sich Dieter Portz um eine Hausdurchsuchung in dessen Weingut gekümmert. Die soll heute noch stattfinden. Er will, dass du uns bei dieser Hausdurchsuchung begleitest, weil es dein Fall ist."

Tanja dachte an ihre zerstochenen Autoreifen. Jean-Yves hatte eine Reifenfirma beauftragt, den Wagen abzuholen, um neue Reifen aufzuziehen. Allerdings war ihr Wagen noch nicht zurück. Und sie hatte keine Vorstellung, wie lange es in Frankreich dauern konnte, bis so ein Auftrag erledigt war. Hinzu kam, dass sie in Deutschland einen solchen Auftrag an eine Autowerkstatt gegeben hätte. Hier in Frankreich war auch diese Kleinigkeit anders, denn eigens dafür gab es Reifenfirmen.

„Außerdem ist hier noch eine junge Dame, die sehnsüchtig auf dich wartet."

Diese Mitteilung brachte Tanja zum Dahinschmelzen. Sie musste Lara sehen. „Okay, ich komme", lautete Tanjas Reaktion, ohne zu wissen, wie sie das anstellen sollte.

„Wohin?", donnerte ihr Jean-Yves' Bassstimme ins Ohr, kaum, dass sie aufgelegt hatte.

„Wo kommst du her?", fragte Tanja erschrocken zurück.

„Von draußen rein."

„Ich dachte, du fährst nach Saverne zur Gerichtsmedizin, um das Ergebnis von Gilbert Kriegers Überresten zu erfahren."

„Stell dir mal vor, sogar wir hier im Elsass haben Telefon", gab Jean-Yves ironisch zurück. „Ich habe dort angerufen und er fahren, dass Krieger 2,5 Promille Alkohol im Blut hatte. Der Untersuchungsrichter hat den Fall als Unfall erklärt."

„Das war niemals ein Unfall", protestierte Tanja. „Wer legt sich freiwillig in einen Buschhacker?"

„Der Mann war besoffen."

„Das war ich gestern Abend auch", gestand Tanja. „Trotzdem wäre ich nicht so doof gewesen, mich in diese Maschine zu legen und abzuwarten, wie ich aussehe, wenn ich auf der anderen Seite wieder rauskomme."

„Krieger war noch auf dem Fest geblieben und hat weiter getrunken. Und wie ich schon erwähnt habe, ist Krieger Bauer. Oder gewesen. Solche Leute interessieren sich für Maschinen wie Buschhacker. Da ist es nicht auszuschließen, dass er tatsächlich nur mal schauen wollte, wie so ein Ding funktioniert und im besoffenen Kopf hineinfiel."

„Ich kann es zwar nicht glauben, aber meine Aufgabe besteht darin, Annabel Radek zu finden. Deshalb muss ich jetzt nach Saarbrücken fahren." Tanja berichtete ihm, was sie gerade von Behrendt erfahren hatte.

Jean-Yves nickte und fügte an: „Dasselbe habe ich gerade eben auch erfahren. Die DIPJ (Kripo) in Strasbourg ist über das Ergebnis der Ermittlungen in Deutschland nämlich schon länger im Bilde. Mir scheint, dass dein Informationsfluss ein bisschen versiegt ist."

„Ich hatte mein Handy vergessen – sonst nichts."

„Und wie willst du jetzt nach Saarbrücken kommen?" Jean-Yves setzte sein schiefes Grinsen auf und wartete Tanjas Antwort ab.

„Ich nehme dein Auto."

„Auf den Versuch lasse ich es ankommen." Jean-Yves schwenkte den Autoschlüssel dicht vor Tanjas Gesicht. Sie versuchte danach zu schnappen, aber der Commandant war viel zu groß. Es war ein Leichtes für ihn, Tanja vergeblich zappeln zu lassen.

„Ich fahre mit", verkündete er.

„Das würde dir so passen."

„Auch gut. Dann fahre ich allein. Du hast ja gar keinen Schlüssel." Sein Grinsen wurde breiter.

„Hast du hier nichts zu tun?", fragte Tanja entsetzt.

„Ich muss nur auf das Ergebnis des Gerichtsmediziners warten, was seine Untersuchung der Kinderknochen ergibt. Die Zeit kann ich sinnvoller nutzen, indem ich meine Suche nach Annabel Radek auf Deutschland ausweite. Immerhin ist der Fall auch mein Fall."

43

„Ich habe es immer gewusst", schallte die zittrige Stimme des Dorfältesten über die Gleise in Richtung der abgesperrten Baustelle. „Ich habe es immer gewusst."

Madame Wolff schob ihre schweren Beine mühsam über die Dorfstraße zum ältesten Mann im Dorf. Normalerweise waren ihr solche Strapazen zuwider. Doch dieses Mal trieb sie große Sorge an. Diesen Alten durfte man nicht unterschätzen. Er redete viel, um nicht zu sagen, dass er allein es fertigbringen konnte, sie alle um Kopf und Kragen zu reden. Sie musste rechtzeitig zur Stelle sein, bevor die Polizei bemerkte, was er zu erzählen hatte.

„Diese Kinderknochen sind für mich keine Überraschung", plapperte er munter weiter.

Madame Wolff erreichte die letzten Häuser in der Rue de la Gare. Sie musste stehen bleiben und verschnaufen. Soviel Anstrengung hatte sie in den letzten fünf Jahren nicht auf sich genommen. René Pfaffenkopf riss die alte Haustür seines Bauernhauses auf, das dicht neben dem kleinen Bahnhof stand, und rief, dass es durch die ganze Dorfstraße schallte: „Madame Wolff. Was tust du hier?"

Statt einer Antwort wies die alte Frau mit ihrem schwarzen Gehstock in Richtung Lotissement, wo der Dorfälteste stand und seine Prophezeiungen ausstieß. Mit schnellen Schritten steuerte René den Mann an. Dabei flatterte seine grüne Schürze vor seinen Beinen, was ihn nicht im Geringsten störte. Als er sich breitbeinig vor den Alten postierte, stieß zu seiner Überraschung dessen ebenso alter Hund ein lautes „Wuff" aus.

„Golo, sei ruhig", ermahnte der Alte.

Erst jetzt sah er Bernard Meyer, der hinter dem Dorfältesten stand und die Einsturzlöcher im Boden genauer betrachtete. Fröhlich winkte er und rief: „Habt ihr gehört, was hier passiert ist?"

„Bernard, altes Haus, wie konnte ich annehmen, dass in unserem Dorf irgendetwas deinen scharfen Augen entgeht?", knurrte Pfaffenkopf.

„Ey joo", reagierte Bernard darauf mit seinem obligatorischen Lachen und fügte an: „Wann war hier mal so viel los? Seit dem Krieg nicht mehr."

Ohne dieses Geplänkel zu beachten, begann der Dorfälteste hastig zu sprechen: „Was habe ich euch gesagt? Jede Heimlichkeit kommt irgendwann einmal heraus."

„Du sollst nicht solchen Mist verzapfen", erwiderte Pfaffenkopf. „Hier im Dorf herrscht schon genug Gerede." Mit einem bösen Blick auf Bernard fügte er an: „Und schon gar nicht, wenn Bernard dabei ist."

„Das ist kein Gerede", widersprach der Alte. „Schon meine Eltern haben davon gesprochen, dass es in dem Kloster nicht mit rechten Dingen zugeht."

„Wie kommst du jetzt darauf, über das Kloster zu schwadronieren?" Pfaffenkopfs Geduldsfaden begann zu reißen. „Wir interessieren uns nicht dafür, was in diesem Kloster vor sechzig Jahren passiert ist."

„Du solltest ihm mal zuhören", schlug Bernard vor.

„Du solltest dich raushalten", gab Pfaffenkopf zurück. „Setz' du dich lieber auf deinen Hintern und unterschreib' den Kaufvertrag für deinen nutzlosen Schuppen."

„Papperlapapp. Bernhard unterschreibt den Vertrag sowieso", mischte sich Madame Wolff ein, der es endlich gelungen war, die Männer einzuholen. „Doch jetzt will ich zuerst erfahren, wie es möglich ist, dass auf der Baustelle ein Kinderskelett auftaucht?"

„Für das Lotissement habe ich dem Maire mein Land überlassen, weil er mir versichert hat, dass der Acker viel mehr wert sein wird, sobald er bebaut worden ist", murmelte Pfaffenkopf.

„Du nicht allein" bestätigte Madame Wolff. „Wir alle haben ihm unser Land gegeben. Oder was glaubst du, wo er so viel Land plötzlich herhat?"

Pfaffenkopf zuckte mit den Schultern. „Dann können wir nur abwarten, was das Labor über die Knochen herausfindet. Wenn es wirklich das Mädchen ist, das vor zwei Jahren hier verschwand, sind unser Land und unser Geld verloren."

„Mit dem deutschen Kind hat das nichts zu tun", kam es vom Dorfältesten.

„Woher willst du alter Narr das wissen?"

„Schon zellemols hieß es, die Nonnen hätten nicht so keusch gelebt, wie es der katholische Glaube verlangt."

„Ja, und? Wenn vor sechzig Jahre eine Nonne unzüchtig war, hilft das dem Bürgermeister heute nicht weiter."

„Oh doch." Der Dorfälteste tat geheimnisvoll. „Meine Eltern hatten immer gerätselt, wie die Nonnen ihre Sünden geheim halten konnten. Jetzt wissen wir es. Sie haben ihre Babys getötet und im Keller vergraben."

Pfaffenkopf verschlug es die Sprache. Sogar Madame Wolff wusste nichts darauf zu sagen. Bernard grinste.

Nervös rieb sich der massige Mann seine Hände an seiner grünen Schürze ab und erklärte: „Es wurde ein Kinderskelett gefunden. Nur eins."

„Wartet ab!" Der Alte hob seinen von Gicht gekrümmten Finger in die Höhe. „Die Bauarbeiter werden noch mehr davon finden."

„Dann sollen sie sich beeilen", schaltete sich Madame Wolff ein. „Wenn es wirklich Kinderskelette von vor sechzig Jahren sind, haben wir nichts zu befürchten."

„C'est vrais." Pfaffenkopf lachte erleichtert auf. „Damit hätten wir ein Problem weniger."

„Dann kommt Lucien Laval wieder frei", gab Bernard grinsend zum Besten.

„Merde", murrte Pfaffenkopf. „Nur mit der Verhaftung dieses Hallodris wäre Philippe Laval als Bürgermeister aus dem Rennen."

„Sollte es sich bei dem Skelett aber doch um das deutsche Mädchen handeln, ist unser Maire am Ende", hielt Bernard dagegen. „Dann ist es egal, wer dafür verhaftet wird."

„Also bleiben nur zwei Möglichkeiten: entweder Wahlkampf zwischen Ernest Leibfried und Philippe Laval, oder neue Kandidaten", schlussfolgerte Pfaffenkopf widerstrebend.

„Wer käme da noch in Frage?" Madame Wolff zeigte ihre Zweifel deutlich.

„Du", stießen alle gleichzeitig aus und zeigten auf die alte Frau.

44

Tanja fühlte sich nicht wohl, als sie in Commandant Vallaux'
Begleitung das Landeskriminalamt in Saarbrücken betrat. Wie
würden ihre Kollegen diese Geste auffassen? Würden sie ihrer
Erklärung glauben, dass sie keine andere Wahl hatte? Ihr Auto
stand in Sarre-Union bei einer Reifenfirma. Doch leider waren
ihre Reifen dort nicht vorrätig, weil es in Frankreich die Auto-
marke Dacia und im Speziellen den Dacia Duster viel zu selten
gab. Aus dem Augenwinkel bemerkte sie, wie Jean-Yves sie beobachtete. Er amüsierte sich prächtig. Fast schien es, als könnte
er ihre Gedanken erraten.

Aus der dritten Etage schlug ihnen Stimmengewirr entgegen.
Zu Tanjas Pech hörte es sich so an, als seien sämtliche Kollegen
anwesend und warteten auf sie. Sie atmete tief durch, öffnete
die Tür und betrat den Flur.

Niemand da. Nanu?

Begleitet von Jean-Yves steuerte sie Dieter Portz' Büro an,
klopfte und trat ein.

Portz stand hinter seinem Schreibtisch. Neben ihm verharrten
sämtliche Kollegen der Abteilung. Sogar Kriminalrat Heinrich
Behrendt. Tanja spürte, wie ihr Gesicht zu glühen begann

„Das sind Hauptkommissar Portz und Kriminalrat Behrendt."
Sie zeigte auf die beiden Männer.

Jean-Yves streckte jedem die Hand entgegen.

„Ich bin von Strasbourg informiert worden, dass Sie die Hausdurchsuchung begleiten werden", erklärte Portz und reichte
Tanja den Durchsuchungsbeschluss. „Eine Mannschaft ist schon
zusammengestellt und wartet auf ihren Einsatz. Heinrich Behrendt wird mitfahren und alles überwachen."

Tanja brachte nur ein Nicken zustande. Ihre Stimme wollte
nicht wie sie. Ausgerechnet ihren Stiefvater bei dieser Aktion
dabeizuhaben, übertraf ihre Vorstellungen. Deshalb sagte sie
lieber gar nichts. Ihr Teamkollege Milan beobachtete sie von der
Seite. Zu ihrem Glück unterließ er es, Grimassen zu schneiden.

Seine Miene wirkte todernst. Schnell nahm sie das Schreiben, das Portz ihr entgegenhielt, und eilte aus dem Büro – so geschwind, dass Jean-Yves und Behrendt Mühe hatten, ihr zu folgen. Im Hof stand ein ganzes Team vor einem Konvoi bestehend aus mehreren silbernen Audis A6 bereit und wartete.

Jean-Yves bot an, Tanja Gestier und Heinrich Behrendt in seinem französischen Dienstwagen zu chauffieren, was sie auch gerne annahmen, da die anderen Wagen bereits alle besetzt waren.

Die Fahrt ging los. Tanja saß im Fond des Wagens. Heinrich Behrendt machte es sich auf dem Beifahrersitz bequem. Auf der Autobahn A620 schien es Tanja, als flögen sie an den anderen Verkehrsteilnehmern vorbei. Manchmal sah sie einen silbern glänzenden Audi vor dem Peugeot 607, dann wieder im Rückspiegel.

„Was wird das hier?", fragte sie, nachdem sie Wallerfangen bereits passiert hatten. „Ein Wettstreit, welches Land den besseren Dienstwagen hat?"

Jean-Yves' Grinsen war Antwort genug.

„Fahr vernünftig! Hier befinden wir uns auf der deutschen Seite und unsere Rollen haben sich vertauscht – hier bin ich zuständig. Vergiss das nicht."

„Oui, mon patron", lautete Jean-Yves' Reaktion. Nicht den geringsten Groll in seiner Stimme. Dafür in Tanjas Kopf umso mehr. Sie versuchte, sich innerlich zu beruhigen. Ihre Adrenalinproduktion lief ohnehin auf Hochtouren, seit sie ihren französischen Kollegen mit nach Saarbrücken gebracht hatte.

Sie verließen die Autobahn und passierten die Weingärten, die das gesamte Landschaftsbild der Weingegend mit ihrer strikten, regelmäßigen Anordnung bestimmten. Schon bald erreichten sie Perl-Sehndorf und Wilhelm Radeks Weingut. Auf ihr Klingeln öffnete der Winzer arglos. Doch als er die ganze Polizeimannschaft sah, wurde er unter seiner gebräunten Gesichtsfarbe blass.

„Was soll das bedeuten?", fragte er.

Tanja hielt ihm den Beschluss vor die Nase und trat gleichzeitig ein. Der Raum sah immer noch so aus, wie sie ihn beim letzten Besuch vorgefunden hatte. Eine kleine Theke voller Weinflaschen, rustikale Tische und Stühle, nur keine Gäste.

„Wonach suchen Sie?"

„Nach Annabel", antwortete Tanja.

„Wenn sie hier wäre, hätte ich Ihnen das gesagt."

„Ach ja?" Tanja atmete tief durch. „Sie haben mich belogen, als ich das erste Mal hier war. Sie haben mir vorgemacht, Sie hätten Besuchsrecht bei ihrer Tochter. Dem ist nicht so. Außerdem haben Sie behauptet, Ihre Tochter schon lange nicht mehr gesehen zu haben. Viel zu lange lauteten Ihre Worte. Aber inzwischen wir haben etwas anderes erfahren."

Zerknirscht setzte sich Wilhelm Radek auf einen der Hocker vor seiner blank polierten Theke. „Das war falsch, das gebe ich zu. Aber Sie glauben ja gar nicht, wie schwer es für mich ist, dass ich mein Kind nur ab und zu mal sehen darf. Für mich war es einfach nur viel zu lange her. Ich liebe Annabel, ganz egal, was meine Ex-Frau Ihnen gesagt hat. Deshalb kommt es mir immer viel zu lange vor, bis mein Kind mich wieder besuchen darf."

Die Polizeibeamten schwärmten aus wie die Bienen, um mit der Suche zu beginnen. Sie ließen Tanja Gestier, Heinrich Behrendt und Jean-Yves Vallaux allein mit dem Winzer in der Stube zurück. Kurze Zeit verharrten die drei in Schweigen, lauschten den Geräuschen der Kollegen, bis Wilhelm Radek fragte: „Darf ich Ihnen von meinem Wein einschenken? Ich habe einen guten Auxerrois. Den darf man sich nicht entgehen lassen."

Behrendt und Tanja lehnten dankend ab mit der Begründung, dass sie im Dienst seien.

„Auf Ihren saarländischen Wein bin ich sehr gespannt", meldete sich jedoch Jean-Yves zu Wort.

„Wo kommen Sie denn her?", fragte Wilhelm Radek, als er den französischen Dialekt hörte.

„Aus Saverne."

„Oh. Dann können Sie mal ein echtes Weinwunder erleben. Ihr Franzosen meint ja, ihr hättet den Wein erfunden. Dabei sind wir besser."

Er schenkte Jean-Yves und sich selbst ein Glas ein. Beide Männer tranken, legten dabei konzentrierte Mienen auf, schlürften und gaben wie echte Weinkenner sonstige unappetitliche Töne von sich, bis Jean-Yves sagte: „Dieser Wein schmeckt cremig. Ihm fehlt die Säure."

Niemand sah es kommen. Die Faust landete in Sekundenschnelle in Jean-Yves' Gesicht. Der große Mann flog mit voller Wucht zwischen Tische und Stühle, riss die schweren Möbelstücke mit sich, bis er schließlich auf dem Boden landete. Schon eine Sekunde später hatten Behrendt und Tanja den Winzer überwältigt und ihm Handschellen angelegt.

Jean-Yves rappelte sich mühsam vom Boden hoch, wobei er mehrere Stühle anheben musste, die auf ihm gelandet waren, und rief: „Mais, non. Dieser Monsieur hat vollkommen recht, wenn er seinen Wein verteidigt."

Tanja staunte. Behrendt auch.

„Doch, doch. Macht ihn wieder frei. Ich bestehe darauf."

Sie öffnete die Handschellen.

Wilhelm Radeks Kopf war hochrot angelaufen. Doch nach Jean-Yves' großzügiger Geste schlich sich ein verschmitztes Lachen in sein Gesicht. „Ich glaube, dieser Franzose könnte mir noch glatt sympathisch werden."

„Haben Sie noch einen anderen Wein, den ich probieren dürfte?", fragte Jean-Yves.

„Aber sicher. Hier habe ich einen Grauen Burgunder. Auch eine Sorte, auf die ich besonders stolz bin."

Jean-Yves rieb sich über sein Kinn und grinste. „Ich werde meine Meinung ab sofort etwas zurückhaltender vorbringen."

„Dann werde ich auch zurückhaltender reagieren."

Die beiden Männer lachten, als seien sie alte Kumpel.

Wieder schmatzten sie wie echte Profis, bis Jean-Yves erklärte: „Der schmeckt besser – nicht nur, weil ich die nächste Faust im Gesicht befürchte. Er ist besonders fruchtig mit solider Säure. Dabei schätze ich seinen Alkoholgehalt weniger hoch ein."

„Richtig." Wilhelm Radek strahlte. „Also können wir von dem noch einen trinken."

Heinrich Behrendt räusperte sich. Als alle ihn anschauten verkündete er: „Wir sind nicht zum Vergnügen hier. Wir werden jetzt nachsehen, ob unsere Leute etwas gefunden haben."

Das war das Stichwort. Sofort verließen sie die rustikale Weinstube und folgten Wilhelm Radek in seinen Weinkeller, wo ihnen der Anblick von Weinfässern in glänzendem Edelstahl offenbart wurde. Die Polizeibeamten waren in jedem Winkel zu sehen. Selbst auf die Fässer kletterten sie, in der Hoffnung, von oben einen Blick hineinwerfen zu können. Aber die Fässer waren verschlossen. Schläuche führten an eine zentrale Leitung, in die die Gase aus der Gärung entwichen. Wieder andere Beamte krochen durch einen altertümlich wirkenden Gewölbekeller, in dem Eichenholzfässer für Barriquereifung lagerten. Aber von einem Kind fanden sie nicht den Ansatz einer Spur. Ergebnislos beendeten sie die Suche.

Als Tanja, Behrendt und Jean-Yves in den französischen Dienstwagen einstiegen, hatte sich die Sonne verzogen. Düster und neblig wirkte der Tag. Langsam fuhren sie los. Während sich Tanja und Behrendt im Wagen über die Ergebnisse der Ermittlungen unterhielten, steuerte Jean-Yves in einem ruhigen Tempo den großen Wagen. Irgendwann bremste er ab. Tanja und Behrendt schauten fragend auf, woraufhin Jean-Yves erklärte: „Ich habe mich verfahren."

Sie stiegen aus und schauten sich um. Die Wingerten verliefen talwärts auf eine Schneise zu, die kleine Dörfer zierten. Nur verschwommen waren sie im Nebel auszumachen. Dahinter stiegen bewaldete Hügel an. Behrendt las die Aufschrift auf einem Schild und erinnerte sich. "Ich weiß, wo wir sind."

„Und wo?"

„Wir sind hier am Perler Hasenberg. Das ist ein sogenanntes Dreiländereck. Die Weinberge direkt vor uns sind deutsch, die Dörfer dahinter sind Apach und Sierch aus Lothringen. Und rechts sehen wir auf das luxemburgische Schengen. Eine Aufteilung der Länder, die nach Napoléons Niederlage im Wiener Kongress beschlossen wurde."

„Das ist interessant. Aber wie finden wir den Heimweg?" Diese Frage interessierte Tanja viel mehr. „Ich habe Hunger. Der Tag war lang und ergebnislos. Jetzt wäre mir etwas Essbares lieber als Geschichtsunterricht."

Gern hätte Jean-Yves noch mehr von Behrendt erfahren. Aber er gab Tanjas Drängen nach, stieg wieder ins Auto, startete den Motor und fuhr los.

Dieses Mal erreichten sie Perl.

An der Hauptstraße passierten sie ein Hotel-Restaurant mit dem Namen „Hammes". Tanjas Augen wurden immer größer, was Jean-Yves im Rückspiegel nicht entging.

„Es wäre schändlich, wenn wir der charmanten Dame ihren Wunsch nach einem guten Abendessen ausschlagen würden", beschloss er und parkte direkt vor dem großen Haus.

Behrendt schmunzelte und meinte: „Gegen ein gutes Essen habe ich auch nichts einzuwenden."

Zufrieden registrierte Tanja, dass diese beiden Männer sich ebenfalls schnell einig waren. Es schien fast so, als würde Jean-Yves besser zu ihren Kollegen in Deutschland passen, als sie erwartet hätte. Essen und Trinken hielten nun mal Leib und Seele zusammen – im Saarland wie in Frankreich.

Das Restaurant war in dezentem Rosa gehalten. Gedämpfte Stimmen erfüllten den großen Raum. Eine Kellnerin wies ihnen einen separaten Platz in der hinteren Ecke zu. Dort ließen sie sich mit Filet vom Steinbutt im Garnelensoße, gebratenen Schweinemedaillons auf frischen Champignons und Château-briand rosa gebraten mit Kräuterbutter und Kresse sowie einer Gemüseplatte und gebratenen Kartoffeln verwöhnen. Eine Weile waren sie in das gute Essen vertieft, was ihnen das trügerische Gefühl vermittelte, die Welt sei in Ordnung. Doch als sie hinterher über die Ergebnisse der Untersuchungen in Deutschland und in Frankreich sprachen, spürten sie es mit aller Heftigkeit: Trotz größter Bemühungen aus zwei Ländern waren sie Annabel Radek noch keinen Schritt nähergekommen. Es gab noch nicht einmal eine Spur von ihr.

Für Tanja bedeutete das, weiter in Potterchen ermitteln zu müssen, was nur einer in dieser kleinen Tafelrunde mit Freude zur Kenntnis nahm: Jean-Yves Vallaux.

45

François hatte Angst. Ziellos rannte er über die Felder, die ihm so vertraut waren wie seine Westentasche. Aber zur Ruhe kam er nicht. Seine Schritte waren stockend, sein Mund in ständiger Bewegung. Komische Sachen passierten in Potterchen. Geister flatterten durch die Luft. Geister von Kindern. Er konnte sie sehen, es aber nicht verstehen. Seine Fleurette war doch kein Geist. Warum tauchten dann tote Kinder auf? Es dauerte eine Weile, bis er den Entschluss fasste, zu seiner Ruine zu gehen. Jetzt musste er es wissen. Er musste nachsehen. Und das ging nur zwischen den alten Mauern. Er schaute sich um, passte auf, dass ihn niemand verfolgte. Niemand durfte wissen, wo sein Heiligstes lag.

Auf den weitläufigen Feldern war er ganz allein.

Der alte Bau kam in Sicht. François spürte sein Herz schneller schlagen. Dort sollte etwas anderes hin gebaut werden. Das machte ihn traurig. Und das sollte schon bald passieren. Viel Zeit blieb ihm nicht mehr. Er musste nach einem neuen Versteck suchen. Am besten in der Nacht, wenn es dunkel war. Damit ihn niemand sehen konnte. Aber er hatte noch keinen Ort gefunden, der dafür in Frage käme. Er überquerte die Schienen und ging auf das alte Gemäuer zu.

Plötzlich hörte er ein Geräusch.

Abrupt blieb er stehen, drückte sich fest an die brüchige Wand der Ruine, als könnte er damit verschmelzen. Nach wenigen ereignislosen Sekunden setzte er seinen Weg zum Eingang fort. In der Mitte der beschädigten Hausfront klaffte ein großes Loch. Die Tür fehlte noch nicht lange. Irgendwer hatte sie einfach entfernt. François lauschte. Er hörte wieder etwas. Es klang, als würde jemand etwas über den Boden ziehen. Er kauerte sich in das halbhohe Gras und versuchte durch einen Mauerriss etwas im Innern zu erkennen. Tatsächlich. Da ging jemand. Er hielt sich gebückt. Er zog etwas hinter sich her. François fürchtete sich. Hoffentlich hatte niemand sein Geheimversteck gefunden.

Das wäre schrecklich. Er schaute wieder durch die Mauerritze. Niemand da. Alles leer. Er kroch zurück zum Eingang und wagte einen Blick hinein. Leer.

Also konnte er hineingehen und nachsehen. Vielleicht hatte der gebückte Mann etwas anderes herausgetragen, überlegte François. Aber genau würde er das nur wissen, wenn er nachsah.

Hastig lehnte er die morsche alte Holzleiter an den Platz, an dem sie sonst immer stand, kletterte nach oben auf den hölzernen Boden der Zwischenetage und schaute sich um. Alles sah aus wie immer. Niemand war hier oben gewesen. Beruhigt steuerte er seine Ecke an und hockte sich hin. In der Dunkelheit war der lose Stein kaum von den anderen zu unterscheiden. Aber er war schon so oft hier gewesen, dass er die Stelle blind ertasten konnte. Er zog den Stein heraus. Dahinter zeigte sich eine große, klaffende Lücke.

Darin stand sie. Seine Blechdose.

Vorsichtig nahm er sie heraus, öffnete sie und erfreute sich an dem Funkeln. Eine silberne Kette. Der Anhänger bestand aus vielen Einzelteilen, die komisch aussahen. Dafür glänzten sie wundervoll. Er hob sie in die Höhe und berührte jedes kleine Stück einzeln. Als Nächstes zog er ein Armband heraus. Es bestand aus rosa Steinen. Bunte Blumen zierten den Rand. Viele schöne Blumen.

„Fleur-ette", stammelte er. „Fleur-ette. Belle. Fleur-ette."

Ein Lichtstrahl stahl sich durch die Mauern und fiel direkt auf die Schmuckstücke. Ein silberner Kranz umgab seine Handflächen, auf denen die Kette und das Armband lagen. Wie ein Heiligenschein. Vor Staunen blieb sein Mund offen. „Oh", brachte er heraus. „Fleur-ette. Ich komme."

Er legte den Schmuck in die Blechdose zurück, die Dose in die Mauernische, die er mit dem Stein verstellte, sodass nichts mehr von seinem Versteck zu sehen war. Trotz Handschuhe froren seine Finger. Er rieb die Hände aneinander, um sie aufzuwärmen, aber das half nicht. Vorsichtig näherte er sich dem Rand des Bodens, um zur Leiter zu gelangen, da sah er es.

Eine Gestalt schob sich von der anderen Seite, die normalerweise zugenagelt war, an den Brettern vorbei ins Innere der Ruine.

François blieb vor Schreck bewegungslos liegen und schloss die Augen. Er hörte Schritte. Dann hörte er Schaben und Knarren. Während er mit dem Gesicht im Dreck lag, lauschte er angestrengt.

Lange hörte er nichts.

Er wartete, bis er es nicht mehr aushielt.

Er hob den Kopf, riss die Augen auf und blickte direkt in das Gesicht des Bürgermeisters.

Etwas Nasses kroch über ihr Gesicht.

Vor Entsetzen schrie sie auf. Ihr Schrei schmerzte in ihren Ohren. Sie hielt sie zu, aber der Schmerz blieb. Ihr Gesicht fühlte sich immer noch nass an. Sie löste ihre verkrampften Hände von den Ohren und tastete nach ihrer Nase. Wasser.

Sie leckte mit der Zunge, soweit sie kommen konnte. Wasser. Das Wasser fühlte sich gut an.

Wieder leckte sie daran. Dann machte es Platsch.

Sie lachte. Ein Wassertropfen war ihr direkt auf die Nase getropft. Sie reckte ihren Kopf etwas höher, damit der nächste Tropfen ihren Mund traf.

So verharrte sie und wartete.

Der nächste Tropfen fiel und landete direkt in ihrem Hals, sodass sie sich ganz entsetzlich verschluckte. Sie hustete, wobei ihre Brust und ihr Rücken schmerzten. Sie röchelte und rang nach Luft, bis sie spürte, dass sie wieder einige Meter nach unten gerutscht war.

Das Loch, das mal den Himmel gezeigt hatte, sah sie schon lange nicht mehr. Ob sie jemals wieder den Himmel sehen konnte? Tränen traten ihr in die Augen. Sie leckte sie ab. Aber sie schmeckten salzig. Das machte ihren Durst nur noch schlimmer.

Plötzlich konnte sie ihre Tränen nicht mehr aufhalten. Sie heulte und heulte, ihre Schmerzen wurden dadurch immer schlimmer, was sie dazu brachte, immer mehr zu heulen.

46

In langen Kurven erstreckte sich die breite Allee vor ihnen. Sanft wiegte sich das komfortable Auto mal nach rechts, mal nach links. Zwischen den Grenzen befanden sie sich - ein Niemandsland – oder ein Jedermannsland. Kilometer für Kilometer entfernten sie sich von Lara, von Heinrich und Hilde Behrendt. Das Ziel, das vor ihnen lag, breitete sich fächerförmig in weiten Wiesen, Feldern und Seen vor ihren Augen aus. Der Himmel war dunkelgrau. Er drückte dem neuen Tag seine ungemütliche Farbe auf.

„Du hast eine wunderbare Tochter", sprach Jean-Yves in die Stille.

„Lara ist das Beste, was mir passieren konnte", betonte Tanja nachdrücklich.

„Warum wolltest du sie von mir fernhalten?"

„Das wollte ich doch gar nicht", wehrte Tanja ab. Dabei wusste sie, dass sie log. Jean-Yves wusste es auch.

„Sie machte auf mich den Eindruck, dass sie mich mag." Jean-Yves lächelte bei der Erinnerung an das kleine Energiebündel, das in der kurzen Zeit, die sie sich gesehen hatten, so viel zu erzählen hatte. „Was ist eigentlich mit Laras Vater?"

„Er ist tot", platzte es unfreundlich aus Tanja heraus. Sofort war klar, dass sie nicht darüber sprechen wollte.

Jean-Yves schaltete das Autoradio ein, um seine Erschütterung zu verbergen. Der Empfang des saarländischen Senders Radio Salü verschlechterte sich jedoch, je weiter sie in das Innere des Elsass hineinfuhren. Keskastel, Sarre-Union, und Drulingen hatten sie schon hinter sich gelassen. Es dauerte nicht mehr lange, da führte die Zaberner Steige serpentinenartig in das Tal hinein, in dem die Stadt Saverne lag. Fachwerkhäuser gaben Tanja das Gefühl einer anderen Welt. Der Anblick gefiel ihr, vermittelte ihr schon fast ein Urlaubsfeeling. Der leicht geschwungene Bogen kurz vor der Stadteinfahrt mit der Aufschrift „Le Port d'Alsace" tat sein Übriges dazu. Tanja schmunzelte darüber: Saverne, das Tor zum Elsass.

Das Institut für Rechtsmedizin, das unter anderem auch die Forensische Anthropologie beherbergte, lag am Canal de la Marne au Rhin. Der Fluss lief um den alten Kern der Stadt in das Hafenbecken. Sein Geländer war liebevoll mit Geranien geschmückt, die ein Kutscher mit Wasser versorgte, dessen kräftiges Pferd ganz gelassen durch den dichten Verkehr marschierte. Sie parkten auf einem großen Parkplatz, der nur zur Hälfte besetzt war, und stiegen aus. Tanja folgte Jean-Yves in einen alten Bau und über mehrere Treppen bis in den dritten Stock. Einen Fahrstuhl gab es nicht.

Der Anthropologe erwartete sie schon. Wieder steckte er in einem Kittel, der ihm viel zu eng war. Aber das schien ihn nicht zu stören.

„Bonjour. Ça va?", rief der den beiden zum Gruß entgegen.

„Haben Sie schon Ergebnisse?"

Der große Mann verneigte sich charmant vor Tanja, wobei sich sein Gesicht bis zur Glatze mit Röte überzog. „Naturellement, Mademoiselle Gestier."

„Lieutenent Gestier", korrigierte Tanja grimmig.

„Oh pardon. Lieutenant Gestier." Er setzte zu seinem Bericht an: „Hier haben wir etwas äußerst Rätselhaftes." Dabei zeigte er auf viele Knochen, denen Tanja absolut nichts entnehmen konnte. „Ich habe das Skelett untersucht und bin zu dem Ergebnis gekommen, dass es nicht länger als zwei bis vier Jahre dort gelegen haben kann. Außerdem würde ich über das Kind sagen, dass es ein Mädchen ist. Es war aus dem Säuglingsalter heraus, also mindestens ein Jahr, eher würde ich sagen zwischen zwei und vier Jahren."

Tanja fühlte sich unwohl bei dem Anblick der kleinen Knochen. Unter Aufbringung all ihrer Kraft schaffte sie die Frage: „Und was ist so rätselhaft?"

„An der Fundstelle dachten wir alle, dass dem Schädel der Unterkiefer fehlt", begann der große Mann mit seinen Ausführungen. Tanja und Jean-Yves nickten. „Das ist nicht der Fall. Der Unterkiefer ist da. Aber er ist so stark unterentwickelt, dass wir ihn unter dem Oberkiefer nicht gesehen haben."

„Das Kind hatte eine Missbildung?", fragte Tanja entsetzt.

„Entweder das, oder der Unterkiefer gehört nicht zu diesem Schädel."

Tanja staunte. „Zu welchem Schädel denn? Wie viele haben Sie gefunden?"

„So viele", antwortete der große, kahlköpfige Mann, hob dabei einige Leinentücher an und legte damit mehrere Stahltische voller Knochen frei.

„Was ist das?" Tanja riss die Augen weit auf.

„Während Sie in Deutschland ermittelt haben, sind weitere Stellen an der Baustelle in Potterchen eingestürzt. Es kamen viele Knochen zutage, die nach genauer Untersuchung von mehr als zehn Kindern stammen."

Jetzt war es um Tanja geschehen. Sie eilte hinaus ins Treppenhaus, flog die Stufen in Windeseile hinunter und rannte vor die Tür in die kühle, frische Luft. Als sie sich umdrehte, stand Jean-Yves hinter ihr.

„Du solltest den Bericht des Gerichtsmediziners fertig anhören", schimpfte sie. Sie hasste es, wenn man ihre Schwächen sah.

„Du hast mir mehr Sorgen gemacht", gestand Jean-Yves. „Diesen Kindern ist nicht mehr zu helfen. Aber dir."

Damit gelang es ihm, ein Lächeln auf Tanjas blasses Gesicht zu zaubern.

„Man sagt den Franzosen nach, sie seien Charmeure", stellte sie fest. „Seit ich dich kenne, habe ich die Bestätigung dafür."

Jean-Yves lachte Tanja auf eine Weise an, die sie innerlich aufwühlte. Zum ersten Mal – seit sie mit ihm zusammenarbeitete – gestand sie sich ein, dass er ihr gefiel. Hoffentlich merkte er es nicht. „Gehen wir wieder hoch", beschloss sie hastig, um sich nicht zu verraten.

„Willst du das wirklich?"

„Ja", bestätigte Tanja wild entschlossen. „Ich will eine tatkräftige Verbindungsbeamtin abgeben."

„Das bist du. Auch wenn du angesichts dieses schrecklichen Fundes mal die Nerven verlierst."

Seine Worte lösten in Tanja gemischte Gefühle aus. Einerseits fühlte sie sich verstanden, andererseits bevormundet. Sie durfte sich keine Schwäche erlauben, die so viel Verständnis verlangte. Das verbot sie sich selbst, weil sie autark in dieses Land zum

Ermitteln gekommen war und genauso diesen Fall auch lösen wollte. Egal, welche Wendungen er noch nehmen sollte.

Wieder in dem beklemmenden Raum voller Knochen setzte der Anthropologe seinen Bericht fort, als habe die Unterbrechung gar nicht stattgefunden. Das gefiel Tanja. Er hielt sich nicht mit Nebensächlichkeiten auf.

„Diese vielen Kinderknochen liegen seit mindestens sechzig Jahren an diesem Ort."

„Sind Sie sicher?" Tanja staunte.

„Mais oui, ma belle. Ich hatte gestern sofort Proben von den Knochen entnommen und an ein Labor für Geologie geschickt. Dort wurde anhand der Ablagerungen an den Knochen der genaue Zeitraum berechnet", lautete die Erklärung. „Diese Kinder waren unterschiedlich alt. Von Neugeborenen bis zu Kleinkindern sind dabei."

„Ich habe eine Vorstellung, um welche Kinder es sich dabei handelt", schaltete sich Jean-Yves in das Gespräch ein. „An dem freien Platz vor den Gleisen stand früher einmal ein katholisches Kloster. Während des Zweiten Weltkrieges mussten die Nonnen es fluchtartig verlassen und in andere Klöster ausweichen."

„Du sagtest mir, das Krumme Elsass sei protestantisch", wandte Tanja ein. „Wie kommt dann ein Katholisches Kloster hierher?"

„Sarre-Union besteht aus Bockenheim und Nassau-Saarbrücken, das im Jahr 1705 gebaut wurde", begann Jean-Yves zu erklären. „Bockenheim gehörte früher zu Lothringen, weshalb es über eine katholische Kirche verfügt. Bis 1684 gehörte das Elsass zum Heiligen Römischen Reich Deutscher Nation. In dieser Zeit fand die Contre Reform nach Martin Luther statt, die ebenfalls Katholiken auf den Plan rief. Sie wollten Sarre-Union zurückerobern. Aber es gelang ihnen nur, Bockenheim dem Katholizismus zurückzugeben. So ergibt sich an dieser Stelle eine so genannte Insel in der Insel - falls du dich noch an den Vergleich erinnerst." Jean-Yves schaute Tanja an.

Sie fügte erklärend an: „Eine katholische Insel im protestantischen Elsass."

Jean-Yves nickte und sprach weiter: „Der andere Teil Sarre-Unions war und blieb protestantisch. Er gehört bis heute zur

Grafschaft Nassau-Sarrewerden - später Nassau-Saarbrücken. Unser Dorf Potterchen fand die erste Erwähnung im frühen achtzehnten Jahrhundert. Es hatte mit vereinzelten Fischern begonnen, die sich hier niedergelassen hatten. Deshalb bekam Potterchen lange Zeit keine Stadtrechte, sondern war Sarre-Union angegliedert. Um genau zu sein, Bockenheim. Nur zu dieser Zeit war es möglich, dass der Stadtteil Bockenheim das Grundstück hinter den Gleisen für die Errichtung eines Jesuitenklosters nutzte."

„Heißt das, Potterchen ist katholisch?"

„Nein. Als Potterchen groß genug wurde, um eine eigene Gemeinde zu bilden, schloss es sich als Filiale der evangelischen Kirchengemeinde von Keskastel an."

„Du hättest Geschichtslehrer werden können", lobte Tanja.

„Wie recht du hast." Jean-Yves nickte zufrieden. „Und du bist über das Krumme Elsass besser informiert als sämtliche Krummen Elsässer zusammen."

„Ich könnte fast darüber lachen, wäre der Anlass nicht so traurig", bekannte Tanja. „Du glaubst also, diese vielen toten Kinder stammen von katholischen Nonnen?"

Jean-Yves nickte.

„Und wie kommt das neue Kinderskelett dorthin?"

„Jemand, der von den Nonnen und ihren Geheimnissen wusste, hat vermutlich sein totes Kind an dieser Stelle entsorgt, weil er sich sicher wähnte, es würde unter den vielen anderen toten Kindern niemals auffallen."

Tanja schauderte. „Aber was bedeutet der kleine Unterkiefer?"

Jetzt war es an Médicin légiste sich wieder zu Wort zu melden: „Ich antworte Ihnen nur inoffiziell, weil ich meine Untersuchungen an dem neuen Skelett noch nicht abgeschlossen habe."

Tanja nickte ungeduldig.

„Entweder hatte das Kind eine Krankheit, die diese Missbildung hervorruft. Oder es wurden beim Transport Knochen vertauscht."

„Welche Krankheiten rufen solche Missbildungen hervor?"

„Hauptsächlich Gendefekte, die körperliche Behinderungen – manchmal auch geistige Behinderung - zur Folge haben."

„Wie Down-Syndrom?"

„Das Down-Syndrom ist nicht mit Missbildungen verbunden", stellte er Gerichtsmediziner klar. „Auf jeden Fall müssen es Veränderungen sein, die man sofort sieht."

„Ich kenne niemanden in Potterchen mit einer Missbildung", gab Jean-Yves zu.

„Aber einen geistig Behinderten", widersprach Tanja. „François."

47

Durch das Fenster seines Büros sah der Bürgermeister die Lehrerin Christelle Servais zielstrebig auf das Gebäude zugehen. Ihr Gesichtsausdruck machte ihn misstrauisch. In letzter Zeit hatte sie angefangen, Forderungen zu stellen, die er als nicht angemessen empfand. Deshalb hielt er es für sicherer, ihr vor der Tür zu begegnen, bevor sie auf seinen Schwiegersohn Pascal traf. Nebenan im Nachbarzimmer hörte er laute Stimmen, die mehr über die Stimmung in seinem Dorf verrieten, als er wissen wollte. Die vielen Menschen standen vor der Frage: Was geschah mit dem Land, das sie dem Bürgermeister als Bauland für das Lotissement gegeben haben? Da er selbst keine Antwort darauf wusste, vermied er jeglichen direkten Kontakt. Gerade in diesem Augenblick käme eine Konfrontation mit der Lehrerin unpassend.

Nichtsdestotrotz stand ihre Entschlossenheit deutlich in ihrem Gesicht. War ihre Zeitplanung einfach nur unpassend oder Strategie? Der Fund der toten Kinder galt als Malheur grave. Schlimmer hätte es nicht kommen können. Sein Plan, aus Potterchen das Beverly Hills von Sarre-Union zu machen, rückte in immer weitere Ferne. Seine Glaubwürdigkeit hing an einem seidenen Faden. Die Fortführung seines Amtes als Bürgermeister ebenfalls. Das war auf keinen Fall der richtige Zeitpunkt, sich mit Christelle über Dinge herumzustreiten die für ihn schon längst als beschlossen galten.

„Welchem Umstand verdanke ich die Ehre deines liebreizenden Besuchs?" Mit aller Freundlichkeit, die er aufbringen konnte, trat der Bürgermeister der großen blonden Frau entgegen.

„Deine gestelzten Worte kannst du dir sparen", entgegnete Christelle. „Du weißt, warum ich hier bin. Dein Enkelkind gehört in einen öffentlichen Kindergarten. Ich werde sie weiterhin abends unterrichten. Aber auf dieser Basis funktioniert das nicht. Fleurette wird immer unruhiger, um nicht zu sagen, das Kind ist hyperaktiv. Sie ist nicht ausgelastet…"

„Immer schön der Reihe nach", bremste Ernest Leibfried den Redefluss der Lehrerin. „Unser Vertrag lautet, dass Fleurette von dir zu Hause unterrichtet wird. Und zwar für ihre gesamte Ausbildung. Wenn du ein Problem damit hast, einen Vertrag einzuhalten, dann sehe ich mich gezwungen, mich nach einer anderen Lehrerin umzusehen."

„Du willst mich entlassen?" Christelles Augen blitzten böse auf. „Das würde ich mir an deiner Stelle gut überlegen."

„Willst du mir drohen?"

„Nein. Ich will dich nur warnen. Ich wohne gegenüber von deinem Haus und gehe seit zwei Jahren bei dir ein und aus. Glaubst du ernsthaft, dass ich in dieser Zeit nicht mitbekommen habe, was da läuft?"

Dem Bürgermeister verschlug es die Sprache.

„Das ganze Dorf weiß, dass der Gegenkandidat zur Bürgermeisterwahl nicht gerade deine besten Seiten hervorgekehrt hat", sprach Christelle weiter. „Deine krampfhaften Bemühungen, das Lotissement vorzuziehen, um damit die Wählerstimmen zu fangen, ging daneben."

„Dafür beginnt im Frühjahr der Bau des Ponyhotels", versicherte Ernest. „Das schafft Arbeitsplätze."

„Dafür fehlt dir aber noch was. Der morsche Altbau, das Grundstück und der stillgelegte Friedhof", zählte Christelle auf.

„Das stimmt so nicht. Das Grundstück an den Gleisen hat mir Sylvain Krieger nach dem Tod seines Vaters ohne Zögern verkauft."

48

Der Hafen von Saverne ruhte im kalten Novemberlicht. Die vorüberziehenden Wolken spiegelten sich im Wasser, sämtliche Schiffe lagen fest vertäut an ihren Liegeplätzen. Jean-Yves hielt an einer Stelle, von der aus die Sicht bis zur Zaberner Steige reichte. Bei genauem Hinsehen konnte Tanja sogar das Labor erkennen, das sie gerade verlassen hatten. Was tat Jean-Yves hier? Wollte er ihr den Hafen von Saverne zeigen?

„Ich bin hier nicht im Urlaub."

„Ich auch nicht", entgegnete Jean-Yves. „Ich wohne hier und packe nur ein paar Sachen ein, die ich nach Potterchen mitnehmen will."

Erst jetzt fiel Tanjas Blick auf das Haus hinter ihr. Es war ein modernes Haus in Zartrosa, mit beeindruckender Dachgaube über der Eingangstür, gesäumt von einem gepflegten Vorgarten, der Ziersträucher in allen Größen und Variationen aufwies.

Jean-Yves trat ein und bat Tanja, ihm zu folgen. Im Innern wurde Tanja enttäuscht. Vereinzelt sah sie Möbel, die nicht zueinander passten. Das Haus wirkte trostlos. Das große Fenster, welches fast eine ganze Seitenwand einnahm, zeigte auf den Hafen. Als sie allein im Zimmer war, schaute sie sich um. Suchend ging ihr Blick über den großen Schrank und die Wände. Sie entdeckte Fotos von einer blonden Frau. Sicherlich Jean-Yves' verstorbene Frau. Ihre Haare leuchteten wie ein Heiligenschein um ihr zartes, blasses Gesicht. Sie sah wie das jüngere Ebenbild von Christelle Servais aus, nur mit dem Unterschied, dass ihre großen Augen jeden Betrachter in einen unergründlichen See voller Traurigkeit zogen. Tanja erschauerte innerlich bei dem düsteren Anblick dieser schönen Frau. Wohin sie auch schaute, immer wieder traf sie auf diese Augen. Obwohl Jean-Yves ihr bisher nur wenig über seine verstorbene Frau erzählt hatte, ahnte sie in diesem Augenblick, dass er sich von ihr noch nicht hatte lösen können.

„Ich bin soweit", hörte sie ihn rufen. Hohl hallten seine Schritte durch die Räume. „Ich schlage vor, wir gehen in die ‚Taverne Katz' essen, bevor wir zurückfahren. Ich arbeite ungern mit leerem Magen."

Tanja willigte nur zu gern ein. Sie wollte so schnell wie möglich dieses Haus verlassen.

Sie parkten an einem Springbrunnen, der trotz herbstlichem Wetter in Betrieb war. Eine schmale Kopfsteinpflastergasse führte zwischen verträumten Fachwerkhäusern hindurch stetig bergauf. Viele Cafés waren geöffnet. Leider luden die Temperaturen nicht zur Benutzung der Terrassen ein. Leer und traurig standen Stühle und Tische dort. Dafür glänzten die Fassaden der Häuser um die Wette. In den Farben Rosa, Orange, Gelb und Braun stach jedes von dem anderen ab. Tanja konnte sich nicht satt sehen. Sie drehte sich im Kreis, um alles zu erfassen. Die Sicht reichte von ihrem Standpunkt aus bis auf die andere Seite der Stadt, hinter der sich die Zaberner Steige auftürmte. Nur noch wenige Meter durch die verträumte Zone Piétonne und Jean-Yves blieb vor einem Haus stehen, das sich mit der Vielzahl seiner Ornamente von den restlichen Häusern unterschied. Die Farben Cremeweiß und Dunkelbraun dominierten die Fassade, rahmten mit kunstvoll verschnörkelten Holzschnitzereien die Fenster ein, die aus kleinen, akzentuieren Rosetten bestanden. Von innen wirkte das Lokal wie ein Lebkuchenhaus. Alles sah verspielt aus. Tanja fühlte sich direkt wohl, wozu auch der Duft von frischgebackenen Brötchen beitrug. Ihr Magen meldete sofort Hunger an.

„Hierher werde ich meine Tochter mal mitbringen", schwärmte sie.

„Das wird Lara bestimmt gefallen", pflichtete Jean-Yves bei.

Tanja schaute ihn an und glaubte, so etwas wie fürsorgliche Gefühle an ihm zu entdecken – eine neue Seite.

„Hast du keine Kinder?"

Jean-Yves schaute Tanja lange an. Ganz plötzlich war aus dem Eisgrau seiner Augen ein warmes, dunkles Grau geworden, was seinem Blick Traurigkeit verlieh.

„Ich konnte meiner Frau dieses Glück nicht bescheren."

Tanja war über seine Offenheit überrascht. Da kam ihr die Ablenkung durch den Kellner gerade recht, weil sie nicht wusste, wie sie darauf reagieren sollte. Sie bestellten beide Enten-Choucroute, eine Spezialität des Hauses. Während sie auf das Essen warteten, ertönte Jean-Yves' Handy. Er stand auf und verließ das Lokal, um das Telefonat ungestört führen zu können. Als er zurückkehrte, hatte sich sein Gesichtsausdruck verändert.

„Der Gerichtsmediziner hat Kontakt mit dem Zahnarzt des deutschen Mädchens Daniela Morsch aufgenommen. Der kann ihm leider keinen Zahnabdruck zusenden, weil er keinen angefertigt hat. Nach den mündlichen Angaben glaubt der deutsche Zahnarzt nicht, dass es Daniela ist, weil er sich nicht an einen unterentwickelten Unterkiefer erinnern kann."

„Was heißt das für uns?"

„Wir können hoffen, dass der Gerichtsmediziner noch DNA-verwertbares Material in den Knochen findet. Nur dann bekommen wir einen endgültigen Beweis."

„Das heißt abwarten." Tanja verzog das Gesicht. „Das ist genau das, was Annabel Radek jetzt braucht." Die Verbitterung in ihrer Stimme war nicht zu überhören.

„Wir werden Lucien Laval in die Mangel nehmen", schlug Jean-Yves vor. „Wenn er das Kind dort verscharrt hat, dann weiß er auch, wer es war."

„Ich halte diesen Mann nicht für verdächtig."

„Weil er dir gefällt, oder warum?"

Tanja wich erschrocken zurück, so brüsk hatte sich seine Stimme plötzlich angehört.

Zum Glück wurde das Essen serviert. Das lenkte sie von seiner heftigen Reaktion ab. Einerseits konnte er so charmant sein, dass sie Mühe hatte, Distanz zu wahren. Andererseits strahlte er eine Härte aus, die sie verunsicherte. Wer war dieser Mann wirklich? Die vielen Widersprüche, die sie in ihm entdeckte, ließen sie an ihrer Menschenkenntnis zweifeln. Zum Glück war er nur während der Suche nach Annabel ihr Kollege. Sobald das Mädchen gefunden war, würde sie wieder nach Saarbrücken zurückkehren und sich mit den gewohnten Macken ihrer langjährigen Kollegen herumschlagen. Die kannte sie und damit konnte sie umgehen.

Während des Essens sprachen sie kein Wort miteinander. Auch auf der Rückfahrt nicht. Erst als sie Potterchen erreichten und die vielen Leute auf der Straße sahen, fand Jean-Yves seine Sprache wieder: „So viele Menschen auf einem Haufen? Das sieht nach einer Revolution aus."

Tanja erkannte den Bürgermeister, Christelle Servais und die Gemeinderatsmitglieder Mattes, Desmartin und Pfaffenkopf. Sie gestikulierten wild mit Händen und Füßen, was eindeutig nach Streit aussah.

Doch ihre Aufmerksamkeit galt vielmehr dem alten Deux-Chevaux (2CV) vor Kriegers Haus. Eine Matratze war auf dem Dach festgeschnallt. Durch die Fensterscheiben erkannte sie, dass das kleine alte Auto randvoll mit Gepäck beladen war. Sylvain Krieger trat aus dem Haus seines Vaters, zog die alte Haustür laut krachend hinter sich zu und rieb sich die Hände. Das sah nach Abschied aus.

Während Jean-Yves auf den Menschenauflauf vor der Marie zuging, ging Tanja langsam zu Sylvain und fragte: „Willst du die Kneipe deines Vaters nicht weiterführen?"

„Niemals."

„Er hat doch so sehr darauf gehofft."

„Leider vergebens." Sylvain zuckte mit seinen knochigen Schultern. „Ich habe keine Lust, meine Zeit mit Stammkunden wie François zu verbringen, der sich an einem Abend gerade mal eine Limonade bestellt und behauptet, Gold zu sehen, wenn er ins Glas hineinschaut."

„Wie kommt François darauf?"

„Keine Ahnung. Ich will es auch nicht herausfinden. Nachdem ich dem Bürgermeister das heiß begehrte Land an den Gleisen verkauft habe, liegt mir die ganze Welt zu Füßen. Was kümmern mich die Hirngespinste von François?" Trotzig schaute er auf Tanja. „Mit Paris fange ich an."

„Und dann?", hakte Tanja nach.

„London."

„Und dann?"

„Rom."

„Und dann?"

„Madrid. Wer weiß?" Sylvain lachte, aber der Schmerz stand immer noch deutlich in seinem Gesicht.

Er stieg in seine Ente und fuhr los.

Tanja schaute ihm nach, wie das Fahrzeug mit rußendem Auspuff und knatternden Motorengeräuschen in die Dorfstraße einbog und Potterchen hinter sich ließ.

49

Wie eine sich brechende Welle donnerte der Regen auf das Metalldach ihres Daihatsu Cuore. Sabine sah durch die Windschutzscheibe, wie die Straße in Sekundenschnelle unter Wasser stand. Aber sie fuhr weiter, ließ die Scheibenwischer ihres Kleinwagens auf Hochtouren laufen, um den Asphalt vom grauen Regenwasser unterscheiden zu können. Ihr Ziel galt Tanja Gestier. Was hatte ihre Freundin bisher für sie getan, um ihr Kind zu finden? Nichts. Gar nichts. Das Haus von Annabels Vater durchsuchen. Welche Zeitverschwendung. In der Zwischenzeit lag Annabel irgendwo - in einem Loch, einem Straßengraben, einer Grube - und litt Höllenqualen. Und jetzt kam auch noch der Regen dazu. Das machte alles noch viel schlimmer.

Sie unterdrückte ein Schluchzen. Wenn sie ein Heulkrampf schüttelte, konnte sie nicht weiter mit dem Auto fahren. Dabei wollte sie doch so schnell wie möglich Potterchen erreichen. Sie musste ihre Freundin Tanja daran erinnern, warum sie im Elsass war – in Sabines Haus. Fast kam es ihr so vor, als gefiele es Tanja in Potterchen so gut, dass sie keine Einwände dagegen erhob, länger an dem Fall zu arbeiten als nötig. Mit Schaudern erinnerte sich Sabine daran, wie der Commandant aus Strasbourg mit Tanja geflirtet hatte. Allein die Erinnerung daran brachte Sabine dazu, ihren Wagen an die Seite zu fahren, die Tür hastig aufzureißen und sich zu übergeben.

Den Rest der Fahrt überstand sie ohne Zwischenfälle. Immer wieder fiel ihr Blick durch den Spiegel auf den Rücksitz, auf dem der leere Kindersitz befestigt war. Ständig glaubte sie, Annabels helle Stimme zu hören. Und gleichzeitig plagte sie ihr Gewissen für jede Bitte, die sie ihrer Tochter abgeschlagen hatte. Sobald sie Annabel wieder im Arm halten konnte, würde sie ihr alle Wünsche erfüllen. Das schwor sie sich und ihrer Tochter.

Sie erreichte die Allee, die von den dicken Stämmen der Kastanienbäume gesäumt war. Nasses Laub bedeckte die schmale

Straße. Sie musste aufpassen, nicht ins Schleudern zu geraten, so rutschig war der Asphalt. Dann tauchten in dem dichten Regen die ersten Häuser auf.

Potterchen.

Nur noch eine Kurve und sie gelangte zu dem Haus, in dem ihr ganzes Unglück seinen Anfang genommen hatte. Ihre Beine waren schwer wie Blei, als sie aussteigen wollte. Es kam ihr so vor, als sträubte sich ihr Innerstes, dieses Haus noch einmal zu betreten. Ihr Puls raste, die Luft wurde knapp, als sie endlich an der alten Eichentür ankam. Doch ihre Hände zitterten so stark, dass es ihr nicht gelang, den Schlüssel ins Schloss zu stecken.

Plötzlich ging die Tür von allein auf. Tanja stand vor ihr.

„Sabine?" Ihr Staunen wirkte echt.

„Damit hast du wohl nicht gerechnet", giftete Sabine ihre Freundin an und schob sich an Tanja vorbei ins Haus. „Ich muss doch mal schauen, wie gut du es dir gehen lässt, während mein Kind da draußen Hilfe braucht."

Tanja folgte Sabine in die Küche. Von dort war das ganze Ausmaß des Platzregens zu sehen. Der Regen überflutete die Terrasse. Auf die Wellblechdächer prasselte er mit Getöse. Die Bäume bogen sich im Wind.

„Wir tun hier alles, um Annabel zu finden", rief Tanja ihrer Freundin hinterher.

„Das sehe ich. Während du hier im Trockenen sitzt, ist mein Kind da draußen, irgendwo, friert und hat Angst." Sie schaute aus dem Fenster. In der Ferne konnte sie erkennen, wie das Wasser der Saar über die Ufer stieg und langsam die Felder überflutete. „Sie könnte ertrinken."

„Dort ist Annabel nicht", erklärte Tanja. „Die französische Bereitschaftspolizei hat jeden Winkel abgesucht. Außerdem waren Hunde dabei. Hubschrauber haben alles von oben abgesucht. Sogar sämtliche Bewohner aus den Nachbardörfern Harskirchen, Bissert, Hinsingen und Willer haben bei der Suche geholfen."

„Das kann nicht sein." Sabines Augen glänzten verdächtig nass. „Mein Kind kann sich doch nicht in Luft auflösen."

„Wir geben nicht auf. Wir suchen weiter."

Sabine spürte, dass diese Worte nur leere Versprechungen waren. Wutschnaubend fragte sie: „Amüsierst du dich wenigstens gut mit dem Commandant?"

„Wie bitte?"

„Hat er deine Lara schon kennengelernt?"

„Was sollen diese Fragen? Und warum musst du jetzt von Lara sprechen?" Tanja ging im Zimmer nervös auf und ab. „Ich bin deinetwegen hiergeblieben. Die Kollegen aus Saarbrücken machen mir die Arbeit in Frankreich nicht gerade leicht. Sie waren mit meinem Entschluss nämlich gar nicht einverstanden."

„Ich breche gleich in Tränen aus. Und was soll das, das Weingut meines Ex-Mannes zu durchsuchen, während mein Kind hier im Elsass in Not ist?"

„Meine Kollegen haben Hinweise gefunden, die deinen Ex verdächtig gemacht haben", antwortete Tanja. „Wir tun nichts ohne Grund."

„Schön wär's." Sabine hatte Mühe, ihre Tränen zurückzuhalten. „Und jetzt? Sitzt du hier und wartest auf ein Wunder?"

„Wir sind auf eine neue Spur gestoßen und hoffen, dass sie dort sein könnte." Tanja wollte ihrer Freundin Mut machen, das spürte Sabine. Aber das Einzige, was Sabine empfand, war hilflose Wut. „Hoffen?", schrie sie. „Hingehen. Suchen. So soll deine Arbeit aussehen."

„Ich stehe den Fachleuten nur im Weg."

„Und wo soll das sein. Diese hoffnungsvolle neue Entdeckung?" Sabines Stimme troff vor Ironie.

„Hinter den Gleisen wurden Katakomben gefunden. Die Männer legen jeden Winkel frei. Wenn Annabel dort ist, werden sie sie finden."

„Wo ist das? Ich fahre hin." Sabine hielt ihre Autoschlüssel bereit. Doch als sie Tanjas Kopfschütteln sah, wurde sie noch wütender. „Sag mir, wo! Oder ich vergesse mich."

„Du darfst dort nicht hinfahren …"

„Scheiße!", entfuhr es Sabine, als hätte Tanja nichts gesagt. „Jetzt fällt mir wieder das steinige Gelände hinter den Gleisen sein, das ich verzweifelt nach Annabel abgesucht hatte. Das darf nicht wahr sein …"

Wie gehetzt rannte Sabine auf die Tür zu. Im gleichen Augenblick klingelte es. Blitzschnell öffnete sie.

Ein Mann in blauer Uniform stand vor ihr. Er schaute sie nur mit großen Augen an.

„Was ist? Noch nie eine verzweifelte Mutter gesehen?" Sabine konnte ihren Zorn nicht unterdrücken, wollte schon mit Fäusten auf den bestürzten Polizeibeamten losgehen. Da war es ihr sogar recht, dass Tanja sie zur Seite schob. Wie aus einer anderen Welt hörte sie den Fremden sagen: „Wir haben kein weiteres Kind dort unten gefunden. Weder tot, noch lebendig. Dafür das hier."

Sabine versuchte zu erkennen, was er Tanja in die Hand gab. Es war eine Nylontüte. Mehr sah sie nicht.

*

Sabines Auftauchen hatte Tanja zugesetzt. Die Ungewissheit, was mit Annabel geschah, musste schrecklich sein. Tanja konnte sich das Ausmaß jetzt erst richtig vorstellen. Sabine war eine strahlende Schönheit mit langen roten Haaren, grünen Augen und sportlicher Figur gewesen. Die Frau, die vor wenigen Minuten wutentbrannt weggefahren war, bestand nur noch aus Haut und Knochen, das Gesicht eingefallen, die Haare stumpf, die Augen leblos. Nichts mehr von der Sabine zu erkennen, die Tanja als lebensbejahende, hochmotivierte und stets optimistische Frau kannte. Sie war sich plötzlich nicht mehr sicher, wie sie sie nach all den Jahren ihrer Freundschaft einschätzen sollte. Sabines Vorwürfe hatten Tanja tief getroffen. Diese ernüchternde Erkenntnis durfte nicht dazu führen, dass sie die Suche nach Annabel schleifen ließ. Im Gegenteil. Umso mehr musste sie weiter ermitteln, um Sabine ihre Tochter – und damit ihr Leben – zurückzugeben.

Sie überquerte die Gleise. Der Regen prasselte heftig auf ihre Kapuze. Einen Schirm hatte sie sich gespart. Der Wind blies so heftig, dass er ihr den vermeintlichen Schutz nur um die Ohren schlagen würde. Also stapfte sie wild entschlossen in ihrem Regencape über das steinige Gelände, als sie Bewegungen aus der entgegengesetzten Richtung wahrnahm. Neugierig drehte sie sich um. Sie beobachtete, wie eine Frau einen Mann gegen seinen Willen von dem zerfallenen Mauerwerk an den Gleisen wegzerrte, das zum Ponyhotel umgebaut werden sollte. Sie ging einige Schritte auf die beiden zu, um besser sehen zu können. Es war die Frau in dem zerschlissenen Mantel. Sie bugsierte François den Weg an den Gleisen entlang auf die Dorfstraße. Ein grotesker Anblick, wie die kleine rundliche Frau den großen Mann beherrschte. Tanja erinnerte sich daran, wie sie diese Frau mit einem anderen behinderten Mann im Dorf gesehen hatte. Was hatte das zu bedeuten?

Sie zog ihre Kapuze ein wenig zurück und legte ihre Ohren frei. Sofort hörte sie eine schrille Stimme, die sich deutlich vom lauten Regengeräusch auf den Abdeckplanen abhob. Die Frau in ihrem zerschlissenen Mantel ging plötzlich wie eine Furie auf Tanja los, während sie schrie: „Dieser Matuche habe ich den Ärger zu verdanken."

„Ich verbitte mir dieses Schimpfwort. Ich bin Lieutenant Gestier", sprach Tanja streng. Sie hatte keine Ahnung, warum diese Frau so aufgebracht war.

„Sie verbieten mir gar nichts", entgegnete sie. „Ich verbiete Ihnen, sich noch einmal mit François zu unterhalten. Nur verrückte Gedanken haben Sie ihm in den Kopf gesetzt. Jetzt habe ich noch mehr Arbeit, ihn im Zaum zu halten. Das verdanke ich Ihnen."

„Sind Sie François' Mutter?", fragte Tanja, in der Hoffnung, eine vernünftige Auskunft zu bekommen.

„Nein. Die Pflegemutter. Trotzdem habe ich die Verantwortung für ihn."

Nun wusste Tanja Bescheid. Aber das entschuldigte nicht das Verhalten dieser Frau. Genauso unfreundlich entgegnete sie: „Wenn Sie als Pflegemutter Ihre Schützlinge nicht in den Griff bekommen, können Sie Ihre Arbeit nicht machen."

Ihr Blick fiel auf François. Geduckt stand er neben der kleinen Frau.Tanja erkannte ihn lediglich an seinen vorstehenden Zähnen, da er seine Kapuze tief ins Gesicht gezogen hatte. Von seinem Unterkiefer sah sie nichts. Wenn sie es sich genau überlegte, hatte sie von seinem Unterkiefer bisher noch nie viel wahrnehmen können. Unwillkürlich dachte sie an das Kinderskelett.

Die Pflegemutter ergriff François am Arm und entfernte sich mit hastigen Schritten. François hatte Mühe, bei diesem Tempo Schritt zu halten.

„Dein Typ wird gefragt", hörte Tanja eine angenehme Stimme dicht an ihrem Ohr. Sie drehte sich um und schaute in Jean-Yves' Gesicht. Er wurde von einem Gendarmen begleitet, der sie bat, ihnen zu folgen. Sie gingen zu der Fundstelle der ersten Kinderknochen. Über eine Eisenleiter kletterte sie hinunter in die Tiefe. Unter den Abdeckplanen wurde Tanja zwar nicht nass, dafür überkam sie ein klaustrophobisches Gefühl. Konnte genügend Luft durch das Nylon gelangen?

„Hier hat die Kette gelegen." Der Gendarm zeigte auf eine Stelle, die als Fundort des Schädels markiert worden war.

„Welche Kette?", fragte Jean-Yves.

Als Antwort zeigte Tanja ihm den Fund. In einer Schutzfolie lag eine Goldkette mit einem Anhänger in Form einer Blume, die der Gendarm an ihrer Haustür abgegeben hatte.

„Welche Knochen haben wir hier außer dem Schädel gefunden?", fragte Tanja.

„Atlas, Axis und ersten Wirbelkörper der Halswirbelsäule."

„Also der Hals, um den die Kette gelegt war?", überlegte Tanja laut.

„Jetzt müssen wir nur noch feststellen, wer die Kette gekauft hat, dann wissen wir, wer das Kind war." Jean-Yves klang euphorisch.

„Das muss nicht unbedingt so sein. Aber schaden tut es nicht, das herauszufinden. Ich habe inzwischen ein Foto davon gemacht und per E-Mail nach Saarbrücken geschickt", antwortete Tanja. „Meine Kollegen sind dran."

„Das ist gut. Gleichzeitig werde ich meine Kollegen in Strasbourg beauftragen."

Sie kletterten aus dem dunklen Loch und entfernten sich von der Fundstelle.

„Ich habe auch etwas herausgefunden", verkündete Jean-Yves geheimnisvoll.

„Und was?"

„Lucien Laval hat zugegeben, dass er sich mit seiner Schwägerin treffen wollte." Fragend schaute Tanja auf den Commandant, der daraufhin anfügte: „Sein Bruder würde ihn umbringen, wenn er es wüsste. Deshalb sein heroisches Märtyrergebaren."

„Das klingt für mich nach Lucien Laval." Tanja schmunzelte. „Aber einen Kindermörder sehe ich nicht in ihm."

Tanjas Blick fiel auf die Gleise. Soweit sie erkennen konnte, war fast das gesamte Lotissement zu einem klaffenden Loch geworden, das mit Nylonplanen zugedeckt wurde.

„Wie groß war das Kloster?", fragte sie.

„Es hatte die Form eines Hufeisens", erklärte der Polizist, der sie begleitete. Er zeigte ihr die ungefähren Ausmaße des Gebäudes. „Zu unserer Überraschung war der Innenhof des Klosters ebenfalls unterkellert. Deshalb hatten wir viel mehr zu tun, als ursprünglich angenommen."

„Und was ist mit dem eigentlichen Gebäude passiert, das ursprünglich mal ein Kloster war?"

„Die Steine sind nach und nach abgetragen worden. Die Leute aus Potterchen haben sich daraus ihre Häuser gebaut."

*

Tanja kehrte um zu Sabines Haus. Der Regen drückte auf ihre Stimmung. Der Anblick der grauen schmutzigen Vorderfront des alten Bauernhauses ebenso. Wie lange würde sie hier noch ermitteln müssen? Erkannte Sabine überhaupt, welches Opfer Tanja brachte? Sie war verzweifelt.

Sie steuerte die Haustür an. Jean-Yves hatte bei Christelle einen neuen Proviantkorb bestellt. Der Hunger, der sich in ihr breit machte, ließ sie hastig auf die Bank neben der Haustür zugehen, unter der die Lieferung abgestellt werden sollte. Aber dort stand nichts. Sie suchte den Platz hinter den Hecken ab. Auch nichts.

„Was suchst du?", fragte Jean-Yves, der kurz nach ihr eingetroffen war.

„Den Vorratskorb von Christelle", antwortete Tanja. „Oder hast du vergessen, bei ihr zu bestellen?"

„Nein. Ich habe bestellt."

„Und warum ist nichts hier?"

„Vielleicht sind genau die Artikel, die ich ihr aufgeschrieben habe, ausverkauft", überlegte Jean-Yves.

„Dann würde sie doch Alternativen liefern, oder?"

„Nein! Warum sollte sie das tun? Sie weiß doch nicht, was wir essen."

Tanja schüttelte den Kopf.

Sie gingen ins Haus.

„Während ich uns ein Feuer anfache, gehst du zu Christelle und kaufst etwas für uns ein", schlug Jean-Yves vor.

„Warum ich? Du hast einen besseren Draht zu ihr."

„Möchtest du das Feuer machen?"

Tanja kapitulierte. Wenn sie ein Kaminfeuer anzünden wollte, würde eher das ganze Haus brennen als die wenigen Holzscheite. Also zog sie ihr Regencape wieder über und ging durch die Dorfstraße zum schönen Haus mit seinen verspielten Giebelfenstern, die das Dach zierten. Sogar in dem trostlosen Wetter strahlte der Bau noch etwas Lebendiges aus. Der Lichtschimmer, den sie durch die Fensterscheibe sah, ließ sie hoffen, jemanden anzutreffen. Sie klingelte.

Christelle öffnete.

„Was gibt es?", fragte sie anstelle eines Grußes.

„Ich wollte meinen Proviantkorb abholen", erklärte Tanja.

„Es gibt nichts. Meine Lebensmittel sind alle." Peng. Die Tür knallte zu.Wütend klingelte Tanja wieder. Nichts geschah. Sie wiederholte, immer noch nichts. Sie drückte den Finger auf den Klingelknopf und hielt ihn dauerhaft darauf fest. Aber die Tür wurde nicht mehr geöffnet. Frustriert kehrte sie zurück. Sie berichtete Jean-Yves, was sie gerade erlebt hatte.

Der schaute sie nachdenklich an, bis er murmelte: „Vermutlich hätte ich heute Nachmittag besser meine Klappe halten sollen." Auf Tanjas verständnislosen Blick fügte er zerknirscht an: „Es ging um den Fund der Kinderskelette im Lotissement. Der Bürgermeister hat mich provoziert. Daraufhin habe ich ihm angekündigt, dass er bald mehr Zeit haben wird, als er braucht, sobald wir alle Beweise ausgewertet haben. Christelle war dabei, als ich diesen Ausraster hatte."

„Einem Commandant hätte ich mehr zugetraut."

Schuldbewusst blickte Jean-Yves Tanja an. „Vermutlich hat er Christelle dazu aufgefordert, uns nicht mehr zu beliefern, damit wir schneller verschwinden. Das hast du mir zu verdanken."

„Ich kann es nicht fassen, dass du so dämlich warst. Nur warum hört Christelle auf den Bürgermeister?"

„Weil sie von ihm abhängig ist. Du weißt doch, dass sie neben ihrem Job als Grundschullehrerin als Privat-Lehrerin das Enkelkind des Bürgermeisters unterrichtet. Und außerdem führt sie noch ein kleines Lebensmittelgeschäft. Das Gemüse pflanzt sie auf einem Stück Land an, das dem Bürgermeister gehört. Hinzu kommt, dass ihr Kundenkreis fast ausschließlich aus Potterchen kommt."

„Haben wir es hier mit der Mafia von Potterchen zu tun?"

50

Tanja erwachte mitten in der Nacht. Lautes Plätschern drang an ihr Ohr. War ein Bach in der Nähe? Oder regnete es immer noch unvermindert stark? Sie stand auf und schaute aus dem Fenster. Beides traf zu. Das kleine Rinnsal, das ihr Haus vom Nachbarhaus trennte, war zu einem reißenden Fluss angeschwollen. Und der Regen schien nicht mehr enden zu wollen. Ins Bett ging Tanja nicht mehr zurück, weil sie von beunruhigenden Träumen gequält worden war. Immer wieder sah sie François, wie er von seiner Pflegemutter aus der Ruine gezerrt wurde. Außerdem klangen ihr noch die beleidigenden Worte dieser Frau in den Ohren. Die hässliche Szene hatte vor dem zerfallenen Gebäude stattgefunden, das der Bürgermeister zum Hotel umbauen lassen wollte. Tanja ahnte etwas. François war dort bestimmt nicht zum ersten Mal. Es konnte kein Zufall sein, dass die Pflegemutter ihn genau an dieser Stelle gefunden hatte. Irgendetwas trieb den Mann häufiger dorthin.

Tanja wollte jetzt herausfinden, was.

Sie zog sich an, schlich auf leisen Sohlen die Steintreppe hinunter ins Erdgeschoss und entriegelte die Zwischentür. Im Anbau hing ihr Regencape, das sie sich überzog. Durch die alte, klapprige Scheunentür an der Rückseite des Gebäudes, ging sie hinaus, weil die Haustür zu viel Lärm veranstaltete. Mit schnellen Schritten marschierte sie auf der Dorfstraße zu den Gleisen. Es regnete ohne Unterbrechung. In dem alten Gemäuer klang es wie Donnern. Tanja versuchte das Geräusch zu ignorieren. Sie packte ihre Taschenlampe aus und leuchtete den Innenraum ab. An der Leiter verharrte Tanjas Blick. Sie stand an einer anderen Stelle. Tanja erinnerte sich genau, dass sie die Leiter für ihre Rettungsaktion von Jean-Yves an das Loch im Boden angelehnt hatte. Jetzt führte sie zu einer Zwischenetage. Das war der Hinweis, auf den Tanja gehofft hatte. Sie steuerte darauf zu und kletterte hoch.

Dort war der Boden voller Staub. Darin erkannte Tanja Spuren, die darauf hinwiesen, dass jemand erst vor kurzem hier gewesen war. Sie klopfe jede Stelle vorher ab, bevor sie auf allen Vieren weiterkroch.

Plötzlich hörte sie etwas, das eindeutig nicht zum Regengeräusch passte. Vor Schreck blieb ihr beinahe das Herz stehen. Sie griff nach ihrem Holster. Da erst bemerkte sie, dass sie ihre Waffe nicht dabei hatte. Die lag in dem Schlafzimmer, das sie vorhin ohne zu überlegen verlassen hatte. Sie duckte sich und lugte in die untere Etage. Der Eingangsbereich, durch den sie gekommen war, lag verlassen da. Stattdessen nahm Tanja eine Bewegung auf der gegenüberliegenden Seite wahr. Ein Schatten huschte durch einen Spalt, den Tanja bis jetzt nicht bemerkt hatte. Es war eine Mauerspalte - durch eine Bretterwand verdeckt. Sie wartete. Sie wusste nicht wie lange. Der Schatten kehrte nicht zurück. Nur unter Aufbringung all ihrer Energie gelang es Tanja, sich wieder ihrer Suche zu widmen. Inständig hoffte sie, dass die Person die vernünftige Entscheidung getroffen hatte, nach Hause zu gehen.

Mit ihrer Taschenlampe leuchtete sie ihre nähere Umgebung ab. Dort gab es nichts, was sie interessierte. Blieb nur noch das Mauerwerk. Auf dieser Seite gab es keine Ritze. Fest waren die Sandsteine ineinander verankert. Die Bauweise der Mauer war alt, bestimmt schon zweihundert Jahre. Sie erinnerte Tanja an Fachwerk – die gleiche Bauweise wie das Haus ihrer Freundin in der Rue de la Gare. Sie stieß auf eine Stelle, die sich von dem Rest unterschied. Die Steine schimmerten dunkler. Außerdem waren es Backsteine. Tanjas Hoffnung wuchs. Akribisch untersuchte sie jeden einzeln, bis sie einen fand, der locker saß. Neugierig leuchtete sie das Umfeld ab. Vermutlich war an der verdächtigen Stelle früher ein Fenster gewesen. Irgendwie mussten die Fenster und Türen in den Sandsteinhäusern gesichert worden sein. Tanja vermutete, dass dafür Backsteine und Mörtel verwendet worden waren. Nur warum lag dort ein einzelner Stein lose?

Jetzt oder nie.

Mit angehaltener Luft zog sie den Stein heraus. Ein kleines schwarzes Loch offenbarte sich vor ihr. Neugierig leuchtete sie hinein. Eine rostige alte Blechdose stand in der Vertiefung. Tanja musste grinsen. Hatte sie François also richtig eingeschätzt. Sie nahm die Dose heraus und öffnete sie. Darin lagen eine Kette und ein Armband. Tanja blieb fast die Luft weg, als sie aus den Buchstaben an der Silberkette ein Wort entzifferte: Daniela.

Sie steckte die Schmuckstücke in eine Nylonhülle, die sie für Fälle wie diesen immer in ihrer Jackentasche mit sich trug. Die Blechdose packte sie in eine extra Tüte und steckte sie in die Innentasche ihrer Jacke. Dort spannte sie, aber damit musste sie jetzt klarkommen. Sie lauschte. Alles war still. Niemand schien in der Nähe zu sein. Hastig kletterte sie die Leiter hinunter. Da hörte sie es laut und deutlich: Stimmen. Sie duckte sich. Aber das nützte nichts. Wenn jemand mit einer Taschenlampe hereinkam, könnte er sie sofort sehen. Schnell lief sie an der Mauer entlang zur gegenüberliegenden Seite, wo sie eben erst den Spalt entdeckt hatte. Die Stimmen wurden lauter. Tanja erschrak. Schon sah sie jemanden durch den normalen Eingang die Ruine betreten. Ohne zu überlegen, kletterte sie an dem Bretterverschlag auf der gegenüberliegenden Seite vorbei hinaus in den starken Regen. Sie zog ihre Kapuze über den Kopf. Aber damit konnte sie nichts hören. Und kaum etwas sehen, weil ihre Sicht eingeschränkt wurde. Angst kroch in ihr hoch. Was sollte sie tun? Verzweifelt machte sie einige Schritte rückwärts.

Da spürte sie es. Jemand packte sie von hinten. Die Gestalt, die durch den Mauerspalt hinausgeklettert war. Tanja erinnerte sich. Er war also noch da.

Sie setzte an, wollte schreien. Doch er packte nicht zu. Tanja stand da wie angewurzelt. Was tat derjenige hinter ihr? Nichts. Sie wagte nicht, sich umzudrehen. Der Regen drang durch ihr Cape. Alles an ihr fühlte sich nass und kalt an. Je länger sie unbeweglich ausharrte, umso mehr fror sie. Bis sie es nicht mehr aushielt.

Mit einer ruckartigen Bewegung wirbelte Tanja herum und stand vor einem mit Moos und Efeu bewachsenen Grabstein. Die Berührung hatte von den Efeuranken gestammt – nicht von einem Menschen. Wenn sie gekonnt hätte, hätte sie laut gelacht. Ein Windstoß kam auf und dicke Regentropfen prasselten auf sie herab. Sie schaute hoch. Über ihr ragten die nackten Äste einer alten Eiche in den nachtschwarzen Himmel.

Sie ging weiter, fand den nächsten Grabstein. Daneben lagen Teile von Runen schräg auf der Erde, andere wirkten unversehrt. Aus dem Augenwinkel nahm sie etwas Schwarzes wahr. Sie drehte ihren Kopf und schaute auf einen Grabstein, der fast komplett mit Wildpflanzen bedeckt war. Wieder nahm sie eine huschende Bewegung wahr. Sie schaute in die Richtung. Ihr Blick fiel auf einen Grabstein, der die Form eines Engels hatte. Das Moos darauf zeichnete sich in der verregneten Nacht pechschwarz ab. Lange ließ sie ihren Blick darauf verweilen, bis sie sich ganz sicher war, dass sich dort niemand bewegte. Vermutlich halluzinierte sie, weil sie so angespannt war.

Einen Ausgang von diesem Friedhof fand Tanja nicht. Eine hohe alte Steinmauer rahmte ihn ein. Das gusseiserne Tor am Eingang wurde durch Ketten mit Schlössern gesichert. Sie musste denselben Weg zurückgehen, den sie gekommen war. Der Gedanke, dass sich immer noch jemand in der Ruine aufhalten könnte, gruselte sie. Aber ihr blieb keine andere Wahl.

Dicht schob sie sich an der Mauer entlang zu dem verbarrikadierten Eingang. Als sie direkt daneben stand, lauschte sie. Nichts. Gar nichts. Nur Regen, der auf das alte Dach donnerte und durch die Lücken auf den Boden tropfte.

Sie zögerte. Sie fror, zitterte am ganzen Leib. Die Blechdose drückte auf ihre linke Brust. Die Jackeninnentasche war dafür zu klein. Ständig versuchte sie, den Druck zu lockern, doch es wollte ihr nicht gelingen. Also sah sie zu, dass sie umso schneller zurück zum Haus Nummer zwölf in der Rue de la Gare gelangte.

Jetzt oder nie. Egal wie. Sie musste durch die Ruine, um wieder auf die Straße zu gelangen. Oder sie verbrachte die Nacht auf dem Friedhof. Also schaute sie lieber dem Unvermeidlichen ins Auge, löste sich mit einem Ruck von der Wand und trat durch den Spalt.

Eine schwarze Kapuzengestalt versperrte ihr den Weg.

Sie war zu schwach, um noch zu weinen.

Wie lange saß sie schon da? Ohne etwas zu essen, ohne etwas zu trinken? Ihre Hose fühlte sich so eiskalt an. Ihre Beine taten weh. Manchmal schüttelte sie sich vor Kälte. Manchmal brach ihr Schweiß aus. Immer wieder fiel sie in einen komischen Schlaf. Dabei spürte sie trotzdem alles. Das war unangenehm. Warum konnte sie nicht richtig einschlafen?

Sie verzog ihr Gesicht. Sie versuchte, etwas zu rufen, aber es kam kein Ton aus ihrem Mund.

Sie wollte sich nach vorne und zurück wiegen. Aber ihr Po schmerzte. Es blieb ihr nichts anderes übrig, als eine Haltung zu finden, die nicht wehtat. Aber die gab es nicht. Alles war so kalt. Wo sie hin fasste, spürte sie kaltes Nass. Sie konnte nichts greifen, alles war glitschig. Wie sollte sie je wieder nach oben kommen? Der Kapuzenmann war bestimmt nicht mehr da. Keiner wartete so lange.

Wieder wurde es in ihrem Kopf so komisch. Es war, als drehte sich alles. Sie musste sich übergeben. Hastig beugte sie sich nach vorn. Es kam nur ganz wenig. Jetzt hatte sie auch noch Schmerzen von innen. Ihr Hals kratzte ganz entsetzlich. Sie fasste sich mit beiden Händen daran. Aber es milderte den Schmerz nicht. Sie lehnte sich zurück. Ihr Rücken fühlte sich an, als wäre dort rohes Fleisch.

Sie schloss die Augen. Da sah sie ihn. Den Kapuzenmann. Wütend schlug sie nach ihm. Nur er war schuld. Aber sie traf ihn nicht. Er stand einfach nur da und bewegte sich nicht.

51

René Pfaffenkopf zerknüllte die leere Zigarettenpackung und versuchte, sie in den Eimer neben dem Holztisch zu werfen. Er traf daneben.

„Das hebst du auf!", befahl Mattes, in dessen Küche sie saßen.

„Doucement, doucement", beschwichtigte Pfaffenkopf, quälte sich von seinem Stuhl und hob die Packung auf. „Wir sollten uns nicht streiten, dann kommen wir nämlich nicht weiter."

„Ich weiß nicht, was ihr euch erhofft", kam es murrend vom unfreiwilligen Gastgeber zurück. Er war mitten in der Nacht von Madame Wolff, René Pfaffenkopf und Marc Desmartin aus dem Bett geklingelt worden. Ihre haarsträubenden Geschichten von der deutschen Polizistin, die sich nachts wie eine Diebin an der Ruine herumschlich, ließen ihn um diese Uhrzeit kalt.

„Was kann die düttsche Frau an einer Ruine anrichten? Das Mauerwerk zum Einstürzen bringen?" Er lachte als Einziger über seinen Witz und fuhr sich durch seine widerspenstigen weißen Haare.

„Du Schafskopf verstehst mal wieder gar nichts", blaffte Madame Wolff. „Sie schnüffelt überall herum. Es könnten Dinge herauskommen, die keinen etwas angehen."

„Und was?"

„Das weißt du genauso gut wie wir."

Kurze Stille trat ein.

„Wie werden uns jetzt überlegen, womit wir die deutsche Polizistin und gleichzeitig den Commandant vertreiben können", bestimmte Desmartin und streckte seine zu lang geratenen Glieder. „Der Casanova muss nämlich ebenfalls verschwinden."

„Das wird uns nicht gelingen." Mattes schüttelte den Kopf. „Jean-Yves ist hier, um das verschwundene Kind zu finden. Und die Polizistin ebenso. Es gibt nur eine Chance, dass die beiden wieder verschwinden."

„Nun rede schon", fauchte Madame Wolff. „Welche Chance?"

„Wir finden das Kind für sie."

„Dass auf deinem Schafskopf nur Stroh wächst, ist deutlich zu erkennen. Aber dass in deinem Kopf auch nur Stroh ist, hätte ich jetzt nicht gedacht", kommentierte Pfaffenkopf diesen Ratschlag.

„Wir sollen die Arbeit der beiden machen? Dass ich nicht lache", kam es von Desmartin.

„Ich rücke euch allen die Köpfe zurecht, wenn ihr so weitermacht. Wollen wir jetzt vernünftig reden oder streiten?"

Leises Gemurmel entstand. Niemand wagte, der Madame zu widersprechen.

„Ich habe eine bessere Idee, wie wir den beiden den Aufenthalt in Potterchen vermiesen können." Madame Wolffs Augen leuchteten listig. Die Männer horchten neugierig auf.

„Erzähl, Madelaine. Deine Ideen sind immer purer Zündstoff", forderte Desmartin seine Schwiegermutter auf.

„Es ist ganz einfach", begann die Alte sichtlich geschmeichelt. „Wir müssen nur den richtigen Augenblick abpassen. Von meinem Wohnzimmer aus habe ich gute Einsicht in das Haus, das die beiden zurzeit als polizeiliche Außenstelle benutzen - offiziell." Böse grinste Madame Wolff.

„Du meinst …", setzte Mattes an und grinste.

„Genau das, du Schafskopf", konterte Madame Wolf. „Du hast deinen Kopf doch nicht nur, um die Wolle deiner Schafe darauf spazieren zu tragen."

Mit mürrischem Gesicht fuhr sich Mattes über seine Haare, sagte aber nichts dazu.

„Sie werden das Haus bestimmt nicht nur als Dienststelle benutzen, sondern auch als Liebesnest", führte Madame Wolff weiter aus.

„Wenn sie das nicht schon getan haben", fügte Pfaffenkopf an.

„Dann tun sie es wieder." Madame Wolff lachte verschlagen. „Die Gerüchteküche kocht doch schon fleißig. Die beiden können ihre Finger nicht voneinander lassen. Ihr wart doch alle dabei, als sie ihn aus Kriegers Kneipe abgeschleppt hat, als wäre sie sein altes Eheweib."

Die Männer lachten.

„Und was sollen wir tun, wenn wir sie erwischen? Mitmachen?", fragte Mattes.

Nun ging das Lachen in lautes Grölen über.

„Du Schafskopf", schimpfte Madame Wolff böse. „Wir spielen ihnen einen Streich, den sie so schnell nicht mehr vergessen werden – besser gesagt, der sie aus Potterchen verjagt."

Sie berichtete, was ihr vorschwebte.

„Wir ernennen dich zu unserem Anführer, Maman", schlug Desmartin daraufhin vor.

Madame Wolff lachte zufrieden.

52

Durch das Wohnzimmerfenster sah Tanja einen schwachen Lichtschein. Sie stoppte. Trotz starkem Regen und verschmutzter Scheibe erkannte sie dahinter alles klar und deutlich. Jean-Yves schürte den Kamin, in dem ein verlockendes Feuer brannte. Geschwind umrundete sie den alten Anbau, trat durch die Scheunentür, hängte ihr Regencape dort auf, wo es vorher gehangen hatte und betrat durch die Zwischentür das Haus, wie sie verlassen hatte. Als sie im Wohnzimmer ankam, umfing sie angenehme Wärme.

„Warum bist du um diese Uhrzeit wach?", fragte sie den Commandant, der in dem alten Sessel saß und sie stumm beobachtete.

„Ich dachte mir, dass du nach deinem Ausflug frieren könntest. Deshalb habe ich ein Feuer entfacht und einen guten Rotwein geöffnet, damit er atmen kann."

„Du bist Hellseher", stellte Tanja fest.

„Nein. Ich habe einfach nur gute Ohren und einen leichten Schlaf", entgegnete Jean-Yves. „Ich habe gehört, wie du dich aus dem Haus geschlichen hast. Was hast du mitten in der Nacht da draußen gemacht?"

Einerseits erleichtert, dass er ihr nicht gefolgt war, was ihr wie eine Bevormundung vorgekommen wäre, andererseits aber auch überrascht darüber, zog Tanja hastig ihre Jacke aus und nahm die Fundstücke heraus. Jean-Yves besah sich alles sehr lange.

Tanja berichtete ihm von dem Versteck.

Jean-Yves ging zum Wohnzimmertisch, nahm die Rotweinflasche und schenkte in zwei langstielige Gläser ein. „Ein Spätburgunder", pries er den Wein an. „Er wird dich auch von innen wärmen."

Tanja wusste, dass es nicht vernünftig war, in ihrer Verfassung Alkohol zu trinken. Aber allein der Duft des Weines betörte sie. Es war nicht nur das fruchtige Aroma, auch eine holzige Würze ging von ihm aus. Sie trank einen Schluck und fand bestätigt, was ihre Nase schon versprochen hatte. Sein Geschmack betörte Tanja. Mit Säure angereichert, mit Sauerkirscharoma vermischt, mit einer rauchigen Note durchzogen, rann er ihre Kehle hinunter und breitete in ihrem Körper angenehme Wärme aus. Sofort nahm sie noch einen Schluck. Und noch einen. Und noch einen. Das Feuer in ihrem Rücken, der Wein in ihrem Innern, besser konnte es ihr nicht ergehen.

„Wie bist du auf das Versteck gekommen?"

„François stammelte immer etwas von einem armen Mädchen und einem reichen Mädchen. Und irgendwas von Gold. Sogar Sylvain ist er damit auf die Nerven gegangen", berichtete Tanja. „Und heute habe ich beobachtet, wie seine Pflegemutter François aus der Ruine zerrte. Das sah so aus, als hätte sie genau gewusst, wo sie nach ihm suchen musste. Also war für mich klar, dass der zerfallene Bau für François mehr bedeutete."

„Aber…" Jean-Yves verschluckte sich fast an dem edlen Pinot Noir, als er die Buchstaben der Silberkette entzifferte. „Diese Kette hat Daniela Morsch gehört. Was den alten Fall betrifft, muss ich mir die Akten noch einmal durchlesen. Ich war damals nicht dafür zuständig. Deshalb kann ich mich nicht an jedes Detail erinnern."

Tanja nickte. Die Wärme übertrug sich auf ihr Gemüt. Sie fühlte sich angenehm betäubt.

„Diese Kette bedeutet, dass François möglicherweise weiß, was mit Daniela Morsch vor zwei Jahren passiert ist." Jean-Yves trank hastig von seinem Wein. „Wir müssen ihn in die Mangel nehmen. Vermutlich weiß er auch, was mit Annabel Radek passiert ist." Wieder trank er einen Schluck. „Ich hätte François niemals verdächtigt, schuld am Verschwinden der Kinder zu sein."

„Wir wissen nicht, ob er damit zu tun hat", bremste Tanja sofort den Eifer ihres Kollegen. „Er sprach immer von Gold. Unter diesen Schmuckstücken ist kein Gold. Wer weiß, ob es wirklich sein Versteck war, das ich gefunden habe."

„Das finden wir schnell heraus. Morgen bringe ich die Sachen zur Spurensicherung. Die Fingerabdrücke werden uns beweisen, dass François dahintersteckt." Er schaute Tanja an und fügte zögerlich hinzu: „Du hast doch Handschuhe getragen, oder?"

Tanja rollte mit den Augen. Sie sah nicht ein, drauf zu antworten. Stattdessen fragte sie: „Und dann? Wie wollen wir ihn befragen? Er redet nur zusammenhangloses Zeug."

„Du scheinst ihn ja zu verstehen", bemerkte Jean-Yves, schob die Schmuckstücke in der Nylontüte in seine Hosentasche und stellte die Blechdose zur Seite. Grinsend fügte er an: „Du kommst aus Deutschland und verstehst meine Landsleute besser als ich."

Das Feuer hinter ihnen knisterte laut.

Tanjas Wangen glühten, ihr ganzer Körper fühlte sich warm und angenehm schwer an. Sie stieß mit Jean-Yves an, hoch und hell erklangen die Weingläser. Sie spürte, wie sich ihre beiden Körper sanft berührten. Die Wärme steigerte sich in Hitze. Seine breiten Schultern luden sie ein, sich anzulehnen. Aus dem Augenwinkel beobachtete sie ihn, wie er neben ihr saß und seinen starken Arm um ihre Schulter legte. Eine Umarmung, die beschützend wirkte, ein Gefühl, das sie innerlich erschauern ließ. Trotzdem gelang es ihr nicht, sich gehen zu lassen, in seinen Arm zu sinken und seine Nähe einfach zu genießen.

„Was ist mit dir?" Seine Stimme klang angenehm in ihrem Ohr. „Du fühlst dich verspannt an."

Jean-Yves hatte sie durchschaut. Tanja fühlte sich ertappt. Oder fühlte sie sich endlich verstanden? Nichts sprach mehr dagegen, sich einfach gehen zu lassen. Die Rolle der Starken passte nicht zu ihr. Sie fühlte sich nicht stark. Eng schmiegte sie sich an ihn.

Jean-Yves schob Tanja von sich weg, um ihr in die Augen zu sehen. „Vertraust du mir nicht, oder warum sagst du nicht, was los war?"

„Von der alten Scheune führt ein Hinterausgang zu einem uralten Friedhof", begann Tanja zögerlich zu berichten. „Als ich Stimmen gehört habe, bin ich dorthin gegangen, um nachzusehen. Aber da war niemand."

„Nachts auf einem Friedhof herumzulaufen, stelle ich mir nicht gerade prickelnd vor. Aber als Kriminalkommissarin solltest du mit allem rechnen, wenn du dich zu einer solchen Zeit draußen aufhältst."

Darauf reagierte Tanja nicht, sondern sprach einfach weiter: „Um zurück auf die Dorfstraße zu gelangen, musste ich wieder durch die Ruine gehen. Der Eingang war durch eine provisorische Bretterwand verdeckt."

„Und weiter?"

„Ich schob die Bretter beiseite, um durchzugehen, da stand er vor mir."

„Wer?"

„Keine Ahnung. Er trug eine Kapuze. Ich konnte nur Umrisse erkennen."

Tanja rückte näher ans Feuer. Jean-Yves rückte näher an Tanja.

„Und dann?"

„Ich bin vor Schreck nach hinten gefallen. Die Bretter sind laut gegen die Mauer gekracht. Als ich mich endlich wagte, wieder nachzuschauen, war der Unbekannte weg."

„Hast du sehen können, wer unter der Kapuze steckte?"

Tanja schüttelte den Kopf.

Beschützend nahm Jean-Yves sie in seine Arme und murmelte: „Eine schöne Frau wie du sollte sich nicht in große Gefahr begeben."

Tanja spürte seine Lippen auf ihren. Der Schein des Feuers lag auf seinem Gesicht. Schwarz wölbten sich seine Augenbrauen, warfen dunkle Schatten über seine grauen Augen. Schräg zogen sich tiefe Furchen über seine breite Stirn. Bartstoppeln bedeckten sein starkes Kinn und kratzten auf Tanjas Haut. Langsam wanderten seine vollen Lippen über Tanjas Hals. Mit einer Hand hielt er sie in seinem Arm, mit der anderen öffnete er die obersten Knöpfe ihrer Bluse.

Tanja nahm ihn so fest in ihre Arme, dass er mit seiner Bewegung innehielt. Fragend schaute er sie an. Tanja erwiderte seinen Blick mit einem Hinweis auf das große Fenster, das zur Straße zeigte. Ohne Aufforderung nahm er sie in seine Arme und trug sie vorsichtig die schmale Treppe nach oben. Er betrat Tanjas Schlafzimmer, wo er sie sanft auf ihre Kissen gleiten ließ.

Tanja knöpfte sein dunkles Hemd auf, ließ ihren Blick über seine Brusthaare wandern. Jean-Yves beugte sich zu ihr hinunter, bedeckte sie mit leidenschaftlichen Küssen. Sie schlang ihre Arme um ihn, wälzte sich mit ihm in den Kissen, bis sie über ihm lag. Grinsend ergab er sich, ließ sich das Hemd ausziehen. Tanjas Hände wanderten sanft über seine breite Brust, folgten seinen schwarzen, gekräuselten Haaren, die sich unterhalb des Bauchnabels zu einem schmalen Strich verengten und in der Hose verschwanden. Sie öffnete zuerst den Knopf, dann den Reißverschluss, zog langsam daran, fuhr mit der Hand hinein und spürte Wärme und Feuchtigkeit, die sie wohlig erschauern ließ. Jean-Yves stöhnte leise, was ihre Erregung steigerte.

Plötzlich polterte es laut in der unteren Etage.

„Merde."

„Was war das?"

Hastig richteten sie ihre Kleider und lauschten an der Tür. Sie vernahmen laute Schritte, ein Krachen und das Zerbersten von Glas.

Jean-Yves entsicherte seine Waffe. Tanja tat es ihm nach.

„Ich nehme den direkten Weg über die Treppe", bestimmte Jean-Yves. „Du kletterst über das Terrassenvordach in den An-bau."

Wie auf Kommando verließen sie gleichzeitig das Schlaf-zimmer. Tanja stieg aus einem der Fenster, das zum Garten zeigte. Auf dem nassen Wellblech musste sie höllisch aufpassen, nicht auszurutschen. So schnell sie konnte kroch sie durch einen schmalen Schacht in den Anbau. Von dort aus beobachtete sie drei Männer, die wegrannten. Gleichzeitig hörte sie die Haustür zuschlagen. Sie zwängte sich durch das enge Loch, kletterte an den Mauervorsprüngen hinunter und stolperte über das Chaos am Boden hinaus auf die Straße.

Niemand zu sehen.

Sie kehrte zurück, trat auf die Zwischentür zu, die ins Hausin-nere führte. Von innen hörte sie Stöhnen. Hastig stieß sie die Tür auf und richtete ihre Waffe auf den am Boden Liegenden.

Es war Jean-Yves.

Eine dicke Beule zierte seine Stirn.

„Was war hier los?", fragte Tanja erschrocken.

„Du hast nach deinem nächtlichen Ausflug vergessen, die Zwi-schentür abzuriegeln", erklärte Jean-Yves unter Stöhnen. „So konnte hier jeder rein- und rausspazieren."

Mühsam richtete er sich auf, steckte die Waffe in seinen Hosenbund und ging in die Küche. Erschrocken riss er die Au-gen auf.

Tanja schaute in die gleiche Richtung.

Mehrere leblose Raben hingen an der Küchenlampe, an den starken Querbalken der Decke und an der Wohnzimmerlampe aufgeknüpft. Ihre Kadaver schaukelten langsam hin und her.

„Was hat das zu bedeuten?" Tanja spürte, wie Gänsehaut über ihren ganzen Körper kroch.

„Raben bedeuten nichts Gutes." Jean-Yves stieß die angehaltene Luft aus. „Und tote Raben…"

„Das Schimpfwort ‚Rabenaas' fällt mir dazu ein. So nennt man einen Menschen, wie er niederträchtiger nicht sein kann. Also die schlimmste Beleidigung, die man einem machen kann."

„Im Mittelalter fraßen Raben die Gehenkten auf. Deshalb Galgenvögel", fügte Jean-Yves an. „Außerdem galten sie als Überbringer böser Nachrichten. Ich glaube, damit wollen uns die Leute aus dem Dorf vertreiben."

„Und wer dahintersteckt, kann ich mir denken", murrte Tanja. Mit Schaudern erinnerte sie sich an ihre Begegnungen mit Madame Wolff.

„Wenn sie hier war, habe ich sie nicht gesehen", gestand Jean-Yves. „Wie kommst du gerade auf sie?"

„Sie hat mich Hexe genannt. Soweit ich mich erinnere, sitzen sogar heute noch in Schauermärchen Raben auf den Schultern von Hexen."

53

Im goldgelben Schein der Nachttischlampe sah ihr nackter Körper noch verführerischer aus. Sie räkelte sich vor Pascal Battiston in dem Bewusstsein, dass er jeden Quadratmillimeter ihrer Haut bewunderte. Hitze schoss in seine Lenden. Die Lust packte ihn zum wiederholten Mal. Sie schaffte es, ihn um den Verstand zu bringen. Inzwischen war es taghell, wie er mit einem beiläufigen Blick zum Fenster bemerkte. Das verschlechterte seine Chancen, unbemerkt aus dem Haus zu entkommen. Aber die Verlockung war zu groß.

Er beugte sich zu ihr hinunter.

Ein lautes Brummen unterbrach ihre Liebkosungen.

„Meine Mutter", zischte es zwischen den Kissen hervor. „Wie spät ist es denn?"

Er schaute auf die Uhr. Acht Uhr morgens.

„Du musst verschwinden. Wenn sie dich hier sieht, gibt es großen Ärger. Wenn sie besoffen ist, wird sie ausfallend."

Murrend zog sich Pascal Battiston an und steuerte die Zimmertür an.

„Bist du verrückt?", ertönte es hinter ihm. „Dort läufst du ihr genau in die Arme."

„Und wie soll ich herauskommen?", fragte Pascal unfreundlich.

Der Finger wies zum Fenster.

Er öffnete es. Es zeigte genau auf die Dorfstraße. Sein erster Blick fiel auf das Haus gegenüber, das zurzeit von Polizisten belagert wurde. Hatte er am großen Fenster im Erdgeschoss eine Bewegung wahrgenommen?

„Beeil dich!"

Hastig kletterte er hinaus. Direkt unterhalb des Fensters befand sich die Mauer, die das Grundstück von Kriegers Parkplatz trennte. Dadurch fiel ihm die Flucht leichter, als er befürchtet hatte. Die Mauer war breit. Mit einem Satz landete er darauf. Der nächste Sprung ging etwas tiefer, und schon stand er auf dem großen Schotterplatz vor der Dorfkneipe, der bis zur Rue de la Gare reichte. Seinen silbernen Pick Up hatte er hinter einem Holzstapel abgestellt, damit ihn niemand sehen konnte. Den steuerte er an, stieg ein und fuhr los. Sein Ziel war die Mairie. Er wollte vor dem Bürgermeister dort sein, damit der Alte keine dummen Fragen stellte.

Schon gleich nach der ersten Kurve konnte er die Mairie sehen - und noch viel mehr. Er musste einsehen, dass sein Plan, unauffällig dort aufzutauchen, gründlich vereitelt wurde. Das halbe Dorf stand dort. Warteten die etwa auf ihn? Wenn ja, dann wussten sie alle, wo er gerade herkam. Wut kochte ihn ihm hoch. Er fuhr provokant auf die Menschenmenge zu, womit er sie dazu zwang, auseinander zu springen. Grinsend über die verschreckten Gesichter rollte er weiter auf den einzigen Parkplatz, stellte seinen Wagen ab und stieg aus.

„Auf dich haben wir gewartet", ertönte eine laute Männerstimme.

„Wer seine Frau betrügt, der frisst auch kleine Kinder", kreischte eine Frauenstimme.

Schon kam der erste Stein geflogen, traf Pascal an der Stirn. Er taumelte rückwärts. Plötzlich wurde aus den vereinzelten Stimmen ein lautes Johlen und Kreischen. „Du bist schuld an dem Ärger im Dorf." Wieder ein Stein. „Du ekelst dich vor gar nichts." Der nächste Stein. „Was hast du mit den Kindern gemacht?" Die Steine kamen von allen Seiten. Pascal versuchte, sich vor dem aufgebrachten Pöbel in Sicherheit zu bringen, aber die Steine knallten zielsicher auf seinen Körper. Sein Kopf schmerzte, fühlte sich an wie Brei. Seine Beine versagten ihren Dienst. Immer wieder fiel er zu Boden, immer neue Salven trafen ihn, bis er aufgab und liegen blieb.

„Was soll das?", hörte er eine Stimme laut rufen. Es war die Stimme einer Frau.

„Misch' dich nicht ein, sonst trifft es dich genauso."

„Seit wann stehst du auf der Seite deiner Konkurrenz?"

„Ihr könnt doch keinen Menschen steinigen. In welcher Zeit leben wir denn?"

Dann hörte Pascal Battiston nichts mehr. Er versank in erlösender Bewusstlosigkeit.

54

„Ich bringe die Kette und das Armband ins Labor", sagte Jean-Yves. Seit dem ungebetenen Besuch der letzten Nacht zierte seine Stirn eine dicke Beule, die er mit Eis kühlte. Er zog sich seine Jacke an, griff nach dem Autoschlüssel und steuerte die Tür an.

„Und ich schaue mal, was gerade vor der Mairie los war."

„Speichere bitte die Fotos von dem Kinderschmuck vorher ab und versuche über E-Mail herauszufinden, welchem Kind das Armband mit den Blumen gehörte. Vielleicht ist es für François ein Andenken an Annabel Radek."

Tanja nickte und murmelte: „Ich erinnere mich allerdings nicht daran, jemals so ein Armband bei Annabel gesehen zu haben."

Die Tür fiel hinter Jean-Yves ins Schloss. Tanja blieb allein zurück.

Frustriert schaute sie ihm durch das Wohnzimmerfenster nach, wie er in seinen Peugeot 607 einstieg und in Richtung Sarre-Union davonfuhr. Sie saß hier fest. Ihr Auto war immer noch nicht von der Reifenfirma zurückgebracht worden. Das ärgerte sie. Einerseits wollte man sie hier nicht haben, andererseits nahmen ihr die Dorfleute die einzige Möglichkeit, zu verschwinden. Welche Ironie.

Die Internet-Verbindung war in diesem Haus schlecht, eine WLAN-Verbindung gab es nicht. Da half ihr sogar das neueste Smartphone nicht weiter. Jede Email brauchte ewig, bis sie versendet war. Dazu fehlten ihr die Nerven. Auch das Haus, das in der Nacht ein Schlachtfeld voller toter Raben gewesen war, wirkte nicht anheimelnd auf sie. Also zog sie sich eine Jacke über und ging auf die Straße. Pascal Battistons silberner Pick Up raste an ihr vorbei. Sein Blech wies etliche Beulen auf, die am frühen Morgen, als er den Parkplatz vor der Kneipe verlassen hatte, noch nicht da waren. Auch saß nicht er selbst am Steuer. Das hatte Jeanette Laval übernommen. Pascal hing auf dem Beifahrersitz - mit blutüberströmtem Gesicht.

Tanja erschrak bei dem Anblick. Neugierig geworden steuerte sie die Mairie an. Einerseits mochte sie den Schwiegersohn des Bürgermeisters nicht sonderlich. Andererseits hatte er einen Anblick abgegeben, der beängstigend wirkte. Was geschah in diesem Dorf?

„Wir brauchen hier keine Polizei", hörte sie schon von weitem eine weibliche Stimme. „Wir lösen unsere Probleme selbst."

Vor dem Rathaus lagen Steine auf dem Boden verstreut. An einigen befanden sich dunkle Flecken. Erkannte Tanja das richtig? Sie wollte es nicht glauben und hob einen der Steine hoch. Der dunkle Fleck war tatsächlich Blut. Sie schaute auf. Ihr Blick traf auf das lose Mauerwerk, das Christian Schweitzers Grundstück vom Schulgelände abtrennte. Mehrere Leitern standen daran angelehnt. Die oberen Steinlagen waren abgetragen worden. Tanja schaute sich um. Wo sie auch hinsah, überall lagen diese Steine. Dazu der Anblick des blutüberströmten Pascal.

Das war zu viel für ihre Nerven. Eine Steinigung? Sie wollte das nicht glauben. Entschlossen machte sie sich auf den Rückweg zum Haus ihrer Freundin, dass ihr längst nicht mehr wie ein Stützpunkt, sondern vielmehr wie eine Falle anmutete. Aber wo sollte sie hin? Sie beschloss, sich zu verbarrikadieren und zu warten, bis Jean-Yves zurückkehrte. Ihre Schritte fühlten sich schwer an, ihre Stimmung betrübt. Ein Blick zum Himmel machte es auch nicht besser. Grau in Grau schimmerte ihr entgegen, Wind pfiff ihr um die Nase und vereinzelte Regentropfen platschten ins Gesicht. Bernard Meyer stand zusammen mit dem Dorfältesten auf dem schmalen Bürgersteig. Kopfschüttelnd besprachen sie sich über die Ereignisse in Potterchen. Wobei immer wieder das typische „Ey joo" von Bernard Meyer über die Straße schallte. Das untrügliche Markenzeichen des Nachbarn, das Tanja bereits so gut gefiel, dass die trotz allem schmunzeln musste. Als sie die Männer erreichte, sagte Bernard: „Früher, als unser Dorf noch mit Gaslaternen beleuchtet wurde, hatten wir alle Angst vorm ,Butzemummel'." Sein unverkennbares Lachen unterstrich seine Behauptung. Seine weißen, dünnen Haare flatterten um sein gerötetes Gesicht und seine Augen leuchteten. Neugierig geworden stellte sich Tanja zu den beiden Alten und hörte Bernard zu, was er zu erzählen hatte. Auch wenn er nicht der Dorfälteste war, so ahnte sie doch, dass er viel über Potterchen zu erzählen wusste. „Es hieß, der Butzemummel sei ein wilder Jäger gewesen, der seine gefährliche Jagd um die Häuser und durch die schmalen Gassen von Potterchen trieb. Wenn Fensterläden klapperten oder lange Schatten und rätselhafte Nebelgestalten sich durch die Finsternis schlängelten, war der Butzemummel nicht weit." Er atmete tief durch, schaute in Richtung Mairie und fügte an: „Heute haben wir schon Angst, am helllichten Tag hinauszugehen. Wie soll das nur weitergehen?"

„Grand malheur", stieß der Dorfälteste aus. „Das ist fast so gefährlich wie im Krieg. Zellemols sind uns auch die Geschosse um die Ohren geflogen, während wir im Schützengraben gelegen haben…"

„Wen hat es heute Morgen erwischt?" Diese Frage richtete Bernard Meyer geschwind an Tanja, bevor der Dorfälteste seine Litanei über seine Kriegserfahrungen loslassen konnte.

„Pascal Battiston", antwortete Tanja. Sie amüsierte sich über die beiden Alten. Die einzigen Lichtblicke von Potterchen.

„Ey joo. So einem die Schuld zu geben, ist einfach", stellte Bernard fest. Auf Tanjas staunenden Blick fügte er an: „Er ist nicht von hier. Bevor man die eigenen Leute beschuldigt, geht man doch lieber auf die Zugereisten los."

Der Regen wurde stärker. Tanja verabschiedete sich und setzte hastig ihren Weg zu Sabines Haus fort.

Etwas Silbernes leuchtete ihr entgegen, das eben noch nicht vor dem Haus gestanden hatte. Erst als sie näherkam, erkannte sie es. Es war ihr Auto. Ihr Herz machte einen Freudensprung. Der Zeitpunkt könnte nicht besser sein. Jetzt wollte sie nur noch nach Hause fahren. Die Vorfreude auf ihre kleine Tochter Lara ließ sie ihre Schritte beschleunigen.

Als sie die Einfahrt zum Nachbarhaus passierte, in dem Madame Wolff mit ihrer Familie wohnte, kam ein Mann in schwarzer Uniform auf sie zu und stellte sich ihr in den Weg. Erschrocken griff sie nach ihrem Holster. In einem Dorf, das Steinigen zu den Ritualen des Bestrafens zählte, konnte sie auch von ihrer Schusswaffe Gebrauch machen. Ihre Verbitterung war so groß, dass sie keine Hemmungen verspürte. Doch der Mann hielt ihr nur einen Brief entgegen, sonst nichts. Er trug die Uniform der französischen Post. Unauffällig löste sie ihre Hand von der Waffe. Einen Postbeamten zu erschießen, würde sich nicht so gut in ihrer Personalakte machen. Sie quittierte den Brief mit einer Unterschrift und legte einen Zahn zu, um im Haus verschwinden zu können.

Hastig schlug sie die Tür hinter sich zu, sodass die eingesetzte Glasscheibe klirrte. Sie atmete tief durch, betrat das Wohnzimmer, wo sie sich auf das zerschlissene Sofa fallen ließ. Neugierig öffnete sie das Kuvert, das formell wirkte. Wieder schaute sie auf den Adressaten: Das war eindeutig sie. Welche Post bekam sie nach Potterchen geschickt?

Doch aus ihrer Neugier wurde ganz schnell große Frustration. In fett gedruckten Buchstaben stand: Arrêt provisoire. Einstweilige Verfügung.

Der Bürgermeister Ernest Leibfried persönlich verfügte, dass Tanja sich nicht mehr in die Nähe von François begeben durfte. Die Begründung lautete, François sei krank und Tanja füge ihm durch ihre Anschuldigungen gesundheitlichen Schaden zu. Der Brief stammte vom Tribunal de Grande Instance in Strasbourg und war von einem Magistrat du parquet unterschrieben - gleichbedeutend mit einem Staatsanwalt des Landgerichts in Deutschland.

Das war die Höhe. Warum setzte sich der Bürgermeister für François ein? Schon wieder hatte Tanja das Gefühl, meilenweit von Annabel Radek entfernt zu sein. Vermutlich war es besser, wenn sie nach Saarbrücken zurückkehrte und dortblieb. Sie zog ihr Handy aus der Tasche und rief auf ihrer Dienststelle in Saarbrücken an.

„Bonjour, Madame Gestier", grüßte Dieter Portz ironisch. „Comment allez-vous?"

„Grand malheur ", antwortete Tanja, was Portz aufhorchen ließ.

„Was ist passiert?"

Tanja atmete tief durch, um sich zu beruhigen, und antwortete so sachlich, wie sie nur konnte: „Hier geht es gerade etwas turbulent zu und ich habe das Gefühl, dass man mich hier nicht mehr mag."

„Dann bist du auf der richtigen Spur", erkannte Portz. „Was ist passiert?"

„Der heutige Tag begann mit einer Steinigung", begann sie mit der Aufzählung. „Heute Nacht bekam ich eine Botschaft in Form von toten Raben ins Haus gebracht."

Portz schnaufte: „Das klingt übel."

„Gerade eben bekam ich einen Eilbrief mit einer Einstweiligen Verfügung, dass ich mich dem einzigen Verdächtigen, den wir bis jetzt haben, nicht nähern darf."

„Ihr habt einen Verdächtigen? Endlich eine gute Nachricht."

Doch Tanja wusste Portz' Begeisterung zu bremsen. „Es gibt da ein Problem: Verdächtiger ist vielleicht zu viel gesagt. Er könnte was wissen. Aber das Problem ist, dass er geistig behindert ist und nur wirres Zeug redet. Und die Arrêt provisoire hindert mich daran, überhaupt den Versuch zu starten, mit ihm zu sprechen."

„Komm nach Hause. Hier arbeiten wir auch sehr gründlich. Du hast alles Mögliche getan, um Annabel Radek zu helfen. Aber in Gefahr bringen sollst du dich dafür nicht."

Tanja schmerzte von Tag zu Tag der Abstand zu ihrer Tochter mehr. Auch spürte sie große Sehnsucht nach Saarbrücken und ihren Kollegen, wie sie es nie für möglich gehalten hätte.

„In meinem Büro sitzt übrigens jemand, der unser Gespräch mithört."

„Wer?", fragte Tanja erschrocken.

„Ich gebe ihn dir."

„Hallo Tanja", ertönte die tiefe Stimme von Heinrich Behrendt.

Jetzt hatte Tanja Mühe, nicht in Ohnmacht zu fallen. Ausgerechnet dieser Mann hatte zugehört. „Hallo", krächzte sie nur.

„Wilhelm Radek hat unerlaubterweise das Land verlassen", sprach Behrendt, als hätte er ihre Horrornachrichten nicht gehört. „Der Staatsanwalt hat veranlasst, ihn in Luxemburg zu suchen, wo er zuletzt gesehen wurde. Ich werde dich dorthin begleiten."

„Ich weiß nicht, ob das Annabel zurückbringt", zweifelte Tanja.

„Wir bekamen den Tipp von der Kinderbetreuerin", sprach Behrendt weiter. „Sie war sich ganz sicher, dass er ein Kind dabei hatte. Ein Mädchen."

„Wie konnte Wilhelm Radek seine Tochter aus dem Elsass entführen?"

„Wir haben unsere Theorie – danach wäre es möglich", sprach Behrendt. „Ich befehle dir, nach Saarbrücken zu kommen. Außerdem gibt es hier eine Maus, die dich vermisst."

Das war das Stichwort. „Ich bin unterwegs." Sie legte auf, rannte die Treppe hoch, packte ihre Reisetasche und steckte die Fotos ein, die sie vom Blumen-Armband gemacht hatte. In der bedrückenden Stille des großen leeren Hauses begann ihr Handy zu klingeln. Es lag im Erdgeschoss. Wie von Furien gehetzt sprang Tanja die Stufen hinunter und nahm das Gespräch an. Es war Jean-Yves: „Ich habe Ergebnisse, die dich interessieren könnten."

Tanja überlief ein wohliger Schauer, als sie seine Bassstimme hörte. „Wie geht es deiner Beule?", fragte sie, um sich von ihren schwärmerischen Gedanken zu befreien.

„Seit ich deine Stimme höre, spüre ich gar nichts mehr."

Volltreffer. Jetzt schlug ihr Herz noch höher.

„Ich habe das Untersuchungsergebnis des Kinderskeletts vor mir", sprach Jean-Yves zum Glück ohne Unterbrechung weiter.

„Und? Ist es das Skelett von Daniela Morsch?"

„Nein. Definitiv nicht", antwortete Jean-Yves. „Es wurde neben der Fehlbildung des Unterkiefers auch eine Skoliose festgestellt. Das ist eine krankhafte Wirbelsäulenverkrümmung..."

„Ich weiß, was eine Skoliose ist", fiel ihm Tanja ins Wort.

„Diese Skoliose war so stark ausgeprägt, dass das Kind nicht aufrecht gehen konnte", sprach Jean-Yves weiter. „Der Arzt spricht davon, dass eine derartige Deformation der Wirbelsäule und gleichzeitig des Unterkiefers seinen anfänglichen Verdacht auf einen Gendefekt bestätigen."

„Soll heißen?"

„Das Kind aus den Katakomben war stark behindert. Es gibt verschiedene Erkrankungen mit diesen Symptomen: zum Beispiel das Williams-Syndrom, das Canavan-Syndrom, das Engelmann-Syndrom, das Katzenschrei-Syndrom…"

„Ich habe verstanden", unterbrach Tanja die Aufzählung. Ihre Aufregung wuchs. „Das bedeutet, dass Daniela Morsch und Annabel noch leben könnten."

„Bloß nicht zu euphorisch. Wir wissen nur, dass die beiden vermissten Mädchen nicht in diesen Katakomben begraben waren", bremste Jean-Yves Tanjas Eifer. „Mit unserer Suche nach Annabel Radek stehen wir immer noch am Anfang."

„Nein", widersprach Tanja. Sie berichtete ihm von ihrer einstweiligen Verfügung und fügte an: „Das heißt im Klartext: Wir sind auf der richtigen Spur."

„Okay. Ich weiß, was ich jetzt tun muss. Warte auf mich, dann sehen wir weiter."

„Tut mir leid, ich muss jetzt mit meinen deutschen Kollegen nach Luxemburg fahren", lehnte Tanja ab. „Nach allem, was ich heute Nacht und heute Morgen hier erlebt habe, bin ich sowieso nicht scharf darauf, länger als nötig in Potterchen zu verweilen."

Stille beherrschte die Leitung. Die nutzte Tanja, um Jean-Yves zu berichten, wie sie den Platz vor der Mairie vorgefunden hatte.

Jean-Yves schnaufte laut hörbar, bevor er fragte: „Willst du mir sagen, dass die Leute aus dem Dorf Pascal Battiston gesteinigt haben?"

„Genau das. So sah der Gesteinigte nämlich aus, als Jeanette Laval mit ihm weggefahren ist."

„Merde. Die Stimmung im Dorf schlägt um. Das ist nicht gut."

„Jetzt folge ich zuerst dem Ruf meines Chefs und dann dem Ruf meines Herzens. Im Saarbrücker Polizeipräsidium gibt es neue Hinweise und eine süße kleine Lara wartet auf mich."

„Wirst du heute Abend zurückkommen?" Jean-Yves' Stimme hörte sich sehnsüchtig an.

„Nein. Diese Nacht verbringe ich zu Hause bei meiner Tochter."

„Kann ich verstehen." Sein Lachen klang verlegen. „Also dann bis morgen."

55

Behutsam legte der Bürgermeister den Hörer auf.

Das Krankenhaus hatte ihm mitgeteilt, dass Pascals Verletzungen nicht so schlimm waren, wie es den Anschein hatte. Es handelte sich nur um Platzwunden, die ambulant behandelt werden mussten.

Ernest Leibfried wusste nicht, ob er sich darüber freuen sollte. Sein Schwiegersohn stellte eine ständige Bedrohung für ihn dar. Dessen Forderungen wurden immer drängender. Wenn es dem Bürgermeister nicht bald gelang, das Ponyhotel zu bauen, würde sich ihre Situation zuspitzen. Hinzu kam, dass er sich den halben Nachmittag mit der Gendarmerie hatte herumschlagen und Fragen zu der Steinigung beantworten müssen. Es genügte nicht, dass die Police Nationale, vertreten durch Jean-Yves Vallaux, und die deutsche Polizei durch Tanja Gestier hier alle verunsicherte. Nein. Nun stolzierte auch noch die Gendarmerie durch die Straßen und nahm ihn persönlich ins Visier. Nicht zu vergessen die Querelen im Dorf. Die Leute waren unzufrieden, sie wollten Ergebnisse sehen, was sie mit ihrem Angriff auf seinen Tochtermann deutlich gezeigt hatten.

Er nahm sich vor, schnell sein Büro zu verlassen und steuerte die Tür an. Doch im gleichen Augenblick schlug sie ihm entgegen. René Pfaffenkopf, Madame Wolff und André Mattes trampelten herein.

„Ich muss ins Restaurant." Damit versuchte der Bürgermeister seinen ungebetenen Besuch zu vertreiben.

„So einfach entkommst du uns nicht", stellte Pfaffenkopf klar. Seine lächerliche grüne Schürze flatterte vor seinen Beinen.

„Was soll das?", fragte Ernest unfreundlich. „Ich bin euch keine Rechenschaft schuldig."

„Du solltest dafür sorgen, dass die Störungen der Polizei aufhören. Stattdessen werden es immer mehr in Potterchen. Wenn das so weitergeht, bist du uns wirklich keine Rechenschaft mehr schuldig", entgegnete Mattes und kratze sich seinen weißen Haarschopf.

„Wer hat denn dafür gesorgt, dass jetzt auch noch die Gendarmerie hier herumschleicht und Fragen stellt?"

„Papperlapapp. Damit redest dich nicht raus. Wenn du so weitermachst, wählen wir bei der nächsten Wahl Philippe Laval", kam es von Madame Wolff.

„Pah", schrie der Bürgermeister auf. „Was wollt ihr von dem? Glaubt ihr, der arbeitet so selbstlos wie ich?"

Lautes Gelächter war die Antwort.

„Heute zieht die Polizei ihre Leute aus den Kellergewölben des ehemaligen Klosters ab. Sie sind mit ihren Untersuchungen fertig", sprach der Bürgermeister schnell weiter.

„Und mit welchem Ergebnis?", fragte Mattes „Wie konntest du nur annehmen, dass man ein Lotissement unbemerkt auf Kinderleichen bauen kann?"

„Ich wusste nicht, dass diese Nonnen ihre Babys im Keller verscharrt haben. Dafür könnt ihr mich nicht verantwortlich machen."

„Du hast uns das Land abgeluchst und viel dafür versprochen. Das Einzige, was wir jetzt haben, ist Ärger mit der Polizei. Wenn du es nicht schaffst, wie versprochen die geplanten Häuser zu bauen, ist unser Land wertlos", brüllte Pfaffenkopf.

Der Bürgermeister kehrte an seinen Schreibtisch zurück, schlug fest mit der Faust darauf und brüllte: „Jetzt reicht es aber. Natürlich habe ich das Land von euch bekommen. Genau deshalb sitzen wir in der Scheiße."

„Jetzt mal halblang", zischte Madame Wolff. „Mein Land liegt neben dem ehemaligen Kloster – also sitzt du nicht meinetwegen in der Scheiße."

„Richtig", fügte Mattes an. „Mein Land ist das Stück zwischen der Straße und dem Kloster. Auch dort ist nichts unterkellert."

„Du Schafskopf solltest lieber mal die Klappe halten", brüllte Bürgermeister den Bauern an. „Du bist reich genug. Deine Schafherde wird immer größer. Also benimm dich hier nicht wie ein Bittsteller."

Er ließ sich auf seinen Stuhl sinken. Sein vorübergehender Energieschub hatte ihn wieder verlassen.

„War es wirklich nötig, in einem Jahr ein Ponyhotel und ein Lotissement gleichzeitig zu bauen?", trumpfte Mattes auf.

Der Bürgermeister antwortete nicht darauf.

„Jetzt hast du gleich zwei Projekte am Hals, deren Fertigstellung in den Sternen steht."

„Papperlapapp. Der Bau des Hotels steht nicht in den Sternen." Madame Wolff wandte sich an Ernest Leibfried. „Das Hotel wird doch gebaut? Ich verlasse mich auf dich. Dafür hast du mein Land bekommen. Das hat nichts mit den Kinderleichen zu tun."

„Ich weiß, von welchem Stück du redest", parierte der Bürgermeister.

„Dann weißt du hoffentlich auch noch, was du mir dafür versprochen hast. Kümmere dich endlich darum!"

„Wie ihr wisst, fehlen mir dafür immer noch der alte Friedhof von Christian Schweitzer und der Schuppen von Bernard Meyer." Der Bürgermeister erhob sich von seinem Stuhl und ging nervös hin und her. An Madame Wolff gewandt fügte er hinzu: „Vielleicht sollte sich deine Enkelin in der Zwischenzeit eine andere Ausbildungsstelle zur Hotelfachangestellten suchen. Denn bevor sie in unserem Ponyhotel anfängt, muss es erst einmal stehen.

„Hast du nicht selbst gesagt, es wäre ein Kinderspiel, die beiden davon zu überzeugen, dass sie dir ihre Besitztümer überlassen?" Das Gesicht der Alten färbte sich hochrot.

„Da habe ich mich wohl getäuscht", gestand Ernest zerknirscht.

„Wenn die beiden auf deine Angebote nicht eingehen, dann biete ihnen doch etwas anderes an – etwas Besseres. So zaghaft kenne ich dich nicht."

Ernest überlegte eine Weile, bis er nickte und sagte: „Du hast recht. Ich habe noch ein Ass im Ärmel."

56

Tanja steuerte den Parkplatz der Landespolizeidirektion an, den riesige Pfützen zierten. Den einzigen freien Platz fand sie natürlich in einem kleinen See. Das Aussteigen wurde zum Abenteuer. Auf Zehenspitzen tappte sie durch das Wasser, bis sie im Trockenen landete. Zum Glück war kein Wasser in ihre Schuhe gelaufen.

Im Büro schlugen ihr Wärme und trockene Luft entgegen. Im dritten Stock steuerte sie unverzüglich das Büro ihres Chefs an, weil sie niemandem begegnen wollte. Dieses Mal hatte sie mehr Glück. Dieter Portz hatte lediglich Besuch von Heinrich Behrendt.

Nachdem ihre Begrüßung eher verhalten ausgefallen war, kam Tanja sofort auf das Thema zu sprechen. „Hier habe ich Fotos von dem Schmuck, den ich gefunden habe." Sie legte einen Stapel Farbbilder auf den Tisch. „Der Commandant hat die Originale nach Strasbourg ins Labor gebracht, um sie auf Fingerabdrücke untersuchen zu lassen."

„Ob wir herausfinden, wem das Armband gehört hat?", zweifelte Portz. „Das Foto der Goldkette mit dem blumenförmigen Anhänger haben wir bereits an jeden Juwelier im Saarland geschickt. Bisher keine Rückmeldung. Demnach können wir davon ausgehen, dass die Kette nicht im Saarland verkauft worden ist. Was das Armband betrifft, habe ich auch so meine Zweifel, ob wir den Besitzer ermitteln können. Wie viele Hersteller gibt es, die Schmuck aus solchen Steinen produzieren? Viel zu viele."

„Hoffentlich bekommt der Commandant etwas heraus", murmelte die Polizeibeamtin.

„Aber was sehen meine trüben Augen?", rief Portz aus, nachdem er sämtliche Fotos durchgeblättert hatte. „Auf der Silberkette steht ein Name."

Tanja nickte.

„Heißt das, ihr seid auf der Spur nach dem Mädchen, das vor zwei Jahren in diesem Ort verschwunden ist?"

„Sieht ganz so aus."

„Phänomenal", lobte Portz. „Nur, wie soll das Annabel Radek helfen?"

„Ich vermute, François hat mit dem Verschwinden beider Mädchen zu tun", erklärte Tanja. „Nur leider hindert mich die einstweilige Verfügung des Bürgermeisters daran, ihn zu befragen."

„Seltsame Methoden sind das." Behrendt schüttelte den Kopf. „Das lässt doch vermuten, dass der Bürgermeister etwas verheimlichen will."

„Genau meine Rede", ereiferte sich Tanja. „Was verbindet ihn mit François?"

„Du hast dir da einen ganz schön kniffeligen Fall aufgehalst." Portz lachte. „Wenn Tanja sich was in den Kopf setzt, ist der Spaß vorbei."

„Wir sind auf der Zielgeraden." Mit dieser Bemerkung überging Tanja den Spott des Dienststellenleiters. „Ich frage mich nur, warum wir bis nach Luxemburg fahren müssen?"

„Wir haben folgendes herausbekommen", begann Portz mit seinen Erklärungen. „Die Kinderbetreuerin ist eine Freundin des Vaters von Daniela Morsch und der Mutter von Annabel Radek."

„Ein bisschen viel Zufall", meinte Tanja skeptisch.

„Dachten wir am Anfang auch und haben die Frau unter die Lupe genommen. Aber nichts dergleichen. Sie arbeitet in der Kinderkrabbelstube der Caritas in Saarbrücken. Dort war Daniela Morsch, bis sie verschwand. Zur gleichen Zeit war dort Annabel Radek, bis sie in den Kindergarten ging."

„Und warum hält diese Frau immer noch Kontakt zu den Eltern der vermissten Kinder?"

„Danielas Vater war nach der Tragödie hilflos. Sie wollte ihm helfen. Heute ist er Alkoholiker, leider."

„Der Ärmste."

Portz sprach weiter: „Mit Sabine Radek wollte sie Kontakt aufnehmen, als sie von Annabels Verschwinden hörte, aber Sabine lehnte jede Hilfe ab. Daraufhin ist sie zu Annabels Vater gegangen, der ihr dafür sehr dankbar war."

„So wie ich Wilhelm Radek kennengelernt habe, glaube ich das sofort."

„Nun hat die Betreuerin uns angerufen und mitgeteilt, dass sie Wilhelm Radek mit einem Kind gesehen hat. Mit einem Mädchen. Wir wollten ihn darauf ansprechen, trafen ihn aber nicht an. So haben wir ermittelt, dass er Kontakte nach Luxemburg pflegt."

„Wie soll Wilhelm Radek seine Tochter aus dem Elsass entführt und nach Luxemburg gebracht haben?", zweifelte Tanja immer noch. „Das Mädchen war in Potterchen. Daran gibt es keinen Zweifel."

„Auf diese Frage habe ich gewartet", gestand Portz. „Denn, du wirst es nicht glauben. Aber: Wir haben die Telefonate von Sabine Radek überprüft. Deine Freundin hatte noch am Tag, bevor sie nach Potterchen aufgebrochen ist, um ihr Erbe anzutreten, ein Telefonat mit Wilhelm Radek geführt."

Tanja staunte. „Davon hat sie mir kein Wort gesagt. Und Wilhelm Radek auch nicht."

„Ich habe meine Zweifel, ob Sabine deine Loyalität wirklich wert ist." Portz' Worte trafen Tanja heftig. „Du begibst dich im Elsass in große Gefahr. Und das alles für eine Freundin, die dir die Hälfte verschwiegen hat. Weißt du denn, welches Kind sie dabei hatte?"

Tanja fühlte sich schwindelig. Aber sie wollte nicht klein beigeben. Also antwortete sie mit fester Stimme: „Natürlich hatte sie Annabel mitgenommen. Mit ihrem Exmann verband sie nicht mehr viel."

„Hoffentlich redest du dir das nicht ein. Wir machen jetzt da weiter, wo wir aufgehört haben. Und du wirst dich an der Suchaktion beteiligen."

„Dürfen wir so einfach in Luxemburg nach Wilhelm Radek suchen?", fragte Tanja.

„Aber ja. Die gute polizeiliche Zusammenarbeit von Luxemburg mit den Nachbarstaaten Deutschland, Belgien und Frankreich gibt es seit Anfang 2005. Diese Länder haben zusammen mit Luxemburg eine Gemeinsame Stelle der grenzüberschreitenden Polizeiarbeit (Centre commun de Coopération Policière et Douanière - CCPD) für diese Staaten ins Leben gerufen. So können Verdächtige über die Grenze hinaus verfolgt und festgenommen werden, wenn sich die Staatsanwälte untereinander einigen", erklärte Portz. „Staatsanwalt Richard Umbreit hat mit dem Staatsanwalt in Luxemburg verhandelt. Wir dürfen im Distrikt Grevemacher zusammen mit den Luxemburgischen Kollegen nach Wilhelm Radek suchen."

„Und warum habe ich so wenig Befugnisse in Frankreich? Mit einer solchen Einigung hätte ich einiges vorantreiben können?"

„Weil die Franzosen nicht scharf auf deine Beteiligung waren. Sie haben lediglich unserem Antrag, dich als Verbindungsbeamtin dort arbeiten zu lassen, zugestimmt. Mehr war nicht drin."

*

Tanja überließ ihrem Stiefvater das Steuer des Dienstwagens. Es regnete weiterhin ohne Unterbrechung und der Tag wollte nicht richtig hell werden. Da verspürte sie nicht die geringste Lust, nach ihrer langen Fahrt von Potterchen nach Saarbrücken auch noch bis Luxemburg weiterzufahren. Und wenn sich Behrendt als Kriminalrat unbedingt in eine Personensuche einmischen wollte, konnte er auch etwas dafür tun. In zügigem Tempo fuhren sie über die Autobahn. Sie überquerten die Mosel und gelangten in den ersten Ort hinter der luxemburgischen Grenze. Remerschen.

Parallel zum breiten Fluss verlief die Landstraße, der sie nun folgten. Der starke Regen und die düsteren Wolken am Himmel ließen alles zu einem Einheitsgrau verschmelzen. Auf der gegenüberliegenden Seite schälten sich grüne Erhebungen aus dem Dunst, die Tanja bei genauerem Hinsehen als Weinberge erkannte.

„Woher weißt du, wo wir hinfahren müssen?", fragte sie.

„Portz hat mir die genaue Wegbeschreibung nach Wintrange mitgegeben. Das Haus steht direkt an der Hauptstraße und fällt durch einen lebensgroßen Engel neben der Garage auf. Dort wohnt eine Frau, die mit Wilhelm Radek befreundet ist."

Behrendt bog ab, verließ die Moselstraße und erreichte die Ortsmitte von Remerschen. Dort lagen die Häuser dicht an der Straße, was Tanja an den Begriff ‚Village de rue' erinnerte. Die

Enge der Straße wirkte erdrückend, die düstere Atmosphäre klaustrophobisch.

Hinter den Häusern tauchte schon das nächste Ortsschild auf: „Wintrange". Sie mussten nicht lange suchen, da fanden sie das beschriebene Haus. Es lag an der Esplanade de la Moselle und war das letzte Haus in der langen Häuserreihe. Umgeben wurde es nur noch von steilen Weinbergen und Wiesenhängen.

„Schön hier", stellte Behrendt fest. „Wilhelm Radek hat Geschmack."

Sie stiegen aus und klingelten an der Haustür. Die Frau, die ihnen öffnete, wirkte nicht überrascht, die Polizei anzutreffen. „Wenn sie Wilhelm suchen, er ist in den Weingärten", erklärte sie.

„Bei dem Wetter?", fragte Tanja erstaunt.

„Winzer können es sich nicht leisten, nur bei schönem Wetter vor die Tür zu gehen. Wenn die Trauben reif sind, müssen sie geerntet werden."

„Und das macht er gerade jetzt – von Hand pflücken?"

„Er testet die Trauben, um einen Termin für die Ernte festzulegen."

„Ich dachte, seine Weinberge liegen in Perl", mischte sich Behrendt in das Gespräch ein.

„Ich habe hier die Rebsorte Elbling, deren Anbaugebiet hauptsächlich in Luxemburg liegt. Die Sorte zählt Wilhelm gerne zu seinem eigenen Sortiment. Macht ihn das verdächtig?"

„Nein. Aber die Tatsache, dass er mit einem kleinen Mädchen gesehen wurde, als er das Saarland verließ."

Jetzt stieß die Frau ein bitteres Lachen aus und rief: „Félicie! Kommst du mal bitte?"

Aus dem Hausinnern ertönte ein Rumoren, dann tauchte ein kleines Mädchen mit roten Locken in der Haustür auf.

„Darf ich vorstellen? Das ist meine Tochter Félicie. Sie war bis gestern Abend bei Wilhelm in Perl. Der Ärmste freut sich immer so, wenn meine Tochter ihn besucht. Das Verschwinden seiner eigenen Tochter hat ihm schlimm zugesetzt."

Die Überraschung war gelungen.

Ohne Worte entfernten sich die beiden Polizeibeamten und kletterten den Weinberg hinauf, der das Haus flankierte.

„Ich habe das Gefühl, dass es sich hier um ein Missverständnis handelt", sprach Behrendt seine Bedenken aus.

„Ich auch. Unsere Kollegen haben wohl nicht überprüft, dass Wilhelm Radek eine Freundin mit Tochter hat."

„Du solltest den Mund nicht zu voll nehmen", kam es böse von Behrend zurück. „Das Einzige, was du nach wochenlangen Ermittlungen im Elsass vorweisen kannst, ist eine einstweilige Verfügung."

Tanja schluckte. Das waren harte Worte. Ihre Hoffnung, dass sich die Beziehung zu ihrem Stiefvater verbessern könnte, löste sich gerade in Nichts auf.

Den Rest des Anstieges bewältigten sie schweigend. Unablässig platschte ihnen starker Regen entgegen. Die Sicht war schlecht. Das obere Ende des Weinbergs grenzte an eine hohe Steinmauer. Dort hielten sie an, um zu verschnaufen.

Da entdeckte Tanja Wilhelm Radek. Er lag direkt vor der Mauer auf dem Boden.

„Hier ist er", rief sie, beschleunigte ihre Schritte, um dem Mann aufzuhelfen. Aber als sie direkt vor ihm stand, erkannte sie sofort, dass jede Hilfe zu spät kam.

„Was ist los, Tanja?", fragte Behrendt, der Mühe hatte, ihr das letzte Stück zu folgen.

Tanja suchte vergeblich nach einem Puls und rief: „Der Mann ist tot. Sieht nach Herzversagen aus. Seine Lippen sind blau."

Sofort betätigte Behrendt sein Handy. Nach einem längeren Gespräch legte er auf und erklärte: „Ich habe die Kollegen in Luxemburg informiert. Sie kommen, um das Haus der Lebensgefährtin durchsuchen, für den Fall, dass Wilhelm Radek sein Kind trotz allem dort versteckt hält. Das Einzige, was wir jetzt tun dürfen, ist, die Freundin zu informieren."

„Und was passiert mit der Leiche?"

„Staatsanwalt Umbreit setzt sich mit seinem Kollegen aus Luxemburg in Verbindung, damit die Leiche nach Homburg in die Gerichtsmedizin gebracht werden kann. Sobald die Kollegen der Großherzoglichen Polizei hier sind, gehen wir in Schengen etwas essen. Ich brauche das jetzt."

*

Nachdem die luxemburgischen Kollegen in der Esplanade de la Moselle, in der Wilhelm Radeks Freundin wohnte, eingetroffen waren, machten sich Tanja und Behrendt auf den Weg nach Schengen.

Nach nur wenigen Minuten erreichten sie den großen Parkplatz vor dem Hotel des l'Esplanade, der bis an die Mosel grenzte. Eine freie Parklücke brauchten sie nicht zu suchen, der Platz war fast leer. Trotz starkem Wind, Dauerregen und grauem Tageslicht bildete die Brasserie am Hafen von Schengen durch ihren Blumenschmuck an den Fenstern einen pittoresken Anblick.

Die Terrasse wirkte wenig einladend. Also betraten sie das Innere des Lokals und bestellten sich Kaffee und dazu „Judd mat Gaardebounen" – ein luxemburgisches Gericht, das aus geräuchertem Schweinenacken mit dicken Bohnen bestand. Sie saßen sich gegenüber, aßen ihre deftige Mahlzeit und beobachteten die Menschen, die sich durch Wind und Regen mühsam vorwärts kämpften.

„Kennst du die Echternacher Springprozession?", fragte Behrendt.

„Nein."

„Das ist eine religiöse Prozession, die jedes Jahr am Dienstag nach Pfingsten stattfindet. Die Teilnehmer springen zu Polkamelodien in Reihen durch die Stadt, wobei sie zwei Sprünge nach vorne machen und einen nach hinten."

„Fast wie Sisyphos."

„Die Botschaft soll wohl auch so ähnlich lauten", stimmte Behrendt zu. „Wer heute zu Fuß über die Moselbrücke gehen muss, fühlt sich bestimmt wie auf der Echternacher Springprozession…"

„Nur, dass er es heute nicht freiwillig macht."

Behrendts Handy klingelte. Er hob ab, murmelte ein gelegentliches „Mh" bis er auflegte.

„Und?", drängte Tanja.

„Sie haben nichts Verdächtiges im Haus der Lebensgefährtin gefunden", antwortete Behrendt. „Die Leiche von Wilhelm Ra-

dek ist schon auf dem Weg nach Homburg. Der Leichenbe-
schauer hat vor Ort ebenfalls seinen Verdacht auf Herzinfarkt
ausgesprochen. Für uns ist hier nichts mehr zu tun."

57

Tanja ließ sich mit Lara im Arm erleichtert in den Sessel vor Behrendts Kamin sinken. Lara klammerte sich ganz fest an ihre Mutter und fragte: „Bleibst du jetzt zu Hause?"

„Ja."

„Für immer?"

„Nein. Morgen früh muss ich wieder arbeiten gehen."

„Nimmst du mich mit?"

„Nein. Das geht nicht. Ich bin in einem fremden Land bei fremden Menschen. Dort würdest du dich nur langweilen."

„Würde ich nicht."

„Du darfst mich nicht zur Arbeit begleiten."

Lara schaute ihre Mutter mit traurigen Augen an.

„Es dauert auch nicht mehr lange, und dann arbeite ich wieder zu Hause."

„Das hast du beim letzten Mal auch gesagt. Aber dann bist du viel zu lange weggegangen."

„Dieses Mal wird es anders." Tanja fühlte sich mulmig. Sie versprach Lara Dinge, von denen sie selbst nicht wusste, ob sie sie einhalten konnte.

Hilde brachte Tochter und Enkelin heiße Schokolade und setzte sich auf den Sessel daneben. „Heinrich hat vom Gerichtsmediziner erfahren, dass der Mann in den Weinbergen tatsächlich einen Herzinfarkt erlitten hat."

Tanja nickte. „So eine Tragödie hinterlässt ihre Spuren."

„Was ist eine Tragödie?", fragte Lara.

„Etwas sehr Trauriges", antwortete Tanja.

„Und wer ist so traurig?"

Jetzt musste Tanja aufpassen, was sie sagte. Lara hatte Annabels Vater gekannt.

„Ein Mann, den wir gefunden haben. Der war sehr traurig."

„Ich bin auch sehr traurig, wenn du wieder gehst", verkündete Lara mit Schmollmund.

Tanja schluckte. Ihre Tochter hatte das Talent, an ihre Gefühle zu appellieren. „Aber jetzt sind wir doch zusammen. Darüber sollten wir uns freuen und uns über morgen früh keine Gedanken machen."

Die Tür ging auf. Behrendt trat ein. „So viele schöne Frauen." Er schaute schmunzelnd in die Runde. „Wen küsse ich zuerst?"

Das ließ Lara sich nicht zweimal sagen. Sie sprang mit einem Schwung in Behrendts Arme, der sie mit Leichtigkeit auffing und sie so ausgiebig küsste, dass Lara sich eiligst wieder aus seinen Armen befreite. Wie eine Springmaus schwang sie sich zurück auf Tanjas Schoß. Behrendt setzte sich zu der kleinen Damenrunde. Tanjas Mutter reichte ihm eine Flasche Karlsberg-Urpils. Er hielt die Flasche hoch und fragte Tanja: „Wusstest du, dass Karlsberg auch in Saverne ihr Bier braut?"

„Nein."

„Der Karlsberg Verbund verfügt mit der Brasserie de Saverne als einziges Unternehmen in der deutschen Brauwirtschaft über eine Produktionsstätte in Frankreich. Und die liegt in Saverne", erklärte Behrendt. „Du siehst, ich informiere mich bis ins Detail über dein neues Arbeitsgebiet."

Tanja wusste nicht, was sie davon halten sollte. Kontrollierte er sie? Aber bevor sie die harmonische Runde störte, sagte sie lieber nichts dazu. Lara saß ganz still auf Tanjas Schoß. Die Gelegenheit nutzte Tanja, die blonden, lockigen Haare ihrer Tochter mit den Fingern notdürftig zu kämmen und zu Zöpfen zu flechten. Als sie fertig war, musste sofort ein Spiegel her. Laras Neugierde war geweckt. Ihr Anblick brachte die Kleine zum Lachen. „An Fastnacht gehst du als Pippi Langstrumpf."

„Au ja", rief Lara, die Pippi Langstrumpf aus den vielen Fernsehfilmen kannte. „Wann ist Fastnacht?"

„Nächstes Jahr. Bis dahin sind deine Haare noch ein bisschen gewachsen und dann sehen deine Zöpfe noch besser aus."

Laras Augen strahlten.

„Und dann bist du so stark, dass wir uns alle von dir beschützen lassen", fügte Behrendt hinzu, zwinkerte ihr mit einem Auge zu, was Lara erneut zu einem lauten Auflachen animierte. Aber die Müdigkeit gewann über Laras Willen. Sie lehnte sich auf dem Schoß ihrer Mutter zurück und schlief augenblicklich ein.

58

Während der Fahrt nach Potterchen hing Tanja ihren Gedanken nach. Der gemeinsame Abend mit ihrer Tochter hatte sie innerlich gestärkt. Lara war ein Geschenk, dessen war sich Tanja bewusst. Ihr Abschied an diesem Morgen hatte zum Glück nichts Dramatisches gehabt. Eher im Gegenteil. Sie sah Lara immer noch mit ernstem Gesicht vor dem Auto stehen, die Hände in die Hüften gestemmt und herzerweichend feststellen: „Was für eine Tragödie."

Tanja erreichte Potterchen.

Eine dunkle Rauchsäule stieg in den Himmel. Die üblichen Gartenfeuerchen erzeugten hellen Rauch, wie sich Tanja bestens erinnerte. Dieser hier war schwarz und düster. Was wurde hinter den Häusern Frankreichs außer Holz und Gartenabfällen noch alles verbrannt?

Sie passierte die ersten Häuser. Da erkannte sie, dass diese Rauchsäule an Christian Schweitzers Haus aufstieg. Ihn hatte sie schon einmal als Pyromanen erwischen können. Was stellte er nun wieder an?

Ein mulmiges Gefühl beschlich sie.

An der Mairie wurde aus ihrer Vermutung Gewissheit. Meterhohe Flammensäulen stiegen zum Himmel auf, begleitet von einem grässlichen Gestank und einem unmenschlichen Schrei. Viele Dorfbewohner standen vor Christian Schweitzers Haus. Bei näherem Hinfahren erkannte Tanja, dass der „Scheiterhaufen" in seinem Garten lichterloh brannte. Sie ließ ihren Wagen zur Seite rollen und stieg aus. Was sie zu sehen bekam, übertraf sämtliche Vorstellungen. Der brennende Holzhaufen fiel krachend und berstend in sich zusammen, heraus schälte sich eine lebende Fackel, die sich laut kreischend auf den Boden warf, auf allen Vieren kroch, bis sie verstummte und in gekrümmter Haltung als schwarzes verkohltes Bündel liegen blieb.

Beißender Geruch von verbranntem Fleisch beherrschte die gesamte Dorfstraße. Der dichte schwarze Qualm schmerzte in den Augen. Neben den Tränen des Entsetzens flossen auch Tränen durch die Augenreizungen. Tanja fühlte sich wie gelähmt. Sie konnte sich nicht regen, wusste gar nicht, wie sie das verarbeiten sollte, was sie da gerade gesehen hatte.

Sirenen ertönten. Gendarmerie und Feuerwehr trafen mit mehreren Autos ein. Die uniformierten Männer wirkten furchteinflößend. Als die starken Wassersäulen auf die restlichen Flammen niedergingen, erwachten die Dorfbewohner aus ihrer Lethargie.

„Jetzt hat der Bürgermeister den alten Friedhof", kreischte Jeannette Laval. „Nun braucht er nur noch die alte Scheune, und schon kann er sein verdammtes Hotel bauen."

„Selbst schuld, wenn er sich gegen den Bürgermeister stellt", stellte die Pflegemutter fest.

„Soll das heißen, er hat nichts anderes verdient?" Jeannette Laval war entsetzt.

„Genau das." Die kleine ungepflegte Frau spuckte vor Wut. „Dein Schwiegervater hat den ganzen Ärger ins Dorf gebracht. Der meint, mit Geld könne er jedes Problem lösen. Hier siehst du, was dabei herauskommt."

„Womit soll Philippe Laval Christian Schweitzer gekauft haben?" Diese Frage stellte ein Gendarm, der das Gespräch belauscht hatte.

Die Pflegemutter erbleichte. Sie hatte nicht bemerkt, dass ein Mann des Gesetzes hinter sie getreten war.

„Warum antwortest du nicht?", frage Jeannette Laval gehässig. „Dir kann doch so schnell nichts die Sprache verschlagen."

„Ich bitte um Mäßigung", mischte sich der Gendarm ein. „Dieser Todesfall wird ermittelt. Und nachdem, was ich hier gerade gehört habe, handelt es sich nicht um einen Unfall."

„Philippe Laval hat ihm die Mauer bezahlt", antwortete die Pflegemutter kleinlaut.

„Merde", stieß der Gendarm aus.

Jeannette Laval entfernte sich.

Tanja schüttelte sich. Im Fall Gilbert Krieger waren Vorwürfe laut geworden, er hätte sich die Reparatur seines Daches von Philippe Laval bezahlen lassen, als man seine Überreste im Buschhacker fand. Und nun Christian Schweitzer …

Sollte sie sich Sorgen um Bernard Meyer machen? Oder waren das alles nur Hirngespinste?

Die Gendarmen forderten die Dorfleute auf, die Straße freizu-machen. Das nahm Tanja zum Anlass, in ihren Wagen zu stei-gen und die restlichen Meter bis zu Sabines Haus zu fahren. Jean-Yves Vallaux' Wagen rollte zur gleichen Zeit von der an-deren Seite auf das Haus in der Rue de la Gare zu. Mit fragen-dem Blick schaute er in Richtung Rauchsäulen.

„Christian Schweitzer", antwortete Tanja.

„Was heißt das?"

„Er wurde zum Tod auf dem Scheiterhaufen verurteilt."

„Sprich bitte normal mit mir."

„Das ist hier normal. Hier wird gesteinigt, auf dem Scheiter-haufen verbrannt, alles wie im Mittelalter. Fehlt nur noch, dass wir eines Tages geteert und gefedert durch die Straßen gejagt werden."

Jean-Yves pfiff durch die Zähne und betrat das Haus. Tanja folgte ihm zögernd. Erwartete sie dort der nächste Horror? Sie schaute sich in jedem Zimmer um. Alles wirkte normal. Aber konnte sie das wirklich beruhigen?

Sie fröstelte.

Jean-Yves entfachte ein Feuer im Kamin. Tanja ließ sich direkt davor auf dem Boden nieder. Doch sie fror immer noch. Ihr Zit-tern wurde stärker.

Jean-Yves setzte sich neben sie, legte seinen Arm um sie und drückte sie sanft an sich. Lange verharrten sie ineinander ver-schlungen. Tanja spürte, wie sich ihre innere Anspannung all-mählich auflöste. Sie berichtete Jean-Yves von ihrem Ausflug nach Luxemburg, ohne sich aus seinem Arm zu lösen.

„Um den Winzer tut es mir leid", gab Jean-Yves zu und rieb sich unwillkürlich über das Kinn. „Er war von seinen Weiner-zeugnissen überzeugt. Das hat mir imponiert."

Tanja erinnerte sich daran, wie Jean-Yves zwischen Tische und Stühle geflogen war.

„Dafür habe ich erfreulichere Nachrichten: Die Goldkette ist Handarbeit und wurde für Ernest Leibfried angefertigt. Die Kol-legen in Strasbourg haben den Juwelier gefunden, der noch alle Unterlagen darüber hatte."

Damit gelang es ihm, Tanja von ihren schrecklichen Ein-drücken abzulenken. Begeistert stellte sie fest: „Das ist gut. Dann kann ich meine Kollegen von der Suche abziehen."

„Aber das ist noch nicht alles…" Jean-Yves tat geheimnisvoll.

„Bitte, spann mich nicht auf die Folter. Davon und von Hinrichtungen habe ich für heute genug."

„Okay." Jean-Yves gab nach. „Der Knochenfund in den Katakomben hat mich dazu veranlasst, in umliegenden Krankenhäusern nach Geburten von behinderten Kindern zu fragen. Wieder wurde ich fündig – wieder in Strasbourg"

Tanjas Neugier wuchs.

„Im Hôpital Civil in Strasbourg hat die Frau unseres lieben Ernest Leibfried zwei Kinder mit dem Angelman-Syndrom entbunden."

„Zwei?"

„Einen Jungen und ein Mädchen."

„Also ist François der Sohn des Bürgermeisters.", kombinierte Tanja sofort und war überrascht.

„Außerdem konnten mir die Ärzte versichern, dass eine Frau mit dem Gendefekt des Angelman-Syndroms diese Krankheit so ziemlich immer ihren eigenen Kindern weitervererbt - auch ohne selbst an dem Defekt erkrankt zu sein."

„Die Frau des Bürgermeisters ist also gesund?"

„Möglich. Die Tochter aber nicht." Jean-Yves schaute Tanja vielsagend an: „Was ich allerdings nirgends gefunden habe, ist eine Akte über die Geburt der Enkelin Fleurette."

„Was heißt das?"

„Dass der Bürgermeister schlau genug war, seine Enkelin zu Hause zur Welt kommen zu lassen. Niemand hat Fleurette vor ihrem zweiten Lebensjahr gesehen, weshalb auch niemand weiß, ob sie krank zur Welt kam oder nicht. Aber nach den Berichten der Ärzte ist eine Frau wie Ernests Tochter nicht in der Lage, ein gesundes Kind zu bekommen."

„Du willst mir sagen, dass das Kind, das tot in den Katakomben lag, die echte Fleurette ist?", kombinierte Tanja.

Jean-Yves nickte.

„Und das Mädchen, das der Bürgermeister vor der ganzen Welt versteckt, ist Daniela Morsch?"

„Vermutlich."

Tanja bekam Gänsehaut. „Können wir beweisen, dass das tote Kind Fleurette ist?"

„Noch nicht."

„Wieso nicht? Ein Foto von der angeblichen Fleurette oder ein DNA-Test ..."

„Mach dir deswegen keinen Stress", bremste Jean-Yves Tanjas Eifer. „Sollte das Kind im Haus des Bürgermeisters wirklich Daniela Morsch sein, schwebt sie nicht in Gefahr. Wenn wir aber mit Großaufgebot anmarschieren, um dem Bürgermeister zu erklären, dass wir ihm das Kind streitig machen wollen, sieht alles wieder anders aus. Entweder flüchtet er mit dem Kind oder tut sonst was, was unsere Arbeit unnötig erschwert."

Tanja nickte, obwohl sie keineswegs zufrieden mit der Lösung war.

„Willst du nun wissen, was der Gerichtsmediziner herausgefunden hat?"

„Ja sicher", bestätigte Tanja.

„Er kann uns sagen, woran das Mädchen in dem Kellergewölbe gestorben ist", berichtete Jean-Yves. „Die Krankheit Angelman-Syndrom äußert sich unter anderem darin, dass diese Menschen alles mit dem Mund berühren und dabei ständig kauen und schlucken. Er vermutet, dass Fleurette die Goldkette verschluckt hat und daran erstickt ist."

„Wie kommt er darauf?"

„An der Kette sind winzig kleine Ösen und Furchen. Darin hat sich DNA festgesetzt."

Tanja überlegte eine Weile, bis sie sagte: „Jetzt verstehe ich François' Gestammel über reiches Mädchen, armes Mädchen."

Jean-Yves schaute Tanja mit großen Augen an und gab zu: „Ich nicht."

„Mit der Goldkette war Fleurette ein reiches Mädchen – so verstehe ich das", erklärte Tanja. „Vermutlich fand François das Mädchen, nachdem es erstickt war. Und gleichzeitig war die goldene Kette verschwunden: armes Mädchen."

„Du solltest Übersetzerin für Sprachgestörte werden", schlug Jean-Yves ehrfürchtig vor.

Tanja versetzte ihm einen Fausthieb in die Seite.

„Der Gerichtsmediziner lässt die Proben, die er aus der Kette entnehmen konnte, auf ihre DNA untersuchen", sprach der Commandant weiter.

„Und welche Gegenproben zum Vergleich will er nehmen?"

„Ich habe beim Untersuchungsrichter beantragt, eine Probe von Pascal Battiston untersuchen zu lassen. Bis jetzt habe ich noch kein grünes Licht bekommen."

„Zumindest wissen wir jetzt, warum der Bürgermeister die Arrêt Provisoire gegen mich erwirken konnte."

„Wichtiger ist, dass wir diese Arrêt Provisoire aufheben lassen. Du musst unbedingt mit François reden. Mein Gefühl sagt mir, dass er nicht nur über Daniela Morsch Bescheid weiß, sondern auch über Annabel Radek."

„Aber einen Beweis dafür haben wir nicht. Oder hat die Spurensuche Fingerabdrücke an den Ketten gefunden, die auf François hinweisen?"

„Nein", gestand Jean-Yves. „Sie haben alles gründlich untersucht. Es gibt nichts, absolut nichts. Als hätte François Handschuhe getragen."

„Vielleicht hat er das ja." Tanja erinnerte sich daran, wie sie beim Auffinden des Geheimverstecks gefroren hatte. Auch sie hatte Handschuhe getragen – schon bevor sie sie hätte überziehen müssen. „Aber das bringt uns wieder zu der einstweiligen Verfügung zurück. Ich muss mit François sprechen. Das ist die einzige Möglichkeit, der Wahrheit auf die Spur zu kommen. Die Zeit drängt. Deine neuen Erkenntnisse lassen hoffen, dass Annabel noch lebt."

Sie verließen das Haus.

Einige Gendarmen zogen von Haus und Haus, um ihre Befragungen durchzuführen. Als sie Jean-Yves Vallaux und Tanja Gestier sahen, grüßten sie mit einem Handschlag an die Kante ihrer Mütze und zogen weiter.

Die beiden stiegen in den Peugeot 607 ein und verließen das Dorf in Richtung Gleise. Die Baustelle stand immer noch still. Weiße und grüne Plastikplanen verhüllten die Löcher im Boden. Das Gelände sah künstlich und unwirklich aus. Auf der gegenüberliegenden Seite blinkte etwas, das Tanja dort noch nicht gesehen hatte.

„Was ist das?", fragte sie.

Jean-Yves reagierte nicht, sondern fuhr weiter.

„Hallo?", rief Tanja gereizt. „Was blinkt dort am Straßenrand?"

Jean-Yves stutzte, bremste ab.

Tanja stieg aus und ging die wenigen Meter mit hastigen Schritten zurück zu der Stelle, wo sie das Blinklicht gesehen hatte. Es kam aus einem tiefen Graben. Ein Auto lag darin. Komplett im wuchernden Gestrüpp versunken. Ein roter Volvo. Die Warnblinkanlage funktionierte noch.

„Hören die Katastrophen denn gar nicht mehr auf?", fragte Tanja frustriert. Sie nahm eine schwache Bewegung wahr.

Jean-Yves trat hinzu. Entsetzt rief er: „Das ist Christelles Wagen und jemand sitzt hinter dem Steuer."

Mit Mühe gelang es ihnen, die Zweige und Äste beiseitezuschieben. Sie erkannten Marc Desmartin hinter der zersplitterten Windschutzscheibe. Von Christelle Servais keine Spur. Das Gesicht des Mannes war blutüberströmt. Er versuchte, seinen Kopf zu bewegen, doch es gelang ihm nicht.

„Ich rufe den Notarzt." Sofort hatte Jean-Yves sein Handy herausgezogen und brüllte etwas in das kleine Mobiltelefon. Mit den Worten „Sie kommen gleich" legte er auf.

Tanja kniete sich nah an den Abgrund und begann, mit Desmartin zu sprechen. Sie hoffte, dass er sie hörte. Trotzdem sprach sie weiter, berichtete ihm, die Rettungsmannschaft sei unterwegs.

Die ersten Dorfbewohner näherten sich neugierig der Unfallstelle. Allen voran ging Pfaffenkopf. Seine grüne Schürze flatterte im Wind. Ihm folgte Mattes, der schon aus der Ferne an seiner weißen Wolle auf dem Kopf zu erkennen war. Hinter den beiden kam Madame Wolff in großem Abstand hinterher. Sie hatte Mühe, bei dem Tempo Schritt zu halten.

„Da siehst du die gesamte Staatsgewalt von Potterchen", spottete Jean-Yves bei dem Anblick.

Tanja erhob sich, rieb sich über die schmerzenden Knie und stöhnte: „Das kann ja lustig werden."

„Ich hab's gewusst", schrie Madame Wolff, als sie nah genug herangetreten war. „Diese Hexe hat meinen Tochtermann in den Tod gejagt. Christelle hätte man verbrennen sollen – nicht Monsieur Schweitzer."

„Marc Desmartin lebt", bremste Jean-Yves die Alte. „Und hier soll kein Mensch verbrannt werden. Wer das getan hat, landet im Knast."

„Du nimmst deine Schwägerin noch in Schutz", plärrte die Alte weiter. „Dabei weißt du genau, dass sie es mit ihrer Schwester genauso gemacht hat. Und das nur, weil sie ein Kind von…"

„Hör auf mit deinem wirren Geschwätz", wurde Jean-Yves ungeduldig. „Dein Tochtermann ist nicht tot. Notarzt und Krankenwagen sind unterwegs. Geh lieber ans Auto und sprich mit Marc. Damit tust du einmal in deinem Leben etwas Sinnvolles."

*

Langsam schlenderte Tanja den schmalen Weg entlang, der an der alten Ruine vorbei zum Reitstall führte. Die Stimmen der Dorfleute drangen immer leiser an ihr Ohr. Die Entfernung wurde größer und größer. Sie ließ ihren Blick über den Stall wandern, an dem Annabels Unglück begonnen hatte, blieb stehen und seufzte. Jean-Yves stellte sich neben sie und schaute in die gleiche Richtung. Windböen frischten auf, brachten feuchte Luft mit. Raben flogen über den Himmel und stießen ihr unheimliches Krächzen aus. Zwischen den Wolken tauchte gelegentlich ein Roter Milan auf, der seine gebogenen Flügel ausbreitete und sich vom Wind tragen ließ. Tanjas Augen hafteten an dem roten Raubvogel, ein Anblick, der sie faszinierte. Ein grauer Fischreiher zog am Himmel seine Bahnen und setzte zur Landung auf dem Feld hinter dem Reitstall an.

Lange schwiegen sie, bis Tanja fragte: „Dauert es hier immer so lange, bis ein Krankenwagen ankommt?"

Jean-Yves nickte.

Wieder Schweigen.

Tanja ging weiter, gelangte an die Pferdekoppeln. Jean-Yves blieb an ihrer Seite. Das Grün der Wiesen schimmerte farblos – fast gelb. Wasserlachen blitzten auf; Pfützen, die sich nach den langen Regengüssen nicht mehr zurückgebildet hatten. Enten schwammen darin, ein Anblick, der Tanja fast amüsieren könnte.

„Was ist damals mit deiner Frau passiert?" Endlich war es heraus. Tanja atmete tief durch und wartete gespannt auf seine Reaktion auf ihre Frage.

„Warum?"

Mit dieser Antwort hatte Tanja nun wirklich nicht gerechnet.
Aber was hatte sie erwartet? Die Bruchstücke, die sie inzwischen erfahren hatte, waren ein deutlicher Hinweis darauf, dass
der Verlust seiner Frau mehr als eine Tragödie gewesen sein
musste. Trotzdem hatte sie sich erhofft, mit ihr würde er darüber
sprechen.

„Weil ich nur Bruchstücke zu hören bekomme. Ich wüsste
gern die ganze Wahrheit."

„Meine Frau hat sich das Auto ihrer Schwester ausgeliehen.
Auf dem Rückweg nach Potterchen ist sie gegen einen Baum
geprallt. Die Karosserie des Wagens hatte sich komplett um den
Stamm der Kastanie gewickelt. Sie hatte keine Chance, den Unfall zu überleben. Die Feuerwehr musste die Blechteile zer-
schneiden, um sie aus dem Wrack befreien zu können."

„Warum erzählt Madame Wolff, Christelle Servais wollte deine Frau töten?"

„Die Bremsen an dem Auto waren nicht mehr die besten. Vermutlich deshalb." Jean-Yves versuchte ein Lächeln, das miss-
lang. „Christelle hat überhaupt keine Ahnung von Technik. Und
außerdem hat sie ihre Schwester geliebt. Warum hätte sie so etwas tun sollen?"

„Ich weiß es nicht. Deshalb frage ich dich", gestand Tanja.
„Von welchem Kind spricht die Alte immer wieder? Ich dachte,
ihr habt keine Kinder."

„Die Alte ist verwirrt. Du solltest sie nicht ernst nehmen." Damit war für Jean-Yves das Thema erledigt. Tanja beließ es dabei. Sie spürte, wie schwer es ihm fiel, darüber zu sprechen. Sie
gingen weiter. Struppige Ponys standen zwischen Unrat und
Unkraut. Ihre traurigen Blicke waren zum Steinerweichen. Sie
kamen dem Stall immer näher. Der Reitplatz stand unter
Wasser. Achtlos lagen bunte Stangen im hohen Gras - Stangen,
die zum Bau eines Parcours dienen sollten. Je näher sie dem
Stallgebäude kamen, umso deutlicher vernahmen sie die Stimmen von zwei Männern. Es klang nach einem Streitgespräch.
Jean-Yves legte den Finger auf seinen Mund. Auf Zehenspitzen

schlichen sie an die Stallwand heran, um besser hören zu können. Sofort erkannten sie, wer dort sprach: Ernest Leibfried und Pascal Battiston.

„Du bekommst nichts dergleichen", brüllte der Bürgermeister. „Das wird ja immer schöner. Hier spitzt sich die Lage dramatisch zu und du denkst immer nur an dich."

„Ich denke an das Geschäft. Wenn immer wieder Kinder von meinen Ponys herunterfallen, können wir kein lukratives Geschäft aufbauen", entgegnete Pascal. „Wir brauchen neue Ponys."

„Nicht nur die Police Nationale, auch die Gendarmerie Nationale schleicht sich hier überall herum und stellt gefährliche Fragen. Jetzt müssen wir den Ball flach halten."

„Aber es muss doch auch in deinem Interesse sein, dass wir den Kindern ruhige und sichere Ponys zu reiten geben. Wenn wieder ein Kind herunterfällt, sind wir erledigt."

„Die Kinder fallen nicht herunter, weil die Ponys verrücktspielen, sondern du", konterte Ernest. „Wie ein Wilder reitest du vorneweg."

„So ein Blödsinn."

„Schau dich nur an", kam es von Ernest. „Deine Blessuren im Gesicht sprechen eine deutliche Sprache, nämlich, dass dich die Leute im Dorf nicht mögen."

„Ja, und? Die sind mir scheißegal."

„Du den Leuten aber nicht", kam es vom Bürgermeister. „Sie behalten uns genau im Auge. Und genau darin liegt die Gefahr. Wann kapierst du das endlich?"

„Du hast dir den ganzen Ärger selbst eingehandelt", widersprach Pascal trotzig. „Wie lange rede ich schon davon, dass wir neue Ponys brauchen? Solche, die keine Kinder abwerfen."

„Der Zeitpunkt für neue Ponys ist der denkbar schlechteste. Gerade jetzt dürfen wir uns keinen Fehler leisten. Willst du den Mob da draußen so wütend machen, dass wir um unser Leben fürchten müssen?"

Die Sirene des Krankenwagens ertönte, wurde immer lauter.

Hastig entfernten sich Tanja und Jean-Yves vom Stall.

Sie konnte sich nicht bewegen. Ihre Arme und ihre Beine gehorchten ihr nicht. Nur die Augen, die konnte sie in alle Richtungen drehen. Doch alles, was sie sah, war schwarz.

Die Nacht zog sich endlos hin. Sie sehnte sich nach Licht. Wo war das Licht? Tränen flossen über ihr Gesicht.

Sie wollte sie wegwischen, aber es ging nicht. Die Hand lag einfach nur neben ihr. Aus den vereinzelten Tropfen waren viele geworden. Sie musste nur ein bisschen aufpassen, damit sie sich nicht wieder verschluckte. Das gelang ihr und sie konnte trinken. Aber das Wasser schmeckte nicht. Sie wünschte sich Limonade mit Zitronengeschmack. Oder Fanta.

Ein Geräusch. Was war das? Schon wieder kam die Angst. Hatte der Kapuzenmann sie doch gefunden? Dabei hielt sie sich doch so gut versteckt.

Sie lauschte. Wieder ein Geräusch.

Es kam nicht von oben. Es kam von ihr selbst. Sie spürte etwas. Eine Berührung an ihrem Rücken.

Nein. Es war keine Berührung. Es war nur der nasse Sand, über den sie ein ganzes Stück weiter nach unten rutschte.

Sie begann zu weinen. Sie wollte nicht noch weiter nach unten rutschen. Sie wusste nicht, wie sie jemals wieder nach oben kommen sollte. Solange ihre Arme und Beine sich nicht bewegen ließen, würde sie das nie schaffen.

Ihr Schluchzen wurde heftiger.

In ihrem Kopf drehte sich alles. Ihr wurde schwindelig, sie wurde ohnmächtig.

59

Tanja ging die Dorfstraße entlang den Gleisen entgegen. Die Stille, die sie umgab, hüllte sie angenehm ein. Sie gab ihr das trügerische Gefühl, die Welt sei in Ordnung. Dagegen sprachen ihre innere Unruhe, die schrecklichen Bilder in ihrem Kopf und die Angst, dunkle Ecken zu passieren. Der ‚Butzemummel‘ fiel ihr wieder ein. Eine Geschichte, die sie früher unterhalten hätte. Aber heute … Was hatten die Dorfleute von Potterchen aus ihr gemacht? Ein nervliches Wrack.

Der rot-gelbe Klumpen an der Hydraulikpumpe des Busch-hackers, der mal Gilbert Krieger gewesen war. Die lebende Fa-ckel, die als verkohltes Etwas in Embryonalstellung auf dem Boden endete, das einst Christian Schweitzer gewesen war. Tan-ja versuchte, die Bilder abzuschütteln, um ganz und gar die pro-fessionelle Kriminalbeamtin zu sein. Aber es gelang ihr nicht. Genauso wenig, wie es ihr gelang, das Kind ihrer Freundin zu finden. Ihr Versagen nagte ebenso an ihr wie ihre Selbstzweifel, ob sie wirklich in der Lage war, eine gute Polizistin abzugeben. Dieses Dorf brachte sie an ihre Grenzen.

Ein Passant trat ihr entgegen. Hastig riss sie den Kopf hoch, einerseits aus Vorsicht, andererseits in der Hoffnung, François würde ihr begegnen. Sein Verschwinden gehörte auch zu den Ereignissen in Potterchen, die an ihren Nerven zerrte. Seit be-kannt war, dass die Polizei auf der Suche nach den verschwun-denen Mädchen gerade ihm auf die Spur gekommen war, wurde Potterchen auch für François zu einem gefährlichen Pflaster.

Der Passant erwies sich als junge Frau aus dem schummrigen Licht des Nachmittages. In dem Kleiderwust, den sie für eine viel zu weite Jacke gehalten hatte, steckte ein Baby.

Die junge Mutter lächelte Tanja an. Tanja grüßte mit einem Nicken zurück und setzte gedankenverloren ihren Weg fort. Ihr Blick fiel auf die Mauer des alten Friedhofs. Das alte rostige Gittertor war gewaltsam herausgerissen und achtlos auf die Sei-te geworfen worden. Schon wieder stieg ihr Adrenalinspiegel

an. Was geschah jetzt schon wieder? Sie trat durch den frei-
gewordenen Eingang. Da sah sie es. Ein Kleinbagger mühte
sich damit ab, die schweren, alten Grabsteine anzuheben.

Hinter ihr hielt ein Auto.

Wie ertappt fühlte sich Tanja. Sie drehte sich um, wollte den
Friedhof verlassen, als ihr Blick auf einen Porsche Cayenne
traf. Die Beifahrertür öffnete sich. Lucien Laval saß am Steuer
und lachte - nichts, was gefährlich anmutete.

„Ich lade Sie zu einem Café au lait ein", rief er.

Tanja ging auf das Auto zu und stieg ein.

„Ein Friedhof ist kein geeigneter Ort für eine schöne Frau."

„Ich kann mir die Orte nicht immer aussuchen, an denen ich
mich aufhalte."

„Sollten Sie aber. Das Leben ist viel zu kurz. Auf Friedhöfen
werden wir noch länger verweilen, als uns lieb ist."

Er fuhr los. Langsam passierten sie die mit Planen abgedeck-
ten Katakomben des alten Klosters, ließen die Koppeln, die Felder und den Buchenhain hinter sich, bis sich hinter dem Hügel
die Stadt Sarre-Union vor ihren Augen offenbarte. Leise brum-
mend rollte der große Geländewagen auf die Route Nationale
und steuerte den Hauptort des Krummen Elsass an. Ein Marktplatz mit Brunnen beherrschte das Stadtzentrum. Er hatte den
beeindruckenden Namen Place de la République. Die Zufahrt
flankierte die Frauenstatue Sainte Marianne mit entblößter
Brust und erhobenen Händen, die seit der Französischen Revolution als Wahrzeichen der französischen Republik galt. Ihr gegenüber prangte ein Springbrunnen mit zwei liegenden Ziegen-
böcken, die als Symbol für den Stadtteil Bockenheim galten.
Die „Brasserie La Fontaine", ebenso wie die „Pizzeria de la
Fontaine" säumten den Parkplatz, daneben ein Tabak-Geschäft
mit Papeterie, eine Bäckerei und ein Coiffeur. Die Brasserie war
überfüllt, der Lärm drang bis vor die Tür. Lucien ließ seinen
Porsche weiter rollen, bis sie auf ein Eckhaus stießen, dessen
Schild auf das „Café du Commerce" hinwies. Es sah verlassen
aus.

„Das ist das Richtige für uns", stellte er fest. „Dort sind wir allein und können uns unterhalten."

Im Inneren war es dunkel. Eine lange Theke zog sich an der
rechten Seite durch die Länge des Lokals und gähnte menschen-

leer. Auf der gegenüberliegenden Seite setzten sie sich an einen Ecktisch dicht am Fenster. Tanja stieß einen Seufzer der Erleichterung aus. Die Entfernung zu Potterchen – wenn auch nur gering - tat ihr gut. Hier fühlte sie sich nicht beobachtet und verfolgt, als Hexe verschrien oder als matuche.

Sie bestellten Café au lait. Während sie drauf warteten, schauten sie hinaus. Regen hatte eingesetzt. Windböen frischten auf. Passanten kämpften gegen ihre störrischen Regenschirme.

„Sie sind eine viel zu schöne Frau für die Arbeit als Lieutenant de Police", begann Lucien, nachdem der Kaffee serviert worden war.

„Zum Schmeicheln haben Sie mich bestimmt nicht eingeladen", stellte Tanja klar. „Das hat ein Beau wie Sie nicht nötig."

Lucien lachte, was sein Gesicht erstrahlen ließ.

„Ihrer geschickten Verhörtaktik verdanke ich, dass ich gestehen musste, auf wen ich an den Gleisen gewartet habe", gab Lucien zu. „Und das wollte ich unter keinen Umständen."

„Damit haben Sie sich aber aus der Schusslinie gebracht. Denn mir war klar, dass Sie kein Kindermörder sind."

„Merci beaucoup."

Sie tranken von ihrem Café au lait.

„Die Traurigkeit, die Sie heute ausstrahlen, gibt mir das Gefühl, dass die Gräueltaten, die in Potterchen passiert sind, selbst eine Lieutenant de Police erschüttern."

„Warum sagen Sie mir das? Wollen Sie mich nach Hause schicken?" Tanja spürte Enttäuschung. „Dann stellen Sie sich hinten an. Denn das versuchen schon ganz andere."

„Mais non. Ich will Sie nicht verärgern."

„Sondern?"

„Ich beobachte die neusten Entwicklungen in Potterchen ebenfalls mit größter Besorgnis. Und an wen sollte ich mich wenden, wenn nicht an die schöne femme de la loi – Frau des Gesetzes?"

Tanja konnte nicht anders. Sie musste über Lucien schmunzeln. Seine jugendliche Art und sein Aussehen schafften es, dass sie sich für sein Problem interessierte, auch wenn es kaum in ihren Arbeitsbereich fallen konnte. Trotzdem hakte sie nach: „Wem gilt Ihre Sorge?"

„Meinen Vater", erklärte er endlich den Grund ihres Gesprächs.

„Warum? Er sieht nicht schutzbedürftig aus."

„Ich habe Sie eingeladen, weil ich Ihnen etwas Wichtiges über die Situation in Potterchen erzählen will."

Tanja horchte neugierig auf. Die Unterhaltung versprach nun doch noch interessant zu werden.

„Das Tribunal d'instance in Strasbourg hat dem Bürgermeister einen Baustopp für das Lotissement verhängt."

Tanja ahnte, dass diese Entwicklung neuen Ärger nach Potterchen brachte. „Wer oder was ist das Tribunal d'instance, dass es solche Macht hat?"

„Das Tribunal d'instance übersetzt man mit Amtsgericht, deren Zuständigkeit aber nicht mit dem deutschen Amtsgericht gleichzusetzen ist. Die Tribunal d'instance in Strasbourg ist mit dem droit local, dem Regionalrecht, betraut, das nur in den drei Departements Haut-Rhin, Bas-Rhin und Moselle Anwendung findet."

Tanja erkannte, dass dieser Baustopp eine schwer überwindbare Hürde für den Bürgermeister darstellte.

„Was bedeutet das Lotissement für Ernest Leibfried?"

Lucien atmete tief durch und begann zu erklären: „Der Bau dieses Wohngebietes würde für ihn in erster Linie eine Verbesserung seines Ansehens als Bürgermeister von Potterchen bedeuten. Er hat Wohnraum für über hundert Menschen geplant. Aus dem kleinen unscheinbaren Ort wäre ein bedeutender Vorort von Sarre-Union geworden. Außerdem errechnet sich das Gehalt eines Bürgermeisters an der Einwohnerzahl seiner Gemeinde."

„Geld ist immer ein wichtiges Argument."

„Geld konnte man schon immer gleichbedeutend mit Geltung und Macht ansehen."

Tanja stimmte zu.

Lucien sprach weiter: „Um Ihnen die Mentalität der Menschen im Krummen Elsass begreiflich zu machen, beginne ich am besten mit dem Sackbahnhof in Sarre-Union, der eine geschichtliche Bedeutung hat. Jeder Zug muss hier anhalten und wieder zurückfahren."

„Ich weiß, was ein Sackbahnhof ist. Ich wusste bisher nur nicht, dass ein solcher auch eine geschichtliche Bedeutung haben kann", gab Tanja zu.

„Nach der Französischen Revolution wurde als dritter Stand neben Adel und Klerus die Bourgeoisie zur politisch mächtigsten Klasse der Gesellschaft erhoben. Und eben die Bourgeoisie der Stadt Sarre-Union wollte nicht, dass sich jemand in die Industriebetriebe ihrer Stadt einmischte und ihnen wichtige Posten streitig machte, was nur bei guten Verkehrsanbindungen möglich gewesen wäre."

„Was ein Sackbahnhof nicht ist."

„Genau." Lucien nickte.

Tanja unterdrückte ein Schmunzeln. Seine blauen Augen funkelten selbst im schummrigen Licht. Seine Bräune, sein ebenmäßiges Gesicht, seine langen Haare, alles an ihm faszinierte sie, weshalb sie nicht schon längst das Gespräch beendet hatte.

„Begonnen hat alles mit der Herstellung von Strohhüten. In der Jahrhundertwende haben die Menschen von Sarre-Union in ihren Häusern Hüte geflochten, die gingen um die ganze Welt. Der Ruf dieser Stadt reichte bis nach Amerika. Theodore Roosevelt, Präsident der USA, trug einen Panama-Hut aus Sarre-Union."

„Hut ab." Tanja zollte ihren Respekt mit einem Lachen, in das Lucien einstimmte.

„Auf dem Wappen der Gemeinde Bissert ist heute noch ein Strohhut abgebildet." Einige Minuten verweilte sein Blick auf Tanjas Gesicht, als habe er eine Sensation losgelassen. „Sarre-Union wurde zu einer bedeutenden Industriestadt mit einem lokalen Arbeitgeber, genannt Patronal Local. Der Patron, der über alles verfügte, der alles kontrollierte. Die Absonderung von Sarre-Union – durch den Sackbahnhof - sicherte seine Position auf lange Sicht. Das System der Bourgeoisie hatte an alles gedacht. In ihren Fabriken beschäftigten sie Arbeiter, die sie so gering bezahlten, dass sie nebenbei kleine Bauernhöfe betreiben mussten, wenn sie genug Geld zum Leben haben wollten. Damit wurde auch das umliegende Land bewirtschaftet."

„Das klingt nicht nach dem, was die Französische Revolution eigentlich erreichen wollte", erkannte Tanja.

„Nein. Im Grunde genommen haben sie das alte System übernommen, nur anders benannt", stimmte Lucien zu. „Die Spitzfindigkeiten gehen noch weiter. Die Mächtigen haben selbst keine Politik gemacht. Sie besaßen die Raffinesse, dafür zu sorgen, dass ihre Angestellten zu politischen Amtsträgern gewählt wurden. Damit hatte der Patron alles im Griff, ohne seinen eigenen Namen hergeben zu müssen."

Tanjas Café au lait war inzwischen kalt geworden.

„Doch dann kam das Unvermeidliche: die Fabriken wurden aufgekauft oder wegen Unrentabilität geschlossen. Viele große Herren haben das Land verlassen. Andere sind tödlich verunglückt – ich weiß nicht, ob Sie von dem Flugzeugabsturz wissen …." Tanja wusste, dass vor Jahren eine Privatmaschine mit dem gesamten Vorstand einer großen Firma aus Sarre-Union abgestürzt war. Sie bat Lucien, weiterzusprechen. „Zurück blieben die kleinen Bauern, die sich über mehr als hundert Jahre hinweg immer erfolgreich gegen große Bauern gewehrt hatten, damit es zu keiner Flurbereinigung kam. Lange genug waren sie nur zweitrangig. Jetzt sahen diese Menschen ihre Chance gekommen. Nun halten sie sich für die Bourgeoisie der heutigen Zeit."

Tanja trank von ihrem kalten Kaffee. Lucien sah, wie sie ihr Gesicht verzog. Sofort bestellte er zwei neue.

„Die heutige Bourgeoisie besteht aus Köchen, Frisören, Schreinern, Schlossern, Installateuren und so weiter", sprach Lucien weiter.

Endlich begann Tanja den Vortrag zu verstehen.

„Ernest Leibfried unterhält ein exklusives Restaurant in Potterchen, das er mit einem Hotel aufwerten will. In dem Restaurant hat er bisher sämtliche Verträge, Anträge, Genehmigungen, also alle Beschlüsse aushandeln können, die für seine Pläne wichtig waren. Ein gutes Essen ist in Frankreich ein Statussymbol und eine günstige Basis, um Verhandlungspartner auf die richtige Seite zu lenken."

„Und gegen diesen Baustopp kommt er nicht an?", fragte Tanja.

„Nein. Allein schon die Tatsache, dass dieser Baustopp verhängt wurde, bedeutet, dass jetzt Instanzen eingeschaltet werden, auf die ein Koch keine Macht mehr ausüben kann."

„Und warum machen Sie sich Sorgen um Ihren Vater?" Mit dieser Frage knüpfte Tanja an die Einleitung des Gesprächs an.

„Mein Vater stammt aus einer Familie, die schon im neunzehnten Jahrhundert zu den größten Bauern des Landes gezählt hat."

„Sagten Sie nicht, die kleinen Bauern hatten sich über mehr als hundert Jahre hinweg erfolgreich gegen große Bauern gewehrt, damit es zu keiner Flurbereinigung kam?", hakte Tanja nach.

„Stimmt. Aber meine Familie war schon da. Und anerkannt zugleich", antwortete Lucien. „Das Prinzip der Flurbereinigung bedeutet, dass das Land der Bauern zusammengelegt und je nach Wohnort oder Betriebsart neu verteilt wird. In meiner Familie gab es genügend Land. Jede Erbschaft brachte Neues dazu. Wir brauchten keine Flurbereinigung, die eine Bauerngenossenschaft verwaltet. Wir hatten das Land selbst und haben es heute noch."

„Das habe ich kapiert – wenn auch sonst nicht gerade viel."

„Das kommt noch. Sie sind ein helles Köpfchen", bemerkte Lucien. „Ernest Leibfried wollte dank seiner selbst erteilten Baugenehmigung für das Lotissement aus Potterchen die Banlieue Chic von Sarre-Union machen, was sein Ansehen als Bürgermeister deutlich verbessert hätte. Der Plan ist gescheitert. Außerdem hat er die Erwartungen der Dorfbewohner enttäuscht, hat ihnen Geld für ihr Land versprochen, das er ihnen durch den Baustopp nicht mehr geben kann."

„Und deshalb schwebt Ihr Vater in Gefahr?"

Lucien nickte. „Mein Vater will einen Schlachthof bauen. Das Geld und das Land hat er dafür. Das Einzige, woran sein Plan bisher immer gescheitert ist, ist die Baugenehmigung. Und die zu erteilen oder zu verwehren, ist nur der amtierende Bürgermeister befugt. Warum erteilt der Bürgermeister ihm die Genehmigung nicht?"

„Weil Ihr Vater dann in die Fußstapfen der Patronal Local tritt."

„Richtig." Luciens Augen leuchteten auf.

„Warum sollte Ernest Leibfried ausgerechnet jetzt etwas gegen Ihren Vater unternehmen? Er hat gerade andere Sorgen."

„Wäre mein Vater nicht in Potterchen, hätte Ernest eine Sorge weniger." Lucien fuhr sich durch seine langen Haare. „Denn mein Vater ist sein einziger Gegenkandidat."

„Die Sorge hat er aber nicht erst seit dem Baustopp", stellte Tanja klar.

„Stimmt. Nur hat der Baustopp seine Berechtigung für das Amt des Bürgermeisters in Frage gestellt, während die Pläne meines Vaters auf solidem Fundament stehen. Mit dem Schlachthof bringt er Arbeitsplätze, welche die Leute in dieser Gegend dringend brauchen. Mit dem Schlachthof stellt mein Vater wieder so etwas wie die gute alte Bourgeoisie her."

Tanja verstand Luciens Sorge mit jedem Wort besser.

„Mein Vater besitzt so viel Land, er könnte ein Lotissement an fast jeder beliebigen Stelle bauen lassen. Damit könnte er Potterchen vergrößern und daraus anstelle eines Vorortes eine selbstständige Industriestadt machen – wie einst Sarre-Union."

Eine Weile schwiegen sie sich an. Einige Gäste betraten das Lokal und ließen sich an der Theke nieder. Der Geräuschpegel stieg an. Tanja beobachtete die Männer. Sie alle trugen Blaumänner, hatten schmutzige Hände und Gesichter und tranken Bier zusammen. Die Szene erinnerte sie daran, wie es in Gilbert Kriegers Kneipe in Potterchen ausgesehen hatte, als sie dort Jean-Yves gesucht hatte. Die Erinnerung gab ihr schon wieder ein Gefühl von Schwermut.

Lucien war ihrem Blick gefolgt. Als könnte er Gedanken lesen, sprach er weiter: „Jetzt, da für Ernest nur noch der Bau des Hotels als Chance bleibt, ist dieser Plan zu seiner Besessenheit geworden. Da sind Leute wie Gilbert Krieger keine Gegner für ihn."

„Sie glauben also auch nicht, dass Gilbert Krieger verunglückt ist?"

Lucien schnaubte verächtlich und stellte eine Gegenfrage: „Glauben Sie das als Lieutenent de Police?"

Tanja verneinte und überlegte einen Augenblick, bevor sie fragte: „Sie befürchten also, dass Ernest Ihren Vater auf ähnliche Art und Weise umbringen will, damit er seinem Plan nicht im Weg steht?"

Lucien nickte. Verdrossen blickte er auf seine Kaffeetasse.

„Jetzt kann ich Ihre Bedenken verstehen. Nur leider bin ich dafür die falsche Ansprechpartnerin. Der Untersuchungsrichter von Strasbourg hat den Fall Gilbert Krieger zum Unfall deklariert. Und er ist die entscheidende Instanz. Nicht ich."

„Le Juge d'instruction sitzt in Strasbourg so weit weg, dass er nicht einmal weiß, wo Potterchen liegt. Wie soll er auch nur die geringste Ahnung davon haben, welche Politik in unserer Gemeinde betrieben wird?"

„Ich kann mich diesem Mann nicht widersetzen", gab Tanja zu verstehen. „Ich bin hier lediglich Verbindungsbeamtin."

„Ach was. Sie sind besser als der Commandant", widersprach Lucien. „So schnell, wie Sie mich durchschaut haben, als ich meine Aussage verweigern wollte..." Wieder dieses schelmische Lachen.

„Danke für die Blumen." Tanja spürte, dass sein Charme Wirkung zeigte. „Trotzdem darf ich hier nichts Eigenmächtiges tun. Jean-Yves Vallaux ist der Mann, den Sie um Hilfe bitten müssen."

„Das habe ich schon versucht."

„Und?"

„Er hört mir gar nicht zu. Ich glaube, er kann mich nicht leiden."

Tanja überlegte, was sie sagen sollte. Lucien nahm ihr die Überlegung ab. „Ich dachte an Personenschutz." Seine Augen funkelten spitzbübisch. „Der Gedanke lässt mich alle Sorgen vergessen."

„Und wer soll Ihren Vater beschützen? Ich vielleicht?" Tanja riss die Augen weit auf.

„Wer sonst?"

„Ich trete Ihnen höchstens in den Hintern", murrte Tanja verärgert.

„Das würden Sie meinem Hinterteil antun?"

Tanja lachte. Ihr Ärger war schnell wieder verflogen. Sie erinnerte sich an ihre erste Begegnung mit Lucien, schüttelte den Kopf und meinte: „Ich weiß, dass ich meine Befugnisse überschreite, wenn ich Ihnen sage, dass sich hier bald etwas ändern wird."

„Heißt das, Sie sind dem Bürgermeister auf der Spur?"

„Das heißt, dass ich Sie mit Freuden festnehmen werde, wenn Sie nicht bald aufhören, mich mit Ihren Fragen zu bedrängen." Damit schaltete sie hastig wieder einen Gang zurück.

„Sie können gar nicht genug von mir bekommen."

Tanja spürte, wie ihr Gesicht glühte.

60

Der Brief lag gut sichtbar auf dem Boden. Tanja drückte die schwere Eichentür hinter sich zu, griff danach und öffnete das Kuvert schon auf dem Weg in die Küche. Es war die Nachricht, auf die sie gehofft hatte. Die einstweilige Verfügung wurde aufgehoben. Ihre Euphorie spornte sie an, das Haus sofort wieder zu verlassen und nach François zu suchen. Ob es ihr gelingen würde, ihn zu verstehen, darüber wollte sie sich noch keine Gedanken machen. Zuerst einmal musste sie ihn finden.

An der Tür prallte sie mit Jean-Yves zusammen.

„Oh. Stürmisch heute. Oder leidenschaftlich?"

Tanjas Blick haftete an der Beule auf seiner Stirn. Sie drückte seine Augenbraue in einem Bogen nach unten, was seiner Miene einen ironischen Ausdruck verlieh.

Als sie nichts sagte, fügte er an: „Hat der schöne Lucien deine Leidenschaft geweckt?"

Damit brachte er sie augenblicklich auf die Palme. „Und wenn? Was geht es dich an?"

„Schlechter Start", lenkte er sofort ein, als er merkte, dass er zu weit gegangen war.

„Gut erkannt."

„Ich habe dich gesucht", gestand Jean-Yves nach einigen peinlichen Minuten des Schweigens. „Als ich hörte, dass du in Luciens Porsche gestiegen bist, war ich beunruhigt."

„Warum? Ist Lucien gefährlich, weil er die Frauen für Sex bezahlt?", frage Tanja ironisch. „Mich musste er nicht bezahlen." Auf Jean-Yves entsetztes Gesicht fügte sie grinsend an: „Wir hatten keinen Sex."

„Du machst mich fertig ", stöhnte Jean-Yves.

Tanjas anfänglicher Ärger über seine Einmischung war verflogen. Sie lachte über seine Verzweiflung und schaute ihm zu, wie er sich über seine kurz geschnittenen Locken rieb. Als ihre Blicke sich trafen, zeigte sie ihm den Brief.

Jean-Yves las ihn und sagte: „Na das ist wirklich ein Grund für gute Laune. Jetzt müssen wir nur noch François finden."

„Du hast ihn also auch nicht mehr gesehen in letzter Zeit?" Tanja ahnte etwas.

„Ich befürchte, dass der Bürgermeister seinen Sohn versteckt hält."

„Dagegen müssen wir etwas tun."

Mit schnellen Schritten verließen sie das Haus und steuerten den Peugeot 607 an. Doch ein Geräusch lenkte sie davon ab, einzusteigen. Ein einheitliches Brummen drang aus Bernard Meyers Garage.

„Ich habe bisher noch nicht erlebt, dass Bernard den Motor seines Autos bei geschlossenem Scheunentor laufen lässt", bekannte Tanja.

„Das ist nicht sein Auto", stellte Jean-Yves klar und zeigte auf einen Punkt neben dem Haus. Tanja folgte seinem Finger und erkannte dort den alten Citroen.

„Da stimmt was nicht."

Gleichzeitig sprinteten sie auf das große Tor zu. Es war nicht wie sonst mit einem Riegel verschlossen, sondern durch eine Vorhängekette gesichert.

Jean-Yves zog seine SIG Sauer (P6) aus dem Holster und gab einen Schuss ab. Die Kette zersprang.

Kaum hatten sie die beiden Flügel zur Seite geschoben, blieb ihnen vor Überraschung fast die Luft weg. Vor ihnen stand ein funkelnagelneuer Traktor mit einer ebenso neuen Rundballenpresse. Der Motor des Traktors lief, leichter Abgasgeruch hatte sich schon gebildet.

Tanja passierte den Traktor und näherte sich der Rundballenpresse. Sie war so groß, dass sie fast den Dachstuhl berührte. Ihr Brummen verriet, dass auch sie eingeschaltet war. Tanja bekam Gänsehaut. Sie ahnte, dass hier etwas Schreckliches passiert sein musste, bevor sie es sehen konnte. Sie zog ihre Taschenlampe heraus, weil kein Tageslicht zwischen Traktor und Maschine gelangte.

Dort fand sie Bernard Meyer.

Sein Bein steckte zwischen Förderstreben und stählerner Rolle, die sich langsam bewegten, um ihre Ladung in das Innere der Presse hineinzuziehen. Blut floss auf den Boden. Der alte

Mann wimmerte, schaffte es nicht, sich zu befreien. Hinter der Rolle sah Tanja eine Fördervorrichtung, mit der geschnittenes Gras in die Presse gezogen werden sollte. Dahinter drehten sich schon bedrohlich nah die großen Messer, die Schneidrotoren, um das langfaserige Gras leichter auf die Walzen zu befördern.

„Wie schaltet man dieses Ding ab?", rief Tanja so laut sie konnte.

Statt zu antworten sprang Jean-Yves auf den Bock des Traktors. Mit einem Ruck war alles still. „So", antwortete er. „Was ist passiert?"

„Bernard liegt hier."

Sofort war Jean-Yves zur Stelle.

Der alte Mann war verwirrt. Er stammelte immer wieder: „Ich weiß nicht, wie das passieren konnte."

Während Jean-Yves die stählerne Rolle anhob, zog Tanja behutsam den Mann aus der tödlichen Falle. Ein Hosenbein war blutdurchtränkt, das andere unversehrt.

„Was ist passiert?", fragte Tanja. Als der Mann nicht antwortete, wiederholte sie ihre Frage. Aber Bernard wirkte verstört. Er war nicht in der Lage, auf ihre Frage zu reagieren. Immer wieder stammelte er zusammenhangloses Zeug vor sich hin.

„Wir müssen sofort den Notarzt rufen. Ich habe allerdings Angst, dass Bernard in der Zwischenzeit verblutet", bangte Tanja.

Jean-Yves wusste Rat. Er lief in den hinteren Teil der Scheune, suchte sich dort alte Viehdecken.

„Ich lege damit mein Auto aus. Du bindest ihm am besten das Bein ab, um die Blutung zu stoppen. Dann bringen wir ihn selbst ins Krankenhaus nach Strasbourg. Nur dann hat er eine Chance."

Während der ganzen Fahrt redete Tanja unablässig mit Bernard. Sie wollte ihn wachhalten und dazu animieren, ihr zu antworten. Und mit Erfolg. Als sie Strasbourg erreichten, war der Alte bei Bewusstsein.

Im Herzen Straßburgs bildeten die Krankenhäuser eine "Stadt in der Stadt". Das neue Chirurgische Zentrum „Hôpital Civil" zeigte eine Architektur aus mehreren Epochen, was an Materialien wie Sandstein, Stahl, Glas und Holz zu erkennen war. Eine Schranke versperrte die Einfahrt. Jean-Yves nahm sein Handy, telefonierte kurz und wurde daraufhin in den Innenhof durchgelassen. Im selben Augenblick wurde eine Krankentrage für den Patienten angeschoben.

Hier war ihre Rettungsaktion zu Ende.

Mit dem beruhigenden Wissen, Bernard in gute Hände übergeben zu haben, schlenderte Tanja aus dem Innenhof und landete an einem steinernen Torbogen. Bewundernd blieb sie vor der architektonischen Konstruktion stehen, bis sie Jean-Yves' Hände auf ihren Schultern spürte. Er drehte sie in die entgegengesetzte Richtung, zeigte auf ein großes, flaches, futuristisches Gebäude und erklärte: „Dort ist La Direction Interregional de Police Judiciaire – mein Arbeitsplatz."

„Strasbourg habe ich mir anders vorgestellt", gab Tanja zu, als sie die modernen Gebäude sah.

„Strasbourg hat viele Seiten." Jean-Yves grinste. „Zuerst muss ich mich auf meiner Dienststelle melden und Bericht erstatten. Begleitest du mich?"

„Was erzählst du, was mit Bernard passiert ist?"

„Das, was wir wissen."

„Aber wir wissen es doch nicht."

Jean-Yves zog seine Stirn in Falten und meinte: „Vermutlich ahnen wir beide dasselbe. Aber wissen tun wir es nicht. Also werde ich nur von einem Unfall sprechen können."

Sie überquerten den Fluss Ill, schlugen einen Weg ein, der von hohen Birken flankiert wurde, und passierten überfüllte Parkplätze, bis sie das Gebäude erreichten. „Hotel de Police" prangte in großen blauen Buchstaben auf gläsernem Untergrund.

Die Tür öffnete sich automatisch.

Im Gebäude sah es nicht anders aus als in Saarbrücken. Lange Flure, ein Büro neben dem anderen, die alle fast die gleiche Ausstattung aufwiesen. Jean-Yves betrat den zweiten Stock, winkte einigen Männern und Frauen zum Gruß, bis er an einer Tür anhielt.

„Hier residiert meine Vorgesetzte, Commissaire Principal, Madame Yvette Marquesse", erklärte er, klopfte und folgte dem leisen „Je vous en pris."

Er betrat den Raum, Tanja folgte ihm. Bevor Tanja die Vorgesetzte sehen konnte, hörte sie ihre Stimme: „Welch Glanz in meiner Hütte." Sie trat zur Seite, um an Jean-Yves vorbei auf le

Commissaire Principal schauen zu können. Schwarz glänzende Haare – wie aus der Shampoo-Werbung – flossen über schmale Schultern in einem hautengen roten Kleid. Ihr Teint war dunkel, ihre Augen groß und schwarz, ihre Lippen grell geschminkt. Alles an ihr war die reinste Verführung.

„Na, wen haben wir denn hier?", fragte sie in einem herablassenden Ton.

Die Blicke der beiden Frauen trafen sich feindselig. Keine der beiden machte Anstalten, das Duell als Erste zu beenden.

„Das ist die Verbindungsbeamtin Lieutenant Tanja Gestier aus Sarrebruck", erklärte Jean-Yves.

„So lässt es sich arbeiten, nicht wahr, Chéri?", bemerkte Commissaire Principale mit hochgezogener Augenbraue.

Tanja spürte eine unerklärliche Wut, wollte sich aber nichts anmerken lassen. Für sie war in diesem Augenblick klar, dass es das erste und das letzte Mal sein würde, dass sie La Direction Interregional de Police Judiciaire in Strasbourg betrat. Sie stellte sich an das hohe Fenster, das zur Altstadt von Strasbourg zeigte. Der Nordturm des Liebfrauenmünsters ragte über die Dächer der Stadt. Das Gebäude im romanischen und gleichermaßen gotischen Baustil aus rötlichem Vogesensandstein stach durch seine charakteristische asymmetrische Form hervor; der Südturm war nie gebaut worden. Während sich Tanja von dem Anblick augenscheinlich fesseln ließ, hörte sie hinter sich die Stimmen der beiden. Sie ließ das ganze Gespräch an sich vorüberziehen, ohne die geringste Einmischung. Nur so gelang es ihr, ihre Beherrschung zu wahren.

Die Verabschiedung der beiden Frauen verlief so kühl wie die Begrüßung. Auch die übereilte Hast durch die Flure des großen Gebäudes besserte die Stimmung nicht. Erst als sie im Freien standen, die kühle Luft spürten und ein Blick zum Himmel ihnen verriet, dass der Regen bereit war, eine Pause einzulegen, fragte Jean-Yves mit seinem unverwechselbaren schiefen Grinsen: „Habe ich da so etwas wie Eifersucht bei dir gespürt?"

Schon wieder stieg Wut in Tanja hoch. Seine Selbstgefälligkeit brachte sie auf die Palme. Mit hastigen Schritten schlug sie den Weg ein, den sie gekommen waren.

„So gefällst du mir", rief er ihr hinterher. „Das gibt mir endlich das Gefühl, dass ich dir nicht gleichgültig bin."

Tanja stoppte, drehte sich um. Jean-Yves stand immer noch an der Stelle, an der sie ihn hatte stehen lassen. Sie studierte sein Gesicht aus dieser Entfernung und kam zu dem Ergebnis, dass er sich seiner Wirkung sehr wohl bewusst war. Auch seine Worte hatte er geschickt gewählt. Sie sollten Tanja endlich dazu veranlassen, sich ihm anzuvertrauen. Trotzdem konnte sie ihr Misstrauen noch nicht überwinden. Wer war er, dass er sich so in ihr Leben schlich? Aber viel wichtiger war doch: Warum ließ sie es zu? Ihr Vorsatz, keine Gefühle für Arbeitskollegen zu empfinden, war ihr seit dem Tod von Laras Vater wichtig gewesen. Aber Jean-Yves Vallaux brachte ihn zum bröckeln. Darüber ärgerte sie sich. Ihre Wut galt ihr selbst – nicht ihm.

Langsam ging er auf sie zu. Seine mit grauen Strähnen durchzogenen Locken kräuselten sich in der feuchten Luft. Seine hohe Stirn mit den schräg verlaufenden Falten, seine stahlgrauen Augen, seine vollen Lippen, alles Attribute, die Tanja magisch anzogen. Immer wieder ertappte sie sich dabei, wie sie ihn eingehend betrachtete. Als suchte sie etwas, was sie störte. Eine krumme Nase vielleicht, abstehende Ohren oder aufgeplatzte Äderchen. Aber sie entdeckte nichts dergleichen.

Dicht vor ihr blieb er stehen. Er überragte Tanja, schaute von oben auf sie herab. Vor ihm fühlte sie sich klein und schutzbedürftig, dabei war sie einen Meter und fünfundsiebzig Zentimeter groß. Mit gemischten Gefühlen erwiderte sie seinen Blick.

„Ich zeige dir Strasbourg", schlug er mit seiner dunklen Bassstimme vor, die Tanja trotz all ihrer inneren Widerstände zum Zuhören verleitete. „Ich werde der perfekte Stadtführer sein."

„Wir werden nur solange bleiben, bis wir vom Krankenhaus erfahren haben, wie es Bernard geht", stellte Tanja trotzig klar.

„Vergiss nicht, in Frankreich bin ich der Patron."

Tanja fühlte sich ertappt.

Nebeneinander schlenderten sie über die breite, stark befahrene Brücke auf den Rundbogen zu, von dem er sie vor einer halben Stunde erst weggelotst hatte. Es war der Eingang zum Münsterplatz von Strasbourg mit dem Namen Porte de l'Hôpital. Dort wechselte der Boden von Asphalt zu Kopfsteinpflaster, die Häuser von Beton- und Stahlklötzen zu Fachwerkhäusern. Sonnenstrahlen kämpften sich durch die dunklen Wolken, verliehen dem alten Stadtviertel eine nostalgische Atmosphäre.

Tanja folgte Jean-Yves durch Gassen mit Namen wie Kaufhüsgass oder Kurweggass, bis sie wieder vor einer Brücke standen, die über den Ill führte. Auf Tanjas staunenden Blick erklärte Jean-Yves: „Der elsässische Heimatfluss Ill teilt sich vor dem Zentrum von Strasbourg und umschließt mit seinen beiden Armen den historischen Stadtkern, als wolle er ihn schützen wie eine Befestigungsmauer."

Tanja schmunzelte über die poetische Beschreibung.

„Der innere Ring ist das Herz der Stadt. Er misst einen Durchmesser von gerade mal eintausendfünfhundert Metern. Hier haben sich fast 150 Bürgerhäuser aus dem sechzehnten und siebzehnten Jahrhundert erhalten, die mit ihren prachtvollen Fassaden die engen Gassen säumen. Sie tragen immer noch den Hauch jener Epoche, die zu der glücklichsten der Stadt zählte."

Sie schlenderten über eine kleine Steinbrücke und betraten den Münsterplatz. Tanja sah Fachwerkhäuser in allen Größen, Farben und Formen. Innerlich stimmte sie Jean-Yves zu. Wohin sie auch schaute, sie erfasste eine Atmosphäre, die sie ihre innere Schwermut vergessen ließ.

„Die Westfassade des Münsters beherrscht das Zentrum."

Tanja schaute an besagter Fassade hoch. Diagonal versetzte Rundbögen prangten ihr entgegen, spitz nach oben zulaufend mit steinerner Fensterrose über dem Eingangsportal.

„Aber nicht nur deshalb zählt der Münsterplatz zu den schönsten europäischen Stadtplätzen", sprach Jean-Yves weiter. „Es sind die Bauwerke, die in ihrer ursprünglichen Form erhalten geblieben sind."

Tanja schaute sich um und fand bestätigt, was Jean-Yves anpries.

„Natürlich ist auch diese Stadt weitergewachsen. Zur Romanik und Gotik, zu Fachwerk, Renaissance und Barock kamen neue Bauwerke dazu. Aber der Kern der Stadt ist der geblieben, der er war. Das Wachstum der Stadt hat in der Peripherie stattgefunden. Die Häuser im Herzen der Stadt stehen unter Denkmalschutz, weshalb wir es hier mit einer Schönheit zu tun haben, die unvergänglich ist."

Tanja schaute in Jean-Yves' Gesicht und fragte: „Was bedeutet dir diese Stadt, dass du so liebevoll von ihr sprichst?"

Jean-Yves lächelte, wirkte dabei sogar ein bisschen verlegen, wie Tanja es nicht von ihm kannte. Seine Gesichtsfarbe nahm eine dunklere Nuance an, als er antwortete: „Strasbourg ist meine Geburtsstadt."

„Und vor wie vielen Jahren wurdest du hier geboren?" Nun wollte Tanja es genau wissen.

Jean-Yves' Grinsen wurde breiter, als er ihr sein Alter nannte.

Tanja rechnete und bemerkte dann dazu: „Zu dem Zeitpunkt war Strasbourg französisch."

„Stimmt. Strasbourg ist seit 1945 französisch. Ich hätte schon einige Jahre älter sein müssen, um als Deutscher auf die Welt gekommen zu sein."

Tanja nickte.

„Und wo wurdest du geboren?", fragte Jean-Yves. „Das Wann überlasse ich dir, weil es nicht anständig wäre, eine schöne Frau nach dem Alter zu fragen."

„Das Wo ist einfach. In Saarlouis." Über den Rest schwieg Tanja sich aus.

„Oh, Sarre-Louis. Die Stadt des Sonnenkönigs", rief Jean-Yves aus.

Tanja lachte über seine spontane Reaktion.

„Louis XIV hatte auch für Strasbourg eine wichtige Bedeutung. Es gelang ihm durch einen so genannten Reunionskrieg, die Stadt an Frankreich anzugliedern. Gleichzeitig gab er das Münster an die Katholiken zurück, das durch die Reformation von den Protestanten in Beschlag genommen worden war. Wie du siehst, haben wir viel gemeinsam".

Die Kirchturmuhr begann zu schlagen, fünf Mal.

„Im Straßburger Münster steht eine astronomische Uhr", erwähnte Jean-Yves, nachdem der letzte Glockenschlag verhallt war. „Sie ist die einzige Uhr auf der ganzen Welt, die dreizehn schlägt."

Tanja schaute Jean-Yves ungläubig an und meinte: „Jetzt willst du mich auch noch hochnehmen."

Doch der große Mann präzisierte seine Aussage: „Das Besondere ist, dass diese Uhr zwei Zeigerpaare hat, die zwei Zeiten angeben: die mitteleuropäische Zeit und die astronomische. Die astronomische Zeitangabe ist um eine halbe Stunde verschoben.

Sie schlägt immer um halb die volle Stunde. Um halb zwei schlägt sie tatsächlich dreizehn."

„Das soll ich jetzt glauben?"

„Wir können uns morgen Nachmittag um halb zwei vor die Uhr stellen und die Schläge zählen. Du wirst staunen, wie viele Menschen für dieses Ereignis extra hierher reisen."

„Ich bin nicht hier, um Urlaub zu machen", stellte Tanja mit einem sauertöpfischen Grinsen klar. Sie schaute sich um. Die Sonne verzog sich in immer längeren Abständen hinter den Wolken. Kalte Böen frischten auf, das Tageslicht schwand. „Wir warten schon sehr lange. Ob es wohl Neuigkeiten über Bernard Meyer gibt?"

Das nahm Jean-Yves zum Anlass, sein Handy aus der Hemdtasche zu nehmen und zu wählen. Er entfernte sich einige Meter, als wollte er ein Geheimnis hüten. Kaum eine halbe Minute später kehrte er zurück und berichtete: „Bernard hat seine Verletzungen gut überstanden."

Tanja freute sich über diese Nachricht. Das gab ihr das Gefühl ihrer ersten guten Tat in Potterchen.

„Auf diese frohe Botschaft gehen wir jetzt essen", bestimmte Jean-Yves, ohne Tanjas Reaktion abzuwarten. Er steuerte ein Haus an, dessen Erdgeschoss aus Stein bestand, die Etagen darüber jedoch mit einem Fachwerk aus üppigen Schnitzereien prangten. Dunkelbraun stach dieses Haus von allen anderen auf dem Marktplatz ab.

Auf Tanjas große Augen erklärte Jean-Yves: „Maison Kammerzell ist das älteste und schönste Bürgerhaus Straßburgs. Liebhaber solcher antiken Kunstwerke vergleichen es gern mit dem Salzhaus in Frankfurt – mit dem kleinen aber feinen Unterschied, dass das Maison Kammerzell noch in seiner ursprünglichen Form existiert, während das berühmte deutsche Salzhaus im Zweiten Weltkrieg zerstört worden ist."

„Du könntest Reiseführer für Strasbourg werden, weil du deine Zuhörer mit deinen Schwärmereien ansteckst."

„Das ist gut", stellte Jean-Yves zufrieden fest. „Das ist genau das, was ich erreichen will. Ich möchte, dass du dich hier in Strasbourg wohlfühlst."

Im Innern des Lokals verschlug es ihr die Sprache. Festlich gedeckte Tische in einem dezenten Rosa, mit Fresken verzierte

Wände, mit weißen Ornamenten verschnörkelte Decken und getönte Fenster, die gedämpftes Tageslicht durch kleine, kunstvoll verzierte Butzenscheiben hereinließen, boten sich vor ihren Augen.

„Ich habe für Sie im ersten Stock reserviert." Mit diesen Worten trat ein Kellner auf sie zu und führte sie über eine steinerne Wendeltreppe eine Etage höher. Die Pracht, die Tanja dort oben entgegenschlug, ließ sie am oberen Treppenabsatz stehen bleiben. Bunt verzierte Gewölbe neigten sich über Tische und versammelten sich in kunstvoll behauenen Steinwänden zu Nischen, was die Privatsphäre der Gäste schützte.

Sie steuerten einen Tisch an, auf dem bereits Kerzen brannten und zwei Gedecke mit Porzellan von Villeroy & Boch und Kristallkelche in verschiedenen Größen glänzten. Ehrfürchtig nahm Tanja den angebotenen Stuhl. Jean-Yves setzte sich ihr gegenüber. Allein die Atmosphäre schaffte es, Tanja zu benebeln. Sie fühlte sich wie in einer anderen Welt.

Als Vorspeise bestellten sie sich gebratene Entenleber mit karamellisierten Birnen, dazu tranken sie Schwarzriesling, den Jean-Yves selbst empfahl. Zum Hauptgericht wählten sie Lammragout mit dem dazu passenden Cabernet Sauvignon, der sich durch seinen kräftigen Geschmack perfekt an das zarte Fleisch anpasste. Mit jedem Gang spürte Tanja den Alkohol mehr. Wohlig breitete er sich in ihr aus. Gelegentlich warf sie einen Blick aus den verspielten Fenstern. Die Nacht war hereingebrochen. Ihre Stimmung wurde ausgelassener. Das Gefühl, dass Bernard gerettet war, stimmte sie euphorisch. Inzwischen waren sie schon beim dritten Glas Wein angekommen, diesmal ein Riesling, der mit dem Obstdessert harmonisierte, das Tanja ausgewählt hatte. Sie schwelgte in Trägheit. Endorphine durchströmten ihren Körper. Sie fühlte sich rundum wohl.

Nach dem Essen bezahlte Jean-Yves die Rechnung.

Tanja saß weiterhin wie festgewachsen auf dem bequemen Stuhl.

„In Strasbourg können wir nichts mehr tun. Fahren wir zurück nach Potterchen?", fragte Jean-Yves.

Tanja hörte diese Frage wie aus weiter Ferne. Durch das Fenster sah sie das angeleuchtete Münster, die leisen Geräusche der anderen Gäste drangen an ihr Ohr, ebenso die harmonischen

Klänge klassischer Musik, Wärme lullte sie ein, eine angenehme Schwere durch den Alkohol legte sich über sie. Sie reagierte nicht.

Jean-Yves schaute sie lange an, bis er ohne Worte aufstand und den Tisch verließ.

Tanja blieb allein zurück. Genoss das Nichtstun, genoss die Friedlichkeit, die sie umschloss, genoss ihre Unbeweglichkeit.

Jean-Yves kehrte an den Tisch zurück. Er streckte ihr seine Hand entgegen. Tanja legte ihre hinein, ließ sich von ihm hochziehen. Er führte sie hinaus in das Treppenhaus. Er stieg die Wendeltreppe nicht hinunter, wie Tanja erwartet hätte, sondern hinauf. Widerstandslos folgte sie ihm.

Das Zimmer, das er ausgewählt hatte, war klein, gemütlich, mit Dachschrägen und einem verspielten französischen Bett in der Mitte. Durch die Fensterscheiben erkannte Tanja auch hier das Münster. Pittoresk sah es von oben aus.

Lange stand sie still da, ließ die Eindrücke der elsässischen Hauptstadt auf sich einwirken. Aus umliegenden Fenstern strahlte schwaches Licht, Bewegungen dahinter ließen auf Leben schließen. Leben, das weiterging und nicht brutal endete. Die Normalität und zugleich das Ungewöhnliche betörten Tanja. Sie hatte eigentlich kein Anrecht auf Urlaub in einer Zeit, in der viele auf ihre Hilfe hofften. Und doch war sie hier und tat nichts dagegen. Im Gegenteil. Es gefiel ihr - sie ließ es mit sich geschehen.

Ein leises Rascheln vernahm sie im Hintergrund, drehte sich aber nicht um. Dann spürte sie Jean-Yves' Hände an ihren Schultern, seinen Atem in ihrem Genick. Langsam tastete sich eine Hand zu den Knöpfen ihrer Bluse vor. Die andere legte sich um ihre Taille, zog sie enger an sich heran. Tanja sah aus ihrem Augenwinkel, dass er mit nacktem Oberkörper hinter ihr stand. Sie half ihm, ihre Bluse zu öffnen, ließ sie auf den Boden fallen. Der BH folgte der Bluse. Sie drehte sich zu ihm um und schloss ihn in seine Arme. Eng umschlungen sanken sie auf das niedrige, breite Bett. Seine Zunge berührte ihren Hals, ihre Brüste und wanderte hinunter zu ihrer Jeans die er mit behutsamen Bewegungen öffnete. Tanja half ihm dabei, das Kleidungsstück abzustreifen. Anschließend ließ auch Jean-Yves seine Hose fallen. Er legte sich über Tanja. Sie umfasste mit beiden

Händen seinen Po, spürte seine warme Haut, strich sanft dar-über, bis ihre Bewegungen heftiger und begieriger wurden. Er drehte sich auf den Rücken. Tanjas Hände strichen über seine Hüften bis zu seinen Lenden, fühlten seine Hitze, seine Erre-gung. Sanft zog er Tanja auf seinen Körper, schlang seine Arme um sie. Seine Berührungen waren vorsichtig, zärtlich, seine Bli-cke weich, liebevoll. Sie bewegten sich in einem federnden Rhythmus, schmiegten sich eng aneinander, vollführten immer wieder neue Drehungen, bis sie zum Höhepunkt gelangten.

Tanja fühlte sich angenehm erschöpft.

In dem Wunsch, seinen heißen Körper weiterhin an ihrem zu spüren, drängte sie sich dicht an ihn, genoss seine Arme, die sie einschlossen wie ein Kokon. Mit einem Lächeln auf ihren Lip-pen fiel sie in einen tiefen, traumlosen Schlaf.

61

Regen prasselte ohne Unterbrechung auf das Autodach. Die Fahrt von Strasbourg nach Potterchen verlief stumm. Das Radio lief so leise, dass der Moderator nicht zu verstehen war. Das einzige Geräusch, das sie begleitete, war das Rauschen des Regens. Überflutete Straßen zwangen sie, langsam zu fahren. Die schlechte Sicht durch die Windschutzscheibe ebenso.

Trotzdem erkannten sie es schon von weitem. Sie hatten Potterchen noch nicht erreicht, da stach ihnen die Veränderung ins Auge.

Die hohen Mauern der Ruine, die zum Ponyhotel umgebaut werden sollte, waren abgerissen worden.

„Ich wusste bisher nicht, dass die Franzosen so schnell arbeiten", gestand Tanja.

„Hier in Grenznähe ist alles anders als im Landesinnern. Hier haben wir viele Gewohnheiten der Deutschen übernommen. Zum Beispiel den Stress", erklärte Jean-Yves mit säuerlichem Grinsen.

„Und der Bürgermeister hat offensichtlich Stress. Warum beeilt er sich so? Bernard lebt noch."

„Das weiß Ernest Leibfried aber nicht."

Sie näherten sich den Gleisen.

Die Baufahrzeuge, die vor Tagen noch auf dem Klostergelände gestanden hatten, waren jetzt am zukünftigen Hotel im Einsatz. LKWs wurden mit Schutt beladen und fuhren davon.

Jean-Yves fuhr daran vorbei.

Tanjas Blick fiel auf den alten Friedhof. Die knorrige Eiche schwankte im Wind wie eine böse alte Frau, die mit gichtgekrümmten Fingern ihre Macht demonstrieren wollte. Unter ihren Greifarmen entfernte ein Minibagger Grabeinfassungen und Abdeckplatten. Die alten, mit Moos bewachsenen Grabsteine lagen achtlos auf einem Haufen. Doch das war nicht alles, was Tanja sah.

„Halt bitte an", rief sie.

„Was ist los? Willst du etwa durch den Regen laufen?"

Doch Tanja hatte die Beifahrertür schon geöffnet, sodass Jean-Yves nichts anderes übrig blieb, als abzubremsen. Hastig überquerte Tanja die Dorfstraße und passierte die Öffnung in der Friedhofsmauer.

Sie hatte sich nicht getäuscht. Neben dem Minibagger sprang François auf und ab und schrie auf den Fahrer ein. Aber der beachtete den Mann nicht, erledigte stur seine Arbeit, riss die nächste Einfriedung heraus und walzte die Erde darunter platt.

Tanja steuerte François an, packte ihn an seinen Schultern und zerrte ihn von der Baumaschine weg. Zu ihrer Überraschung ließ er sich das gefallen. Er wimmerte immer wieder: „Non. Non. Non. C'est un péché."

„Was ist eine Sünde?", fragte Tanja.

„Non. Non. Non. C'est un péché", wiederholte François statt einer Antwort.

„Was ist eine Sünde?", wiederholte Tanja ihre Frage.

„Non. Non. Non. C'est un péché."

Jean-Yves eilte Tanja entgegen, die den zappelnden François festzuhalten versuchte.

„Was ist hier los?"

„Ich weiß es nicht", gab Tanja zu. Ihr Blick ging über den ehemaligen Friedhof, der immer mehr einer einheitlichen Fläche glich. „Irgendetwas ist hier passiert, was François aus der Fassung bringt. Aber was?"

Sie schauten zu, wie der Minibagger die nächsten Gräber dem Erdboden gleichmachte.

„C'est un péché!", schrie François. „La pauvre fille."

Ein Gedankenblitz schoss durch Tanjas Kopf. „Ich glaube, ich sollte Sabine anrufen", sagte sie. „Vielleicht hat sie am Tag von Annabels Verschwinden etwas gesehen und wieder vergessen, weil sie es für unwichtig hielt."

„Jetzt klammerst du dich an Strohhalme", gab Jean-Yves zu bedenken.

„Hast du mehr zu bieten?"

Auf diese Frage konnte Jean-Yves keine Antwort geben.

„Irgendetwas ist hier, was François in Erregung versetzt. Es sind bestimmt nicht die Toten, die vor über hundert Jahren hier begraben worden sind."

„Da gebe ich dir recht", pflichtete Jean-Yves bei. „Eine Eingebung ist immerhin besser als nichts."

Sie zog ihr Handy aus der Jackentasche und wählte Sabine Radeks Nummer. Auf dem Festnetz erreichte sie ihre Freundin nicht, was in Tanja das ungute Gefühl auslöste, dass Sabine schon wieder im Begriff war, eine Dummheit zu begehen.

Sie wählte die Mobilnummer. Zu ihrer großen Überraschung hob Sabine schon nach dem zweiten Klingeln ab. Tanja hielt sich nicht lange mit Begrüßungsfloskeln auf, sondern stellte zügig ihre Frage: „Ist dir an dem Tag, als Annabel verschwand, irgendetwas aufgefallen, was du für total unwichtig gehalten hast?"

„Wie bitte?" Sabines Stimme klang krächzend.

„Hast du vielleicht jemanden im Dorf gesehen, den du nicht beachtet hast, weil er für dich nicht infrage kam, etwas mit Annabels Verschwinden zu tun zu haben?" Versuchte es Tanja eben anders.

Sabine murmelte. Sie schien nachzudenken.

„Warum stellst du mir diese Frage?", kam es aus der Leitung zurück.

„Weil wir gerade vor dem alten Friedhof von Potterchen stehen und ein geistig behinderter Mann seltsame Dinge sagt."

„Scheiße!", schrie Sabine in den Hörer, dass Tanja fast das Trommelfell geplatzt wäre. „Natürlich. Ich habe jemanden durch ein Gittertor auf einem Gelände gesehen, auf dem sich verwilderte Gräber befanden. Meinst du das?"

Tanja spürte, wie ihr Herz schneller schlug. „Ja. Was hat er gemacht?"

„Er hat Rosen auf ein Grab gelegt", Sabines Stimme überschlug sich. „Als ich ihn nach meiner Tochter gefragt habe, kam nur ein Stöhnen von ihm, das klang wie pauvre, riche oder so ähnlich."

„Hieß es la pauvre fille, la fille riche - vielleicht?"

Sabine überlegte kurz, bis sie zögernd zugab: „So ähnlich. Weißt du, was das heißt?"

„Sabine?" Tanja war fassungslos. „Du trittst dein Erbe in Frankreich an und kannst kein Französisch?"

„Nein. War bisher auch nicht nötig."

„Der Typ hat einen eindeutigen Hinweis gegeben." Tanja schnappte nach Luft.

„Scheiße! Scheiße! Scheiße! Willst du damit sagen, dass ich selbst schuld an allem bin? Hast du Annabel gefunden?"

„Wo war das Grab, an dem er gestanden hat?" Mit der Frage überging Tanja Sabines letzte Bemerkung.

„Da war so ein schmaler Weg." Sabine begann in ihren Erinnerungen zu kramen.

„Ja", drängte Tanja.

„Am Ende des Weges fingen direkt die Gräber an. Er stand am ersten Grab auf der linken Seite."

Tanja rannte auf den Friedhof. Sie konnte die Konturen des Weges noch erkennen. Die Steine waren an dieser Stelle noch nicht entfernt worden.

Jean-Yves zog seinen Ausweis heraus, zeigte ihn vor und befahl dem Mann, seine Arbeit zu beenden. Sofort verstummte die laut ratternde Maschine.

Tanja fand die Stelle, die Sabine beschrieben hatte. Sie blieb davor stehen. Gänsehaut kroch über ihren ganzen Körper. Sie zitterte, konnte den Blick nicht von diesem Grab abwenden. Eines wusste Tanja: Sollte Annabel tatsächlich dort begraben liegen, war sie tot. Verscharrt in einem namenlosen Grab. Ihr Zittern wurde heftiger.

François stellte sich neben sie, legte seinen Kopf schief und wimmerte: „La pauvre fille."

Tanjas Augen suchten den Platz nach Jean-Yves ab. Die Bauarbeiter, die damit beschäftigt waren, die Ruine abzureißen, standen an der Mauerseite, die noch verschont geblieben war. Sie alle ahnten, warum der Commandant die Arbeit gestoppt hatte. Ihre Blicke reichten von entsetzt bis sensationslustig.

Jean-Yves trat hinter dem Minibagger hervor. Auch er hatte Mühe, auf das Grab zu schauen. Sein Gesicht wirkte blass, seine Bewegungen hölzern.

„Was tun wir jetzt?", fragte Tanja, als wüsste sie die Antwort nicht schon selbst.

„Ich lasse den Baggerfahrer das Grab ausheben. Den juge d'instruction informiere ich gleichzeitig, damit wir die Genehmigung bekommen. Außerdem rufe ich in Strasbourg an, damit von dort die Kollegen kommen. Wenn du recht hast, haben wir hier einen Tatort und den Tatverdächtigen dazu."

Trotz starkem Regen versammelten sich einige Dorfleute an der Öffnung in der Friedhofsmauer. Ihre Spekulationen schallten laut über die Dorfstraße. Ihr Gemurmel schwoll an. Die Stimmung wurde aggressiv.

„Hier wird gerade alles getan, um auch noch den Bau des Hotels zu verhindern. Die Polizei sollten wir aus Potterchen verjagen", brüllte eine Männerstimme. „Die Police Nationale genauso wie die Gendarmerie."

„Nur Unheil richten sie an." Das war die Stimme einer Frau.

Als der kleine Bagger das Grab ansteuerte, ertönte ein Kreischen: „Die Toten verfluchen jeden, der ihre Gräber schändet."

Tanja drehte sich entsetzt um und schaute in das hassverzerrte Gesicht von Madame Wolff. Als ihre Blicke sich trafen, krächzte sie weiter: „Auf Lebenszeit soll ihr verflucht sein. Wie könnt ihr es wagen, euch an einer letzten Ruhestätte zu vergreifen?"

Mit wütendem Gesicht steuerte der Commandant Madame Wolff an. Furcht kannte diese Frau nicht. „Euch wird Schreckliches widerfahren. Ihr werdet es noch sehen. Ich weiß es. Niemand darf die Totenruhe stören", schleuderte sie Jean-Yves entgegen. Als der nicht reagierte, spuckte sie ihm ins Gesicht. Unter großer Selbstbeherrschung gelang es dem großen Mann, die Alte wortlos aus der Menschenmenge auf die Straße zu schieben.

„Lass deine dreckigen Finger von mir", verlangte sie und schlug wild um sich. „Du hast schon den Tod über deine Familie gebracht. Mit dir will ich nichts zu tun haben."

Jean-Yves ließ den Arm der Frau los und hielt ihr den Mund zu. Sofort war sie still.

„Besser so? Anders bekommt man dich ja nicht still."

Ein blau-weißes Polizeiauto rollte herbei. Am Steuer saßen die beiden Gendarmen Fournier und Legrand. Erleichtert winkte Jean-Yves den Männern zu, riss die Tür zum Fond des Wagens auf und stieß Madame Wolff unsanft hinein. „Schafft sie nach Oermingen wegen Behinderung der Polizeiarbeit. Sollen die Diensthabenden im Gefängnis selbst zusehen, wie sie mit der Alten fertig werden."

Der Polizeiwagen fuhr davon. Totenstille trat ein. Niemand wagte sich mehr, etwas zu sagen. Nach und nach entfernten sich die Dorfleute. Die Bauarbeiter suchten hastig ihre Autos auf, die auf der anderen Seite der Gleise standen, und zerstreuten sich in alle Richtungen. Nur einer blieb an der Mauer stehen, der Bürgermeister. Sein schwarzes Regencape glänzte nass. Seine Haare klebten verschwitzt an seinem Kopf.

Ihre Blicke trafen sich. Feindseligkeit schlug Tanja entgegen.

Langsam fuhr die Schaufel in die Erde. Weich sank sie hinein. Der Boden war locker, was Tanjas Vermutung bestätigte, dass dort vor kurzem gegraben worden war. Sie hob die Hand, damit der Baggerfahrer seine Arbeit sofort einstellte. Auf Jean-Yves' fragenden Blick bemerkte sie: „Wenn das Kind dort ist, dürfen wie es nicht mit der Schaufel verletzen. Wir müssen von Hand graben."

Jean-Yves nickte müde.

Tanja fühlte sich benommen. Ihre Augen sahen das Loch, das schon ausgehoben worden war, sahen die Endgültigkeit darin: Wenn Annabel dort drin lag, war sie tot. Sie zitterte, hatte sie doch alle Energie aufgebracht, um Annabels junges Leben zu retten. Aber jede Hilfe war zu spät gekommen.

Autos fuhren vor. Jean-Yves' tiefe Stimme rief Befehle, was bedeutete, dass die Kollegen aus Strasbourg angekommen waren. Eine Frau in Uniform führte François von der Grabstelle weg. Tanja reagierte nicht darauf. Sie starrte immer noch in das dunkle, feuchte, kalte Loch.

Es war das Handy, das sie aus ihrer Lethargie riss. Das Klingeln zerriss so unsanft die Stille auf dem Friedhof, dass Tanja fast zusammengebrochen wäre. Sie meldete sich.

Bis dahin hatte sie nicht gewusst, dass alles noch viel schlimmer kommen konnte.

62

„Tanja. Wie gut, dass ich dich erreiche."

Tanjas Herz krampfte sich zusammen, als sie die Stimme ihrer Mutter am Handy hörte. Noch nie hatte sie über das Handy angerufen, weil sie diese neumodischen Dinger hasste wie die Pest. Also bedeutete dieser Anruf nichts Gutes.

„Was ist los?", fragte Tanja tonlos.

„Deine Freundin Sabine Radek war hier. Ausgerechnet zu einem Zeitpunkt, als ich mit Lara allein war. Heinrich war bei seinem Hausarzt."

„Was wollte Sabine?"

„Sie wollte mir klarmachen, dass sie Lara mit nach Potterchen bringen soll."

„Nein. Niemals!", schrie Tanja.

„Ich habe ihr auch nicht geglaubt. Aber dann hat sie so geschickt mit Lara gesprochen… Und Lara kennt Sabine. Wie konnte ich mit dem Argument kommen, dass sie mit keinem Fremden mitgehen soll?"

„Heißt das, Sabine hat Lara mitgenommen?"

„Ja. Gegen meinen Willen. Ich habe alles getan, um sie daran zu hindern", berichtete ihre Mutter mit sich überschlagender Stimme. „Aber diese Sabine ist ein richtiges Teufelsweib. Sie hat mich zu Boden gestoßen. Ich kam nicht schnell genug hoch. Lara hat sie vorgemacht, das sei ein Spiel."

„Scheiße! Scheiße! Scheiße!", schrie Tanja außer sich.

„Heinrich weiß schon Bescheid. Er ist sofort losgefahren. Er will versuchen, Sabine auf dem Weg hierher einzuholen und aufzuhalten", hörte Tanja noch durch das Handy, bevor sie auflegte.

Sie zitterte so stark, dass ihr das Mobiltelefon aus der Hand fiel. Es landete genau in der Pfütze unter ihr.

Sofort war Jean-Yves zur Stelle, fischte das Handy aus dem Wasser und fragte: „Was ist passiert?"

„Sabine Radek bringt meine Tochter nach Potterchen." Tanjas Gesicht war kalkweiß, ihre Hände eiskalt, ihr ganzer Körper verkrampft. Sie spürte den Regen nicht, spürte nur innere Erstarrung. Ihre Kleider klebten an ihrem Körper, ihre Haare in ihrem Gesicht.

Jean-Yves strich sanft die nassen Strähnen aus ihren Augen und brummte: „Eine schöne Freundin hast du da." Er legte seinen Arm um ihre Schultern und wollte sie vom Grab wegführen, als jemand rief: „Wir haben etwas gefunden."

Der Bürgermeister stellte sich dicht an den Rand des Loches, das gerade ausgehoben worden war. Er warf Tanja einen Blick zu, als wollte er sie für sämtliche Katastrophen verantwortlich machen, die über Potterchen hereingebrochen waren. Die Mitarbeiter der Spurensicherung aus Straßburg kannten ihn, ließen ihn über ihre Schultern schauen, während sie immer schneller arbeiteten, immer aufgeregter durcheinanderredeten, bis alle urplötzlich verstummten.

Tanja schaute in das Loch.

Dort lag sie: klein, jung, tot.

Ihre Augen geöffnet. Ihre Hände gespreizt. Ihre Beine verdreht. Das Bild war grotesk. Es verschlug Tanja den Atem. Sie hatte erwartet, dass Annabel friedlich dort lag. Aber so war es nicht. Alles sah nach einem Kampf aus. Einem Todeskampf. Hatte das Mädchen noch gelebt?

*

Ein roter Daihatsu Cuore fuhr vor und hielt direkt vor Tanja, die sich mühsam vom Bordstein aufrappelte. Die Tür ging auf und ein fröhliches „Mami, Mami" ertönte.

Tanja wollte es nicht glauben. Sabine hatte es verdammt eilig gehabt, ihr Kind hierher zu bringen. Was wollte sie damit bezwecken? An ihren Instinkt appellieren, damit sie sich mit der Suche nach Annabel mehr Mühe gab? Tanja stöhne leise, weil das, was sie gerade herausgefunden hatten, unumkehrbar war. Es war zu spät, ihre Bemühungen voranzutreiben. Ihr Einsatz hier war an seinem Ende angekommen. An einem bitteren Ende.

Sie setzte ein missglücktes Lächeln auf, nahm ihre Tochter in die Arme. Lara trug ihren blauen Regenmantel mit Kapuze. Dazu gelbe Gummistiefel und Jeanslatzhose, ein Anblick, der Tanja in diesem Augenblick Freude machen konnte, weil sie darin so hübsch aussah.

Die Sonne kam zwischen den dunklen Wolken hervor und tauchte die Welt in ein gespenstisches Licht. Wind frischte auf, zerrte an Tanjas nassen Haaren.

„Habt ihr mein Kind gefunden?", fragte Sabine. Messerscharf klangen die Worte. Ihre Augen funkelten böse. Der Verlust von Annabel hatte aus Sabine eine Furie gemacht.

„Sie können mitkommen und Ihre Tochter identifizieren." Jean-Yves nahm Tanja diese Aufgabe ab, wofür sie ihm dankbar war. Während sie ihre Tochter im Arm hielt, führte er Sabine an das Grab.

Tanja schaute ihnen nach. Sie konnte nur Rücken sehen, erkannte nur Starre, keine Bewegung nichts. Wie nahm Sabine das Bild ihres toten Kindes auf? Verstand sie, was sie dort in dem geöffneten Grab sah? Tanja hatte große Not, nicht vor Lara in Tränen auszubrechen. Stattdessen drückte sie ihre Tochter so fest an sich, dass Lara anfing zu murren: „Du tust mir weh." Erschrocken ließ sie locker.

Plötzlich tauchte ein Reiter an der Ecke zum Restaurant „Chez Ernest" auf.

„Oh wie schön. Ein Pferd", rief Lara.

Tanja drehte sich zu dem Reiter um und erkannte Pascal auf einem Rappen. Hochnäsig saß er im Sattel. Sein Regencape legte sich weit über das unruhige Pferd und bauschte sich in den Windböen auf. Ohne einen Gruß wollte er die Gruppe von Polizisten und Schaulustigen passieren, doch sein Pferd scheute vor dem Blaulicht, das an mehreren Stellen auf der Straße aufleuchtete. Wütend riss er es am Zügel herum und kehrte um. Tanja beobachtete, wie unsicher er plötzlich wirkte. In Gedanken wünschte sie sich, dass gerade jetzt ein Zug vorbeifahren würde. Ein bockendes Pferd und ein herabstürzender Pascal Battiston – was für eine verlockende Vorstellung. Aber nichts dergleichen geschah. Das Pferd tänzelte in Richtung Stall zurück. Viele Dorfkinder tauchten plötzlich von allen Seiten auf und rannten laut jubelnd hinter dem Reiter her, was das Pferd noch nervöser machte.

„Auf den haben wir gerade gewartet", murrte Jean-Yves und stellte sich neben Tanja. „Vermutlich hat ihn die Neugier hierher getrieben."

„Doch nicht mit einem Pferd", zweifelte Tanja.

„Womit denn sonst? Wenn er zu Fuß kommt, läuft er Gefahr, vom wilden Mob überfallen zu werden."

„Und auf dem Pferd läuft er Gefahr, herunterzufallen", konterte Tanja. „Reiten kann er jedenfalls nicht."

Jean-Yves konnte dazu nichts sagen, also schwieg er.

Plötzlich wurde die Stille jäh unterbrochen. Sabine stürzte sich auf den Commandant, hieb mit ihren Fäusten auf ihn ein, schrie hysterisch, klammerte sich regelrecht an ihm fest. Ihre Wutanfälle wurden von Heulkrämpfen begleitet, die so schaurig klangen, dass es Tanjas Blut zum Gefrieren brachte. Sie versuchte ihre Freundin zu beruhigen und gleichzeitig den großen Mann von ihr zu befreien. Doch das Einzige, was sie erreichte, war ein Hieb ins Gesicht, sodass sie zu Boden ging. Zuerst sah sie nur Sterne, doch dann wurde ihr Blick wieder klar. Sie beobachtete, wie sich Jean-Yves von Sabine befreite und versuchte, beruhigend auf sie einzureden. Aber seine Worte kamen ihm nur langsam über die Lippen. Sabine hörte ihm nicht zu, wollte es gar nicht. Sie hieb mit ihren Vorwürfen weiter auf ihn ein, bis Tanja sich aufrappelte und sich wieder zwischen die beiden stellte.

„Du bist keinen Deut besser", schrie Sabine ihre Freundin an. „Ihr habt es euch hier gemütlich gemacht, während ihr mein Kind habt sterben lassen."

„Das stimmt nicht und das weißt du", verteidigte sich Tanja. „Wir haben alles getan, um Annabel zu finden."

„Das ist nicht wahr." Sabines Angriffslust bekam neue Energie. „Gar nichts habt ihr getan."

„Wir haben Tag und Nacht gesucht."

„Lüg' doch nicht! Die Nächte wusstest du dir schon anders zu vertreiben. Dabei habt ihr Annabel in diesem Grab sterben lassen."

Sabines Reaktion übertraf alles, was sie sich vorstellen konnte.

Da hatte sie alles getan, um ihrer Freundin zu helfen, hatte sich größter Gefahr ausgesetzt– und wofür? Um sich jetzt solche bösartigen Unterstellungen anzuhören?

Sie spürte Jean-Yves' Hände an ihren Oberarmen. Er wollte ihren Redefluss stoppen, doch es war zu spät. „François hat deutlich auf das Grab gezeigt, als du ihn nach deinem Kind gefragt hast. Warum hast du nicht auf ihn reagiert? Weil er geistig behindert ist?"

„Tanja. Hör bitte damit auf", brummte Jean-Yves' Stimme in ihr Ohr.

„Warum hast du nicht darauf reagiert, als François versucht hat, dir zu antworten?"

„Tanja", brüllte jetzt Jean-Yves.

Tanja sah ein, dass der Commandant recht hatte.

Sabine schrumpfte plötzlich vor ihren Augen, ließ sich auf den Boden sinken. Ihre Angriffslust war großer Resignation gewichen. Sofort taten Tanja ihre Worte leid. Sie kniete sich zu ihrer Freundin, nahm sie in die Arme, in denen Sabine sich ausweinte.

Ein Krankenwagen kam vorgefahren. Auf Tanjas staunenden Blick erklärte Jean-Yves, ihn bestellt zu haben. Sie brachten Sabine dorthin, ließen sie einsteigen und schauten dem Fahrzeug hinterher, wie es sich durch die Schaulustigen hindurchschlängelte.

Tanja drehte sich erleichtert zu Lara um, die eben noch an ihrer Seite gestanden hatte.

Aber da war sie nicht mehr.

„Lara?", rief sie und schaute sich um. „Lara?" Ungläubig schaute sie wieder zur Seite. Sie war nicht mehr da.

„Lara?" Ihre Stimme schlug um. „Wo bist du? Du willst doch nicht ausgerechnet jetzt deine Mutter erschrecken."

Jean-Yves schaute auf und traf Tanjas panischen Blick.

„Ich versteh das nicht", brachte Tanja hervor.

„Was ist passiert?"

„Eben war Lara noch da, jetzt ist sie weg."

„Vermutlich hatte sie sich gefürchtet, als sie deine Freundin so sah", überlegte Jean-Yves.

„Aber dann läuft sie doch nicht gleich weg."

„Lara", brüllte nun Jean-Yves, dass es unmöglich war, diesen Ruf zu überhören.

„Oder sie schaut sich nur ein bisschen hier um", murmelte Tanja, ohne selbst davon überzeugt zu sein.

„Hier?" Jean-Yves hob staunend eine Augenbraue. „Wo alles drunter und drüber geht? Sind Kinder so unbedacht?"

„Lara weiß nicht, was hier mit ihrer Freundin passiert ist", gestand Tanja. „Es war wohl ein Fehler, sie mit der Wahrheit zu verschonen."

„Mach dich nicht verrückt. Sie ist noch nicht lange weg. Wir finden sie", beruhigte Jean-Yves. „Vielleicht ist sie mit den Dorfkindern zum Stall gelaufen. Ich schau dort nach." Sofort sprintete er los.

Tanja ging zu den Resten der Mauer, die einst die Ruine umschlossen hatten. Der Durchgang klaffte wie ein großer Spalt. Direkt vor ihr erstreckte sich der brüchige Boden, dahinter die Gleise, hinter denen sich Wiesen und Felder offenbarten. Ihr Blick ruhte auf einem dunklen Fleck auf dem Feld. Der Fleck bewegte sich. Sie rieb ihre Augen, um besser sehen zu können. Jetzt war sie sich ganz sicher. Ein Mann mit schwarzer Kapuze entfernte sich mit hastigen Schritten. Sofort dachte sie an ihre eigene Begegnung mit dem Kapuzenmann. Wer war er? Warum hatte er es gerade jetzt so eilig, von hier wegzukommen? Diese Fragen überschlugen sich in Tanjas Kopf. Ein Gedanke nahm sofort Besitz von ihr: Der Kapuzenmann hatte ihr Kind entführt. Alles passte genau zusammen.

Hastig wollte sie die Ruine durchqueren, den Mann mit der Kapuze stellen. Schon brach der Boden unter ihr ein. Sie landete im eiskalten Wasser, fühlte sich wie erstarrt, bekam keine Luft, sah nur Schwärze. Kälte drang tief in ihren Körper, machte sie bewegungsunfähig. Sie prallte mit dem Rücken auf etwas Hartes. Wie in Zeitlupe bewegte sie ihre Füße. Sie ertastete, dass sie auf dem Grund auflag. Langsam stemmte sie sich hoch. Im Gesicht spürte sie einen Luftzug. Sie öffnete den Mund und atmete begierig ein. Zuerst klang alles gedämpft in ihren Ohren, wie durch eine dichte Watteschicht. Doch dann wurden die Geräusche immer lauter und lauter, bis sie sie als Stimmen identifizieren konnte. Lautes Rufen in zwei Sprachen, in Deutsch und in Französisch. Darunter eine bekannte Stimme.

Sie riss die Augen auf, schaute nach oben.

Da sah sie ihn, ihren Stiefvater Heinrich Behrendt.

Noch einige Männer standen um ihn versammelt. Jemand warf ihr ein Seil entgegen.

„Halt dich daran fest", hörte sie Behrendts Stimme.

Tanja griff zu. Sie spürte, wie sie hochgezogen wurde, spürte mehrere Hände, die nach ihr griffen und sie in Sicherheit brachten. Behrendt stand da, schaute ihr entgegen mit einem Gesicht, das Tanja erschrecken ließ. Kreideweiß war er. Er reichte ihr einige Wolldecken. Tanja zitterte heftig. Obwohl sich ihr Mund wie zugefroren anfühlte, versuchte sie zu sprechen: „Ich habe auf dem Feld einen Kapuzenmann gesehen." Sie merkte selbst, wie undeutlich ihre Aussprache klang.

„Tanja, es regnet. Da tragen fast alle Männer Jacken mit Kapuzen." Mit diesen Worten versuchte Behrendt, Klarheit in Tanjas Gedanken zu bringen.

„Ich bin mir sicher, er hat Lara entführt", stammelte sie weiter.

„Komm erst einmal zur Besinnung. In der Verfassung kannst du nicht klar denken."

Tanja wollte jetzt keine Belehrungen. Sie wollte ihre Verfolgung fortsetzen. Doch jeder Versuch aufzustehen, scheiterte. Ihre Beine waren zu schwach. Sie gab nach, sank auf den Boden und schloss die Augen.

Ein Rütteln riss sie aus ihrer Apathie, ließ sie ihre Augen öffnen. Sie glaubte, sie halluzinierte. Hinter Behrendt erblickte sie den Kapuzenmann. Er stand in einer dunklen Ecke. Er bewegte sich nicht. Tanja musste blinzeln. Sie konnte ihn kaum wahrnehmen, weil er schwarz gekleidet in völliger Finsternis stand. Etwas Helles schimmerte für den Bruchteil einer Sekunde durch. Es war sein Gesicht. Tanja erkannte ihn sofort: Es war der Bürgermeister. Sie konnte es nicht fassen. Mit letzter Kraft schälte sie ihre Beine aus den vielen Decken heraus, erhob sich zitternd und steuerte auf die Ecke zu.

Niemand stand dort.

Der Bürgermeister war verschwunden. Leer gähnte die dunkle Nische. Wie war das möglich? Drehte sie durch?

63

„Pascal Battiston ist mit einer Gruppe von Kindern aus dem Dorf ausgeritten", berichtete Jean-Yves den entgegenkommenden Polizeibeamten. Er zeigte in eine Richtung, die nur großes, weites Land aufwies. Von Reitern nichts zu sehen. „Vermutlich ist Lara dabei."

Obwohl Tanja sich von ihrer Gefühllosigkeit·durch das kalte Wasser befreien konnte, fühlte sie sich innerlich taub. Alles klang für sie wie ein Déja-Vu. Hatte Annabel Radeks Unglück nicht genauso angefangen?

„Wie kann er heute ausreiten?", fragte sie. „Es regnet."

Jean-Yves umfasste ihre Schultern, drückte sie sanft an sich und sprach mit seiner dunklen Stimme, die auf Tanja wie Hypnose wirkte: „Deiner Tochter wird nichts passieren. Wir werden diesen Schweinehund aufhalten, bevor er etwas anrichten kann."

Tanja befreite sich aus seinem Griff und ging auf das Feld, auf dem sie den Kapuzenmann gesehen hatte. Der Gedanke, dass dort vor ihren Augen etwas mit ihrem Kind passiert war, ließ sie nicht los. Die Erinnerung daran, wie nah Sabine ihrer Tochter gewesen war – ohne es zu erkennen – machte sie panisch. Das durfte ihr nicht auch passieren. Sie ging am ehemaligen Klostergelände vorbei und hielt inne. Sämtliche Planen waren heruntergerissen worden. In allen Erdlöchern sah sie Uniformierte. Jeder Winkel der Katakomben wurde abgesucht. Aber sie glaubte nicht daran, dass Lara dort lag. Den Kapuzenmann hatte sie auf der anderen Seite der Straße gesehen. Dort rannte sie hin. Jean-Yves forderte einige Kollegen auf, ihnen zu folgen. Sie überquerten Wiesen und Felder, die nass und sumpfig waren. Große Pfützen standen darauf. An manchen Stellen sanken sie knietief ein.

Wie konnte man hier reiten?

Behrendt mühte sich mit dem schweren Boden ab. Er wurde immer langsamer, sein Abstand zu Tanja und Jean-Yves immer größer. Nach einer Weile rief er: „Ich gehe zum Haus in der Rue de la Gare zurück, um dort die Ergebnisse der Suche entgegenzunehmen und weiter zu koordinieren. Die CRS sucht jeden Winkel ab. Sie erstattet dort Bericht. Es ist wirklich wichtig, dass jemand anzutreffen ist."

„D'accord", rief Jean-Yves, worauf Behrendt umkehrte.

Tanja taumelte weiter.

Sie sah einen Graben, in dem das Rinnsal zu einem reißenden Fluss angeschwollen war. Ihr Herz setzte aus bei dem Gedanken, dass Lara dort hineingefallen sein könnte. Kopflos wollte sie sich hineinstürzen, doch Jean-Yves war schneller. Er packte sie an der Taille und zog sie zurück. „Die Taucher sind schon aktiv. Sie suchen jeden Bach, jeden Tümpel, jede Pfütze, jedes Gewässer ab. Es wird keinen Winkel geben, den wir übersehen. Wir finden Lara."

„Annabel haben wir auch nicht gefunden – oder erst, als es zu spät war", hielt Tanja dagegen. Sie ließ sich auf dem nassen Acker nieder und begann zu weinen. Ihre Beherrschung war vorbei. Sie konnte nicht mehr. Die Tränen flossen reichhaltiger als der Dauerregen, der vom Himmel fiel. Es war, als hätten sich sämtliche Schleusen geöffnet.

Jean-Yves versuchte sie zum Aufstehen zu bewegen, aber Tanja reagierte nicht. Sie fühlte sich wie gelähmt. Immer wieder sah sie Laras Gesicht vor ihren Augen und direkt daneben das schreckliche Bild der toten Annabel.

„Ich bringe dich zu deinem Chef", beschloss er nach einer Weile. „Er wird wissen, was jetzt das Richtige für dich ist."

64

Wo war sie? Tanja schaute sich um.

Behrendt saß in dem alten Sessel vor ihr. Eine Hand hielt er am Herzen. Im Kamin brannte Feuer. Tanja lag langgestreckt auf dem Sofa. Ein Blick zum Fenster. Alles war pechschwarz.

„Was habe ich getan?", fragte sie entsetzt. „Habe ich seelenruhig geschlafen, während Lara da draußen in Gefahr schwebt?"

„Ich habe dir etwas zur Beruhigung gegeben", antwortete Behrendt. „Es war das Beste für dich. Und für Lara. Sobald der Commandant Lara gefunden hat, braucht sie ihre Mutter."

Tanja richtete sich auf. Sie fühlte sich furchtbar. Auch Behrendts Worte konnten nichts daran ändern.

„Wo ist der Commandant?", fragte sie.

„Auf der Suche."

Tanja ging in die Küche und schaute durch die Scheibe der Balkontür. Regen peitschte über das Land. Starke Windböen von Südwest frischten auf, rüttelten an den Bäumen und an dem Wellblechdach über der Terrasse, sodass es laut schepperte. Dabei drückten sich Wasserfontänen gegen die große Scheibe an der Tür, wo sie sich gleichmäßig verteilten. Trotz schlechter Sicht konnte Tanja die vielen kleinen Lichter sehen, die auf den Feldern auf und ab wackelten und langsam ihre Bahnen zogen.

„Ich werde auch mit einer Taschenlampe suchen", beschloss sie.

„Ich bitte dich, das nicht zu tun." Behrendts Stimme klang müde. „Ich weiß, dass du alles tun willst, um dein Kind zu finden. Aber verliere dabei bitte nicht den Kopf."

Tanja schaute ihn an, als könnte sie nicht glauben, was er da sagte.

„Die Beamten der CRS haben die Hundestaffel mobilisiert. Sie suchen ohne Pause schon seit Stunden", fügte Behrendt erklärend an. „Taucher sind in jedes Wasserloch getaucht und haben alles mit Unterwasserlampen abgesucht. Mehr als diese Leute kannst du auch nicht tun. Es hilft deinen Kind nicht, wenn du nachher todkrank bist."

„Annabel haben wir nicht retten können", stellte Tanja klar. „Warum sollte es uns bei Lara besser gelingen?"

„Weil Annabel von François vergraben wurde. Dieser Mann ist nicht da, um Lara etwas anzutun. Er wurde in die Psychiatrie gebracht."

Tanja meinte: „Stimmt. François ist nicht mehr da. Sonst würde es Lara genauso wie Annabel ergehen."

Eine Weile hörten sie nur den Regen auf das Wellblechdach trommeln. „Hat Annabel noch gelebt, als er sie vergraben hat?" Diese Frage musste Tanja stellen, auch wenn es ihr gerade jetzt nicht weiterhalf.

Behrendt nickte.

65

Hinter ihren Lidern erkannte Tanja, dass es taghell war. Langsam öffnete sie die Augen. Erst verschwommen, dann ganz klar sah sie Jean-Yves. Er saß neben ihr. Seine Augen waren geschlossen, sein Gesicht eingefallen. Tiefe Falten zogen sich über seine Stirn, seine Augen lagen in tiefen Höhlen. Tanja wollte aufstehen, da öffnete Jean-Yves seine Augen. „Wo willst du hin?"

Tanja ärgerte sich, dass er nicht schlief, wie sie angenommen hatte. Sie ließ sich zurück auf das Sofa plumpsen.

„Wir haben das Haus von Madame Wolff durchsucht", sprach er leise.

Tanja horchte auf. „Warum?"

„Weil sie Dinge gesagt hat, die sie verdächtig gemacht haben."

„Und?"

„Keine Lara. Dafür Desmartin", antwortete Jean-Yves. Frust schwang in seiner dunklen Stimme mit. „Den Unfall hat er erstaunlich gut überstanden. Ist gestern schon wieder aus dem Krankenhaus entlassen worden."

„Was macht er in Madame Wolffs Haus?", fragte Tanja.

„Sein Haus schwimmt weg." Jean-Yves grinste böse. „Geschieht ihm recht. Das Haus steht illegal in einem Hochwassergebiet."

Tanja verstand nichts.

„Schau dir den Regen mal an Die Meteorologen behaupten, es sei der Schlimmste seit über vierzig Jahren."

„Ich werde mich heute den Beamten der CRS anschließen. Sie starten mit Hubschraubern, die mit Infrarot-Suchgeräten ausgestattet sind. Sie haben mir angeboten, in einem der Helikopter mitzufliegen. Da kann ich mich nützlich machen", berichtete Behrendt.

„Das ist gut", erkannte Jean-Yves. „Von François haben wir eine ungefähre Beschreibung bekommen, wo er Annabel gefunden hat…"

„Du hast was?", fiel Tanja ihm ins Wort.

„Ich habe mit François' Betreuer gesprochen. Er sagt, dass François ein großes Mitteilungsbedürfnis hat. Er plappert unentwegt", berichtete Jean-Yves. „Er hat von Fleurette erzählt, wie er sie gefunden hat. Und zwar mausetot. Er hat das Kind in einem Schacht an den Gleisen vergraben und Blumen daraufgelegt. Und wie der Zufall es wollte, begegnete ihm eine halbe Stunde später ein Mädchen, das Fleurette zum Verwechseln ähnlich sah. Da dachte er, sie sei auferstanden. Überglücklich brachte er das andere Kind zu seinem Vater."

„Daniela Morsch", erkannte Behrendt.

„Als er Annabel Radek fand, dachte er, der einzig richtige Weg sei, das tote Kind zu vergraben, damit es die Chance hat, wieder aufzuerstehen. Nur mit dem Unterschied, dass Annabel nicht tot war ..."

Tanja fröstelte.

„Jetzt suchen wir die Stelle ab, an der er sie gefunden hat. Es besteht die Möglichkeit, dass das Pony immer in dieselbe Richtung läuft. Wie wir erfahren haben, stand das Pony früher im Reitstall in Sarre-Union. Deshalb können wir davon ausgehen, dass es jedes Mal dorthin zurücklaufen will. So grenzen wir den Radius ein, den wir nach Lara absuchen müssen."

Sie verließen das Haus. Die plötzliche Dunkelheit ließ sie innehalten. Gleichzeitig richteten sie ihre Blicke gen Himmel. Dort sahen sie schwarz. Nur schwarz. Alles schwarz.

Tanja rieb sich die Augen, öffnete sie und schaute wieder hin.

Der ganze Himmel glänzte schwarz und stieß entsetzliche Töne aus. Krächzen, Kreischen, Krähen. Ihr Puls beschleunigte sich, sie schaute sich um. Es war doch Tag. Oder drehte sie durch?

Wieder richtete sie ihren Blick nach oben. Erst jetzt verstand sie. Der Himmel war voller Raben. Alle schlugen dieselbe Richtung ein. Ihr Flügelschlag gab dem Himmel das Aussehen sich brechender Wellen in einem Meer aus Teer.

Sie schaute den schwarzen Vögeln nach. Sie flogen zum Reitstall von Pascal Battiston.

„Das sieht nicht gut aus", hörte sie Jean-Yves' dunkle Stimme. „Es muss etwas am Stall passiert sein."

Tanja war froh über seine Geistesgegenwart. Sie wäre nicht auf die Erklärung gekommen. „Hat das etwas mit Lara zu tun?"

„Vermutlich nicht", entschied Jean-Yves. „Trotzdem werde ich hinfahren und nachsehen."

„Ich komme mit."

*

Behrendt steuerte den Flughafen in Sarre-Union an. Jean-Yves und Tanja fuhren zum Reitstall. Das Licht wurde immer dunkler, je näher sie kamen. Tanja fühlte Beklemmung in sich aufsteigen. Sie passierten die letzte Kurve und schon lag der große Stall verlassen vor ihnen. Kein Mensch, der sich um die Pferde und Ponys gekümmert hätte. Nichts. Nur Raben, Raben, Raben - über ihnen, neben ihnen, um sie herum. Ihr Krächzen drückte der ohnehin morbiden Atmosphäre einen geisterhaften Stempel auf.

Sie stiegen aus und näherten sich der Anlage. Da sahen sie es.

Tote Ponys lagen auf den Koppeln hinter dem Heuschober, neben dem Stall und neben dem Reitplatz. Aus den Offenställen im Hof gab es kein Lebenszeichen. Tanja warf einen Blick hinein. Tot. Alle Pferde tot. Im großen Stall, der mehr als zwanzig Pferde beherbergen konnte, lagen überall Pferdekadaver. Raben machte sich an ihnen zu schaffen.

„Was hat das zu bedeuten?"

„Ich vermute, die Pferde wurden vergiftet", sprach Jean-Yves bedächtig seine Vermutung aus.

„Wie kommst du darauf?"

„Ganz einfach. Schau mal, wie viele Raben zwischen den Kadavern liegen – ebenfalls tot."

Tanja erschauerte innerlich. Wohin sie auch blickte, überall lagen die großen leblosen Tiere mit den schwarzen Vögeln, die teilweise an ihnen pickten und teilweise nur noch in ihren letzten Zuckungen waren.

„Und wenn du genauer hinschaust siehst du, dass keine weiteren Raben mehr an die Kadaver rangehen. Sie haben begriffen, dass was nicht stimmt, weil ihre gefiederten Kumpels, die sich an dem Aas gelabt haben, verendet sind."

„Sind Raben so schlau?"

„Raben sind extrem intelligent. Nicht umsonst werden sie bis zu hundertzwanzig Jahre alt."

Der Himmel füllte sich immer weiter mit diesen Vögeln, die Geräuschkulisse wurde immer unerträglicher. Wie konnte so etwas geschehen? Wer tötete dreißig Pferde?

Sie hastete aus dem Stall, wollte nach Luft schnappen. Aber draußen wurde es auch nicht besser. Der Himmel glänzte immer noch schwarz. Verzweifelt richtete sie ihren Blick auf den Weg, der zum Stall führte. Er war übersät mit Pfützen, in denen sich die Raben am Himmel spiegelten.

Niemand kam. Weder der Bürgermeister noch sein Schwiegersohn.

„Den Stallbesitzer interessiert es wenig, was hier passiert ist", stellte sie fest. „Dabei sind seine Pferde sein Kapital für das zukünftige Ponyhotel."

„Erinnerst du dich noch an das Streitgespräch zwischen Bürgermeister und Schwiegersohn?", fragte Jean-Yves. „Pascal wollte neue Pferde. Der Bürgermeister hat ihm diesen Wunsch abgeschlagen."

„Du glaubst, Pascal steckt selbst hinter dieser Massentötung?"

Jean-Yves überlegte, trat nervös von einem Fuß auf den anderen, bis er sich Tanja zuwandte, sie in seine Arme schloss und sagte: „Die Pferde sind mir egal. Meine Sorge gilt Lara. Deshalb fahre ich jetzt zu diesem Schweinehund und quetsche aus ihm die Wahrheit heraus, was gestern bei dem Ausritt passiert ist."

„Ich komme mit."

„Nein. Das mache ich allein." Damit war für Jean-Yves das Thema beendet. Er stieg in seinen Dienstwagen und fuhr mit Vollgas davon. Tanja blieb nichts anderes übrig, als ihre Suche nach Lara zu Fuß fortzusetzen.

Regen setzte ein und wurde stärker. Tanja spürte, wie er durch die Jacke drang und kalt an ihrem Körper klebte. Trotzdem ging sie weiter. Wind frischte auf. Ihr Mund fühlte sich wie gelähmt an, als sie Laras Namen rief. Auch ihre Finger ließen sich nur mühsam bewegen, als sie den Reißverschluss ihrer Jacke höher ziehen wollte. Schon von weitem sah Tanja die Ansammlung vieler junger Männer, die systematisch das Gebiet durchkämmten. In Reih' und Glied im Gänsemarsch bewegten sie sich – scheinbar unberührt von den Wassermassen, die vom Himmel fielen und von den Raben, die sich nach und nach wieder entfernten.

Ganz plötzlich wurde der Regen so dicht, dass Tanja außer einer grauen Wand nichts mehr sehen konnte. Sie verlor die Orientierung. Gerade eben hatte sie noch Wiesen und Felder voller suchender Polizisten gesehen. Jetzt fühlte sie sich mutterseelenallein - von der Welt abgeschnitten.

Fühlte sich Lara genauso?

Tanja musste weinen, sank auf die Gleise. Ihr Körper schüttelte sich von ihren Weinkrämpfen. Ihr Körper schmerzte, alles tat ihr weh. Sie fühlte sich so verzweifelt, so einsam, so verlassen von der Welt.

Mit einem Mal war der Wolkenbuch vorbei. Der normale Regen kam Tanja wie die reinste Erholung vor. Sie konnte wieder die Männer sehen, wie sie das Gelände zwischen dem Dorf und der Saar absuchten. Aber was sie auch sah, war, was sie nicht sah. Sämtliche Wiesen und Felder waren verschwunden – versunken in einem riesengroßen Meer. Ihr blieb die Luft weg vor Schreck. Das Hochwasser reichte bis zu den Bauernhäusern am Rand von Potterchen.

Sie blickte an sich herunter. Ihre Füße standen in braunem, dreckigem Wasser. Müll, Jauche, zerborstene Bretter, verfaultes Laub und jede Menge Dreck schwammen in der Brühe. Wie sollte Lara unter solchen Bedingungen überleben?

Sie watete der Suchmannschaft entgegen. Doch die Antwort, die sie dort erhielt, vernichtete all ihre Hoffnungen. Entmutigt kehrte sie um, ging die Gleise entlang. Sie fror ganz entsetzlich. Ihre Beine fühlten sich steif an, was sie den durchnässten Hosen verdankte. Die Gleise neben ihr verliefen auf einem Wall, der weit über das Hochwasser hinausragte. Die Felder auf der gegenüberliegenden Seite, die bis nach Sarre-Union reichten, waren von den Wassermassen verschont geblieben. Lediglich Pfützen hatten sich dort gebildet, die im grauen Tageslicht schimmerten.

Ohne es zu wollen, musste sie am Stall vorbeigehen. Es gab keinen anderen Weg. Sofort hafteten ihre Augen an dem silbernen Pick Up, der dort mutterseelenallein stand. Wann war Pascal zum Stall gekommen?Vermutlich während der Wolkenbruch niederging. Deshalb hatte Tanja ihn nicht bemerkt.

Sie ging zum Stall. Aber dort gab es von Pascal keine Spur. Die toten Tiere lagen immer noch unberührt im Offenstall und auf der Koppel.

Tanja kam der Gedanke, Lara dort zu suchen. Vielleicht hatte sie sich im Stall versteckt, weil sie fürchterliche Angst hatte und nicht wusste, wo sie hingehen sollte. Diese Eingebung gab Tanja neue Energie. Laras Namen rufend ging sie durch jede Box, schaute hinter jedes tote Pferd. Dabei musste sie ihre Abscheu unterdrücken. Leicht fiel ihr das nicht. Aber die Hoffnung, dass Lara sich hier irgendwo verschanzt hatte, trieb sie an.

66

Eisige Kälte rüttelte ihn wach.

Unsanft. Schmerzhaft. Qualvoll.

Als er in dem schmutzigen Grundwasser versank, ahnte er, dass das sein Ende bedeutete. Zuviel war passiert, bevor er in dieser Grube gelandet war. Zuviel gesagt worden. Aber sein Körper schien noch leben zu wollen. Benommen schüttelte er den Kopf. Wen wollte er überzeugen? Seinen Körper oder sich selbst? Er fühlte sich wie aus einem tiefen Schlaf gerissen. Bestimmt halluzinierte er. Er war doch eben noch kerngesund gewesen. Hatte sich wortgewaltig gegen seinen Feind geschlagen.

Was war passiert?

Er war gerannt. Weggerannt. Dann hatte ihn ein schwerer Schlag am Hinterkopf getroffen.

Für einen Augenblick hörte er auf zu strampeln. Jede Bewegung trieb ihn tiefer. Das wollte er nicht. Er wollte nach oben. Er sammelte seine Kräfte und versuchte, sich mit den Händen an etwas festzuhalten. Er hob eine Hand, riss jedoch die andere unwillkürlich mit. Er zerrte daran. Nichts tat sich. Er suchte mit seinen Beinen nach einem Halt, nach Boden oder einer Wand. Nichts. Er öffnete seine Augen, doch das kalte, dreckige Wasser trieb einen quälenden Schmerz hinein. Er presste sie wieder zu. Gesehen hatte er nichts.

Es gab kein Entrinnen.

Als er um Atem rang, schluckte er Wasser. Er wollte husten, dabei drang noch mehr Wasser in seinen Hals. Mit beiden Händen wollte er an seine Kehle. Da erst spürte er den Strick um seine Handgelenke. Sie waren zusammengebunden.

Mit seinen Zähnen versuchte er den Knoten zu öffnen. Dabei schluckte er immer wieder größere Mengen dieses ekelhaften Wassers. Seine Muskeln wurden steifer. Seine Bewegungen immer träger. Er musste sich beeilen. Die Luft wurde immer knapper. Die Kälte immer unerträglicher. Sie kroch in sämtliche Körperteile, breitete sich darin aus, machte ihn unbeweglich.

Er drehte sich. Wieder und wieder.

Im Strudel verlor er jede Orientierung. Hinter seinen Augenlidern nahm er abwechselnd Dunkelheit und Helligkeit wahr. Er war nur wenige Zentimeter vom rettenden Rand entfernt. Er spürte es. Er streifte eine raue Mauer. Seine Haut riss auf. Seine Schulter schmerzte, der Knochen hatte sich an der Mauer gerieben. Es war genau die Mauer, die die Katakomben einfasste, aus denen er mal etwas Großes machen wollte. Die Mauern, die mal seine Zukunft sein sollten. Jetzt trieb er darin wie ein lebloser Kadaver. Er stieß an einen Pfeiler, konnte ihn mit der Hand nicht umfassen. Es gelang ihm nicht, seine Hände aus dem Strick zu befreien. Dabei waren Stricke Teil seiner täglichen Arbeit. Wie viele Knoten hatte er schon geknüpft und wieder geöffnet? Er kannte jede Form von Knoten. Er kannte sich hier aus, wusste, wo er war, wusste, warum er hier war.

Dieser Ort war kein Geheimnis für ihn. Zahllose Male hatte er ihn durchquert, mit wachsamen Augen jedes Detail ausgemessen, jeden Winkel abgeschätzt, jede Schwachstelle. Er hatte hier gesessen, war seinen Tagträumen nachgehangen, hatte Ideen entwickelt, Pläne geschmiedet, die ihn seinem Ziel näherbringen sollten. Sein Verstand sagte ihm, dass sein Traum niemals wahr werden würde. Denn aus diesen Katakomben wurde nun sein Grab.

Das Gewicht seines Körpers wurde ihm zum Verhängnis. Dabei wog er nicht viel. Der Weisheit, Fett schwimmt oben, läge viel Tröstliches zugrunde, hätte er Fett an seinem Körper. Aber er trug kein Gramm zu viel am Leib. Wie ein Stein fühlte er sich, während er mit jeder Sekunde tiefer sank. Seine Hände versuchten, einen Halt an der Mauer zu finden. Er spürte viele geeignete Mauervorsprünge. Aber er konnte nicht zupacken. Alles an ihm war bewegungsunfähig. Er wollte dem Tod nicht ins Auge blicken. Er wollte kämpfen, wand sich wie ein Aal, verkrampfte seinen Körper, bleckte die Zähne gegen das kalte Wasser, heulte auf, was heftige Wasserstrudel vor seinem Gesicht erzeugte. Ihm wurde schwindelig. Ein heftiges Zittern überfiel ihn. Er spürte, wie sein Herzblut ins Stocken geriet.

Plötzlich umgab ihn Helligkeit. War das der Hoffnungsschimmer oder das Licht am Ende des Tunnels? Langsam entfernten sich alle Geräusche, wurden leiser und leiser, bis sie verstummten. Das kurze Aufflackern von Licht verlöschte, das Pochen seines Herzens wurde langsamer und leiser und schwächer, bis er sich kampflos der kalten Strömung des Wassers überließ.

67

„Was soll das heißen, das Hotel wird nicht gebaut?", schrie René Pfaffenkopf.

„Bleib hier! Wir reden mit dir." Das war die brummende Stimme des Schafsbauern André Mattes.

„Du kannst nicht einfach davonlaufen", keifte Madame Wolff.

Der Bürgermeister blieb stehen. Er schwitzte aus allen Poren. Was sollte er den aufgebrachten Menschen sagen?

„Wir müssen die Untersuchungen der Polizei abwarten, dann geht der Bau weiter", sprach er das, was er in den letzten Wochen immer wieder gesagt hatte, und trat tiefer ins Gebäude der Mairie hinein.

„Den Spruch kennen wir schon." Madame Wolffs schrille Stimme schallte über die Dorfstraße. Der Bürgermeister vermied es, den Mob ins Büro zu lassen. Er fürchtete sich vor den Menschen, die mal seine Vertrauten gewesen waren. Die Blicke, die sie ihm zuwarfen, ließen ihn das Schlimmste annehmen. Zimperlich waren sie nicht. Das wusste er aus eigener Erfahrung. Deshalb wollte er es nicht riskieren, sich deren Wut schutzlos auszuliefern.

„Wenn du uns nicht bald eine Wiedergutmachung für unser Land gibst, dann kann ich für nichts mehr garantieren." Während Pfaffenkopf seine Drohung aussprach, spielte er nervös an seiner grünen Schürze.

„Ich habe mich auf dein Wort verlassen", schimpfte Madame Wolff. „Meine Enkelin sollte endlich einen Arbeitsplatz bekommen."

Ernest sperrte hastig die Tür von innen ab.

„Unterschätze uns nicht." Das war die Stimme von Mattes, dessen Schafskopf verdächtig wackelte.

Durch die Glasscheibe sah der Bürgermeister die Drohgebärden. Er entfernte sich.

„Wir sprechen keine leeren Drohungen aus."

Er öffnete die Tür zum Vorzimmer.

„Uns betrügt man besser nicht."

Er schloss die Tür hinter sich.

„Du wirst uns noch kennenlernen."

Die Stimmen wurden leiser.

„Du bist hier deines Lebens nicht mehr sicher."

Müde trat er durch die nächste Tür, landete in seinem Büro und ließ die Tür hinter sich zufallen. Sämtliche Geräusche von draußen waren ausgeschlossen. Stille hüllte ihn ein, wog ihn in Sicherheit. Er ließ sich auf den Schreibtischstuhl sinken. Ratlos. Planlos. Ziellos.

Nach Hause zu gehen, das wagte er sich genauso wenig. Auch dort würden ihm unangenehme Fragen gestellt werden.

Seine Gedanken verfolgten ihn. Auf Schritt und Tritt. Ständig kreisten sie um seine Verfehlungen. Alle seine Pläne, sein Bürgermeisteramt mit Würde zu tragen, waren fehlgeschlagen. Ebenso sein Bestreben, ein vernünftiges Leben für sich und seine Familie aufzubauen.

Wie sollte er seiner Tochter erklären, dass das Kind, das er und seine Frau wie ihr eigenes hüteten, nicht ihr eigenes war?

Wie sollte er seiner Frau erklären, dass Madame Schweitzer in die Wohnung über der Mairie – direkt über ihm – eingezogen war, um immer in seiner Nähe zu sein?

Wie sollte er den Tod der Pferde erklären?

Er schüttelte sich bei der Erinnerung an all die toten Tiere. War das das Ergebnis seiner Unnachgiebigkeit, Pascal neue Pferde zu kaufen?

Pascal Battiston. Allein der Name ließ das Blut in seinen Adern gefrieren. Er hatte damals an seine Rettung geglaubt, als der den jungen Mann kennengelernt hatte. Doch jetzt war sein Schwiegersohn sein Untergang geworden. Es war zu Pascals Besessenheit geworden, Kinder auf Ausritte mitzunehmen, um dem Reitstall einen philanthropischen Anstrich zu verleihen. Ein Ponyhotel wollte er betreiben, das in allen farbigen Urlaubsprospekten angepriesen werden sollte. Ganz Frankreich sollte davon wissen und seine Kinder zu ihm schicken. Dabei war Pascal weder ein Menschenfreund noch liebte er Kinder. Was bezweckte er wirklich mit diesem scheinheiligen Projekt?

Und er – der Schwiegervater - war für ihn das geeignete Mittel, sein hochgestecktes Ziel zu erreichen.

Wie sollte Ernest erklären, dass nun zum zweiten Mal ein deutsches Mädchen bei einem Ausritt verschwunden war?

Wie ließ sich das Verschwinden dieser Mädchen mit den großartigen Plänen vereinbaren, ein Ponyhotel zu bauen?

Die Dunkelheit, die ihm durch die Fenster entgegenschlug, machte ihm seine Aussichtslosigkeit erst recht bewusst. Noch nie hatte er zu so später Stunde in seinem Büro arbeiten müssen. Noch nie war er dem Scheitern so nahe gewesen.

Sein Schreibtisch wirkte verwaist.

Das schwache gelbe Licht der Tischlampe spendete nur einen begrenzten Kegel. Der Rest des Raumes lag in Finsternis. In der nächtlichen Schwärze fühlte er sich geborgen, sicher, unbeobachtet. Er erhob sich, ging hin und her, dachte darüber nach, was ihm zugestoßen war, seit die deutsche Polizistin in Potterchen aufgetaucht war. Sein Plan, ein Lotissement zu bauen, war gescheitert, der Bau ihm untersagt worden, weil ein Kinderskelett gefunden wurde, das niemals hätte auftauchen dürfen.

Er schüttelte über sich selbst den Kopf. Wie hatte er das ‚Wunder von Potterchen‘ nur so gedankenlos akzeptieren können? Warum hatte er sich nicht selbst darum gekümmert, dass das tote Kind niemals wieder auftauchen konnte?

Jetzt war es zu spät. Jetzt musste er zusehen, wie er seinen Status als Bürgermeister einer vorzeigbaren Gemeinde retten konnte. Das konnte ihm nur noch durch den Bau des Hotels gelingen.

Aber auch da machten die Konflikte nicht halt.

Ausgerechnet dort hatte diese deutsche Polizistin das zweite vermisste Mädchen gefunden. Begraben. In einem Grab, das schon seit über hundert Jahren keine Funktion mehr hatte.

Tanja Gestier war ein Fluch für ihn. Was hatte sie bereits alles aufgedeckt, was er bis jetzt vor jedem Polizisten, vor jedem Lieutenent und vor jedem Commandant erfolgreich hatte geheimhalten können?

Mit der Arrêt Provisoire hatte er an einen klugen Schachzug geglaubt. Dabei war der Schuss nach hinten losgegangen. Jetzt wusste das ganze Dorf, wer François wirklich war. Umsonst hatte er all die Jahre die raffgierige Pflegemutter teuer dafür bezahlt, dass sie den Mann als Pflegekind aufnahm und die Klappe hielt.

Tanja Gestier hatte hinter die Wahrheit geblickt. Hinter jede Wahrheit.

Wie eine böse Fügung war nun auch noch ausgerechnet deren Kind spurlos verschwunden. Er hatte die Kleine nicht erkannt, als sie vom Pony gefallen war. Alle seine Versuche, sie zurückzuholen, waren kläglich gescheitert. Er staunte immer noch, wie es einem kleinen Mädchen gelingen konnte, ihm zu entkommen. Sie war vor ihm davongerannt und plötzlich wie im Erdboden verschwunden. Er wusste selbst, wie unwahrscheinlich das klang. Sie war so winzig und doch war es ihr gelungen, ihn abzuhängen. Er wunderte sich immer noch darüber.

Aber damit wollte er nichts zu tun haben. Tanja Gestier gäbe ihm die Schuld daran. Seine Beteuerungen, dass er dem Kind nur helfen wollte, würde sie in den Wind schlagen. Sie brauchte einen, den sie ans Kreuz nageln konnte. Und der wollte Ernest nicht sein.

Wut machte sich in ihm breit.

Er wollte nicht scheitern. Eine Hoffnung gab es noch. Das Hotel.

Aber auch da war noch lange nicht das letzte Wort gesprochen. Nicht nur, dass die Gendarmen zu allem Überfluss immer noch in Potterchen umherstreiften und diese sinnlose und vor allem erfolglose Steinigung an seinem Schwiegersohn untersuchten – nein, jetzt untersuchen sie auch noch den Brandanschlag auf Christian Schweitzer. Es hätte doch genauso gut als Unfall durchgehen können – wie bei Gilbert Krieger. Verärgert schüttelte Ernest Leibfried den Kopf, rieb sich über Gesicht und Augen, als könnte er damit seine Sorgen abstreifen.

Und um seinem Scheitern die Krone aufzusetzen, hatte Bernard den Anschlag überlebt. Das sollte den Bürgermeister aufrütteln. Er durfte nicht tatenlos abwarten, bis Bernard über den Vorfall redete. Denn reden war das Einzige, was Bernard im Überfluss tat.

Wieder griff er zum Handy. Wieder meldete sich nur die Mailbox. Er musste seinen Schwiegersohn erreichen, damit er zu Ende brachte, was er in Bernards Garage versiebt hatte. Das war Pascal ihm schuldig.

68

Jean-Yves saß als Einziger hellwach im Wohnzimmer. Der deutsche Kriminalrat saß zusammengesunken in dem alten Lehnsessel und schnarchte. Tanja lag auf dem Sofa. Jean-Yves setzte sich auf den Boden, immer Tanja beobachtend. Sie hielt ihre Augen geschlossen. Er ahnte, dass sie fest schlief, denn Heinrich Behrendt hatte sie zu einer Schlaftablette überreden können. Ihr hübsches Gesicht wirkte entspannt. Ihre dunklen Haare breiteten sich fächerförmig über die Sofalehne aus. Zärtliche Gefühle durchströmten seinen Körper. Die Welle war so heftig, dass er erschrak. Sofort überkam ihn ein schlechtes Gewissen gegenüber seiner Frau. Es war nicht recht, für eine andere Frau so stark zu empfinden, schalt er sich. Er schüttelte seinen Kopf. Aber es gelang ihm nicht, seine ambivalenten Empfindungen abzuschütteln. Wann hatte er das letzte Mal seine Frau so angesehen? Er wusste es nicht mehr. Seine Erinnerungen ließen ihn im Stich. Seine Gefühle für die Frau, die ihm einmal alles bedeutet hatte, rückten von ihm ab. Er konnte plötzlich ihr Gesicht nicht mehr sehen, wusste nicht mehr, wie sie ausgesehen, wie ihre Stimme geklungen, wie sich ihr Körper angefühlt hatte.

Er sah nur Tanja. Erinnerte sich daran, wie gut es sich angefühlt hatte, als sie eng umschlungen im Hotelbett gelegen hatten, hörte den Klang ihrer Stimme, als spräche sie in diesem Augenblick zu ihm. Hatte ihr hübsches Gesicht direkt vor Augen.

An ihre erste Begegnung erinnerte er sich ganz genau. Damals war er sich seiner Sache sicher – viel zu sicher gewesen. Er hatte nicht die geringste Ähnlichkeit zwischen Tanja und seiner Frau gesehen. Weder im Aussehen, noch in ihrem Verhalten. Tanjas Anderssein hatte ihm das Gefühl der Überlegenheit gegeben, das Gefühl, dass nur er die Fäden in den Händen hielt.

Siegessicher. Hochmütig. Anmaßend.

Er war eines Besseren belehrt worden.

Die Aufrichtigkeit, die Natürlichkeit und die Anständigkeit, die Tanja ausstrahlte, hatten aus ihm eine Marionette gemacht. Eine Marionette seiner eigenen Selbstüberschätzung. Tanja hatte von Anfang an die Fäden in der Hand gehalten. Er hatte es nur nicht bemerkt - nicht bemerken wollen. Tanja war ihm offen und verletzlich begegnet. Diese Kraft hatte ihm gefehlt. Jetzt saß er da und bangte um Tanjas Kind. Er war sich ganz sicher, dass dieses Kind keine bessere Mutter haben könnte. Es hatte jedes Recht der Welt, mit seiner wunderbaren Mutter glücklich zu sein. Er war bereit, alles zu tun, um dieses junge Leben zu retten. Um Mutter und Kind wieder zusammenzubringen. Alles. Egal, welche Ketten er dafür sprengen musste. Bisher hatte er leider keinen Erfolg vorzuweisen.

Endlose Trauer überfiel ihn.

69

Behrendt erwachte in dem alten Sessel. Mit zitternden Händen hielt er sich die Brust. Tanja erwachte zur gleichen Zeit auf dem Sofa, das zu ihrer Schlafstätte geworden war. Sie hatte nicht die Kraft gehabt, die Treppe nach oben zu gehen. Die Schlaftablette hatte sie regelrecht außer Gefecht gesetzt. Wie es aussah, war es Jean-Yves und Heinrich Behrendt ähnlich ergangen. Sie warf einen Blick in Behrendts Richtung. Mit einer hastigen Bewegung ließ er seine Hände in seinen Schoß fallen. Jean-Yves lag langgestreckt auf dem Boden, in eine alte zerschlissene Wolldecke eingewickelt. Das Tageslicht drang wie eine Mahnung durch die Fenster ins Wohnzimmer. Tanja fühlte sich schuldig, einen neuen Tag erwachen zu sehen, ohne zu wissen, ob Lara ihn ebenfalls erleben konnte. Im Haus fühlte es sich kalt an. Der Kamin war irgendwann in der Nacht erloschen. Behrendt erhob sich schwankend, schichtete etwas Holz auf und entfachte ein neues Feuer.

„Die Kadaververwertung SARIA Industries Sud-Est kommt morgen mit mehreren LKWs die toten Pferde abholen", sprach er mehr zu dem Kamin, als zu Tanja und Jean-Yves.

„Warum erst morgen?"

„Der Auftrag ist zu groß. So viele LKWs haben sie nicht frei."

„In dem Fall ist eigentlich die Association foncière zuständig", brummte Jean-Yves' Stimme unter den Decken hervor. Der Berg geriet in Wallung, mehrere Decken wirbelten durch die Luft, bis sich der große Mann freigekämpft hatte. „Die Tiere wurden getötet. Das muss untersucht werden", fügte er an.

„Das sehe ich auch so."

„Ich informiere die Gendarmerie. Das liegt in deren Aufgabenbereich." Jean-Yves sah müde und abgekämpft aus.

„Wo warst du gestern?" Diese Frage richtete Tanja an Jean-Yves. „Am Stall hast du mich alleingelassen, danach habe ich nichts mehr von dir gesehen."

„Ich war auf der Suche nach Lara."

„Im Alleingang?"

„Ich werde uns was zum Frühstück holen." Damit versuchte Jean-Yves Tanjas Fragen auszuweichen.

„Wie kannst du ans Essen denken?"

„Aber ... Wir dürfen nicht verhungern, wenn wir Lara finden wollen", antwortete er erschrocken.

„Nur an dich denkst du. Essen und Trinken und Amüsieren. Meine Lara ist dir scheißegal. Hauptsache, du hast, was du willst."

„Ich will Lara finden. Lebend! Bei Annabel haben wir versagt. Das darf nicht wieder passieren."

Behrendt begab sich zu seiner Stieftochter, nahm sie in seine Arme und sprach mit leiser Stimme: „Du tust dem Commandant Unrecht. Er will uns nur versorgen, damit wir bei Kräften bleiben und weiter nach Lara suchen können. Verhungert und wahnsinnig nützen wir deiner Tochter nichts."

Tanja schaute den Mann an. Behrendt sah alt aus. So kannte sie ihn nicht. Sie bemerkte auch zum ersten Mal, dass seine Stimme zitterte.

„Du hast recht", gab sie zu. „Wie immer."

„Nicht wie immer", widersprach Behrendt. „Dieses Mal habe ich recht."

„Heißt das, dass ich jetzt etwas zum Frühstück besorgen darf?", vergewisserte sich Jean-Yves.

Tanja nickte schwach. Sie wusste, sie würde doch nichts essen können. Aber sie wollte vernünftig sein – oder zumindest vernünftig erscheinen. Jean-Yves öffnete die Tür, da schlugen ihm gleich mehrere Stimmen gleichzeitig entgegen.

„Grand malheur." „C'est terrible." „Il est mort."

Sofort standen Tanja und ihr Stiefvater hinter ihm.

„Was ist da los?"

„Wer ist tot?" Tanjas Stimme überschlug sich.

„Nicht Lara", beruhigte Jean-Yves sofort. „Sie sprachen von einem Er – nicht von einer Sie."

„Trotzdem sollten wir nachschauen. "

Sie zogen die Tür hinter sich zu und folgten den vielen Menschen, die alle den Weg in Richtung Gleise einschlugen.

Sie passierten Christelles Haus. Dort bogen sie in den Chemin de Hohenau ein.

Tanja kannte diesen Weg, war ihn oft genug gegangen, als sie auf der verzweifelten Suche nach Annabel Radek war. Doch an diesem Tag sah dort alles anders aus.

Das Hochwasser war gestiegen. Es reichte bis an Christelles Grundstück und den Parkplatz der kleinen Kapelle, der die andere Seite des Weges flankierte. Sämtliche Gärten und Hinterhöfe glichen Seen, alle Keller waren überflutet. Feuerwehrwagen standen an vielen Häusern. Die Pompiers hatten ihre Arbeit unterbrochen. Durch das Abpumpen des Wassers war der Pegel gesunken und etwas zum Vorschein gekommen.

Ein Mensch.

Schockiert standen sie im Halbkreis um den Toten herum, wussten nicht, was sie tun sollten.

Schon von weitem erkannte Tanja, dass dort nicht ihre Tochter lag. Dafür war der Körper viel zu groß. Eine Erleichterung durchflutete sie, dass sie fast laut gejubelt hätte. Aber ihre Vernunft hielt sie zurück. Doch eine morbide Neugier trieb sie genauso wie die vielen Dorfbewohner näher heran.

Jean-Yves war es, der sich an seine Aufgaben als Polizist erinnerte. Er befahl den Schaulustigen, zurückzutreten, kramte ein Absperrband aus seiner Jackentasche, das er zwischen den gegenüberliegenden Gartenzäunen quer über den Weg befestigte.

Tanja stellte sich direkt neben die Leiche.

Vor ihr lag lag seitlich und leicht verkrümmt Pascal Battiston. Seine Hände waren auf dem Rücken mit einem Strick gefesselt, wie man ihn als Anbindestrick für Pferde verwendet. An seinem Hinterkopf prangte eine dicke, aufgeplatzte Beule. Sein Hemd war an den Schultern zerrissen. Blaue Flecken und Schürfwunden konnte Tanja dort erkennen. Es sah aus, als habe er vor seinem Tod noch gekämpft.

„Das sieht übel aus", stellte sie fest.

Jean-Yves meinte dazu: „Ich werde die Gendarmerie informieren. Die werden das übernehmen."

In der Miene des Commandants erkannte Tanja eine Entschlossenheit, die sie verwunderte. Aber damit wollte sie sich nicht beschäftigen. Damit konnte sie sich gar nicht beschäftigen. Der kurze Moment des Glücks, nicht Lara tot aufgefunden zu haben, war wieder verschwunden und tiefer Verzweiflung gewichen.

70

Es war Nacht, als Tanja erwachte. Die Straße vor dem Haus lag in Totenstille. Gelbes Licht der Straßenlaterne fiel durch das Fenster ins Wohnzimmer, spiegelte sich in der Scheibe des Kamins, der erloschen war, an den alten Schränken, deren Holz stumpf und matt schimmerte, an der Tapete, deren grässliches Muster in der Farbe Grün mit Bordüren in Rot abstieß.

Tanja fühlte nichts. Keine Taubheit, keinen Schmerz, keine Trauer, keine Wut. Ihr Kopf bestand nur aus Watte. Sie nahm alles wie in Trance wahr. Alles erschien ihr langsam, viel zu langsam. Dabei war sie es, die sich am langsamsten bewegte. Sie spürte nicht die geringste Lust, auf dem Sofa liegen zu bleiben. Im Wohnzimmer war sie allein. Weder Jean-Yves noch Heinrich Behrendt leisteten ihr Gesellschaft. Sie stand auf, ging den kurzen Flur entlang zur Treppe. Von oben hörte sie Schnarchen. Es klang nach Behrendt. Er schlief tief und fest, und das war gut so.

Aber wo war Lara?

Das war genau die Frage, die Tanja aus ihrer Lethargie riss. Sie suchte sich wetterfeste Schuhe, eine wasserdichte Jacke, steckte ihre Waffe ins Holster und packte die große Taschenlampe ein. Das Haus verließ sie über die Terrasse, weil alle anderen Türen so laut knarrten, dass sie sie verraten könnten. Es hatte aufgehört zu regnen. Auch der Wind hatte nachgelassen. Durch das hohe, wildwüchsige Gras passierte sie die Scheune und trat auf die Dorfstraße.

Alles lag still da. Die Fensterläden der meisten Häuser waren fest verschlossen, als wollten die Bewohner nichts von der Außenwelt spüren. Vor ihr machte die Dorfstraße einen Linksbogen. Die Straßenlaterne war genau in der Kurve ausgefallen. Die Dunkelheit in dieser Ecke wirkte beängstigend. Tanja konnte fast nichts erkennen. Lediglich ein schwaches Licht fiel durch alte Klappläden eines Bauernhauses geriffelt auf die Straße, verlieh dem Asphalt schmale, helle Streifen. Tanja dachte wieder an die Geschichte, die Bernard ihr erzählt hatte.

Der ‚Butzemummel‘.

Laut Bernard sei er ein wilder Jäger, der seine Jagd um die Häuser und durch die schmalen Gassen von Potterchen trieb. Wenn Fensterläden klapperten oder sich lange Schatten und rätselhafte Nebelgestalten durch die Finsternis schlängelten, wäre der Butzemummel nicht weit.

Tanja schüttelte sich vor Angst. Wie musste es Lara bei diesem Licht ergehen, wenn Tanja sich als Erwachsene schon fürchtete? Eisige Kälte zog durch ihren Körper. Sie beschleunigte ihre Schritte.

Schnell war der Rundgang durch das Dorf beendet, schon stand sie wieder vor dem Haus, in dem alles Unheil angefangen hatte.

Ausgerechnet jetzt fiel ihr eine weitere Gruselgeschichte ein. Eine der vielen Verwünschungen von Madame Wolff. Auf dem Haus Nummer zwölf lastet ein Fluch. Jede Frau hat dort ihr Kind verloren. Wenn ihr glaubt, ihr seid darüber erhaben, dann seid ihr im Irrtum.

Die Alte durfte auf keinen Fall recht behalten. Das nahm sich Tanja grimmig vor. Niemals. Sie hatte mit ihren verbitterten Hetzkampagnen und Flüchen alles nur schlimmer gemacht. Aber Tanja würde ihr keine Genugtuung geben. Sie würde Lara finden. Lebend.

Wieder setzte sie sich in Bewegung, überquerte die Gleise und marschierte immer weiter.

Im fahlen Mondlicht, das nur gelegentlich hinter Wolken hervorkam, spürte sie, dass die Straße stetig bergauf führte. Ihre Atmung wurde heftiger. Auch die Konturen der Felder rechts und links konnte sie deutlich erkennen – sie standen nicht unter Wasser. Die Katakomben des ehemaligen Klosters zu ihrer Linken waren von der Überflutung verschont geblieben. Ebenso die rechte Seite. Ihre Augen blickten suchend über das weite Land. Dort konnte Lara überall sein. Allein, einsam, verängstigt, auf ihre Mutter wartend. Deshalb wollte Tanja da sein, wenn Lara gefunden wurde. Sie musste wachsam sein, durfte nichts übersehen. Sie erreichte den kleinen Buchenhain. Dahinter ging es bergab. Von diesem Standpunkt aus konnte Tanja bis Sarre-Union sehen. Die Lichter der Stadt leuchteten in die Nacht. Sie folgte der Straße bis zur Route Nationale, kehrte um und hetzte den ganzen Weg wieder zurück.

Der Tag erwachte langsam aus seinem viel zu langen Schlaf. Tanja fühlte sich nicht müde, obwohl sie nur wenige Stunden geschlafen und schon viele Kilometer hinter sich gebracht hatte. Ein Blick über die Felder hinter Potterchen verriet ihr, dass das Hochwasser zurückgegangen war.

Das ging schnell, dachte Tanja. Gestern noch war Potterchen ein Dorf direkt am Meer. Heute zeichneten sich wieder in aller Klarheit die umgepflügten Äcker und abgesteckten Kuhkoppeln hinter den Bauernhäusern ab.

Der Reitstall tauchte hinter den Gleisen auf. Penetranter Gestank schlug ihr entgegen. Die Reste der Ruine, die zu einem Ponyhotel umgebaut werden sollte, stach in ihrer Unregelmäßigkeit grotesk in Richtung grauen Himmel. Der Anblick erinnerte Tanja wieder an das Bild eines Mannes mit schwarzer Kapuze. Er war über das Feld auf das Buchenwäldchen zugelaufen. Tanja hatte ihn gesehen, als sie in der Ruine nach Lara suchen wollte. Der Kapuzenmann war der Bürgermeister. Als sie aus dem kalten Wasser gerettet worden war, hatte der Bürgermeister mit seiner schwarzen Kapuze in einer dunklen, fast nicht erkennbaren Nische gestanden und sie in aller Ruhe beobachtet. Das Bild vor ihrem geistigen Auge war keine Einbildung. Es war eine klare Erinnerung. So langsam fügte sich in Tanjas Kopf alles zusammen. Hatte er in dem Augenblick seinen Plan gefasst, Lara zu töten?

Tanja würde es herausfinden. Und noch viel mehr.

Sie erreichte Stall und sah das Auto des Bürgermeisters dort stehen.

Das war kein Zufall – nicht für Tanja. Sie wusste, was zu tun war. Langsam näherte sie sich dem Auto. Der Schlüssel steckte noch. Der Hof lag verlassen da. Vermutlich hielt sich der Bürgermeister im Stalltrakt auf.

Sie trat vor das große Gebäude. Ein Strick lag dort auf dem Boden. Ein Anbindestrick für Pferde. Sie erinnerte sich daran, dass Pascals Hände mit einem solchen Strick zusammengebunden waren. Kurz entschlossen trat sie darauf zu, hob ihn auf, dabei wusste sie selbst nicht, warum.

Ein Geräusch.

Sie drehte sich um. Der Bürgermeister stand vor ihr.

Sein Gesicht nahm sofort feindselige Züge an. Das konnte er haben. Tanja war auch nicht in freundschaftlicher Absicht gekommen.

„Sie werden mir jetzt sagen, wo Sie meine Tochter versteckt haben!"

„Sie spinnen doch."

„Nein. Sie spinnen, wenn Sie meine Frage nicht ehrlich beantworten."

„Wollen Sie mir drohen?" Das Gesicht des Bürgermeisters lief rot an.

„Genau das." In aller Ruhe zog Tanja ihre SIG-SAUER Typ P 6 aus dem Holster. Schwarz und bedrohlich wirkte sie in Tanjas Hand.

Der Bürgermeister wurde blass.

„Ich weiß, wie ich damit umgehen muss", sprach Tanja in einem gelassenen Tonfall. „Ich übe regelmäßig."

Als der Bürgermeister immer noch nichts sagte, fügte sie an: „Und ich habe keine Scheu, einen Mann wie Sie damit zu erschießen."

Der Bürgermeister begann zu zittern.

„Wo ist mein Kind?"

„Ich weiß es doch nicht", stammelte er.

„Falsche Antwort."

Tanja trieb ihn an. Auf unsicheren Beinen setzte sich der kleine untersetzte Mann in Bewegung. Sie verließen den Reitstall. Ernest stolperte zwischen zwei Koppelzäunen hindurch auf das freie Feld zu.

„Wo ist Lara?"

„Ich habe keine Ahnung", stammelte er.

„Schon wieder falsch." Tanja hob die Waffe an und zielte auf die Beine des Bürgermeisters. Dann hob sie die Waffe höher, in Richtung rechte Schulter. „Ich glaube, ich fange mit Ihren Armen an. Ihre Beine brauchen Sie noch zum Laufen."

„Ich weiß nichts. Wirklich nicht." Sein Stammeln ging in Heulen über.

„Ich weiß, dass Sie lügen. Ich habe Sie gesehen. In der Ruine und auf dem Feld, wo mein Kind verschwunden ist."

„Das kann nicht sein."

Sie überquerten ein Feld. Tanja konnte in diesem Augenblick nicht sagen, wo sie war. Ihre ganze Aufmerksamkeit galt dem Bürgermeister. Lange stolperte er vor ihr her und versuchte sie zu besänftigen. Aber diese Worte hörte Tanja nicht. Sie trampelten durch Pfützen, durch Matsch, durch aufgeweichte Wiesenflächen. Nichts konnte Tanja mehr aufhalten.

Sie gelangten an die Saar. Normalerweise war der Fluss an dieser Stelle klein, schmal und unscheinbar. Nur an diesem Tag nicht. Der Regen hatte einen reißenden Strom daraus gemacht. Die Vegetation wucherte über dem Wasser. Nackte, kahle Bäume ragten wie Greifarme darüber hinweg. Dichte Sträucher verdeckten Teile des Ufers. Lediglich kleine Buchten gaben den Blick auf das Wasser frei.

Der Bürgermeister stolperte rückwärts, ohne zu schauen, wohin er trat.

Tanjas Waffe zielte genau auf sein Gesicht.

„Diese Waffe hat Kaliber 9 mm." Tanja musste ihre Stimme gegen das Rauschen des Flusses anheben. „Was glauben Sie, wie groß das Loch in Ihrer Stirn sein wird, wenn ich abdrücke?"

Der Mann drehte sich um und rannte los. Tanja hatte keine Mühe, ihm zu folgen. Er stolperte, rappelte sich auf, stolperte wieder und ließ sich von Tanja auf die Füße ziehen.

„Ich sehe hier einen Feigling, der sich einen Spaß daraus macht, kleinen Mädchen Angst einzujagen", flüsterte Tanja ihm ins Ohr.

„Ich habe Ihrer Tochter nichts getan", stotterte der Bürgermeister.

„Natürlich haben Sie das. Ich habe gesehen, wie Sie sie gejagt haben."

„Das kann nicht sein."

„Nur war ich zu weit weg, um den Ort zu lokalisieren", sprach Tanja weiter, als hätte der Bürgermeister nichts gesagt. „Sonst würde ich mich mit Abschaum wie Ihnen nicht abgeben, sondern Sie gleich erschießen."

„Ich habe Ihrem Kind nichts getan."

„Seien Sie endlich ein Mann und sagen Sie mir, wo Lara ist!"

„Ich weiß es nicht."

„Inzwischen sollten Sie kapiert haben, dass ich diese Antwort nicht hören will."

Tanja richtete die Waffe auf die Stirn des Mannes.

Der Bürgermeister hob sein linkes Bein an und versuchte damit nach Tanja zu treten. Wie aus einem Reflex heraus schlang Tanja den Pferdestrick, den sie immer noch in der anderen Hand hielt, um dessen Wade, zog daran und sah zu, wie der Bürgermeister auf dem nassen Boden landete.

„Also: Wo ist Lara?"

„Ich …", stammelte der Bürgermeister und wollte sich aufrappeln.

Tanja spürte zum ersten Mal Hoffnung. Sie zog an dem Strick, sofort fiel er erneut zurück. „Sprechen Sie ruhig weiter."

„Ich wollte doch nur…" Der Bürgermeister verstummte.

Tanja entsicherte ihre Waffe.

„Ich wollte dem Kind helfen."

„Warum haben Sie es nicht getan?"

„Ich bin ihr gefolgt, weil ich verhindern wollte, dass noch ein Kind verschwindet. Aber die Kleine war so schnell verschwunden, dass ich meinen eigenen Augen nicht getraut habe."

„Warum nicht gleich so?"

„Sie wollen jemanden dafür ans Kreuz nageln – der will ich nicht sein." Die Stimme des Bürgermeisters nahm ein ungesundes Falsett an. „Ich habe befürchtet, dass Sie mir nicht glauben."

„Jetzt glaube ich Ihnen", sprach Tanja so ruhig sie nur konnte. „Also, wo ist Lara?"

71

Behrendt stieg die schmale Steintreppe hinunter. Er hatte seit Tagen das erste Mal fest geschlafen und fühlte sich jetzt besser. In der Küche war niemand. Im Wohnzimmer auch nicht.

Wo steckte Tanja?

Der Commandant folgte ihm im kurzen Abstand. Er war fix und fertig, rieb sich über seine kurzen Locken und fragte: „Wo ist Tanja?"

„Ich weiß es nicht." Behrendts Stimme klang besorgt.

Sie sahen es gleichzeitig: Die Balkontür war nur angelehnt.

„Kann es sein, dass Tanja eine Dummheit macht?", fragte Jean-Yves.

Behrendt kratzte sich am Kopf, überlegte eine Weile, bis er zugab: „Wenn es um ihr Kind geht…"

„Dann sollten wir sofort nach ihr suchen."

„Ich rufe sie an." Behrendt zog sein Mobiltelefon aus der Tasche und wählte hastig Tanjas Nummer. Dabei stellte er auf Lautsprecher. Das Handy klingelte und klingelte und klingelte, bis endlich die erlösende Antwort kam: „Gestier."

„Tanja. Um Himmels Willen. Wo steckst du?"

„Ich habe keine Zeit für lange Erklärungen", unterbrach Tanja hastig. Sie atmete schwer, als sei sie in Eile. „Sag Jean-Yves, er soll die Beamten der CRS zu dem Hügel hinter den Gleisen am Buchenwäldchen bestellen. Sie sollen ihre Hunde mitbringen."

„Warum?"

„Lara ist dort, wo die Kanalrohre für das Lotissement lagern."

„Was macht dich so sicher?"

Jean-Yves lauschte dem weiteren Gespräch nicht mehr, sondern rief über sein Handy die Kollegen an. Als Behrendt zu ihm aufblickte, erklärte er: „Sie sind unterwegs. Mit Hunden."

„Hast du gehört, Tanja? Sie sind unterwegs." Aber das Gespräch war schon beendet.

Die beiden Männer zogen dicke Jacken und festes Schuhwerk an und verließen das Haus. Jean-Yves sprang hinter das Steuer seines Peugeot, Behrendt setzte sich auf den Beifahrersitz. Zügig fuhren sie die Stelle an, die Tanja beschrieben hatte. Fast gleichzeitig trafen die Beamten der CRS mit einem Bus dort ein. Tanja näherte sich vom freien Feld. Dabei rannte sie so schnell, dass sich niemand wagte, sie aufzuhalten. Ihre Kleider waren durchnässt, ihre Haare klebten an ihrem Kopf. Ihr Gesicht leuchtete hochrot. Ihre Atmung ging hastig. An den Betonrohren angekommen schrie sie: „Hier muss ein Loch sein, das dafür gezogen wurde, die Kanalisation für das Lotissement zu legen. In dem Loch ist sie."

„Wie kommst du darauf?"

„Frag nicht. Such!"

Mit lautem Bellen sprangen die Hunde vor das Auto. Auf Kommando der Männer begannen sie mit der Suche.

Tanja verfolgte sie auf Schritt und Tritt, blieb bei jeder Vertiefung im Boden stehen und leuchtete mit der Taschenlampe hinein, bis plötzlich alle Hunde gleichzeitig anschlugen.

Tanja stürzte sich auf die Stelle. Ein Polizist hielt sie fest und schrie: „Attention! Wir wissen nicht, wie tief es ist." Er zeigte auf ein Seil, mit dem er die Frau sichern wollte.

Tanja hörte nicht auf die Männer, sondern kletterte kopfüber hinein. In letzter Sekunde gelang es dem Gendarmen, das Seil um ihre Taille zu binden, damit sie nicht verloren ging.

Der Gang führte schräg in die Erde. Sie roch feuchten Sand und Fäulnis. Wassertropfen sickerten aus den Wänden, die sich glatt anfühlten.

Tanja kroch weiter.

Immer wieder fiel sie in tiefen Schlaf – traumlosen Schlaf. Wenn sie erwachte und die Augen öffnete, fühlte sich alles gut an.

Es war gar nicht mehr dunkel. Sie spürte keine Schmerzen mehr. Da, wo sie war, gab es keine Schmerzen. Alle Schatten waren verschwunden, nur noch helles Licht umgab sie.

Kein Kapuzenmann, der ihr hätte Angst einjagen können.

Nichts.

In ihrem Kopf fühlte sie sich ganz leicht. Das war schön. Hunger und Durst verspürte sie auch nicht mehr. Sie spürte nur noch angenehmes Schweben.

Wohin sie wohl schwebte?

Sie lächelte, ohne ihre Augen zu öffnen.

Sie wusste, da, wo sie hin schwebte, war alles gut.

Das war kein Traum, das war Wirklichkeit.

Sie spürte auch keine Kälte mehr. Im Gegenteil, alles fühlte sich warm an.

Das Licht wurde immer heller. War sie im Himmel? Wenn das der Himmel war, war er schön.

Hörte sie die Stimme ihrer Mutter?

Oh ja. Sie klang wie ein Engel – kam immer näher.

Wunderbare Wärme breitete sich in ihr aus.

Das musste der Himmel sein. Da wollte sie bleiben. Zusammen mit ihrer Mutter.

Lara lächelte.

72

„Lara? Lara, ich komme", sprach Tanja in die Finsternis.

„Lara."

Keine Antwort.

Sie kroch tiefer.

„Lara."

Immer noch keine Antwort.

Von oben hörte sie Stimmen. Ein eindeutiges: „Tanja, pass' auf!", drang zu ihr durch. Das war Behrendts Stimme.

„Lara."

Ein Rascheln. Tanjas Herz blieb stehen. War das ihr Kind?

Sie richtete die Taschenlampe in die Richtung, aus der sie das Rascheln vernommen hatte. Da sah sie es. Ein schmutziger Haarschopf. Er bewegte sich nicht. Sie kroch die letzten Meter hinunter.

Da lag sie. Ihre Tochter. Verkrustet, eins mit der lehmigen, dunklen Erde. Ihre Augen geschlossen. Ihre Hände vor der Brust zusammengefaltet.

Tanja kroch auf sie zu und schloss sie in ihre Arme.

Von Lara kam keine Reaktion.

„Ich hab sie!", schrie sie nach oben.

Ein Druck an ihrem Seil entstand und spannte um ihre Taille. Tanja legte sich in eine Position, in der sie und ihr Kind ungehindert hochgezogen werden konnten. Fest hielt sie Lara umklammert. Zentimeter für Zentimeter ging es in unregelmäßigen Schüben nach oben. Die Dunkelheit in diesem engen Schacht setzte Tanja zu. Der Strick schnürte ihr die Luft ab. Lara hing schwer in ihren Armen. Sie bewegte sich nicht. Wirkte leblos. Tanja musste aufpassen, sie nicht zu erdrücken.

Im Tageslicht angekommen reichte ihr Jean-Yves mehrere Wolldecken, in die Tanja das Kind einwickelte. Lara blieb leblos. Tanja suchte nach ihrem Puls. Dabei zitterten ihre Hände so stark, dass sie ihn nicht finden konnte. Im Hintergrund telefonierte Behrendt mit seinem Handy. Dabei schrie er unfreundlich in das kleine Telefon. Er legte auf und verkündete: „Der französische Rettungshubschrauber bringt das Kind ins Winterberg-Krankenhaus nach Saarbrücken."

„Lara wird in die französische Notauf..."

„Nein!", stellte Behrendt klar. „Ich bezahle die Rechnung. Das Kind wird jetzt per Hubschrauber auf den Winterberg gebracht. Die Ärzte dort sind schon informiert und bereiten alles vor."

Kaum hatte er ausgesprochen, ertönten die Rotoren. Der Hubschrauberpilot musste nicht lange nach einem Landeplatz suchen. Das Feld war groß genug. Die Sanitäter sprangen heraus. In ihren Händen trugen sie Isoliermatten. Sie hoben das Kind aus den Decken und legten es dort hinein, bevor Lara auf eine Krankentrage gehoben wurde. Tanja folgte ihrem Kind. „Wie geht es ihr? Lebt sie noch? Wird sie es schaffen?" Mit diesen Fragen bombardierte Tanja die Sanitäter.

Am Hubschrauber wurde sie aufgehalten. „Ihr Kind lebt und wird die beste Behandlung bekommen. Aber mitfliegen dürfen Sie nicht."

Damit wollte sich Tanja auf keinen Fall zufriedengeben. Doch gegen die vielen Hände, die nach ihr griffen, um sie vom Hubschrauber wegzuziehen, konnte sie sich nicht wehren. Wie in Trance sah sie, wie das kleine Kind in den großen Helikopter getragen wurde, sah die Männer, die hektisch an dem kleinen Körper arbeiteten, sah die Schiebetür zuschlagen und das Luftfahrzeug senkrecht in die Höhe gehen.

Wie gelähmt stand sie da. Schaute dem Hubschrauber nach, der ihr Kind fortbrachte, das sie gerade erst nach langem Suchen gefunden und im Arm gehalten hatte. Sie spürte nicht die Hände und hörte nicht die Stimmen von Jean-Yves und Heinrich Behrendt, die sie trösten wollten.

73

Reglos lag Lara da. Schläuche in der Nase, um ihr die Atmung abzunehmen, Schläuche in den Blutgefäßen, um sie mit künstlicher Nahrung zu versorgen. Kreideweiß ihr kleines Gesicht, eingefallen, knochig. Stumpfe Haare klebten an ihrem Kopf. Ihre Arme bestanden nur aus Knochen, ebenso ihre Beine. Ihr gesamter, kleiner Körper.

Tanja fühlte sich hilflos, so schrecklich hilflos. Nichts konnte sie tun. Nichts, außer abwarten. Ihr Kopf sank immer wieder auf die Bettdecke. Nach Sekundenschlaf schreckte sie hoch, in der Angst, ein Zeichen ihrer Tochter übersehen zu haben. Aber nichts dergleichen war geschehen. Lara lag reglos da.

Die Tür öffnete sich so leise, dass Tanja es fast nicht gehört hätte. Sie drehte sich um und sah Jean-Yves in grüner Schutzmontur.

„Ich denke, du solltest mal einen Kaffee trinken", schlug er vor.

„Nein."

„Schau dich mal selbst im Spiegel an", forderte er sie auf.

Böse funkelte Tanja ihn an.

„Wenn du dein Gesicht siehst, weißt du, warum ich dir den Vorschlag mache", sprach Jean-Yves weiter. „Wie willst du deinem Kind Lebensmut geben, wenn du selbst keinen Funken davon ausstrahlst?"

Endlich suchte Tanja einen Spiegel, fand aber nur eine Scheibe, in der sie sich spiegelte. Jean-Yves hatte recht. Sie sah so schlimm aus, dass sie bei dem Anblick selbst lieber die Augen schließen würde. Wortlos folgte sie ihm in einen Raum, in dem Jean-Yves an einem Automaten Kaffee ziehen konnte. Sie waren allein. Ein Blick aus dem großen Fenster zeigte nur Bäume, deren Grau sich dem Himmel anpasste.

„Bernard hat seinen Anschlag gut überstanden", berichtete Jean-Yves. „Er ist wieder putzmunter und lässt alle aus dem Dorf wissen, dass Pascal und Ernest ihn in seiner Garage überrascht haben. Sie wollten ihn in der Rundballenpresse sterben lassen, die Philippe Laval ihm geschenkt hat."

Tanja schüttelte sich und sagte: „Also ist etwas an der Bestechungstheorie dran. Laval bezahlt die Leute dafür, dass sie ihn das nächste Mal wählen."

Jean-Yves nickte und fügte an: „Wäre Bernard gestorben, hätte der Bürgermeister die Ruine für seine Pläne nutzen können, wie er es bei Gilbert Krieger und Christian Schweitzer auch getan hat."

„Tja. Hätte der Bürgermeister ganze Arbeit bei Bernard geleistet, wäre er ein gemachter Mann. Jetzt ist er ein Knacki, der in den Genuss der ehemaligen Maginot-Linie kommt", knurrte Tanja.

„Das bleibt ihm erspart", widersprach Jean-Yves.

„Warum? Weil er der Bürgermeister ist?"

„Nein. Weil er an einer ungünstigen Stelle gefunden wurde."

Tanja schaute Jean-Yves fragend an.

„Er hing kopfüber mit dem linken Fuß in einer Schlinge, die an einem starken Ast direkt über der Saar festgebunden war."

Tanja riss ihre Augen weit auf.

„Er hat es nicht geschafft, seinen Kopf über Wasser zu halten. Er ist ertrunken."

Tanja wurde blass. Ihre Hände begannen zu zittern.

„Wie konnte das passieren?", fragte sie tonlos. Ständig kreisten die Bilder vor ihren Augen, wie sie den Bürgermeister über den Acker zur Saar getrieben hatte. Auch sah sie noch den Strick um seine linke Wade, womit sie ihm den Boden unter den Füßen weggezogen hatte. Mehr aber nicht. Hatte sie einen Black-out?

Langes Schweigen trat ein.

In die Stille hinein sprach Tanja: „Ich werde kündigen."

„Das wirst du nicht", widersprach Jean-Yves ohne Zögern.

„Warum machst du mir meine Entscheidung streitig?"

„Was glaubst du, warum ich unbedingt diesen Fall in Potterchen übernehmen wollte?", fragte Jean-Yves, statt zu antworten. Er stand von seinem unbequemen Stuhl auf und ging langsam hin und her.

Tanja wollte aufbrausen, doch Jean-Yves umfasste mit beiden Händen ihre Schultern, was besänftigend auf Tanja wirkte. Seine Wärme übertrug sich auf sie. Zum ersten Mal, seit sie hier im Krankenhaus saß, spürte sie wieder Blut in ihrem Körper zirkulieren.

„Ich wollte meiner Frau nicht nur ein guter Ehemann sein, ich wollte ihre Rettung sein", sprach Jean-Yves nach einer langen Pause. „Doch mein Versagen hat sie in ein noch viel tieferes Loch gestürzt."

Tanja wunderte sich über den Gedankensprung. Ließ es aber kommentarlos geschehen, weil sie wieder einmal die große Trauer spürte, die in Jean-Yves' Stimme mitschwang.

„Sie ist zu ihrer Schwester nach Potterchen zurückgegangen. Ich bekam nur noch einen Platz als Besucher in ihrem Leben."

Diese Worte klangen untröstlich. Tanja fühlte sich von dieser negativen Aura regelrecht mitgerissen

„Ich muss zurück zu meinem Kind", beschloss sie hastig. Die Atmosphäre jagte ihr Angst ein. Sie wollte ihn nicht weitersprechen lassen. Er folgte ihr in das Krankenzimmer, in dem Lara lag, setzte sich auf den freien Platz hinter Tanjas Stuhl und wartete geduldig, bis Tanja sich davon überzeugt hatte, dass alles unverändert geblieben war. Das Beatmungsgerät pumpte. Laras Brust hob und senkte sich im Takt der Maschine. Die Herztöne piepsten gleichmäßig.

„Es wäre ein Mädchen geworden", hörte sie seine tiefe Stimme hinter sich.

Tanja fühlte sich erdrückt von der Schwermut, die aus ihm sprach.

„Meine Frau fühlte sich zerrissen: Sie stand zwischen der Erfüllung ihres sehnlichsten Wunsches…" Tanjas und Jean-Yves' Blicke trafen sich. „…und ihrem Gewissen."

Einheitliches Piepsen und Pumpen erfüllte den Raum.

Jean-Yves' Augen schimmerten weich und zärtlich, als er auf Lara schaute. „Ein Kind ist keine Selbstverständlichkeit, sondern ein Geschenk."

Dem stimmte Tanja wortlos zu und schaute ebenfalls auf ihre Tochter.

„Ich hätte dazu gestanden." Jean-Yves' Stimme brach. Tanja befürchtete schon, er würde anfangen zu weinen. „An mir wäre jeder Vorwurf der Schande abgeprallt."

„Es war kein Unfall", stellte Tanja erschrocken fest. Jetzt verstand sie, warum es ihm so schwerfiel, von seiner Frau Abschied zu nehmen. „Weil Pascal Battiston der Vater war." Alles fügte sich zu einem Bild. Tanja wurde schwindelig.

„Ich glaubte fest daran, dass er etwas mit Laras Verschwinden zu tun hatte", Jean-Yves blickte stur auf seine Füße.

„Wer?"

„Pascal Battiston. Doch das war wohl das Einzige, was er in seinem Leben nicht verbrochen hat."

Tanja erschrak. Endlich begriff sie. In aller Deutlichkeit sah sie den toten Tochtermann auf dem Chemin de Hohenau - gefesselt und ertrunken - ein schrecklicher Anblick.

Jean-Yves schaute Tanja auf eine Weise an, als wollte er von ihr eine Absolution. Tanja konnte dem Blick nicht standhalten.

„Dafür hat er zugegeben, dass Fleurette nicht Fleurette ist, sondern Daniela Morsch." Er stand auf und bewegte sich langsam auf die Tür zu. Als Tanja nichts sagte, sprach er weiter: „Das Mädchen kommt wieder nach Hause." Ein Blick auf Lara und er fügte an: „Und Lara ist wohlbehalten bei ihrer Mutter. Du siehst, dass nicht alles vergebens war."

„Nur Annabel Radek hatte kein Glück", flüsterte Tanja.

„Nein. Aber daran trifft uns keine Schuld."

Er ging weiter, doch bevor er das Zimmer verließ, antwortete er auf die Frage, die Tanja schon vor vielen Minuten gestellt hatte: „Du wirst nicht kündigen, weil ich auch nicht kündigen werde. Deshalb."

Tanja wagte sich nicht, seinen Blick zu erwidern. Lag es daran, dass sie sich schon als Verbündete sah, oder daran, dass sie sich von ihm unterscheiden wollte? Sie wusste es nicht.

Als spräche ihr Gewissen zu ihr, drang Jean-Yves' sanfte Bassstimme an ihr Ohr: „Vergiss den wütenden Mob aus dem Dorf nicht. Diese Menschen waren zu allem fähig. Und der Bürgermeister hat sie selbst gegen sich aufgebracht." Als sie nichts dazu sagte, fügte er an: „Die Gendarmerie ermittelt bereits – im Fall Pascal Battiston und im Fall Ernest Leibfried. Glaub mir, die wissen, mit wem sie es zu tun haben."

Epilog

Pumpen. Piepsen. Pumpen. Piepsen.

Tanja hatte kein Zeitgefühl mehr. Sie fühlte sich verloren. Und doch wieder nicht. Ihr Kind lag vor ihr. Es lebte. Es war in Sicherheit. Aber es wachte nicht auf. Es befand sich in einer Zwischenwelt.

Zwischen Hoffnung und Verzweiflung schwankte sie hin und her.

Jean-Yves' Worte „Wie willst du deinem Kind Lebensmut geben, wenn du selbst keinen Funken davon ausstrahlst" rüttelten sie wach. Sie stand auf, suchte eine Toilette der Intensivstation auf und wusch sich ihr Gesicht. Hastig rieb sie ihre Haut, bis sie sich rötete. Dann kämmte sie ihre inzwischen strähnigen Haare zu einem Pferdeschwanz. Das Ergebnis überraschte sie. Sie sah gleich viel lebendiger aus.

So kehrte sie zu ihrer Tochter zurück.

Das Pumpen und Piepsen überhörte sie beflissen. Sie setzte sich an das Bett, nahm die kleine, zarte, zerbrechliche Hand in ihre und begann ihr zu erzählen. Von Oma Hilde, von Opa Heinrich, von ihren Arbeitskollegen, von ihren Freundinnen im Kindergarten - von allem, was ihr gerade so einfiel. Sprach davon, mit Lara in Urlaub zu fahren. Sprach davon, sich in Zukunft viel mehr Zeit für sie zu lassen. Sprach davon, ihr ein eigenes Pony zu kaufen, auf dem sie besser reiten konnte als alle anderen Kinder. Sprach davon, regelmäßig mit ihr ins Schwimmbad zu fahren.

Da geschah es.

Lara öffnete die Augen.

Tanjas Mund blieb offen vor Erstaunen. Sah sie richtig?

„Lara?"

„Mama", kam es ganz leise.

„Lara. Mein Kind!" Tanja schrie auf, sprang von ihrem Stuhl auf und beugte sich über ihre Tochter.

„Mama. Ich habe solche Angst."

„Du brauchst keine Angst mehr zu haben, mein Liebes."

„Ich habe mich vorm Kapuzenmann versteckt."

„Ich weiß."

„Er soll mich nicht finden."

„Das wird er auch nicht."

„Er ist gefährlich."

„Nein. Er wird dir nie wieder etwas tun."

Tatsächlich zeigte sich ein zaghaftes Lächeln in Laras Gesicht.

Tanja war so glücklich. Sie trat hinaus in den Flur und begann zu lachen, bekam ihr Lachen nicht mehr aus dem Gesicht. Immer wieder lachte sie, lachte, lachte, lachte. Die Schwestern auf dem Flur lachten mit ihr. Die Ärzte ebenfalls. Die Freude galt allen auf dieser Station. Die Stimmung war so ausgelassen wie seit Tagen nicht mehr.

Tanja wollte ins Zimmer zurückkehren, da sah sie ihre Mutter auf sie zukommen. Erst jetzt fiel ihr auf, dass weder Hilde noch Heinrich bisher an Laras Bett gestanden hatten.

Sie wartete, bis sie dicht vor ihr stand. Ihre Mutter sah in diesem Augenblick krank aus. Tanja erschrak.

„Heinrich liegt eine Station tiefer", berichtete Hilde. „Sein Herz, du weißt schon ..."

„Nein. Ich weiß nicht."

„Er hatte einen Infarkt."

Vorbei das Gefühl des Berauschtseins. Wie eine Bruchlandung auf hartem Boden fühlte sich diese Mitteilung an. Was war nun richtig? Freude oder Mitgefühl? Oder beides? Sie hatte keine Kraft, sich zu entscheiden.

„Lara ist aufgewacht", antwortete sie nur.

Sofort kehrte Farbe in Hildes Gesicht zurück „Worauf warten wir noch?", fragte sie. „Heinrich ist gut versorgt. Und Lara muss nicht wissen, was mit ihrem Opa passiert ist."

Diese Entscheidung gefiel Tanja. Zusammen gingen sie an Laras Bett.

Zwischen den vielen Schläuchen und Apparaten wirkte sie winzig klein. Doch das Leuchten in ihren Augen war riesengroß.

Wörterbuch

„Sin Ihr der neue Propriétaire von dem Hüs?
„Sind Sie der neue Hausbesitzer?"

„Zellemols ging es auch um ein düttsches Mädchen."
„Damals ging es auch um ein deutsches Mädchen"

„Kommscht maije? S'isch dahemm immer noch am scheensde, gell?"
„Kommst du uns mal besuchen? Es ist daheim doch immer noch am schönsten, nicht wahr?"

„Häscht's awwer eilig? Muschde noo dem Maidle aus Dütschland suche?"
„Du hast es aber eilig. Musst wohl nach dem Mädchen aus Deutschland suchen."

„Dann awwer g'schwind. V'lleischt isch ihm noch zu helfe."
„Dann aber schnell. Vielleicht ist ihm noch zu helfen."

„S'isch doch schrecklig, was do passiert isch. Ich hätt jo g'holfe, mais weisch, ich bin dodefier zu alt."
„Es ist wirklich schrecklich, was da passiert ist. Ich hätte ja geholfen, aber dafür bin ich zu alt."

„Die düttsche Frau hat bei mir geklingelt und mich nach dem Haus in der douze Rue de la Gare gefragt."
„Die deutsche Frau hat bei mir geklingelt und nach dem Haus mit der Nummer zwölf in der Rue de la Gare gefragt."

„Mach dass verschwindsch, oder ich känn mi nimm."
„Mach, dass du verschwindest, oder ich kenne mich nicht mehr."

„Ich lang dir eini, dü Mollakopf."
„Ich hau dir eine runter, du Depp."

„Aweil sschlääts drizehn" = „Jetzt schlägt es dreizehn."

„Soi-Wackes" = „So ein *Schimpfwort für Franzose*"

La Direction Interregional de Police Judiciaire
Landeskriminalamt

Juge d'instruction = Untersuchungsrichter

Adjoint = Stellvertreter

Mairie = Rathaus

Le Maire = der Bürgermeister

zellemols = damals

Doucement, s'il te plaît. = Sachte, bitte!

ihr junge Litt = ihr jungen Leute

Lotissement = Vorort/Neubaugebiet

deklariert = angekündigt

Banlieue Chic = schicker Vorort

Fils = Sohn

C'est vrais = Das ist wahr

‚Fête de Buschhacker' = ‚Buschhackerfest'

Merguez = Schafswürstchen

Hélicoptère = Hubschrauber

Merde = Scheiße

école élementaire = Grundschule

Matuche = Bulle

doucement = ruhig, langsam, sachte oder still

Arrêt provisoire = Einstweilige Verfügung

Je m'appelle = Ich heiße

Sürkrütt = Sauerkraut

Malheur grave = schweres Unglück

Zone Piétonne = Fußgängerzone

Grand malheur = schwerer Schicksalsschlag

Association foncière = Landschaftsverband

Kurze Erklärung für die Nicht-Weinkenner:

Straußwirtschaft = Im Saarland werden von Winzern hauseigene Gastbetriebe saisonal geöffnet, um ihren selbst erzeugten Wein dort zu vermarkten.

Über die Autorin

„Gestorben wird immer" in den Büchern von Elke Schwab, denn „Mord ist ihr Hobby". Das beweist die Tatsache, dass die Krimiautorin in den letzten 16 Jahren 16 Kriminalromane veröffentlicht hat. Und es werden noch mehr – so viel kann sie schon verraten ...

Viele Jahre hat Elke Schwab im Sozialministerium in Saarbrücken in der Abteilung Altenpolitik gearbeitet. Inzwischen widmet sie sich ganz dem Schreiben. In der beschaulichen Atmosphäre des „Krummen Elsass" (Frankreich) lässt sie sich zu ihren schaurigen Ideen inspirieren.

Weitere spannende Krimis von Elke Schwab:

ISBN 978-3932927379 - *Mörderisches Puzzle*, *Solibro Verlag*, Münster 2011

ISBN 978-3932927546 - *Eisige Rache*, *Solibro Verlag*, Münster 2013

ISBN 978-3932927850 - *Blutige Mondscheinsonate*, *Solibro*, Münster 2014

ISBN 978-3932927959 - *Tödliche Besessenheit*, *Solibro Verlag*, Münster 2015

und ein Kurzkrimi aus der Baccus-Borg-Reihe - wie alles begann:

Gewagter Einsatz, *Solibro Verlag*, Münster 2016

und noch mehr – zu finden unter **www.elkeschwab.de** -